Jack Vance
De Wereldbedenker
en andere verhalen

DE
WERELDBEDENKER
EN ANDERE VERHALEN

JACK VANCE

VERZAMELD
WERK 1

John Holbrook Vance

Vertaling Jaime Martijn (1), Zeno ter Brughe (2),
Venugopalan Ittekot (4), Warner Flamen (5, 6, 10),
Annemarie van Ewyck (7, 11, 14), Mark Carpentier Alting (15)
en Karin Langeveld (3, 8, 9, 12, 13)
Omslagillustratie Howard Kistler

Uitgegeven door Spatterlight, Amstelveen 2019

ISBN 978-1-61947-231-0

www.spatterlight.nl

Inhoud

De Wereldbedenker

I

DOOR HET OPEN RAAM kwamen de talloze geluiden van de stad — het ruisen van passerend verkeer, het zachte gerammel van de voetgangersband in de diepte, schorre stemmen van de lagere niveaus. Cardale zat bij het raam, zonder iets te merken van het lawaai en de oceaanwind die zijn gezicht verkoelde. Gezeten achter het ebbenhouten bureau staarde hij peinzend naar de muur. Zijn vingers speelden onwillekeurig met een vel papier waarop een foto en een paar regels tekst stonden.

Voor de twintigste keer keek hij ernaar.

GEVLUCHT!

Kenna Parker — leeftijd 21; lengte een meter vijfenzestig; zwart haar; blauwe ogen. Bijzondere kenmerken: geen.

Cardale verplaatste zijn blik naar de foto en voor de twintigste maal keek hij naar het jonge gezicht met de verrassend boze ogen. Een bord boven haar hoofd droeg het nummer 94E-627. Cardale las verder.

Op 18 april 2073 veroordeeld tot een straf van drie jaar, uit te zitten in het Federale Vrouwenkamp van Manning in Nevada, is Kenna Parker tijdens de eerste zes maanden van haar verblijf in totaal 22 maanden extra opsluiting opgelegd. Er wordt geadviseerd behoedzaam op te treden hij haar inhechtenisneming.

Cardale bestudeerde mijmerend het gezicht op de foto. Zo te zien was het allesbehalve het gezicht van een onverbeterlijk misdadigster. Ze had een roekeloze glinstering in haar ogen, een lichtzinnig opgetrokken wenkbrauw, een vastberaden trek om haar lippen — maar verder was 't het gezicht van een heel knap meisje.

Hij drukte een knop in. Op het telescherm verscheen een scherp beeld.

"Het Maanobservatorium," zei Cardale zonder op te kijken. Het beeld op het glazen scherm, dat het gezicht van zijn secretaresse toonde, veranderde in een duizelend, veelkleurig schimmenspel dat na verloop van tijd overging op een schemerige kijk op het inwendige van de sterrenwacht op de Maan — kale steunbalken en brede virideruiten. De directeur met zijn witte baard meldde zich.

"Goedemorgen, commissaris," groette hij.

"Morgen, professor," antwoordde Cardale. "Al nieuws?"

"We hebben haar koers achterhaald, dat wel. En dat was niet eenvoudig. Een stuk of zes vrachtschuiten bewogen zich door die sector en verdoezelden haar lichtspoor."

"Nou, prachtig. Hou haar goed in de gaten. Ik stuur onmiddellijk een agent achter haar aan." Cardale schakelde het telescherm uit.

Na een ogenblik peinzen belde hij zijn secretaresse weer.

"Geef me majoor Detering van het Tellurische Onderzoekscorps." De polychrome draaikolk mondde uit in het rossige gezicht van Detering.

"Hallo Cardale," zei hij. "Wat kan ik voor je doen?"

Cardale ging er makkelijk voor zitten.

"Majoor, ik zou graag een van je mannen een paar weken lenen."

"Dat kunnen we wel regelen," zei Detering. Hij trok een kaartenbak naar zich toe en liep hem door. "Wie had je willen hebben?"

"Om het even, als het maar een man is die voor geen kleintje vervaard is."

"Dan kom ik zelf, commissaris," zei Detering meteen.

"Prima, majoor," antwoordde Cardale zonder aarzeling. "Breng je ruimte-uitrusting mee. Je vertrekt in een eenpersoons ruimteboot."

Detering rilde. Cardale glimlachte. "Ik dacht wel dat je van gedachte zou veranderen."

"Zeg eens, Cardale," zei Detering, "dacht je soms dat ik hier een staf van werkeloze topagenten had rondhangen?"

Cardale zei niets. De majoor trommelde even met zijn vingers op het bureau en glimlachte toen. "Ik ken een goeie man voor je, Cardale. Hij heet Lanarck, was vroeger luitenant bij de geheime dienst van de marine — één brok actie. Maar —" Hij aarzelde.

"Maar wat?"

"Misschien moet je het hem heel vriendelijk vragen. Hij is een beetje zonderling."

Cardale keek ongerust. "Is hij gek? Lieve help, kerel, ik kan geen getikte gebruiken!"

De majoor lachte. "O, maak je geen zorgen, Cardale. Hij werkt goed en hij zal zeker iets voor je bereiken."

"Nou, wat scheelt er dan aan hem?"

"Eigenlijk is het niets ernstigs. Hij is gewoon een beetje koppig, en zijn opvatting van rechtvaardigheid is niet altijd gelijk aan die van de rechtbanken. Hij heeft me weleens voor het blok gezet door op eigen houtje achter de boeven aan te gaan. Hij is de vent die de Martiaanse ghee-planters van Io heeft weggejaagd en zelf bijna voor de krijgsraad moest verschijnen."

Cardale vroeg weifelend: "Betekent dat dat ik hem moet smeken mijn bevelen uit te voeren?"

De majoor lachte. "Ik stuur hem wel naar je toe, dan kun je het zelf bekijken."

Luitenant Lanarck arriveerde korte tijd later. De secretaresse bracht hem naar Cardale's kantoor.

"Ga zitten, luitenant," zei Cardale.

Hij inspecteerde de man grondig. Het stelde hem een beetje teleur dat Lanarck's reputatie niet in zijn uiterlijk terug was te vinden. Hij was niet te lang en niet te stoer, en hij gedroeg zich helemaal niet als een vuurvreter. Zijn gezicht, dat door de harde straling van de ruimte diep gebronsd was, was zo regelmatig dat het bijna saai werd. Als hij niet een stoere neus had gehad en een zekere koele, vastbesloten blik in zijn grijze ogen, had Cardale hem misschien lelijk gevonden. Hij droeg een veelgebruikt en glanzend ruimtepak met als enige insigne een zwart met gouden zonnekrans op zijn helm — het teken van de Tellurische marine. Toen Lanarck begon te spreken kreeg Cardale zijn tweede verassing, want de luitenant had een aangename en zachte stem.

"Majoor Detering heeft me naar u gezonden voor een opdracht, meneer."

"Ja, hij prees u nogal lovend aan," zei Cardale. "Ik heb een lastige taak voor u, luitenant. Kijkt u hier eens naar." Hij gaf Lanarck het papier met de foto van Kenna Parker. Lanarck bestudeerde het zonder commentaar en gaf het toen terug.

"Dit meisje is een half jaar geleden opgesloten wegens geweldpleging met een dodelijk wapen. Eergister is ze naar de ruimte ontsnapt — wat op zichzelf niet zo veel te betekenen heeft. Maar ze had documenten van het allergrootste belang bij zich. Mochten deze in handen vallen van een vijand van het Tellurische Rijk, dan zouden we er een zware dobber aan krijgen om ons te weer te stellen."

"Hoe komt dat, meneer?"

"Bent u op de hoogte van de technieken van de toegepaste atoomkracht?"

Lanarck knikte.

"Nou, ik niet," zei Cardale. "Dus ik kan alleen uitleggen wat ik er als leek van begrijp. Als ik het goed heb, wordt de atoomkracht, die gewone materie vernietigt, beheerst door vier samengrijpende vlakken van ruimtekromming. Klopt dat?"

Lanarck knikte weer.

"Nu bevatten deze documenten een aantal vergelijkingen die een volkomen nieuwe vorm van energie definiëren," vervolgde Cardale. "Het is een vibratie van de dimensionale vlakken zelf. Deze vibraties zouden onder andere de regelvlakken van onze energiegenerators kunnen vernietigen. Zodat, als ze door een vijand werden opgewekt, alle energiecentrales in het rijk ogenblikkelijk zouden exploderen."

"Hoe is zij aan deze vergelijkingen gekomen, meneer?"

"Ze zijn een erfenis van haar vader, die ze na langdurig onderzoek heeft opgesteld. Het Presidium heeft aangeboden ze van haar te kopen, wat ze weigerde. Ze beweerde dat ze ze wilde vernietigen. Maar het Presidium gaf bevel de vergelijkingen in beslag te nemen en toen dat gebeurde heeft ze drie mannen verwond met een naaldstraler. Intussen had ze de vergelijkingen verborgen, en na haar ontsnapping heeft ze de kans gehad om ze op te halen."

"Wat wilt u precies dat ik doe?" vroeg Lanarck met een koude stem. Cardale keek hem aan met het onplezierige gevoel dat Lanarck de goede en kwade kanten van de zaak tegen elkaar afwoog.

"Het meisje vangen, zo mogelijk," zei hij. "Maar vooral willen we die vergelijkingen hebben, goedschiks of kwaadschiks, als u ze maar te pakken krijgt."

Lanarck staarde een ogenblik uit het raam.

"Uitstekend, meneer." Hij stond op. "Ik zal mijn best doen."

Cardale zuchtte van opluchting. En tegelijk ergerde zijn houding hem. Tenslotte was hij de baas en Lanarck de luitenant en niet andersom.

Hij vertelde Lanarck wat hij wist van de koers die het meisje genomen had. "Nou, veel geluk," zei hij toen hij Lanarck een hand gaf. "Wees voorzichtig. Alles wijst erop dat dit meisje een roekeloze duivelin is."

"Uitstekend, meneer," zei Lanarck. Hij zette zijn helm weer op en vertrok.

Zes uur later gleed een ruimteboot van het type 45-G als een zilveren druppel uit de zwarte hemel van de Maan. De landingsbaan in de Zee der Tranen werd verlicht door gele en witte schijnwerpers en op de top van de berg Pelios in de buurt brandde een rood en groen baken. De boot reed naar de doorschijnende luchtbel die de Maansterrenwacht huisvestte. Hij werd verwacht. De toegangsiris opende zich en met een blauwe vlag van energie schoot de boot erdoor.

In de luchtbel gearriveerd opende Lanarck het luik van zijn boot en stapte uit. De chef-astronoom met zijn witte baard kwam naar hem toe, gevolgd door drie mecaniciens. Een van hen had een klein afgeschermd instrument bij zich, dat ze aan de romp van de boot begonnen te lassen. De astronoom legde het uit aan de vragend kijkende Lanarck.

"Het is een speurcel, die is afgestemd op het schip dat u moet volgen. We sluiten hem aan op uw landingsstelsel. Als de wijzer op nul staat, zit u op haar spoor. Het is zoiets als blind landen met radar."

Lanarck knikte. "Wat lijkt het uiteindelijke doel van haar schip te zijn?"

De astronoom maakte een gebaar dat hij het niet wist. "In ieder geval ligt het niet in de Tellurische ruimte," zei hij. "Ze is al een heel eind voorbij Fomalhaut en ze raast nog steeds rechtuit."

Lanarck deed er grimmig het zwijgen toe. Het meisje moest of volkomen gek zijn, of heel wanhopig. Ze vloog een vijandig gebied van de ruimte in. Over een dag of wat zou ze door de grens van het Clantlalanstelsel snijden, en de wijdverspreide ruimtepatrouille van dat duistere en genadeloze rijk liet alle naderende schepen zonder enige waarschuwing exploderen. Daar voorbij lag een streek van zwarte sterren, die bewoond werd door onduidelijke volkeren die weinig beter waren dan piraten. En nog verder lagen niet eerder verkende en dus gevaarlijke regionen.

De mecaniciens maakten hun werk af. Lanarck ging weer aan boord. De uitgangsiris verwijdde zich en met een zwaai van zijn hand stuurde hij de boot erdoorheen, het talud af en de ruimte in.

Nu volgde er een trage week waarin onbegrijpelijke afstanden verslonden werden. Het mensenrijk verdween in de onvoorstelbare verte en kromp tot een onbetekenend groepje sterren. Aan de ene kant werd het Clantlalanstelsel voortdurend helderder en toen Lanarck het passeerde, probeerden de onheilspellende ruimtebollen van de patrouille hem de pas af te snijden. Maar hij schakelde zijn serie noodgeneratoren in en het oorlogsbootje spoot weg. Op een goede dag, nam Lanarck zich voor, zou hij langs de bewakingsschepen glippen en naar de thuisplaneet tussen de rode tweelingzonnen gaan om uit te zoeken welk geheim zij zo angstvallig wilden bewaren. Maar nu volgde hij feilloos de koers die de detector aangaf en dag na dag werden de signalen van zijn prooi sterker.

Hij passeerde de van vogelvrijen wemelende gordel van donkere sterren, en overschreed de grens van een ruimtegebied dat onbekend was, afgezien van de verhalen die dronken Clantlalaanse overlopers soms in een onbewaakt ogenblik vertelden — verhalen over planeten die overdekt waren met machtige ruïnes, legenden van een dolende asteroïde waarop duizend verongelukte ruimteschepen een laatste rustplaats hadden gevonden. En nog andere verhalen, wilder en ongelooflijker — een draak die ruimteschepen openscheurde tussen zijn kaken zwierf volgens de overlevering door deze streken en men zei dat er helemaal alleen op een troosteloze planeet een eenzaam goddelijk wezen woonde dat werelden en beschavingen schiep om zich te vermaken.

Lanarck kende deze verhalen heel goed, maar hij kwam er niet erg van onder de indruk. Mocht de draak proberen hem te grijpen, dan zou hij stappen ondernemen om hem te ontlopen. Voorlopig had hij alleen te maken met de arrestatie van het meisje.

De signalen van zijn detector werden weldra zo sterk dat hij vaart minderde om te voorkomen dat, als hij te ver doorvloog, zijn detector de bron van straling kwijt zou raken. Het meisje was afgebogen naar de als vuurvliegen voorbijzwevende sterrenstelsels, alsof ze op zoek was naar een herkenningspunt. En nog steeds werden de signalen die hij opving sterker.

Toen een grote gele ster recht vooruit machtig groot werd, wist Lanarck dat het schip van Kenna Parker dichtbij moest zijn. Hij volgde haar het stelsel van de gele zon in en zag dat haar spoor naar de enige planeet leidde. En niet lang daarna, terwijl de planeet opzwol, hielden de seinen op.

Lanarck begreep dat het meisje geland was en haar motoren had uitgeschakeld. Haastig richtte hij zijn telescoop op het punt waar zijn speurcel haar het laatst had gesignaleerd.

De heldere atmosfeer remde zijn boot af. In de diepte beneden hem lag een vaalgeel land in het zonlicht te bakken. Door de telescoop leek het oppervlak van de planeet egaal en steenachtig en er scheen een stevige wind te staan.

Het kostte hem geen moeite om het schip van het meisje op te sporen. In het blikveld van zijn telescoop lag een kubusvormig wit gebouw. Van horizon tot horizon was dit het enige zichtbare object. Naast het gebouw, zag hij toen hij daalde, stond Kenna's gestroomlijnde zilveren ruimteboot. Hij dook neer, half en half rekenend op een salvo van haar naaldstraler. De sluis van haar boot stond open, maar zij vertoonde zich niet toen hij vlakbij op zijn noodlandingskiel tot stilstand kwam.

Hij ontdekte dat de lucht geschikt was voor mensenlongen. Zijn naaldstraler aangespend, stapte hij uit op de stenen bodem. De hete wind rukte aan zijn lichaam, beukte zijn gezicht en striemde de tranen uit zijn ogen, en steentjes die door de wind voortgejaagd werden, roffelden tegen zijn benen. Het licht van de enorme zon brandde op zijn schouders.

Behoedzaam inspecteerde hij de omgeving. Van enig leven was geen spoor te bekennen, niet in het witte gebouw en evenmin in Kenna's boot. Zoals hij al vermoedde was het meisje niet in haar schip. De grond strekte zich volkomen kaal en badend in de zon naar alle kanten uit tot in de stoffige verte. Lanarck keek naar het eenzame witte bouwwerk. Daar moest ze zijn. Dit was het eind van de jacht die hem dwars door de Melkweg had gevoerd.

Waakzaam naderde hij het gebouw. Het was opgetrokken van beton en gladgepolijst door de wind. Er was nergens een opening te zien. Elk moment de dood verwachtend, liep hij er stap voor stap naartoe.

II

Lanarck cirkelde om het gebouw heen en aan de kant waar de wind er geen vat op had, vond hij een lage, donkere poort. Van binnen kwam de zware geur van leven, maar geen geluid.

Als het meisje vertwijfeld was, kon het hem zijn kop kosten als hij naar binnen ging. Bovendien kwam er een geur van reptielen naar buiten waardoor zijn vinger op de vuurknop zich onwillekeurig spande — hoewel er niets uit die poort had kunnen komen, brullend, sissend of vuurspuwend, dat hem had kunnen verrassen. Hij liep verder.

"Kenna Parker!" riep hij. De wind floot om de hoek van het gebouw en de steentjes keilden over de grond, maar een ander geluid was er niet.

Toen weergalmde er een dreunende stem — maar vanbinnen in zijn hersens. Zo leek het, tenminste.

"Degeen die jij zoekt, man van de Aarde, is weg."

Lanarck bleef stokstijf staan.

"Je mag binnenkomen, man van de Aarde. Wij zijn elkaars vijand niet."

Stap voor stap naderde hij de donkere poort, bijna tegen zijn zin. Na het felle licht van de zon was het koele halfdonker van het inwendige bijna zwart. Lanarck knipte met zijn ogen.

Langzamerhand namen de voorwerpen die hem omringden vorm aan. Voor hem tuurden twee immense ogen uilachtig door de schemer, terwijl daarachter een ontzaglijke massa opdoemde. Lanarck richtte er instinctief zijn naaldstraler op terwijl de ogen als vissenkommen hem half spottend bleven aankijken. Opnieuw galmde er een gedachte in Lanarck's hersens.

"Je bent nodeloos strijdlustig, man van de Aarde. Geweld is hier niet geboden."

Lanarck ontspande zich. Hij wist niet goed raad met de situatie. Telepathie was op Aarde niet zo erg in zwang, en hoewel de berichten van het wezen in zijn hersens weerklonken als duidelijk verstaanbare, maar geluidloze woorden, wist hij niet hoe hij zijn eigen gedachten aan het wezen moest overbrengen. Hij probeerde het.

"Waar is het meisje van de Aarde?"

"In een oord dat voor jou ontoegankelijk is," klonk direct het antwoord.

"Hoe is ze daar gekomen? Haar boot ligt buiten en ze is pas een half uur geleden geland."

"Ik heb haar weggestuurd."

Lanarck dacht na. Toen, terwijl hij zijn wapen demonstratief gereedhield, doorzocht hij het gebouw. Maar uiteindelijk moest hij toegeven dat het meisje hier niet was. Plotseling overvallen door een beangstigende gedachte, rende hij naar de poort en keek naar buiten. Maar de twee ruimteboten lagen nog op hun oude plaats. Een beetje verlegen stak hij zijn wapen terug in de holster en wendde zich tot de leviathan, in wie hij een welwillende vrolijkheid bespeurde.

"Goed dan — wie ben jij en waar is het meisje?" zei Lanarck kortaf.

"Ik ben Laoome," zei het wezen. "Laoome, de voormalige Derde van Narfilhet — Laoome de Wereldbedenker, de Laatste Wijze van het Vijfde Universum." Laoome liet zijn titels met maar half verborgen voldoening van zijn geestelijke tong rollen. "Wat het meisje aangaat, ik heb haar op haar eigen verzoek op een prettige maar ontoegankelijke planeet van mijn makelij geplaatst."

Lanarck luisterde gespannen, verbluft, argwanend.

"Een van de talloze werelden die ik schep om mijzelf te vermaken."

Lanarck kon er nog steeds niet bij.

"Wat bedoel je?" vroeg hij.

"Zie!" zei Laoome.

Vlak voor Lanarck's ogen beefde en wrong de ruimte. Midden in de lucht verscheen een donkere opening. Lanarck keek erdoorheen; schijnbaar slechts een meter voor zich zag hij een lichtende bol — een wereld in miniatuur. Terwijl hij keek, zwol het wereldje op als een ballon.

De horizons verdwenen voorbij de grenzen van de opening. Continenten en oceanen namen vorm aan en er dreven wolken overheen. IJskappen op de polen glinsterden blauwwit in het licht van een onzichtbare zon. Maar nog steeds leek de wereld maar een meter bij hem vandaan te hangen. Er verscheen een rode vlakte begrensd door zwarte bergen. De kleur van de vlakte, zag hij weldra, was te danken aan een roestkleurig woudtapijt. De wereld zwol niet verder op.

Lanarck haalde zijn schouders op. "Hypnose," zei hij. Gedachtententakeltjes peilden zijn geest alsof ze gretig verlangden de verwondering en het ontzag te proeven die Lanarck's geest nu zouden moeten overstromen.

"Nee, nee," riep de Wereldbedenker. "Dat wat je daar voor je ziet is materie die even tastbaar en reëel is als jijzelf. Ik heb deze wereld echt geschapen met mijn geest. Totdat ik hem op dezelfde manier weer ontbind, bestaat hij — en hij is volkomen stoffelijk. Raak hem maar aan als je me niet gelooft."

Lanarck stak zijn vinger uit. De wereld bevond zich inderdaad maar een meter voor hem en zijn vingertop verpletterde het rode woud alsof het droog mos was.

"Je hebt een dorp verwoest," merkte Laoome op. De wereld zwol opnieuw op, adembenemend snel, tot het leek alsof Lanarck vijfentwintig meter boven het oppervlak hing. Hij keek recht in de verwoesting die zijn vingertop, als een macrokosmisch oordeelsinstrument, een ogenblik tevoren had aangericht. De bomen, die veel groter waren dan hij had gedacht, met stammen van tien of twaalf meter doorsnede, lagen her en der opzij geworpen en waren verbrijzeld. Hij zag ook de ruïnes van primitieve hutten waaruit verwensingen en kreten van pijn opstegen, schrille geluidjes die hij nog net kon horen. Overal lagen de slappe en verpletterde lijken van mannen en vrouwen. Anderen stonden koortsachtig aan de wrakstukken van de hutten te rukken.

"Er is leven! Er wonen mensen!"

"Zeker," antwoordde Laoome. "Zonder leven is een wereld niet interessant, niet meer dan een brok steen. Ik gebruik vaak mensen zoals jijzelf. Zij hebben een oneindig vermogen voor emotie en initiatief, zij zijn soepel genoeg om zich aan te passen aan de diverse milieus die ik voor ze schep."

"Maar deze mensen," mompelde Lanarck, van zijn vingertop naar het verwoeste dorp kijkend. "Zijn ze... léven die?"

"Zeker. Net zo goed als jij. En als je met een van hen zou spreken, zou je merken dat zij een verleden bezitten, een folkloristisch erfdeel, en een cultuur die goed bij hun omgeving past."

"Maar hoe kan één geest de oneindige massa details van een wereld bevatten? De bladeren van elke boom, de verschillende gezichten van alle mensen —"

"Dat zou inderdaad vermoeiend zijn, zoals je impliceert," beaamde Laoome. "Mijn geest bedenkt alleen de brede hoofdlijnen, zorgt voor de definiërende wortels van de hypostatische vergelijkingen. De details evolueren dan automatisch, in overeenstemming met de natuurwetten die op deze werelden van mij net zo goed gelden als op jouw planeet."

Lanarck zweeg. Zijn gezichtsspieren stonden strak.

"Dan schijn ik zonder het te weten honderden medemensen te hebben vernietigd," zei hij eindelijk.

Opnieuw betastten nieuwsgierige tentakels zijn geest.

"Dat is dus een onaangenaam idee?" vroeg Laoome, en opnieuw voelde Lanarck dat het wezen zich amuseerde. "Nergens voor nodig, want in een ogenblik laat ik de hele wereld weer oplossen. Maar als je dat prettig vindt, kan ik het weer maken zoals het was. Let maar op!"

Onder Lanarck's ogen was het woud weer als tevoren en het dorp ongeschonden, veilig en vredig op een kleine open plek.

Maar Lanarck schudde zijn hoofd, want hij dacht dat niets de ramp en de pijn van die paar momenten kon uitwissen.

Maar nu gebeurde er iets angstaanjagends. Eerst merkte hij dat de band die hij met de Wereldbedenker had gelegd, vreemd star was geworden. Toen hij keek, zag hij dat de enorme ogen glazig waren geworden, dat het immense zwarte lijf krampachtig lag te rillen. Hij deed een stap achteruit en nu viel zijn oog weer op Laoome's droomplaneet.

Gefascineerd leunde hij naar voren. Want de nobele rode bomen waren grijze, verrotte stengels geworden en stonden als dronken te waggelen.

Andere bomen waren in elkaar gezakt en opgevouwen als klonten stopverf.

Over de grond rolden zwarte slijmballen die boosaardig en vals de dorpsbewoners achterna joegen, die in een krankzinnige angst van hot naar her vluchtten. Lanarck kon ze duidelijk horen krijsen.

Toen kwam er uit de hemel een regen van verschroeiende witgloeiende hagelstenen. De mensen waren algauw allemaal dood, maar de zwarte slijmballen leken alleen helse pijnen uit te staan. Blindelings en razend sloegen ze om zich heen en ze groeven vergeefs in de schuddende aarde om aan de folterende hagel te ontkomen. Plotseling verdween de hele wereld. Langzaam rukte Lanarck zijn gefascineerde blik los van de plek waar de wereld was geweest. Hij keek om en zag dat Laoome weer bijgekomen was.

"Maak je niet ongerust," kwam de kalme gedachte. "De aanval is al over. Heel af en toe heb ik daar last van. Waar het precies aan ligt, dat weet ik niet zeker. Ik denk dat mijn hersenen onder de inspanning van het voortdurend exact denken door een automatische reflex in een tijdelijke kramptoestand worden gestort zodat ze zich kunnen ontspannen. Dit was maar een lichte aanval. De wereld waarop ik mij op zo'n moment concentreer, wordt gewoonlijk finaal verwoest."

De stroom van geluidloze woorden brak af. Laoome leek zijn gestoorde zenuwbanen te herkanaliseren. Lanarck keek nieuwsgierig toe. Toen, een beetje gehaast, alsof Laoome zich schaamde, stroomden zijn gedachten weer door Lanarck's hersenen.

"Ik wil je nog een andere planeet laten zien — een van de boeiendste die ik ooit heb bedacht. Al bijna een miljoen Aardjaren is hij bezig zich in mijn geest te ontwikkelen."

De ruimte voor Lanarck's ogen beefde opnieuw. In de zwarte denkbeeldige leegte hing een nieuwe planeet.

Net als de eerste werd hij steeds groter, totdat het oppervlak een aards perspectief had. Hij was nauwelijks anderhalve kilometer in doorsnede en werd langs de equator door een zandwoestijn doormidden gedeeld. Op de ene pool glinsterde een meer, op de andere stond een weelderig bos.

Terwijl Lanarck keek, kroop er uit dit bos een half-menselijke gedaante. Het was een travestie van een mens met een uitgerekt gezicht zonder kin en met een heimelijke uitdrukking. De ogen waren klein en beweeglijk. Zijn benen waren onnatuurlijk lang, maar de schouders en armen onderontwikkeld. Het wezen sloop naar de rand van de woestijn, wachtte even terwijl het scherp naar beide kanten keek, en begon toen aan een waanzinnige sprint over het zand.

Toen het halverwege was, klonk er een verschrikkelijk gebrul en over de vreemd nabije horizon kwam een soort draak aangerend. Met angstaanjagende snelheid achtervolgde het monster het menswezen, dat sneller rende en met een voorsprong van vijftig meter de grens van de woestijn bereikte. Helemaal aan de rand van het zand bleef de draak staan terwijl hij een griezelig, triest gebulder uitstiet waardoor Lanarck de rillingen over de rug liepen. Nu onverschillig, draafde het menswezen naar de vijver, liet zich vallen en begon gulzig te drinken.

"Het is een experiment in de evolutie," legde Laoome uit. "Een miljoen jaar geleden waren de bewoners mensen zoals jij. Deze wereld is speciaal ingericht. Op de ene kant is voedsel te krijgen, op de andere pool water. Om in leven te blijven, moeten de wezens om de paar dagen de woestijn oversteken. De draak, die in de woestijn woont, kan er niet af omdat hij door een radioactieve strook langs de grenzen tegen wordt gehouden. Als de mensen dus de woestijn kunnen oversteken, zijn ze veilig.

"Je ziet wel hoe bewonderenswaardig zij zich aan hun milieu hebben aangepast. Vooral de vrouwen zijn bijzonder snel, want zij moesten zich ook aan de handicap van de kinderverzorging aanpassen. Vroeg of laat worden ze natuurlijk te oud en dan zijn ze niet meer zo snel ter been en uiteindelijk worden ze gegrepen en verslonden.

"Ze hebben een merkwaardige godsdienst en taboes ontwikkeld. Ik word aanbeden als de god van het leven, en Shillal, zoals zij de draak noemen, is de godheid van de dood. Hij is natuurlijk datgeen waar hun leven om draait en hij kleurt al hun gedachten. Ze zijn heel elementair, deze mensen. Eten, drinken en de dood zijn voor hen verstrengeld en vormen bijna een enkel denkbeeld.

"Hun wereld heeft geen metalen, zodat ze geen wapens kunnen maken tegen Shillal. Een keer, honderdduizenden jaren geleden, bedacht een van hun opperhoofden een grote katapult waarmee hij een puntige boomstam naar de draak wilde smijten. Helaas braken de vezels van het spantouw en het opperhoofd bezweek aan de terugslag. De priesters interpreteerden dit als een teken dat — Kijk! Kijk! Daar vangt Shillal een oude vrouw die verzadigd van water teruggaat naar het bos!"

Lanarck zag dat het beest zich met grote happen voedde.

"Om door te gaan," zei Laoome, "er werd een taboe ingesteld en daarna zijn er nooit meer wapens gemaakt."

"Maar waarom leg je deze mensen een miljoen jaar van dit ellendige bestaan op?" vroeg Lanarck.

Laoome antwoordde met een onvertaalbaar mentaal schouderophalen. "Ik ben rechtvaardig, goedertieren zelfs," zei hij. "Deze mensen vereren mij als god. Hun zieken en gewonden brengen zij naar een bepaald heuveltje dat in hun ogen heilig is. En daar, als ik de geest krijg, maak ik ze weer gezond. Zij stellen evengoed prijs op hun leven als jij."

"Maar door deze werelden te scheppen, ben je verantwoordelijk voor het geluk van de bewoners. Als je werkelijk goedertieren was, waarom zou je dan toestaan dat er ziekte en angst zijn?"

Laoome haalde zijn schouders weer op. "Ik zou kunnen antwoorden dat ik ons eigen heelal als voorbeeld heb. Misschien worden de werelden waarop wij wonen, gedroomd door een andere Laoome. Als een mens sterft aan een ziekte, blijven er bacteriën in leven. Als de draak blijft leven door te eten, sterft er een mens. Als een mens eet, gaan planten en dieren dood."

Lanarck schudde zijn hoofd. "Jijzelf erkent dat de mens van een hogere orde van gevoeligheid is. Een ongeluk dat voor een insect alleen maar lastig is, is een ramp voor een mens. Een van de oude wijzen van de Aarde zei eens: 'Veel beter dat spelden miljoenen prikken, dan dat een mens door een zwaard wordt gestoken'."

Laoome amuseerde zich. "De eeuwige wedstrijd met Shillal brengt spanning in hun leven. Daardoor worden hun eten en drinken, als ze het veilig weten te bereiken, veel begeerlijker."

Lanarck deed er het zwijgen toe, terwijl hij zijn best deed om te voorkomen dat zijn gedachten naar de oppervlakte van zijn geest rezen.

"Ik neem aan dat het meisje van de Aarde op geen van deze planeten is?" vroeg hij.

"Dat klopt."

"Dan vraag ik het je mogelijk te maken dat ik met haar praat."

"Maar ik heb haar juist speciaal verhuisd om te verzekeren dat ze gevrijwaard bleef voor zulke bemoeienis," antwoordde Laoome licht spottend.

Lanarck zei ongeduldig: "Ik vertegenwoordig het recht van het Tellurische Rijk. Dat is een macht die meer te betekenen heeft dan de wensen van een individu."

"Het recht van het Tellurische Rijk is niet het recht van Laoome — en de Aarde is ver weg," merkte de Wereldbedenker op. "Ik zie geen reden om dit meisje lastig te vallen, alleen om jou en het recht van de Aarde tevreden te stellen. Daarnet citeerde je een aforisme. Het bevredigen van het rechtsgevoel van de Aarde betekent niets, vergeleken met de ellende van het meisje als ze gevankelijk teruggevoerd zou worden naar de Aarde."

"Ze heeft drie mannen gewond die hun plicht deden," zei Lanarck. "Belangrijker is dat zij de macht heeft om de Aardse beschaving te verwoesten. Maar ik heb niet in de eerste plaats de opdracht haar te straffen of te doden. Ik geloof dat het nuttig voor haar zou zijn als ze naar mij kon luisteren."

Laoome aarzelde een ogenblik. Zijn ogen zo groot als schoteltjes staarden strak voor zich uit.

"Goed," zei hij toen. "Het zou rechtvaardig zijn als ik jou als individu dezelfde voorrechten toesta als haar. Je mag naar haar wereld gaan. Maar je zult daar op je eigen vernuft moeten vertrouwen — net als zij. Als je op Markavvel sterft, ben je even grondig dood als wanneer het je op Aarde overkwam. Ik zal niet het Lot spelen om een van jullie beiden te redden."

Er volgde een hiaat in Laoome's gedachten, een draaikolk van gedachten, te snel voor Lanarck om bij te houden.

Hij stond met enige achterdocht te wachten.

Eindelijk richtte Laoome zijn ogen weer op hem. Ze leken fel licht uit te stralen. Lanarck werd even vaag. Hij voelde dat er kennis aan zijn hersens werd toegevoegd.

Zwijgend, nadenkend nam Laoome hem op. Lanarck kreeg het idee dat Laoome's lichaam, een grote zwarte koepel, wel bijzonder ongeschikt was voor het leven op deze planeet waar hij woonde.

"Ja," klonk zacht de gedachte van Laoome. "Uit een ver gebied dat jij niet kent kwam ik hier, verbannen van de donkere planeet Narfilhet, in welks peilloze zwarte wateren ik zwom. Dit was al lang geleden, maar nog altijd mag ik niet teruggaan."

Afwezig verviel hij weer tot gepeins.

Lanarck bewoog zich ongeduldig. Buiten scheurde de wind langs het gebouw en raasde over de woestijn. Laoome lag te dromen, misschien over de donkere oceanen van het machtige Narfilhet.

Lanarck raakte zijn geduld kwijt en zond een gedachte uit.

"Hoe kom ik op Markavvel? En hoe kom ik weer terug?"

Laoome bracht zijn aandacht terug naar het heden. Zijn ogen richtten zich op een punt naast Lanarck. Het gat dat toegang gaf tot zijn fantasiewerelden werd voor de derde keer opengerukt. In de leegte, niet ver van het gat, zweefde een ruimteboot. Lanarck's ogen werden groot van verbazing. "Dat is een 45-G — mijn eigen schip!" riep hij uit.

"Nee, het is niet jouw schip. Een ander. Het jouwe staat nog buiten." Het schip zweefde dichterbij en kwam allengs binnen bereik.

"Klim erin," zei Laoome. "Op dit moment bevindt het meisje dat je zoekt zich in de stad die in de top van het driehoekige werelddeel ligt."

"Maar hoe kom ik weer hier?" wilde Lanarck weten, praktisch als altijd.

"Richt je schip als je van Markavvel vertrekt op de helderste ster die je ziet. Dan breek je door de mentale dimensies en kom je uit in dit heelal."

Lanarck stak zijn arm in het denkbeeldige heelal en trok de ruimteboot naar de opening. Hij opende de sluis en stapte er voorzichtig in. Laoome zond hem een laatste gedachte.

"Denk eraan dat als je in gevaar mocht komen, ik de natuurlijke loop der dingen niet zal wijzigen. Anderzijds zal ik niet met opzet gevaren op je pad strooien. Mocht jou iets overkomen, dan is dat louter aan de omstandigheden te wijten."

III

Toen Lanarck de sluis dichtsloeg, verwachtte hij half en half dat het schip onder zijn laarzen in rook op zou gaan. Maar het bleef stevig. Hij keek naar buiten. Het gat naar zijn eigen heelal was verdwenen en vervangen door een schitterende blauwe ster. Hij was in de ruimte. Beneden hem glansde de lichtende schijf van de wereld Markavvel, en zo te zien verschilde hij in niets van de werelden die hij in de echte ruimte kende. Hij wilde eigenlijk niet geloven dat dit heelal alleen een droom van iemand was. Toen haalde hij zijn schouders op. Hij wist waar zijn taak lag — de abstracte zaken moesten maar voor zichzelf zorgen. Hij trok aan de snelheidsregelaar en liet de neus van de boot steil naar beneden wijzen. Op een staart van atomen suisde de boot naar Markavvel.

Het leek best een prettige wereld. In de ruimte hing een hete witte zon en een groot deel van het planeetoppervlak werd ingenomen door blauwe oceanen. Het duurde niet lang voor hij het driehoekige werelddeel tussen de verschillende landmassa's had gevonden.

Het was niet groot. In het binnenland rees een hoogvlakte op met bergen, waarvan de hogere hellingen overdekt waren met groene bossen. Het was een heel Aards uitzicht en Lanarck voelde ook niets van de onaardse aura die de meeste andere planeten omhulde.

Met zijn telescoop vond hij de witte stad, die een uitgestrekt terrein aan de monding van een brede rivier besloeg. Hij richtte zijn schip erop en daalde snel door de bovenste atmosfeerlagen. Toen remde hij af en legde de boot horizontaal boven zee op vijftig kilometer afstand van de stad. Vlak over de vonkende blauwe golven scherend vloog hij naar de stad.

Een paar kilometer naar links vormde een eiland van basalt een bolwerk tegen de oceaan. Tussen hem en het eiland dreef een zwart voorwerp op een golfkam omhoog. Een ogenblik later verdween het in een golfdal, maar Lanarck vloog er al heen.

Het was een gammel vlot. Op het vlot streed een meisje met wild gouden haar vertwijfeld tegen vagelijk menselijke dingen die aan boord wilden klauteren.

Lanarck landde het schip naast het vlot. Het verstoorde water gooide het vlot om, zodat het bovenop het meisje terechtkwam.

Vloekend dook hij haastig de sluis uit en het heldere groene water in. Een ogenblik zag hij half menselijke gedaanten die naar de troebele diepte zwommen. Toen brak hij door het oppervlak. Met snelle slagen zwom hij naar het vlot.

Eronder duikend greep hij het slappe meisjeslichaam beet en trok haar onder het vlot uit zodat ze weer kon ademen. Even hield hij zich aan het vlot vast om weer op adem te komen terwijl hij het hoofd van het meisje boven water hield. Even later merkte hij dat de waterwezens terugkwamen. Donkere gestalten rezen op in de schaduw onder het vlot en een klamme hand met lange vingers wikkelde zich om zijn enkel. Hij gaf een schop en voelde dat hij doel trof. Nu stegen er nog meer aanvallers op uit de diepte. Hij schatte de afstand tot de drijvende ruimteboot. Vijftien meter. Te ver. Hij kroop op het vlot en trok het meisje mee.

Haar primitieve roeispaan dobberde in het water. Ver over de rand leunend wist hij hem beet te pakken en hij zat klaar om het eerste zeewezen dat zijn kop boven water stak een optater te verkopen. Maar er kwamen geen liefhebbers voor een pak slaag. De wezens zwommen vijf meter onder het vlot onvermoeibaar in cirkels rond.

Het blad van de roeispaan was afgebroken en tot zijn woede merkte Lanarck dat hij het onhandelbare, logge vlot niet in beweging kon krijgen. Ondertussen dreef de wind zijn ruimteboot steeds verder weg. Lanarck verdubbelde zijn inspanning met de roeispaan, maar de afstand nam nog steeds toe. Na een kwartier vergeefs geworstel met de peddel smeet hij hem neer en staarde zuur naar de ruimteboot, die al vijftig meter afgedreven was.

Toen hij naar het meisje keek, bleek ze met gekruiste benen te zitten en hem peinzend op te nemen. Lanarck moest aan Laoome denken in het halfdonker van zijn witte gebouw op de woestijnwereld waar het altijd waaide. Dit alles, dacht hij, kijkend van het meisje met de heldere ogen naar de zwoegende zonnige zee en het hoogland van het werelddeel in de verte, was een fantasie in die ondoorgrondelijke geest.

Het meisje had strokleurig haar met een massa krulletjes. Haar gezicht was knap en haar ogen waren eerlijk blauw. Ze staarde hem een ogenblik aan en stond toen sierlijk op.

Met een glimlach sprak ze tegen Lanarck in een onbekende taal. Ze had een lage, prettige stem. Tot zijn verbazing merkte Lanarck dat hij haar verstond, maar toen herinnerde hij zich weer hoe de ogen van Laoome hem doorboord hadden, dingen weghaalden uit zijn geest en door andere vervingen.

"Ik dank je, mijn vriend," zei zij. "Maar zoals je ziet verkeren wij nu beiden in de netelige situatie waarin ik mij bevond voordat je mij redde."

Lanarck zei niets. Hij knielde en begon zijn laarzen uit te trekken.

"Wat ga je doen?" vroeg ze.

"Zwemmen," antwoordde hij. Het leek heel natuurlijk om de taal te spreken.

"Dat is zelfmoord. De Bodemmensen zouden je onder water trekken voor je vijf meter verder was. Kijk!"

Ze wees in het water en nu zag Lanarck daar zoveel cirkelende donkere vormen die met vage grijze gezichten naar boven tuurden, dat hij haar goede raad graag ter harte nam.

"Ben jij ook van de Aarde?" vroeg zij, hem aandachtig opnemend.

"Ja," antwoordde hij met een nieuwsgierig gezicht. "Wie ben jij, en wat weet je van de Aarde?"

"Ik ben Norji, van Nathol, de stad daarginds. De Aarde is het thuis van Kenna Parker, die arriveerde in een schip als het jouwe."

Lanarck vroeg verbluft: "Maar Kenna Parker is hier pas een uur geleden aangekomen. Hoe kun jij dat weten?"

" 'Een uur'?" zei het meisje, op haar beurt verbaasd. "Zij is hier al drie maanden." Dit laatste zei ze op enigszins bittere toon.

Lanarck krabde verbijsterd zijn hoofd. Blijkbaar beheerste Laoome de tijdcoördinaten in zijn heelal even virtuoos als de ruimtecoördinaten.

"Hoe ben je hier op dit vlot terechtgekomen?" vroeg hij.

Met een rilling keek ze naar het eiland. "Door de priesters," zei ze. "De Gewijden. Zij wonen op het eiland en halen mensen van het vasteland — meestal jonge vrouwen, soms mannen. Ze hebben mij ook gehaald, maar ik ben gisteravond gevlucht."

Lanarck keek van het eiland naar de grootse stad van torens op het vasteland.

"Waarom stuurt de stad geen gewapende macht om ze te vernietigen?"

"Nee." Haar rode lippen vormden een O. "Zij zijn heilig, gewijd aan de almachtige Laoome."

"Laoome! En wat weet je van Laoome?"

"Laoome? Laoome is de Almachtige, de Schepper."

"Zo!" zei Lanarck met een grimmig lachje. "En deze eilandboeven zijn heilig, hè?"

"Zij zijn priesters — onschendbaar."

"Waarom?" vroeg Lanarck. Hij vroeg zich ironisch af wat voor soort evolutieproces Laoome hier op gang had gebracht. Haar woorden bevestigden zijn vermoeden.

"Ik weet het niet," zei zij met lichte verbazing. "Ik geloof niet dat iemand het weet. Het is een traditie van lang geleden. Maar stervelingen die naar het eiland worden gebracht zijn daarna taboe en mogen geen lid meer worden van de normale samenleving."

"Wat doen ze dan?" wilde hij weten.

"Maar heel weinigen komen terug naar het vasteland. Degenen die zich vrij maken van de Gewijden en aan de Bodemmensen ontsnappen, gaan gewoonlijk in de wildernis wonen. Als ze teruggaan naar Nathol worden ze soms gemolesteerd, en soms opnieuw gevangen door de priesters."

Lanarck zweeg. Tenslotte kon het hem weinig schelen hoe het deze mensen verging — het waren je reinste fantasiewezens en ze woonden op een denkbeeldige wereld. En toch — hij keek naar Norji en schudde zijn donkere kop.

"En Kenna Parker is in Nathol?"

Norji verstrakte. "Nee," antwoordde ze. "Zij woont op het eiland. Zij is de Driemaal Adepte, de Hogepriesteres."

Lanarck was stomverbaasd. "Hogepriesteres? Kenna Parker?"

Norji keek hem somber aan. "Waarom vind je dat zo vreemd?" vroeg ze. Lanarck herinnerde zich wat Cardale had gezegd en Kenna Parker's reputatie in de gevangenis.

"Maar waarom hebben ze haar Hogepriesteres gemaakt?"

"Een maand nadat zij arriveerde, hoorde de Hiërarch van de vrouw wier haar de kleur van de nacht had, net als het jouwe, en hij probeerde haar als slavin naar Drefteli het Heilige Eiland te brengen. Zij doodde hem met haar handwapen. En toen de bliksems van Laoome niet neerschoten en haar verzengden, wist men dat Laoome het goedkeurde en daarom werd zij Hogepriesteres in plaats van de gedode Hiërarch."

Lanarck moest lachen om de naïeve filosofie. Maar op Aarde, dacht hij, waar de goden minder openlijk toezicht hielden, zou het veel naïever hebben geklonken.

"Is Kenna misschien een vriendin van jou?" vroeg Norji zacht. "Of je minnares?"

"Zeker niet," antwoordde Lanarck met zijn strenge glimlach.

"Wat wil je dan van haar?"

"Ik ben gekomen om haar mee terug te nemen naar de Aarde," antwoordde hij met een weifelende blik naar de ruimteboot die zich steeds verder verwijderde van het dobberende vlot. "Men verlangt naar haar — aanwezigheid."

"Misschien wil ze niet weg," zei Norji.

Lanarck haalde zijn schouders op, wat van alles kon betekenen. Norji keek teleurgesteld, maar Lanarck's donkere, onbewogen gezicht veranderde niet van uitdrukking.

"Je zult je — Kenna Parker spoedig zien," zei Norji na een poos. In het rond kijkend zag Lanarck een lange zwarte galei die hen naderde vanuit de richting van het eiland.

"De Gewijden," zei Norji. "Ik ben weer een slavin."

"Nog niet," zei Lanarck. Hij tastte naar zijn naaldstraler.

Voortgeroeid door twintig lange riemen sneed de galei door het water en nu was de vrouw die op de achtersteven stond goed te zien. Ze was jong en maakte een stoutmoedige indruk.

Haar lange zwarte haar wapperde in de wind. In gedachten vergeleek Lanarck haar met het boze, uitdagende gezicht op de foto die hij bij Cardale had gezien. Nu lachte Kenna Parker uitgelaten terwijl ze van het zwijgende tweetal op het vlot naar de ruimteboot keek die een halve kilometer verder op het water lag te dobberen. De galei, met lange mannen met goudkleurig haar aan de riemen, kwam langszij het vlot.

"Dus het Tellurische Onderzoekscorps brengt mij een bezoek?" zei zij in het Engels. "Nou, je hebt me gevonden. Hoe je dat gedaan hebt is me een raadsel." Ze keek Lanarck nieuwsgierig aan. "Hoe is dat in zijn werk gegaan?"

"Met een speurcel en een paar woorden over de situatie aan Laoome."

"Hoe is de situatie precies?"

"De Raad biedt je amnestie aan en het bedrag waar eerder over gesproken is, in ruil voor de documenten die jij bezit."

"Ja?"

"Het alternatief is niet plezierig, maar wel snel."

Kenna lachte opnieuw. Lanarck fronste bedenkelijk. Ze had iets dat hij niet thuis kon brengen, iets dat hem bekend voorkwam. Het kwam niet door de foto. Hij liet de vrouwen die hij gekend had de revue passeren, maar daar schoot hij niets mee op.

Kenna bedaarde. "Nou, in ieder geval ben je niet saai, luitenant," zei ze met een blik op het insigne op zijn helm. "Hoe heet je?"

"Lanarck."

Ze keek verrast. "Lanarck? Dan heb ik van je gehoord. De maniakken van Arminzd, was het niet? De grote Lanarck in eigen persoon. Ik voel me gevleid." Ze keek naar de horizon. "Ach, luitenant, ik weet niet goed wat ik met jou aanmoet. Ik ben niet wraakzuchtig en ik zou niet graag je carrière op de klippen laten lopen. Maar jou naar je ruimteboot roeien zou al te gek zijn. Ik heb het hier naar mijn zin en ik ben beslist niet van plan mijn eigendommen aan jou af te staan."

Met een stenen gezicht tastte Lanarck naar zijn wapen.

Ze zag het spottend aan.

"Hij is doornat, luitenant, en we weten allebei dat natte naaldstralers een paar dagen lang niet goed werken."

Lanarck grijnsde toen hij het boegbeeld van haar boot wegschoot. Kenna keek opeens heel anders.

"Zo," zei ze. "Ik heb op het verkeerde knopje gedrukt. Hoe doe je dat?"

"Een eigen vinding," zei hij. "Nu moet ik je verzoeken mij naar mijn ruimteboot te brengen."

Kenna staarde hem raadselachtig aan en weer ontdekte Lanarck iets bekends in die blauwe ogen. Waar had hij eerder die uitdrukking gezien? Op Fan, de Pretplaneet? In de Magische Bossen van Hycithil? Tijdens de razzia op de slavenkotten van Sterlen? In de Aardse macropolis Tran?

Ze mompelde vlug iets tegen de man die achter haar stond. Hij ging met een buiging opzij. Het was een gebronsde reus met een koperen band om zijn gouden haren.

"Goed," riep ze. "Kom maar aan boord." Norji en Lanarck klauterden over het met houtsnijwerk versierde boord. De galei schoot met een schuimend wit kielzog in de richting van de ruimteboot.

"En wie, als ik vragen mag, is dit meisje? Je maakt snel vrienden en je hebt een goeie smaak, luitenant," merkte Kenna op.

"Dit is een van je ontsnapte slavinnen," antwoordde Lanarck spottend. "Ik neem aan dat je haar wel in de boeien zult willen slaan?"

"O nee, je mag haar hebben. Ik ben bezig geleidelijk hervormingen in te voeren. Al weet ik eigenlijk niet waarom. Deze wereld is van Laoome, niet van mij."

"Ik moet je vragen die vergelijkingen af te staan," zei Lanarck.

"In de eerste plaats," zei Kenna, "heb ik ze niet bij me. In de tweede plaats kreeg je ze toch niet, al had ik ze wel bij me."

Lanarck stak zijn lange armen uit en fouilleerde haar grondig, maar zonder succes.

"Je hebt ze zeker niet ingeslikt?"

Kenna bloosde. "Nee"

"Nou, ik zal het niet controleren," grijnsde Lanarck zuur. Dit meisje was buitengewoon aantrekkelijk en hij kon zijn ogen maar moeilijk van haar afnemen. Maar toen hij zich naast Norji op de bank liet zakken, kampte hij met een ander, vreemd gevoel. Het ergerde hem en hij probeerde het van zich af te zetten.

IV

Zwaar op de golven deinend lag de ruimteboot nu dichtbij. De galei stormde pijlsnel over het water en de roeiers hielden niet op. Lanarck sprong overeind en schreeuwde bevelen. Maar het volgende moment ramde de galei de boot en drukte hem onder met zijn metaalbeklede kiel. Het water gutste door de open sluis naar binnen en de ruimteboot verdween borrelend onder de golven.

"Het spijt me oprecht," zei Kenna effen. "Maar nu staan we tenminste op gelijke voet. Jij hebt een naaldstraler. Ik heb een ruimteboot."

Lanarck ging zwijgend zitten. Een ogenblik later zei hij: "Waar is je eigen naaldstraler?"

"Die is ontploft toen ik hem probeerde op te laden uit de generators van mijn ruimteboot."

Lanarck trok met zijn schouders. "Je bent een intelligente vrouw," zei hij. "Mettertijd wil je terug naar de Aarde. Een betere gelegenheid dan nu krijg je nooit meer. Geef mij die vergelijkingen — ik zal je mijn identiteitsbewijs laten zien — en dan worden de aanklachten wegens gewapende mishandeling en ontsnapping uit de gevangenis ingetrokken. En je wordt rijk."

"En anders?" vroeg ze zacht.

Lanarck antwoordde niet direct. "Je gaat in ieder geval terug naar de Aarde, dood of levend."

Kenna wendde haar blik af. Ze staarde naar de horizon.

De galei was inmiddels weer op weg naar het eiland.

"Waar staat je ruimteboot, tussen haakjes?" vroeg Lanarck.

Kenna lachte. "Dacht je dat ik dat zou zeggen?"

"Waarom niet? Ik heb geen reden om je hier achter te laten."

"Kan best, maar ik zeg het lekker toch niet."

"Norji, waar staat de ruimteboot van Kenna Parker?" vroeg Lanarck.

"Norji," snauwde Kenna, "als Hogepriesteres van de Almachtige Laoome beveel ik je te zwijgen!"

Het blonde meisje uit Nathol keek verward van de een naar de ander.

"Hij staat op het plein voor de Malachiettempel van Nathol," zei ze fatalistisch.

Kenna zweeg woedend. "Laoome speelt vals," zei ze eindelijk. "Dit meisje vindt jou aardig. En jij haar."

"Laoome komt niet tussenbeide," zei Lanarck.

"Dat zei hij tegen mij ook — en moet je nu eens kijken! Ik ben Hogepriesteres. Hij heeft ook gezegd dat hij niemand van buiten op Markavvel zou toelaten om mij te molesteren. En voor ik het weet sta jij voor de deur!"

"Ik ben niet van plan je te molesteren," zei Lanarck kortaf. "Laat me alleen mijn plicht doen, en dan vertrek ik meteen weer. We kunnen net zo goed vrienden zijn."

"Maar ik wil jouw vriend niet zijn, en als vijand stel je niets voor." De blonde reus liep net langs. "Nu!" riep Kenna.

De man stortte zich als een tijger op Lanarck. Maar Lanarck had het wel verwacht. De man van Markavvel was vijftien centimeter langer en vijfentwintig kilo zwaarder, maar Lanarck kronkelde en glibberde berustend totdat hij de reus in een bepaalde greep had die hij in zijn woelige carrière had geleerd. Hij gaf een ruk en de goudharige reus denderde achteruit en viel tegen de zijkant van de boot, waar hij stil bleef liggen.

Maar een zachte hand streek over Lanarck's dijbeen en hij was zijn naaldstraler kwijt. Toen hij opkeek en zijn sluike zwarte haar fatsoeneerde, glimlachte Kenna hem toe. De naaldstraler bungelde aan haar vinger.

Norji rees overeind van de bank waar ze met grote ogen had zitten toekijken. Voordat Kenna helemaal begreep wat er gebeurde, had Norji haar hand plat op Kenna's gezicht gedrukt en haar weggeduwd, terwijl ze met haar andere hand het wapen afpakte. Ze richtte het op Kenna.

"Ga zitten," zei Norji.

Kenna liet zich bijna huilend van razernij op de bank vallen. Met een stralende blos op haar jonge gezicht ging Norji achteruit met het wapen in de aanslag.

Lanarck bleef staan waar hij stond.

"Nu zal ik eens een poosje de leiding nemen," zei Norji. "Iedereen heeft het al geprobeerd en we zijn alleen in cirkels rondgeroeid. En ik zal ook niet beleefd zijn. Jij daar, Kenna Parker! Zeg tegen je mannen dat ze naar Nathol roeien!"

Nors gaf Kenna het bevel aan de roeiers door. Het water onder de riemen schuimde en de lange zwarte galei wendde de steven naar de stad.

"Dit kan best wel heiligschennis zijn," merkte Norji verrukt op tegen Lanarck. "Zij is immers Hogepriesteres. Maar ik had toch al heiligschennis gepleegd door van Drefteli te ontsnappen."

"Wat zijn je plannen in deze nieuwe rol van jou?" informeerde Lanarck terwijl hij heel behoedzaam een stapje naar haar toe ging.

"In de eerste plaats zal ik dit wapen uitproberen op iedereen die het idee heeft dat hij het van mij af kan pakken." Lanarck stapte weer achteruit. "En in de tweede plaats — maar dat merken jullie gauw genoeg!"

De witte stad Nathol naderde snel. Kenna zat te mokken. Lanarck liet de zaken voorlopig op hun beloop, aangezien ze met iedere slag van de riemen dichter bij Kenna's boot kwamen. Norji uit zijn ooghoek in de gaten houdend genoot hij lui van de zon.

Norji stond rechtop achter de bank waarop Kenna zat en haar heldere blauwe ogen keken over de springende blauwe vonken van de oceaan. De wind speelde met haar haar en drukte haar tuniek tegen haar tengere lichaam. Lanarck schudde zijn hoofd.

Dit meisje, zo vitaal, met het wapperende, strokleurige haar — zij was niet echt. Zodra Laoome het wilde, verdween ze in het niets. Ze was minder dan een schim, minder dan een luchtspiegeling, minder dan een droom. Ze was een hersenspinsel. Lanarck keek naar Kenna, het Aardmeisje, maar met haar boze rode lippen en stuurse ogen schoot hij niets op.

Ze ploegden door de brede rivier en langs de lange witte kaden van Nathol. Lanarck rekte zich uit en stond op. Misschien wist Norji Kenna en haar hele bemanning niet onder de duim te houden in de verwarring van het afmeren. Hij keek een ogenblik naar de stad, observeerde de mensen op de kade die witte en rode en blauwe tunieken droegen. Weldra wendde hij zich tot Norji.

"Ik moet de naaldstraler nu overnemen, Norji," zei hij zacht. "Dat is mijn plicht — zowel tegenover jou als om mijn opdracht uit te voeren."

"Ga terug, anders zal ik —" mompelde ze met haar kaken op elkaar geklemd. Lanarck liep eenvoudig naar haar toe met een uitdrukkingsloos gezicht. Ze liet haar armen langs haar zijden vallen. Hij pakte de naaldstraler terug. Hij sloeg zijn arm om haar heen en drukte haar tegen zich aan.

"Je bent veilig," zei hij. "Ik zorg wel dat Kenna je je oude positie in de stad teruggeeft." Ze schreide zacht tegen zijn borst aangedrukt. Lanarck kreeg het bijna te kwaad. Zijn geest ziedde van gedachten — gedachten aan de Aarde, aan Laoome, maar vooral aan Norji. Zijn arm drukte zich tegen haar warme jonge schouders. Onecht, mompelde hij, fantasie. Hij verwenste Laoome.

"Norji!" Zijn stem klonk hard en zijn gezicht liep donker aan. "Zolang jij hulp nodig hebt, blijf ik op Markavvel. Ik zal Kenna een dosis somnol geven en de Raad kan wel wachten op zijn vergelijkingen. De hemel weet dat jij menselijker en echter bent dan zij — ondanks Laoome."

Norji hield op met huilen en begon te lachen. Lanarck zuchtte en liet haar los. Ze legde haar hand op zijn schouder en kuste hem kuis op zijn wang.

Kenna zat er geamuseerd naar te kijken en ze wilde kennelijk een wrange opmerking maken. Maar Lanarck was afgeleid, ging opzij en tuurde heel aandachtig naar de hemel. Hij luisterde.

Uit de hemel kwam een dof, ontzaglijk gebons omlaag als het kloppen van een reuzenhart. Op de horizon verscheen een eigenaardige wolk als een band van witglanzend metaal die op de maat van het gebons opzwol. De band werd wonderbaarlijk snel langer, totdat hij de hele horizon omcirkelde. Het gebons veranderde in een daverend gedreun.

Lanarck schrok zich wild. De lucht zelf leek zwaar en strakgespannen. Hij schreeuwde naar de met ontzag geslagen roeiers die dodelijk ontzet hun riemen in het water lieten hangen.

"Snel — naar de oever!"

Ze rukten aan de riemen en spanden zich enorm in met alle kracht die hun magnifieke gouden lichaam kon opbrengen. Maar voor Lanarck's schattende ogen leek de galei helemaal niet sneller te varen. De zee was olieglad geworden en het water leek wel stroop. De boot raakte zijn vaart kwijt.

Maar de kade was dichtbij en de grote betonnen palen stonden stevig in het water. Grimmig op het achterdek staand merkte Lanarck dat Kenna doodsbang aan zijn ene kant stond en Norji aan de andere.

"Wat gebeurt er?" fluisterde Kenna schor. Lanarck keek naar de horizon. De knellende wolkenband van metaal beefde en spleet in tweeën. De bovenste helft dobberde in de lucht.

"Ik hoop — ik hoop dat ik me vergis," mompelde Lanarck.

"Wat?" vroeg Norji ademloos.

Lanarck zag zijn schaduw bewegen. Hij draaide zich naar de zon en nu wist hij dat zijn grootste angst bewaarheid werd. De zon hing ongelooflijk te schokken en beschreef grillige korte bogen.

"Het is Laoome," zei hij. "Laoome is gek geworden."

"Dat kan niet," riep Kenna uit. "Ik vraag me af — wat gaat er gebeuren?"

Zich door het dikke water persend met voren van witte gelei bonkte de galei tegen de kade. Lanarck wierp Kenna en Norji op de kade en klom achter hen aan.

Ze aarzelden. In de statige avenue, die zich dwars door de stad uitstrekte, krioelde het van panische goudharige mensen. Het gedaver uit de lucht versnelde zijn wereldomspannende ritme.

"Waar is de ruimteboot?" Lanarck moest schreeuwen om het tumult van de stad te overstemmen. Maar inwendig was hij verkild door een schokkende gedachte. Wat zou er met Norji gebeuren? Zij was gemaakt van droommateriaal en zij zou —

Hij onderdrukte de gedachte. Kenna stond dringend aan zijn arm te trekken.

Norji bij haar hand grijpend holde hij achter Kenna aan, die op weg was naar de tempel met de zwarte poort aan het andere eind van de laan.

Lanarck keek naar de hemel. Waarom wist hij niet. Misschien leek de hemel het dichtst bij Laoome. Maar toen kwam uit de hemel Laoome's nieuwste waanzinnige creatie. De lucht werd plotseling ingesnoerd, een geluidloze klopping, en toen regende het warme rode bollen, als kleine kwallen, die de onbeschermde huid staken met netelcellen. Het kabaal van de stad werd angstaanjagend.

De rode schepsels namen razendsnel in aantal toe en binnen enkele ogenblikken vormden ze een ondoorzichtige wolk van roze slijm en de grond lag dik bedekt met wriemelend roze leven.

Waar je je ook wendde, aan de vloed van rode dingen viel niet te ontkomen. Ze lagen overal. Lopen was nu een riskante bezigheid geworden. De kleverige, smerige rommel lag op straat te glibberen.

Kenna gleed uit en viel languit op de slijmlaag. Ze worstelde er vergeefs tegen en kon alleen met behulp van Lanarck weer op de been komen. Nu beide meisjes ondersteunend ploeterde hij voort naar de tempel. Bezorgd hield hij de gebouwen van Nathol in het oog, uit angst dat Markavvel zelf instortte voordat ze de ruimteboot bereikt hadden.

De regen van rode kwallen hield op, maar de straten waren bedolven onder een halve meter slijk. Nu had de hemel een andere kleur, een nieuwe kleur die niet in het spectrum thuishoorde. Het was een kleur die alleen een waanzinnige god kon verzinnen.

Plotseling begon het rode slijm te karnen en het spatte uiteen als gemorste druppels kwikzilver en was een oogwenk later veranderd in miljoenen en miljoenen kakelblauwe mensjes. Ze renden rond, ze repten zich her en der, ze sprongen omhoog en de straten waren een lillend karpet van gezichtsloze blauwe dwergjes. De Natholianen holden eroverheen zonder erop te letten. De wezentjes klampten zich aan Lanarck's kleren vast en klauterden als muizen in zijn benen.

De zon, die nog steeds doelloos heen en weer slingerde met kramp-achtige schokken, bewoog zich langzamer, leek toen al zijn licht kwijt te raken en werd afgeplat. Er verschenen banden op en terwijl de murw gebeukte bevolking van Nathol verstomde van ontzag, veranderde de zon in een gesegmenteerde witte larf.

"Wat nu weer?" dacht Lanarck terwijl hij blauwe mannetjes af-schudde.

De hemellarf, zo lang als vijf zonnen, wriemelde met zijn hoofd in een afschuwelijk blinde maar toch doelgerichte beweging. Toen kroop hij als een rups omlaag door de vreemd gekleurde hemel naar de wereld Markavvel.

In het delirium van absolute paniek draafden de inwoners van Nathol door hun brede witte lanen. Toen Lanarck en de twee meisjes zich langs een kruising worstelden, werden ze bijna door de verdwaasde menigte vertrapt.

Naast een marmeren fontein vond het drietal een rustige plek. Lanarck herstelde zich gedeeltelijk, overtuigd dat deze ervaring maar een fantasie was, een nachtmerrie. Het was gewoon te belache-lijk, te onnatuurlijk dat hij, Lanarck, luitenant van het Tellurische Onderzoekscorps, zich al vechtend een weg baande door een massa koortsige droomwezens met twee meisjes op sleeptouw van wie er één zelf een fantoom was. En dit alles deed hij om te ontsnappen aan een gestoorde gedachte in een waanzinnig brein.

Een blauw mensding klauterde in zijn haar. Het zong met een iele, heldere bariton. Lanarck smeet het op de grond. Nee! Zijn geest kal-meerde. Dit was de werkelijkheid. Bovendien was er haast bij. Hij zag dat de dolle mensenkudde gepasseerd was en dat de straten weer betrekkelijk vrij waren.

"Laten we gaan," mompelde hij tegen de twee meisjes die bleek maar zwijgend naar de titanenlarf stonden te kijken die monsterlijk groot tegen de hemel plakte. Maar toen ze in beweging kwamen, begon de metamorfose die Lanarck gevreesd had. De materie van Nathol, en van heel Markavvel, veranderde zich in krankzinnige onnatuurlijke substanties.

Tot nu toe had Lanarck tegen beter weten in nog hoop gehad. Maar ten slotte moest hij toegeven dat alleen de ruimteboot nog hulp bood.

De statige gebouwen van Nathol, het harde witte marmer, veranderden in stopverf en zakten onder hun eigen gewicht in elkaar. Lanarck had nog een scherp beeld voor ogen hoe de Malachiettempel er uitzag toen het nog een luchtige koepel op groene zuilen van malachiet was. Nu was het een kleffe bonk weke materie. Hij sleurde de strompelende meisjes nog sneller vooruit.

V

Ontzet staarden de inwoners van Nathol omhoog. De glinsterende larf in de hemel vervulde hen met gefascineerd afgrijzen. Lanarck hield deze mensen bezorgd in het oog, uit vrees dat ook zij, omdat ze droomwezens waren, in afzichtelijke ondingen zouden veranderen. Want als zij veranderden, dan veranderde ook Norji, wist hij. Waarom hij haar precies meenam naar de ruimteboot wist hij niet helemaal. Hij had geen reden om aan te nemen dat zij buiten haar eigen droomheelal kon bestaan — vooropgesteld dat de ruimteboot zelf niet tot vormeloze smurrie was gesmolten.

Nog steeds was de metamorfose van Markavvel niet afgelopen. Gehoornde zwarte piramiden ontsprongen aan de grond en werden verschrikkelijk hoog, gemene zwarte stekels van kilometers lang.

Lanarck zag de ruimteboot nu. Blijkbaar was het voertuig nog intact. Misschien was het van duurzamer droommateriaal gemaakt dan Markavvel zelf.

Hij voelde dat onder de grond ontzagwekkende processen aan de gang waren, alsof de kern van de planeet zelf verviel tot een kleverige massa. Bezorgd schatte hij de afstand die hen nog van de boot scheidde — een kleine honderd meter.

"Sneller!" hijgde hij.

De twee meisjes, die al naar adem snakten, bewogen zich wanhopig vooruit. Lanarck keek voortdurend naar de Natholianen. En eindelijk, alsof er een koude wind in zijn hersens beet, wist hij dat de verandering begonnen was. Dat zag hij niet met zijn ogen. Het was iets dat dieper ging. Van wanhoop begon hij bijna langzamer te lopen. De Natholianen zelf wisten het ook. Ze wankelden onbeholpen en ongelovig terwijl ze naar hun handen keken en aan hun gezicht voelden.

Het is te laat! jammerde Lanarck vertwijfeld. Zonder dat dit vermoeden door iets gesteund werd, had hij geloofd dat als ze eenmaal in de ruimte waren, weg van Markavvel, het meisje veilig zou zijn. Maar de boot lag nog ver weg.

Het was inderdaad te laat. De inwoners van de stad waren al aangetast. Koortsig klauwden ze aan hun verschrompelde gezicht, waggelden wezenloos rond en vielen schril krijsend neer omdat hun gekrompen benen hun gewicht niet meer konden dragen.

Tegelijkertijd voelde Lanarck dat een van de meisjeshanden die hij vasthield hard en gerimpeld werd. Toen haar benen bezweken, voelde hij dat ze in de weke bodem zakte. Hij bleef staan en willoos richtte hij zijn blik op wat Norji was geweest.

Nu beefde de grond onder zijn voeten wild, rondom spartelden de stervende Natholianen en boven hem zakte de immense larf door de griezelige hemel. De zwarte chitineuze stekels torenden hoog. Maar Lanarck had geen aandacht voor deze dingen. Voor hem stond Norji — een hijgende en van uitputting wankelende Norji, maar ze was nog gezond en een al goud! In het slijm lag het verschrompelde droomwezen dat hij gekend had als Kenna Parker.

Plotseling kreeg Lanarck een verrassend vermoeden. Hij rukte Norji's tuniek van haar schouder. Eén blik was genoeg. Op de blote huid zag hij de blauw-zwarte tatoeage 94E-627. Een ogenblik bleef hij zo staan. Toen greep hij opnieuw haar hand en haastte zich verder naar de boot.

Halverwege stolde de lucht tot een dunne, stromende vloeistof die hun vlucht belemmerde. Maar eindelijk, eindelijk kwamen ze dan bij de boot.

De sluis openrukkend duwde hij het versufte meisje naar binnen en volgde haar. Maar toen hij de romp van de boot aanraakte, besefte hij met een dof, hulpeloos gevoel dat de ruimteboot zelf veranderde. Het koude metaal kreeg een eigen bonzend leven. Ze waren gedoemd — gedoemd te stikken in een heelal dat instortte!

Lanarck zette het idee van zich af. Hij smakte de sluisdeur dicht en zonder zich te storen aan de kans dat de koude stuwpijpen openbarstten, schakelde hij de motoren op volle kracht.

De boot schoot met horten en stoten weg van Markavvel. Met

zijn kaken stijf op elkaar laveerde Lanarck koortsig door het woud van glinsterende zwarte stekels die nu honderden kilometers hoog waren.

Ze stormden de vrije ruimte in. De grote witte hemellarf viel bijna recht op hen neer en Lanarck moest een dolle zwieper aan het stuur geven om hem te ontwijken. Toen hij omkeek zag hij de larf neerdalen op de planeet en zijn ontzaglijke omvang over een heel halfrond uitspreiden. De hoge zwarte spiesen doorboorden hem. Hulpeloos en gepijnigd lag hij te kronkelen op de honderden zwarte lansen.

Ze waren in de ruimte. Lanarck spoorde de felle blauwe ster op en stuurde er op topsnelheid heen. De ster was het enige rustige, onveranderlijke voorwerp in het heelal. Al het andere, sterren, nevels, stroomde woest en ziedend door de zwarte ruimte, als vonken in een inktpot. Lanarck verbaasde zich nergens meer om.

Hij keek Norji even aan en zei kortaf: "Zij die Kenna Parker leek te zijn was een droomschepsel, en jij, het droomwezen, leeft."

Het meisje neeg het hoofd. Haar gouden haren vielen naar voren. Ze keek weer op. "Ik ben Kenna Parker. Je wist het al."

Lanarck had het geweten. Maar pas sinds hij het gevangenismerk op haar blote schouder had gezien.

"Wat ga je met me doen?" vroeg ze stil.

Lanarck antwoordde niet meteen. Hij had bijna al zijn aandacht nodig om de boot op zijn koers naar de enige standvastige ster tussen de kronkelende sterrenbeelden te houden.

"Als we aan deze puinhoop ontkomen, is dat een wonder," zei hij kort. Hij legde zijn hand voorzichtig op de wand. Het onpersoonlijke, metalen gevoel was helemaal verdwenen. De wand was warm. Nu leek de boot te leven.

Ook inwendig waren er veranderingen op gang gekomen. De stuurinrichting atrofieerde helemaal en de patrijspoorten werden dof en ondoorzichtig als kraakbeen. De motoren en instrumenten werden witte, gecompliceerde organen terwijl de wanden overgingen in vochtig roze vlees dat regelmatig pulseerde. Van buiten kwam een gestadig gebons als van een machtige vleugelslag en om hun voeten kolkte een donkere, stroperige vloeistof.

Lanarck schudde zijn hoofd. Het meisje drukte zich tegen hem aan. "We zijn verloren," mompelde hij. "We zitten in de maag van een reptiel."

Ze gaf geen antwoord. Ze drukte alleen haar voorhoofd tegen zijn schouder. Zwijgend, in absolute duisternis gehuld, stonden ze bij elkaar terwijl het vocht om hun knieën kabbelde.

Toen kwam er een geluid als van een fles die ontkurkt werd en een vloed van grijs licht. Lanarck had de boot goed gericht en ook toen hij levend was geworden, was hij stug doorgevlogen naar het echte heelal en zijn eigen vernietiging.

De twee verbijsterde Aardbewoners zagen dat ze op de vloer van Laoome's woning stonden. Eerst begrepen ze het niet. De waanzin was al zo vertrouwd geworden dat hun verlossing eerst alleen een nieuwe verandering van het decor leek.

Lanarck herstelde zich. Hij hield het meisje overeind, maar nu zonder veel consideratie. Even abrupt als ze ontsnapt waren, was hij weer luitenant Lanarck van het Tellurische Onderzoekscorps geworden. Het meisje keek hem vlug even aan, en ze begreep het.

Samen keken ze naar Laoome, die nog in de greep van de beroerte verkeerde. Over zijn glanzende zwarte huid liepen golvende rillingen en zijn grote ogen staarden wezenloos en glazig voor zich uit.

"Laten we weggaan!" fluisterde het meisje gehaast. Lanarck aarzelde een moment. Toen pakte hij haar arm en ze liepen zwijgend het gebouw uit. De tuniek van het meisje wapperde heftig in de wind en haar lange haar stroomde naar achter.

Op de hete woestijn stonden de twee ruimteboten. Lanarck bracht het meisje naar de 45-G, maar hij volgde haar niet.

"Ik moet Laoome nog even spreken," zei hij terwijl hij onopvallend de energiehendel vergrendelde.

Ze zei niets, maar keek een beetje gekwetst toe terwijl hij zich tegen de wind verzettend naar het witte betonnen gebouw liep. Ze luisterde, maar het kreunen van de wind overstemde alles. Wat was dat? Het geratel van een naaldstraler? Ze wist het niet zeker.

Weldra kwam Lanarck weer naar buiten. Hij marcheerde naar de sluis, klom binnen en sloot de deur. Zwijgend zaten ze te wachten terwijl de stuwpijpen opwarmden en ook toen hij de energiehendel overhaalde, spraken ze niet. Het schip suisde over de woestijn en steeg op. Pas toen ze ver in de ruimte waren keerde Lanarck zich naar het meisje en vroeg: "Hoe wist je van Laoome?"

"Door mijn vader," antwoordde zij. "Twintig jaar geleden heeft hij hem een of andere onbelangrijke dienst bewezen — een insect gedood dat Laoome hinderde of zo."

Lanarck lachte. Kenna glimlachte, hopend dat hij minder streng zou worden.

"En daarom heeft Laoome jou tegen mij beschermd door de onechte Kenna Parker te scheppen?"

"Ja. Hij zei dat je kwam om mij te zoeken, niet zozeer om mij voor het gerecht te slepen, maar meer om — nou, hij regelde dat jij de namaak-Kenna zou ontmoeten waar ik bij was, zodat ik je kon beoordelen."

"Waarom lijk je niet meer op je foto?"

"Toen Laoome me vertelde dat je op weg was, schiep hij een chirurg die mijn gezicht een beetje veranderde."

"En je haar?" vroeg hij.

"Uit een potje. Bevalt het je?"

Lanarck keek haar spottend aan. "Kenna met het zwarte haar was heel aantrekkelijk."

Haar mondhoeken verstrakten.

"Ze leek jou ook heel aardig te vinden," zei Kenna met een vreemde klank in haar stem, "dat zag ik wel."

Lanarck grinnikte en ontspande zich een beetje. "Maak je geen zorgen. Zij was alleen jouzelf." Toen vroeg hij nieuwsgierig: "Wist zij wie jij was?"

"Dat geloof ik niet. Nee, ik weet het zeker. Laoome had haar mijn hersens gegeven met al mijn herinneringen. Ze was inderdaad mij."

Lanarck knikte. Nu begreep hij waarom Norji hem bekend voorgekomen was.

En poos lang snelden ze zwijgend in de richting van de Aarde. Ten slotte zei Lanarck: "Ik moet die vergelijkingen maar overnemen."

Hij voelde dat haar spieren zich spanden, en toen kalmeerde ze. Ze reikte in de zak van haar tuniek en haalde er een pakje uit. En voordat Lanarck het kon verhinderen, verbrandde ze het pakje met zijn naald-straler. Er bleef alleen as over.

Hij had zijn arm uitgestoken, maar niet op tijd. Hij keek haar uitdrukkingsloos aan. Maar in zijn ogen smeulde het dof. Ze lachte.

"Dat zou ik jaren geleden al hebben gedaan — als de Raad niet zo, zo zelfvoldaan was geweest. Ik pestte ze alleen maar."

"Waren die zes maanden in de gevangenis ook bedoeld om ze te pesten?" vroeg Lanarck honend.

Ze bloosde. "Jij zou je ook ergeren als drie dronken dienstkloppers je om zes uur 's ochtends kwamen arresteren." Ze zweeg een moment. "Maar naderhand had ik wel spijt."

Lanarck haalde zijn schouders op. Het kon hem niet bijzonder veel schelen. Als ze de waarheid vertelde, en dat geloofde hij wel, dan was er niets aan de hand. Zo niet, en als zij hem hoopte te bedriegen, dan kreeg hij dat er wel uit voor ze terug waren op Aarde.

Daarna zwegen ze weer. Achter hen kolkte de zwarte ruimte, doorsneden door de energiesporen uit de stuwpijpen. Een ster opzij werd fel, een baken in de ongebaande zwarte oceanen van de ruimte. De ster werd groot en stralend toen ze er voorbij waren.

Langzaam wendde Kenna haar hoofd naar Lanarck en keek diep in zijn donkere ogen.

"Lanarck." Hij keek haar aan. "Wat is er met Laoome gebeurd?"

Hij reageerde niet. Zijn gezicht leek een koperen masker. Plotseling werd Kenna bang en een ader in haar keel begon te kloppen terwijl ze naar hem keek. Dit was geen man! Hij was een instrument, een machine, een van hartstochten gespeend koud ding dat zijn daden berekende en genadeloos snel reageerde. Zijn ogen boorden recht in haar hersens. Onwillekeurig deinsde ze weg.

Eindelijk zei hij rustig: "Laoome is dood."

"Hoe kwam dat?" hoorde ze zichzelf zeggen.

"Ik heb hem gedood."

Ze verbrak de gespannen stilte die op zijn woorden volgde. "Waarom?" vroeg ze en het leek bijna alsof een ander die vraag stelde, of haar tong een eigen leven leidde.

Lanarck antwoordde even koel: "Laoome hoort niet te bestaan. Van rechtvaardigheid weet hij niets, en het kan hem ook niets schelen. Hij bezorgde talloze miljoenen ellende en angst." Hij hield op met spreken, als om na te denken. Toen vervolgde hij langzamer: "Het waren zijn eigen denkbeeldige scheppingen, dat is waar, maar het waren ook levende, denkende wezens. De Melkweg is een schoner oord zonder Laoome."

Kenna vond haar stem terug.

"Lanarck — is dat wel — wel —" Ze kon geen woorden vinden. "Is dat wel goed? Neem je niet een ontzaglijke verantwoordelijkheid op je?"

Lanarck haalde zijn schouders op.

Ik bouw uw droomkasteel

Toen Farrero voor het eerst Douane Angker ontmoette, van Marlais & Angker, Aannemers Klasse III, deinsde iets in zijn hersenen geschrokken terug, wendde zich af; en neerkijkend op Angker's van afkeer vertrokken harde mond, begreep hij dat het gevoel wederzijds was. Angker was klein en massief en bezat een geconcentreerde, zware vitaliteit, op dezelfde manier als een sigarenstompje de sterkste sappen bevat.

Bij deze gelegenheid kreeg Farrero niet de andere helft van het bedrijf te zien, Leon Marlais, en dat gebeurde ook geen enkele keer zolang hij in dienst van de firma was. Hij zou hem van aangezicht tot aangezicht op de pedestrip niet hebben herkend — omdat Marlais ervoor koos onbekend te zijn. Zijn manie voor privacy oversteeg een gezonde neiging tot afzondering en benaderde het obsessieve.

Angker was niet zo gereserveerd. De deur naar zijn kamer stond altijd wijd open. De hele dag konden de technici in de aangrenzende kamer naar binnen kijken en dan zagen ze hem aan het werk; met armen en benen ramde hij zich door zijn werk heen, hij blafte bevelen in het telescherm, daarbij voor de nadruk met een gebalde vuist zwaaiend.

Farrero hield zich verre van het kantoor en hij verscheen alleen om nieuwe opdrachten in ontvangst te nemen. Hij nam aan dat hij zijn werk naar tevredenheid deed. Zo niet, dan was hij er zeker van dat Angker hem ontslagen zou hebben, en met enthousiasme. Maar op de dag dat hij op Angker's deur klopte om verslag uit te brengen over de opdracht van Westgeller, wist hij dat hem problemen te wachten stonden.

"Binnen!" riep Angker zonder op te kijken. Farrero, die enigszins doof was, zette zijn hoortoestel wat harder en slenterde naar voren.

"Goedemorgen," zei hij.

Angker keek alleen maar heel even op.

Farrero liet twee strookjes microfilm op het bureau vallen. "Klaar voor uitvoering. Ik heb ze aan Westgeller laten zien en hij is akkoord gegaan."

"Westgeller? Hij kan ervoor betalen, neem ik aan." Angker duwde de filmstrookjes in de gleuf in zijn tafel.

"Jullie boekhouding mag hem graag," zei Farrero. Van waar hij stond, leek Angker's neerkijkende, perspectivisch vertekende gezicht een grofweg geboetseerd masker. "Hij maakt zwaarglas," zei Farrero. "Waar ze toeristenduikboten van maken. Hij heeft ook iets te maken met mijnbouw op de maan."

Het scherm op de tegenoverstaande muur kwam tot leven en projecteerde een driedimensionaal beeld van een groot, stevig huis tegen een achtergrond van een sombere muur van dennenbomen. Het was een ouderwets huis, met puntige, hoog oprijzende gevels en veel schoorstenen, alsof het bedoeld was om jaar na jaar van wintersneeuw het hoofd te bieden. De kleuren waren donkerrood, afgezet met grijs en wit, en de zonnecellen van het dak glansden een prachtig gepolijst koper. De hoge dennen in hun gelederen marcheerden aan de achterkant tot vlak aan het huis en door de ruimte tussen de stammen waren talloze andere bomen te zien tot waar het donker van het bos ze opslokte. Voor het huis golfde een grasveld zacht glooiend omlaag naar kleurrijke bloembedden. Het was duidelijk een Klasse III-huis.

"Ah...ah," bromde Angker. "Mooi stukje werk, Farrero. Waar ligt dat terrein?"

"Tachtig kilometer van Minusinsk, aan de Yenisei." Farrero liet zich in een stoel vallen en sloeg zijn benen over elkaar. "Op vierenvijftig graden noorderbreedte."

"Moet hem uren kosten om er te komen," was Angker's zure commentaar.

"Hij vindt het fijn, zegt hij. Winter — sneeuw — eenzaamheid. Ongerepte wouden, wilde dieren, wolven, boeren, dat soort dingen. Hij heeft een levenslange pachtcanon voor honderdvijftig hectare."

Angker bromde weer iets en leunde achterover in zijn stoel. "Wat zijn de kosten?"

Farrero legde zijn hoofd achterover tegen het kussen. "Kost ons honderdduizend. Plus vijfduizend voor onvoorziene kosten en vijftien procent winstmarge komt het op ongeveer honderdeenentwintig-duizend. Dat is onze offerte."

Angker fixeerde Farrero plotseling met een felle, fronsende blik en ging rechtop zitten. Hij drukte een knop in. Op het scherm flitste een doorsnede van de begane grond van het huis aan. Hij drukte nog een keer. Eerste verdieping. En weer. Gedetailleerde plattegronden. Hij keek Farrero aan. De lijnen naast zijn mond leken diep te worden, zijn lippen op te blazen.

"Hoe kom je aan dat bedrag?" zei hij terwijl hij met een potlood naar het scherm gebaarde. "Volgens mij zit je vijftig of zestigduizend te laag. Dat is een groot huis, met een behoorlijke mate van detailwerk."

"Ik dacht echt van niet," weersprak Farrero beleefd.

"Vertel eens waar je die offerte op baseert," zei Angker, even vriendelijk.

Farrero klemde zijn handen rond zijn knie. "Er zit een filosofisch aspect vast aan het bedrag."

"Filosofie?" brulde Angker, met zo'n stemvolume dat Farrero snel zijn hoortoestel zachter zette. "Maar ga door, als je wil."

"Zeker. Een van de tekortkomingen van de moderne beschaving — en trouwens ook van vroeger — is dat de gemiddelde mens nooit alle begerenswaardige producten krijgt die hij zou willen hebben, er nooit in slaagt zijn dromen uit te leven. In de competente Type A-mens creëert dit gebrek een stimulans om meer geld te verdienen, en vandaar een hoge productiviteit. In de incompetente, inefficiënte Type B-mens kweekt het wrok, ontevredenheid en een lage productiviteit. Er zijn veel meer Type B's dan Type A's; dientengevolge helpen we onszelf op de lange termijn door zogenaamde 'droomwaren' te leveren tegen een betaalbare prijs."

"Ik ben een Type X man," zei Angker. "Voor mij klinkt dit allemaal als lariekoek. Verklaar me hoe ik mijn dromen kan verwezenlijken én vijftienduizend winst kan maken op een huis dat ik voor zestigduizend dollar onder de kostprijs verkoop."

"Zeker. We gebruiken nieuwe methodes. Ik heb het procedé zorgvuldig onderzocht. Het werkt."

"Hoe?"

Farrero zweeg even. "Ik, persoonlijk, ben een Type A-man. Ik wil, en ik verzoek hierbij, vijf procent royalty's op alle huizen die gebouwd worden met behulp van mijn technieken."

"Ga door."

"Wees zo vriendelijk om eerst dit memorandum te ondertekenen."

Angker keek er nauwelijks naar. "Zeker." Hij krabbelde zijn naam onderaan het papier.

"Mooi," zei Farrero. "Uitstekend. Ik zal het startsein voor de bouw geven." Hij begon overeind te komen.

"Niet zo snel. Hoe gaat dit allemaal in zijn werk?"

Farrero zei: "Wel, eerst en vooral, in Noord-Siberië is de grond goedkoop. We knallen carbolon palen in de permafrost — met behulp van een machine die ik heb ontwikkeld. We bouwen een frame van carbolon palen, hangen er het buizenwerk, de bedrading en leidingen aan op, en storten een bodemplaat van gecoaguleerde modder. De precieze aard van het bindmiddel kan ik nog niet onthullen, maar het is uiterst efficiënt. De plaat wordt onmiddellijk afgewerkt met tegels of hardhout. Dat is de eerste dag werk. Vervolgens — en dit is een van mijn innovaties — worden de muren en de partities gevormd rondom vooraf geplaatste deuren, ramen en haarden, in plaats van deze uit te snijden en ze erna pas erin te monteren. We besparen hiermee drie dagen. Op de derde dag wordt het dak op zijn plaats neergelaten. Dit is natuurlijk prefab. Armaturen worden geïnstalleerd, isolatie wordt aangebracht en de buitenkant wordt er tegenaan gespoten. Op de vierde dag wordt de tuin aangelegd; een detailwerk team neemt het voor een dag of twee over. En dan trekt Westgeller in."

"Als alles goed gaat."

"Er is geen reden waarom het niet goed zou gaan, behalve bij slecht weer."

Angker boog zich fel naar voren, priemde met een potlood naar Farrero. "Je had Westgeller de offerte niet moeten geven voordat je het met ons had opgenomen."

"Daar betalen jullie me voor," zei Farrero vlot, alsof hij het gerepeteerd had. "Ontwerpen, kosten ramen, verkopen."

"Fout. Je wordt betaald om te werken en ook om de belangen van het bedrijf te vertegenwoordigen. Veronderstel dat het systeem werkt. Je hebt ons een smak geld gekost, enkel om je theorieën te financieren. Ik heb mijn eigen theorieën die ik wil financieren en aangezien ik het bedrijf run, maak ik de keuzes."

"U heeft uw punt duidelijk gemaakt," zei Farrero beleefd. "Toch is het een kortzichtige visie. Wanneer de gehele mensheid er voordeel aan heeft, profiteren we allemaal. Ik ben een lid van de Liga van de Hoop, en dit is onze fundamentele doctrine."

"En je denkt dat het verstandig is om deze doctrine met mijn geld te financieren?"

Farrero dacht een ogenblik na. "Hierop kan ik twee antwoorden geven, 'ja' en 'nee'. Indien ik 'ja' zou antwoorden, dan zou ik erop kunnen wijzen dat u over meer dan voldoende rijkdom beschikt voor uw behoeften. Nochtans zal ik 'nee' antwoorden. Mijn instructies zijn expliciet: ik moet offertes maken die het bedrijf vijftien procent winst opleveren; dit is precies wat ik heb gedaan."

Als Angker zich opwond, kregen zijn hondsbruine ogen een gevaarlijk lichtje. Nu plantte hij zijn handen op zijn bureau en met een inwendige rilling zag Farrero toen hij Angker in de ogen keek het bruine lichtje.

"Vijftien procent," zei Angker, "is alleen een ruw uitgangspunt. Het is de bedoeling dat je met verstand en beleid te werk gaat. Wij garanderen onze klanten kwaliteit en verder niets. Als onze prijs ze bevalt, prima. Zo niet, dan zijn er nog negenendertig andere firma's met dezelfde vergunning die wij hebben."

"Je vergeet," zei Farrero, overeind komend, "dat deze besparing te danken is aan *mijn* privé-idee. Ik heb het bedacht en getest."

"In de tijd van de zaak."

Farrero liep rood aan. "Ik heb een klein schaalmodel gebouwd met materialen van de zaak, uitsluitend in het belang van het bedrijf: om het idee te beproeven, om te zien of het een flop was of niet. Het idee om het op deze manier te doen had ik al lang en breed uitgewerkt voordat ik van het Instituut afkwam. En trouwens, het patent staat op mijn naam."

"Wel," zei Angker zwaar, "dan zul je het gewoon over moeten schrijven op naam van Marlais & Angker."

Farrero stak zijn handen diep in zijn zakken. "U schertst natuurlijk."

"Farrero, hoe oud ben je?"

"Achtentwintig."

"Je hebt vier jaar op het Instituut gezeten, om de technieken van Klasse III te bestuderen, niet?"

"Exact."

"Dus het zouden gewoon vier verloren jaren zijn als je geen baan meer kon krijgen bij een Klasse III-bedrijf?"

"Daar zegt u wel iets heel raars," merkte Farrero op. "Het lijkt mij nogal irrelevant. Wat hebben de andere bedrijven van het Klasse III-genootschap hiermee te maken?"

"Ze zijn op twee manieren betrokken. Als Marlais & Angker plotseling de prijzen verlagen, dan ontwrichten we de hele branche. Het boeit ze niet hoeveel geld wij verdienen zolang we de prijsstructuur handhaven."

"Kortzichtig, tot in het extreme."

"Ten tweede, stel dat je niet langer in dienst zou zijn bij Marlais & Angker. Je zou natuurlijk werk gaan zoeken bij een ander lid van het genootschap. Waarom? Omdat wij wereldwijd de enige licentiehouders zijn voor Klasse III-bouw. Als je zou gaan solliciteren, dan zouden ze me bellen en vragen: 'Hoe zit het met dat Farrero type?'"

"Ik zou dan zeggen: 'Farrero is een zeer filosofisch heerschap. Hij is lid van de Liga van het Menselijk Fatsoen —'"

"Liga van de Hoop."

"'— en waar hij ook maar een manier ziet om geld te besparen, haast hij zich om dit voordeel cadeau te doen aan de klant zonder met het hoofdkantoor te overleggen. Een aardige vriendelijke kerel, maar ook een oorzaak van hoofdpijn.' Vervolgens zouden de negenendertig je sollicitatiebrief verscheuren en dat is de tweede reden waarom zij betrokken zijn bij dit gesprek."

"Ik begrijp het."

"Nu, over dat procedé van je, dat is duidelijk ontwikkeld terwijl je voor ons werkte; bijgevolg is het ons eigendom. Er bestaan duizend precedenten van deze aard in de jurisprudentie."

"Ik heb deze methode, en tientallen andere, ontwikkeld terwijl ik nog op Tek zat."

"Waar is het bewijs?"

"Bij het octrooibureau."

"Hoe oud zijn de octrooien?"

Farrero wimpelde de opmerking af. "Irrelevant. De basis van mijn idee is om Klasse III-huizen naar het prijsniveau van Klasse II omlaag te brengen, hetgeen op zich natuurlijk geen octrooieerbaar proces is."

"Het is niet eens zinnig. Als iemand Klasse II-prijzen wil betalen, laat ze maar huizen van Klasse II kopen — van ons zusterbedrijf XAB."

Farrero stak zijn handen uit. "Betekent het welzijn van het publiek helemaal niets voor jou?" Wil je geld binnenhalen zonder er iets voor terug te geven? Dat is het credo van een zakkenroller!"

Angker raakte een knop aan op zijn bureau. "Dave? Ernest Farrero komt dadelijk langs je kantoor, op weg naar buiten. Zorg dat zijn oprot-cheque klaarligt. Hij is per direct ontslagen."

"In orde, meneer."

Farrero zei fel: "Dat is een dwaze en haatdragende daad! Als u niet in staat bent om abstracte ideeën te bespreken zonder uw toevlucht te nemen tot dergelijke botte tactieken, dan is het droevig met u gesteld en verdient u het om geld te verliezen! Sterker nog, ik zal er een erezaak van maken dat u geld verliest."

"Is dat zo? Jij zult nergens werk vinden in het genootschap, dat verzeker ik je."

"Een loos dreigement. Ik ben van plan om voor mezelf te beginnen."

"Vergeet je niet een klein detail? De vergunning? Die heb je niet. Die kun je ook niet krijgen. Er worden er geen meer uitgegeven. En zonder vergunning kun je nog geen hondenhok verkopen, niet op Aarde, niet op Mars, niet op de maan."

Farrero schudde glimlachend zijn hoofd. "Indien u gelijk had — en dat is niet altijd het geval, zoals blijkt uit uw houding ten opzichte van de Liga van de Hoop — dan zou dat erg onjonbdubbelzinnig en ontmoedigend zijn."

"Je kan er je vieze lavendelkleurige sokken om verwedden dat het ondubbelzinnig en ontmoedigend is! Ga maar terug naar school en groei op!"

"Uw beledigingen en bedreigingen zijn kinderachtig, meneer Angker. Ik zal nu een voorspelling doen, die u desgewenst kunt beschouwen als een tegenbedreiging. U heeft net naar een van mijn innovatieve ideeën geluisterd. Ik heb er nog verscheidene andere, en voordat ik klaar ben zal ik jullie zoveel geld gekost hebben dat u zult wensen dat u mij als compagnon had gevraagd. Denk daar later nog maar eens aan, meneer Angker."

Farrero zette zijn gehoorapparaat uit en verliet het kantoor.

Angker raakte een andere knop aan. Een zachte stem zei: "Ja?"

"Heb je dat laatste gesprek gehoord?"

"Nee," zei Marlais.

"Dan speel ik het voor je af—het is wel de moeite waard." Hij bediende het opnametoestel en speelde het gesprek opnieuw af.

"Wat denk je ervan?" vroeg Angker na afloop aan de onzichtbare Marlais.

"Tja, Douane," kwam toen weer Marlais' zachte stem, "je had hem wel subtieler kunnen aanpakken..." Zijn stem ging over in een onverstaanbaar gefluister. Toen zei hij: "Het zou ons niet makkelijk vallen om te bewijzen dat we de rechten hebben op die octrooien. Maar misschien is het wel goed zo. Onze bedrijfstak is stabiel. Iedereen maakt winst. Niemand weet hoe het zou aflopen als iemand met iets nieuws de boel komt verstoren. Misschien moeten we maar een vergadering van het bouwersgenootschap bijeenroepen en zeggen waar het op staat. Ik denk dat iedereen wel wil beloven om Farrero niet in dienst te nemen, noch zijn nieuwe methode te gebruiken."

Angker liet een weifelend geluid horen. "Dat zei ik ook al, maar ik ben er niet zo zeker van."

De stem van Marlais kreeg een scherp kantje. "We zitten met veertig bedrijven in het genootschap. De kans dat Farrero een van hen benadert, is maar één op negenendertig. En dus zullen ze allemaal, om zichzelf te beschermen, graag beloven om Farrero links te laten liggen.

"Goed dan. Ik zal de vergadering organiseren."

De volgende ochtend instrueerde Angker zijn secretaresse: "Bel Westgeller voor me."

"Ja meneer...Er komt net een telefoontje voor u binnen, meneer Angker. Het is blijkbaar meneer Westgeller zelf."

"Verbind hem door."

Laurin Westgeller's gezicht werd doorgeschakeld naar Angker's scherm. Het was een dik, vriendelijk gezicht met glinsterende blauwe ogen. "Meneer Angker," zei hij, "ik heb besloten dat u niet verder hoeft te gaan met het ontwerp voor mijn huis. U kan me de rekening sturen voor het werk dat u tot zover heeft gedaan."

Angker keek hem smeulend aan. "Wat is er verkeerd? Is de prijs te hoog?"

"Nee," antwoordde Westgeller. "De prijs is nauwelijks van belang. Ik ben zelfs van plan om meer uit te geven — misschien een miljoen."

Angker's mond viel bijna open. "Wie...ik bedoel, zal ik u een vertegenwoordiger sturen?"

"Nee," zei Laurin Westgeller, "ik heb al een contract getekend — met een van uw vroegere employés, meneer Farrero. Ik neem aan dat u weet dat hij zelf een bedrijf is begonnen."

Angker staarde hem aan. "Farrero? Hij heeft helemaal geen vergunning! Zodra hij een paaltje in de grond slaat, kan hij rekenen op een rechtszaak."

Westgeller knikte. "Dat zei hij ook. In ieder geval bedankt voor uw goede raad. Goedendag." Het scherm werd wazig, het rozige nabeeld vervaagde tot blanco matglas.

Angker briefde het nieuws opgewonden over aan Marlais.

"We kunnen niets doen totdat Farrero zijn contract probeert na te komen," zei Marlais. "Wanneer en indien hij een onwettige daad pleegt, dienen wij een aanklacht in."

"Hij heeft een truc achter de hand. Farrero is niet helemáál gek."

"Niemand die contracten van een miljoen in de wacht sleept is gek," zei de zachte stem. "Al wat we kunnen doen is wachten. Je zou een detective op hem af kunnen sturen."

"Heb ik al gedaan."

Twee uur later ging de zoemer van Angker's telescherm.

"Ja," snauwde hij.

"Ene meneer Lescovic, meneer."

"Verbind hem door."

Het gezicht van de detective verscheen.

"En?"

"Farrero is ons ontglipt."

"Hoe is dat gebeurd?"

"Hij ging het gebouw van de transportvakbond binnen en naar de openbare toiletten. Ik wachtte in de hal en hield de verklikker in de gaten. Daarop was zijn positie duidelijk zichtbaar. Nadat hij zich tien minuten niet had bewogen, werd ik achterdochtig en ging poolshoogte nemen. Zijn kleren hingen keurig aan een haak, met de verklikkercel er nog aan. Farrero zelf was ons heel mooi door de vingers geglipt."

"Vind hem dan weer!"

"Er zijn meteen vier man op de zaak gezet, meneer."

"Bel me zodra je iets weet."

Zes maanden later zoemde Angker's scherm. Angker keek nauwelijks op van een schaalmodel van een Caraïbisch eiland. "Ja?"

"Meneer Lescovic aan de lijn."

"Geef hem maar door."

Het gezicht van de detective verscheen op het scherm. "Farrero is weer in de stad."

"Wanneer is hij teruggekomen?"

"Blijkbaar ergens deze week."

"Weet je waar hij geweest is?"

"Daarover zijn we niets te weten gekomen."

"Wat voert hij nu uit?"

"Hij is op bezoek bij Franklin Kerry van de armaturenhandel. Zit er al twee uur."

"Kerry! Dat is een van onze klanten! Althans, hij bekijkt een offerte van ons…Nog meer over Farrero?"

"Hij heeft scheppen geld — heeft zijn intrek genomen in het Gloriana."

Angker zei: "Blijf even hangen." Hij schakelde over naar Marlais en bracht verslag uit.

Marlais hield zich op de vlakte. "We hebben nog niets om in actie te komen. We zullen moeten afwachten, kijken wat er gebeurt."

Angker haalde Lescovic's gezicht weer op het scherm. "Hou hem in de gaten. Meld alles wat hij doet. Zoek uit wat hij met Kerry wil."

"Ja meneer." Het scherm vervaagde.

Angker stampte het kantoor van Marlais in. "Nou, hij heeft het 'm weer gelapt."

Marlais had in het halfdonker door het raam zitten staren over de uit vele lagen opgebouwde stad. Langzaam draaide hij zijn hoofd.

"Vermoedelijk heb je het over Farrero."

Angker liep stampend heen en weer. "Deze keer is het Glochmeinder. De vorige maand was het Crane. En daarvoor Haggarty. Hij doet niet de minste moeite voor de kleintjes, maar zodra wij een forse opdracht op het spoor komen —"

"Wat zei Glochmeinder?"

"Precies hetzelfde wat Kerry en Crane en Haggarty en Desplains en Churchward en Klenko en Westgeller zeiden. Hij heeft een contract gesloten met Farrero en meer wil hij niet zeggen."

Marlais stond op, wreef zijn kin. "We hebben een lek in het kantoor. Ergens."

Angker's mondspieren werden keihard. "Ik probeer al tijden om dat lek te vinden." Langzaam balde hij zijn vuisten een paar maal.

Marlais keerde zich weer naar het raam. "Geen bericht van de detective?"

"Zijn laatste verslag heb ik je gegeven. Farrero plaatst over de hele wereld bestellingen — bouwmaterialen en landschapsartikelen. En er wordt nergens iets gebouwd dat niet legaal en met vergunning gebeurt."

"Uitgeslapen, die Farrero," mijmerde Marlais. Hij speelde met een zware blauwe spinel die hij als presse-papier gebruikte.

"Hij dreigde ons te ruïneren en hij is goed op weg," zei Angker somber. "Hij heeft ons al miljoenen gekost."

Marlais glimlachte flets. "Precies zoals hij dreigde."

Het was even stil. Angker bleef dreunend rondlopen. Marlais staarde door het raam.

"Wel," zei Marlais, "er moet iets gedaan worden."

Farrero huurde een kantoor, een suite van twee kamers in de Skyrider-toren, die uitkeek op het westen met het Amargosapark, terwijl de Pyloon van Alle Naties in de verte hoog oprees. Hij nam ook een receptioniste aan: dit was Flora Gustafsson, die zich beriep op een

Scandinavische afkomst, en als bewijs daarvoor berkenblond haar en ogen zo blauw als de Geirangerfjord vertoonde. Ze was ternauwernood groter dan een kitten maar alles aan haar was op schaal en ze was heel goed met de detectives.

Het telescherm zoemde. Flora stak haar hand uit en bracht de beller op het scherm. "Ah, goedemiddag, meneer Westgeller." Het waren inderdaad Westgeller's ronde, rossige gelaatstrekken die het scherm vulden. "Ik verbind u met meneer Farrero."

"Dank u," zei Westgeller. Flora keek scherp naar het beeld en drukte dan op Farrero's zoemer.

"Hallo meneer Westgeller," zei Farrero. "Wat kan ik voor u doen?"

"Farrero, een oude vriend van mij, John Etcheverry, wil een huis laten bouwen en ik stuur hem naar je toe."

"O...eh, prachtig, meneer Westgeller. Ik zal mijn best doen om hem ter wille te zijn, al hebben we het nogal druk."

"Goedendag, Farrero." En Westgeller verdween abrupt van het scherm. Farrero zat zwak grijnzend over zijn kin te wrijven. Toen ging hij het voorkantoor in en gaf Flora een zoen.

John Etcheverry was ongeveer zestig, lang, mager en bleek als vers deeg. Hij had een groot eivormig hoofd, schaars wit haar dat in vochtige, slordige slierten over zijn schedel zwierf. Zijn diepliggende ogen leken nooit te knipperen. Hij had grote oren met lange bleke lellen en een lange bleke neus die bewoog als hij sprak.

"Gaat u zitten," zei Farrero. "Ik heb begrepen dat u iets wilt laten bouwen."

"Dat klopt. Mag ik roken?"

"Absoluut niet."

Etcheverry wierp Farrero een verraste blik toe, haalde toen niet heel gracieus zijn schouders op.

"Wat staat u ongeveer voor de geest? Ik moet u wel waarschuwen dat mijn prijzen behoorlijk hoog zijn. Ik lever wat ik beloof, maar het kost veel geld."

Etcheverry maakte een bruusk gebaartje met zijn vingers. "Ik wil een huis op het platteland, afgezonderd gelegen en rustig. En ik ben bereid ervoor te betalen."

Farrero tikte een paar maal op zijn tafel met een potlood, legde het neer, leunde achteruit in zijn stoel en keek Etcheverry kalm aan.

Etcheverry ging verder. "Westgeller zegt dat u hem heel goed bediend hebt. Dat is trouwens het enige wat hij wil zeggen."

Farrero knikte. "Dat staat in ons contract. Ik had tijd nodig om mezelf te beschermen, in het bijzonder voor mijn voormalige werkgevers Marlais & Angker: een stel schurken."

"Is dat zo? Ik heb gehoord dat ze uiterst gerenommeerd zijn."

"Integendeel. Angker is een norse domme pummel, met de moraal van een hyena. Marlais is gruwelijk lelijk en is beschaamd om zich te vertonen. Geen van beiden vertrouwen ze elkaar; ze ruziën als geestelijk gestoorden. Hun bedrijf balanceert op de rand van het faillissement. Ze leveren prutswerk af, negeren garanties en factureren fictieve kosten."

"Hm," zei Etcheverry. "Dat is een verreikende aanklacht."

"Het is nog maar het topje van de ijsberg." Farrero stelde zijn gehoorapparaat bij. "Wilt u alstublieft iets luider praten, Mr. Etcheverry. U spreekt heel zacht en ik vind het moeilijk om u te verstaan."

"Goed, terug naar waarom ik hier ben. Ik zou graag een voorbeeld van uw werk zien. Is uw geheimhouding dermate allesomvattend dat —"

Farrero onderbrak hem. "De tijd voor geheimhouding is zowat voorbij. Op dit moment probeer ik mezelf alleen maar tegen nieuwe bouwopdrachten te beschermen. De Klasse III-bedrijven zullen geruime tijd niet veel zakendoen, totdat ik zelf nog een keer duizendhonderdtweeënertig landgoederen heb verkocht."

"Merkwaardig! Hoe komt u op dat aantal?"

"Dat is op dit ogenblik van geen belang. Ervan uitgaande dat ik gelijk heb, kunt u mijn behoefte aan geheimhouding vast waarderen. Marlais en Angker zijn de ergste. Ze gingen zo ver dat ze detectives inhuurden. Ze zijn tot iedere achterbakse truc in staat. Nu ik eraan denk — Flora! Bel Westgeller voor me op zijn kantoor."

Etcheverry trok nadenkend aan zijn neus.

Een ogenblik verstreek. Flora's gezicht verscheen op het scherm. "Meneer Westgeller is vandaag niet op zijn kantoor geweest."

Farrero keerde zich weer naar Etcheverry. "Een gewoonte, overgebleven uit het begin. Steeds op mijn hoede blijven, zo ver mogelijk vooruitkijken. Toen was het allemaal noodzakelijk. Nu kan ik me ontspannen."

Etcheverry inspecteerde fijngevoelig de punten van zijn schoenen. "Voordat we verder gaan, mag ik uw vergunning zien?"

"Ik heb er geen."

"Dan bouwt u dus illegaal?"

"Uiteraard niet."

Etcheverry kneep zijn lippen samen. "Dat zult u toch moeten uitleggen."

Farrero staarde nadenkend uit het raam. "Waarom ook niet? Hoeveel tijd heeft u nu?"

"Bedoelt u —"

"Op dit moment."

"Tja... ik heb geen belangrijke afspraken."

"Als u de rest van de dag vrij bent, zal ik het niet alleen uitleggen, maar zelfs demonstreren."

"Uitstekend." Etcheverry stond op. "Ik moet wel zeggen dat u mijn nieuwsgierigheid heeft gewekt."

Farrero liet een taxi komen. "De districtsruimtehaven," zei hij tegen de chauffeur.

Bij de ruimtehaven nam Farrero Etcheverry mee naar een kleine ruimteboot. "Spring er maar in." Hij volgde de gebogen gestalte in de cabine.

Etcheverry installeerde zich behoedzaam in de kussens. "Als u geen vergunning om te bouwen heeft, hoop ik toch wel dat u een vergunning heeft om door de ruimte te vliegen."

"Zeker. Controleert u het maar. Mijn brevet ligt onder de ventilator."

"Ik geloof u zo wel."

Ze stegen op van het geblakerde terrein: twee, driehonderd kilometer en de aarde in de diepte werd wazig. Duizend, vijfduizend, tienduizend kilometer — dertigduizend, vijftigduizend kilometer en Farrero hield ingespannen zijn radarscherm in het oog. "Moet hier ongeveer zijn —" Er flitste een geelgroene echo aan. "Daar is het." Hij maakte een bocht en gaf gas. Een ogenblik later zei hij: "U kunt het beneden ons zien, naar links toe."

Etcheverry rekte zijn magere nek uit en zag een kleine, grillig gevormde asteroïde van ongeveer twee kilometer in doorsnede. Farrero liet de boot langzaam zakken en landde vrijwel zonder een schok op een plek wit zand.

Etcheverry greep Farrero's arm beet. "Ben je gek geworden? Niet opendoen! We zitten midden in de ruimte!"

Farrero schudde zijn hoofd. "Er is lucht. De druk is zowat 1 bar en er zit twintig procent zuurstof in. Kijk maar op de barometer."

Etcheverry keek, en zag verstijfd toe terwijl Farrero de deur opengooide en uit de ruimteboot sprong. Etcheverry volgde hem. "Maar... er is hier zwaartekracht..."

Farrero beklom een heuveltje en zwaaide naar Etcheverry. "Kom maar kijken."

Etcheverry beende langzaam tegen de glooiing op.

"Dit is het landgoed van Westgeller," zei Farrero. "Zijn privéwereldje. Kijk, daar staat zijn huis."

Westgeller's huis prijkte op een breed, effen, smaragdgroen grasveld. Een meer glinsterde in het zonlicht; een witte kraanvogel stond tussen het riet te vissen. Verderop stonden bomen en Etcheverry hoorde vogels zingen in de verte.

Het huis was een breed bouwwerk zonder verdieping en opgetrokken van houten planken. Er zaten vele ramen in en onder elk raam hing een weelderige bloembak met geraniums. Naast een zwembad stonden strandparasols als andere, grotere bloemen.

Naar het huis turend kondigde Farrero aan: "Westgeller is thuis. Ik zie zijn ruimteboot staan. Wilt u hem even goedendag zeggen? U wilt vast wel even babbelen met uw oude vriend, hè, meneer Etcheverry?"

Etcheverry keek hem scherp aan. Langzaam zei hij: "Misschien is het beter om —"

Farrero lachte. "Spaar u de moeite. Het baat u niets. U weet natuurlijk niet dat ik kan liplezen. De eerste tien jaar van mijn leven was ik stokdoof. Toen u het beeld van Westgeller naar mij toestuurde en zijn stem zei: 'Ik stuur je mijn goede oude vriend Etcheverry' terwijl zijn lippen zeiden: 'Ik heb besloten dat u niet verder hoeft te gaan met het ontwerp voor mijn huis, meneer Angker,' toen rook ik lont. Een hele grote lont die Marlais heet."

De magere man keek Farrero zijdelings even aan. Toen hij zich realiseerde dat er geen andere opties waren zei hij, "Ja, ik ben Marlais. Indrukwekkende operatie heb je hier."

"Ik verdien goed geld," zei Farrero.

Marlais keek in het rond naar de speelgoedwereld. "Je geeft het uit, ook." Hij stampte met zijn voet op de grond. "Ik snap er niets van. Hoe krijg je die zwaartekracht voor elkaar? Waarom vliegt de lucht niet weg? Het lijkt of ik — ja, ongeveer mijn normale gewicht heb."

"Je bent iets lichter. De zwaartekracht is hier drie procent minder dan op Aarde."

"Maar," zei Marlais terwijl hij van de ene nabije horizon naar de andere keek, "een straal van een kleine kilometer, tegenover meer dan zesduizend voor de Aarde, en toch is de zwaartekracht bijna gelijk. Waarom?"

"Om één ding te noemen," zei Farrero, "je zit dichter bij het centrum van de zwaartekracht — meer dan zesduizend kilometer dichter."

Marlais reikte omlaag, plukte een grasspriet en bekeek hem nieuws-gierig.

"Allemaal nieuw," zei Farrero. "De bomen zijn hier niet zonder enige moeite heengebracht door Lindvist — hij is een Deense ecoloog — en mijzelf. Hij rekent uit hoeveel bijen er nodig zijn om de bloemen te bevruchten, hoeveel aardwormen, hoeveel bomen om de lucht van zuurstof te voorzien."

Marlais knikte. "Een heel aanlokkelijk concept."

"Over twintig jaar woont er geen miljonair meer op Aarde," zei Farrero. "Dan heb ik ze allemaal een privéplaneetje verkocht. Sommigen zullen knap grote wereldjes willen hebben. En die kan ik leveren."

"Tussen haakjes, waar heb je deze vandaan gehaald?"

"Een eind hiervandaan, ergens in de ruimte."

Marlais knikte wijs. "Waarschijnlijk zullen Marlais & Angker daar ook de hunne gaan halen."

Farrero draaide langzaam zijn hoofd. Marlais beantwoordde zijn blik zonder een spier te vertrekken.

"Zo — u denkt dus een graantje mee te pikken."

"Natuurlijk. Waarom niet?"

"U denkt," vervolgde Farrero mijmerend, "dat u munt kunt slaan uit mijn idee. U heeft alle nodige apparatuur, alle technici om snel even de melk af te romen. Misschien zorgt u wel dat er een wet wordt aangenomen die mensen zonder bouwvergunning buitenspel zet."

"Ik zou een dwaas zijn als ik het niet deed."

"Misschien wel. Misschien niet. Wilt u nog een van mijn klussen bekijken? Deze is van Westgeller. Ik zal u de wereld van Desplains laten zien."

Ze stapten weer in de ruimteboot. Farrero maakte de deur dicht en voerde energie aan de straalbuizen. Westgeller's wereldje viel onder hen weg.

Een halfuur later arriveerden ze bij Desplains' wereld. "Uiteindelijk," zei Farrero, "zal de ruimte rond de Aarde bezaaid zijn met deze landgoederen. Dan zijn er wetten die de omloopbanen reguleren, worden er minimumafstanden vastgesteld voor de asteroïden onderling." Hij raakte de besturing aan; de ruimteboot scheerde door Desplains' hemel en landde op een rotspunt.

Marlais opende de deur en richtte zijn magere benen op de bodem. "Bah," zei hij afkeurend. "Desplains moet wel van plan zijn om orchideeën te gaan kweken. Het is hier bepaald klam."

Farrero grijnsde. Hij maakte zijn jasje open. "Hij is er nog niet ingetrokken. We hebben wat probleempjes met de dampkring. Hij wil wolken hebben en we experimenteren met de vochtigheid." Hij keek op. "Een troebel soort hoge bewolking is makkelijk te maken — maar Desplains wil beslist grote donzige cumuluswolken. Nou ja, we doen ons best. Volgens mij is er gewoon niet genoeg lucht voor."

Marlais keek ook naar de hemel, waar de Aarde als een reusachtige halvemaan hing. Hij likte zijn bleke oude lippen af.

Farrero lachte. "Je voelt je bloot, nietwaar?" Hij richtte zijn blik op de eigenaardig nabije horizon — nauwelijks een steenworp weg, leek het — en weer terug naar de weidse hemel waarin de sikkel van de Aarde een nieuwe maan domineerde. "Hier buiten," zei hij, "komt schoonheid — grandeur, hoe je het ook wil noemen — met wagonladingen tegelijk op je af."

Marlais nam behoedzaam plaats op een rotsplaat. "Een exotische plek, absoluut."

"Desplains is een exotisch man," zei Farrero. "Maar hij heeft het

geld, en voor mijn part mag hij de rotsen laten bekleden met konijnen-
bont." Hij ging energiek naast Marlais zitten en wees naar een groep
bomen. "Dat is zijn bayou. Flora van Afrika en de Matto Grosso. Fauna
van overal, inclusief een zeldzame Tasmaanse ibis. Het is heel mooi,
en zeker wild genoeg. Er zijn in elkaar overlopende vijvers met overhangende bomen. Het mos heeft nog niet goed houvast gekregen, en
de geur is nog niet helemaal authentiek, maar dat heeft tijd nodig.
Daarachter is een oerwoud — wel, noem het een moeras — doorsneden
door waterlopen. Als de bloemen allemaal gaan bloeien dan wordt het
er heerlijk."

"Individueel ontworpen werelden voor ieders smaak," zei Marlais
zacht.

"Zo is het precies," zei Farrero. "Onze grootste wereld — ongeveer
vijftien kilometer breed — hebben we aan een Canadese zeiler verkocht."

"Fred Ableman," zei Marlais droog. "Twee maanden geleden zegde
hij zijn contract met ons op."

"Ik wou hem reserveren voor het hoofdkwartier van de Liga van de
Hoop, maar ze wilden de prijs niet betalen. Dit soort mensen zijn altijd
het voorzichtigst met hun geld."

"Toen je voor Marlais & Angker werkte, herinner ik mij dat je voor
een heel andere filosofie pleitte."

"Dat is waar. De omstandigheden zijn gewijzigd en dicteren een
andere filosofie. Het is het makkelijkst om gul te zijn met andermans
geld. Dat is ook een van de grote geneugten van de openbaar ambtenaar; zijn vrijgevigheid met overheidsgeld kent geen grenzen. Hoe dan
ook, Fred Ableman wil een complete oceaanwereld, met genoeg wind
om zijn boten te zeilen. Hij wil hier en daar wat eilanden, met stranden,
koraalriffen, mooie vissen."

"En zeker ook kokospalmen."

"Precies — maar geen haaien. Het duurt nog wel anderhalf jaar
voor we het klaar hebben. Het ding is groot en zwaar — moeilijk om
hierheen te halen en in een baan vast te leggen. En dan hebben we verschrikkelijk veel water nodig."

"Waar haal je het water vandaan? Je kan het niet van de Aarde
laten komen."

Farrero schudde zijn hoofd. "We delven het uit de ijsbank in de Hipparchus krater en iedere keer als de maan in appositie komt, schieten we een paar stevige brokken over. Het gaat langzaam maar zeker. Het kost heel wat, maar Ableman verdient toch te veel geld. En hoe zou hij het beter kunnen besteden?"

Marlais tuitte zijn lippen. "Je zult weleens vreemde specificaties te horen krijgen."

"Er is een man, Klenko genaamd, die zijn fortuin heeft gemaakt als modeontwerper. Hij is verantwoordelijk voor die rondtollende dingen die de vrouwen twee jaar geleden of zo op hun hoeden droegen. Een vreemde man, en een vreemde wereld. De lucht hangt vol met vrij rondzwevende glazen bellen van tien meter breed. Overal glazen bellen — topaaskleurig, blauw, rood, violet, groen — hoog en laag. Het is riskant om daar met een ruimteboot te landen. Hij heeft een fluorescerend bos — in het sap van de bomen zit een chemische stof. Als hij er ultraviolet licht op schijnt, lichten de bladeren op — zilver, lichtgroen, oranje. We hebben een groot paviljoen voor hem gebouwd dat over een meer hangt. In het meer zitten lichtgevende vissen."

"Hij is blijkbaar een uitgebreid nachtleven van plan."

"Hij wil alleen maar nacht hebben. Als we zijn wereld eenmaal goed in haar baan hebben, draait ze niet meer om haar as. Hij heeft plannen voor nogal eigenaardige feesten."

Marlais haalde zijn schouders op. "Als iemand de eigenaar is van een hele wereld, kan hij zijn eigen wetten maken."

"Dat is in ieder geval de theorie van Klenko."

"Tot zover alles goed. Maar hoe zet je de zwaartekracht naar je hand? Zover ik weet is kunstmatige zwaartekracht nog niet uitgevonden."

"Dat klopt," knikte Farrero.

"Wel — hoe het ook in zijn werk gaat, het zal ook voor Marlais & Angker wel werken, denk ik."

"In theorie wel," zei Farrero. "Alleen verschijnen Marlais & Angker een beetje te laat op het toneel. Ik wil ze niet speciaal tot een faillissement drijven; ik denk dat ik dat ook niet zou kunnen. Er zullen altijd wel nog wat huizen van Klasse III moeten worden gebouwd op Aarde voor de voorzichtigen en de conventionelen. Maar voor onafzienbare tijd pik ik alle krenten uit de pap."

Marlais schudde zijn hoofd en achterin zijn ogen kwam een vonkje tot leven. "Je begrijpt het nog niet helemaal, beste vriend. Wij zijn niet van zins om om de kruimels te bedelen. Wij hebben de connecties, de uitrusting, de mensen. Wij kunnen de asteroïden hierheen brengen voor minder geld dan jij en wij stellen onze prijzen ver onder die van jou. Desnoods werken we zelfs met verlies. Hoe je die zwaartekracht ook doet, onze ingenieurs kunnen het namaken."

"Mijn beste meneer Marlais," zei Farrero, "dacht u dat ik een achterpoortje open zou laten voor u en de andere bandieten? Heeft u ooit gehoord van de wet op de bergingsrechten in de ruimte?"

"Jazeker. Die regelt de mijnbouw op de asteroïden."

"Onder deze wet heb ik elfhonderdtweeëndertig asteroïden op mijn naam gezet. Asteroïden van een heel speciaal soort. Dat zwarte steentje daar bij uw rechtervoet: die glanzende, net vuursteen. Raapt u die maar eens op."

Marlais stak zijn hand ernaar uit, greep het steentje beet, wilde het oppakken. Zijn mond viel bijkans open van verbazing. Hij probeerde het nog een keer totdat zijn magere oude armen trilden en kraakten. Hij keek op naar Farrero. "Het zit vastgekleefd!"

"Het weegt enkele tonnen, denk ik," zei Farrero. "Het is sterrenmateriaal. Materie die onder enorme druk in het hart van een ster gekristalliseerd is. Een klein beetje daarvan, levert een berg zwaartekracht op. Op de een of andere manier zweefden er elfhonderdtweeëndertig brokken van dit spul in een baan om de zon — niet te ver van de Aarde. Ze zijn klein en donker en niet zwaar genoeg om merkbare afwijkingen in de banen van de hemellichamen te veroorzaken. Maar als je erop gaat staan, krijg je bijna je Aardse gewicht omdat het zwaartekrachtscentrum zo dichtbij is. Ik heb al die brokken stuk voor stuk opgeëist. Sommige zal ik aan elkaar moeten plakken, andere moet ik bedekken met een korst van een paar kilometer gewone materie om de zwaartekracht omlaag te krijgen. Zwaartekracht neemt af, weet je, met het kwadraat van de afstand tot het massamiddelpunt." Farrero opende de deur van de ruimteboot en wenkte Marlais naar binnen. "Ik weet waar je net zoveel van deze zware materie kunt halen als je maar hebben wilt."

Marlais stapte woordeloos in. Hij keek Farrero smeulend aan. "Waar?"

Farrero sloot de deur af, trok aan de stuurknuppel en Desplains' wereld viel onder hen weg.

"Als ik jou was, zou ik eerst het Alfa Centauri stelsel proberen. Er zwerft daar ongetwijfeld allerlei soorten puin rond. En als je geluk hebt dan is het niet te heet."

"Laat de grappen maar zitten," zei Marlais. "En laten we teruggaan naar de Aarde. Ik heb Angker veel te vertellen. Ik neem aan dat je niet opnieuw voor ons wil werken, met een loonsverhoging?"

"Nee."

"Dat dacht ik al."

Tien minuten later haalde Marlais zijn chequeboek tevoorschijn en schreef. Hij gaf een cheque aan Farrero. "Een aanbetaling van een half miljoen voor een van je werelden, eentje zoals die van Westgeller. Ik zou een dwaas zijn als ik niet van het begin af instapte."

De Tien Boeken

Ze waren zo alleen als een levend mens maar kon zijn in de zwarte leegte tussen de sterren. Ver achter hen schenen de zonnen van de thuiswerelden — voor hen uit glommen de verste sterren en melkwegstelsels met een bijna spookachtig licht.

Het was stil in de hut. Betty Welstead keek naar haar echtgenoot die aan de taxatietafel zat, haar emoties op de zijne afgestemd. Toen de meter van de centrifuge zware metalen aangaf en Welstead naar voren leunde, leunde zij in dezelfde houding naar voren, in een onbewuste spiegeling. Toen hij schraapsel verbrandde in de spectroscoop, onder het helderste patroon het woord *Lood* aflas en op zijn lip beet, liet Betty haar ingehouden adem ontsnappen en zakte ze terug in haar stoel.

Ralph Welstead stond op. Hij was een man van gemiddelde lengte — zwaargebouwd en stevig — met haar, huid en ogen gelijk getaand. Hij veegde alle steen en erts de afvalkoker in, en Betty volgde hem met haar ogen.

Welstead zei op zure toon: "Als die asteroïde in ons zonnestelsel had gezeten, dan waren we nu miljonairs geweest. Maar hier buiten is het niet de moeite van het mijnen waard tenzij het platina of uranium is."

Betty zwengelde het onderwerp aan dat haar al twee maanden door het hoofd spookte. "Misschien moeten we aanstalten maken om terug te keren."

Welstead fronste en stapte de observatiekoepel in. Betty keek hem bezorgd na. Ze begreep maar al te goed dat het niet alleen de speurtocht naar mineralen was die hen zo ver naar buiten gebracht had, maar ook het instinct van de ontdekkingsreiziger.

Welstead kwam terug de hut in. "Er bevindt zich een ster daar voor ons —" hij zette zijn vinger in de driedimensionale kaart "— deze hier, Eridanus tweeduizend negenhonderdtweeëndertig. Laten we snel een kijkje nemen — en dan gaan we terug."

Betty knikte. Ze voelde zich opeens een stuk vrolijker. "Vind ik prima." Ze sprong overeind en samen liepen ze naar het scherm. Hij richtte de allesziende vortex, draaide aan de knoppen tot de onrustige vlek vaste vorm aannam en de ster pulserend voor hen hing, als een withete munt. Er draaide slechts een enkele planeet omheen.

"Ziet eruit alsof hij even groot is als de Aarde," zei Welstead geïnteresseerd, en Betty voelde haar hart een klein beetje in de richting van haar schoenen zakken. Hij stelde het circuit nog verder scherp, vergrootte het beeld en de planeet sprong in het zicht. "Kijk eens naar die atmosfeer! *Dicht!*"

Hij draaide om de buigzame arm met het thermokoppel heen, en samen bogen ze zich over het scherm met gegevens.

"Negentien graden Celsius. Ongeveer Aarde-normaal. Laten we de atmosfeer eens bekijken. Weet je wat, schatje, we hebben hier misschien wel iets geweldigs gevonden. Zelfde formaat als de Aarde, dezelfde temperatuur…" Zijn stem werd een zacht gemompel terwijl hij door de spectroscoop keek en de ene grafiek na het andere over het patroon van de atmosfeer van de planeet legde. Toen stond hij op, wierp Betty een korte, opgewonden blik toe en kneep plotseling nadenkend zijn ogen half dicht. "We moeten wel zeker zijn voordat we te opgewonden raken."

Betty voelde zich helemaal niet opgewonden. Ze keek zwijgend toe hoe Welstead door de catalogus bladerde.

"*Joehoe!*" riep Welstead, plotseling zo opgewonden als een kind. "Niet geregistreerd! Hij is van ons!" Betty's hart zonk haar in de schoenen bij het idee. Uitstel, maanden van uitstel, terwijl Welstead de planeet nader onderzocht, de oceanen en continenten in kaart bracht, de levende wezens classificeerde. Maar tegelijkertijd voelde ze hoe een deel van het enthousiasme van haar echtgenoot op haar oversprong, en haar interesse begon haar somberheid te verdringen.

"We noemen haar 'Welstead'," zei hij. "Of, nee — 'Elizabeth' naar jou. Je eigen planeet! Ooit zullen er steden zijn en miljoenen mensen.

En ieder keer dat ze een brief schrijven of een spade in de grond steken of een schip laten landen — dan gebruiken ze jouw naam."

"Nee, schat," zei ze. "Doe niet zo raar. We noemen hem 'Welstead' — naar ons allebei."

Ze voelden allebei onwillekeurig een steek van teleurstelling toen ze even later ontdekten dat de planeet al bewoond was, door mensen.

De ontvangst verbaasde hen echter al evenzeer als de ontdekking van de planeet en de bevolking zelf. Nieuwsgierigheid, vijandigheid viel te verwachten...

Ze hadden geen haast gehad om te landen, en hadden er de voorkeur aan gegeven om in een baan net boven de atmosfeer te blijven hangen zodat ze de planeet en zijn bewoners eerst nader konden bestuderen.

De wereld zag er kleurrijk uit. Er waren duizend soorten bossen, jungles, savannen. Zonovergoten rivieren stroomden door groene velden. Duizend meren en drie oceanen glommen met een blauwe glans. Ver in het noorden en het zuiden schitterden oogverblindende sneeuwvlaktes. De steden die ze ontdekten — de wereld leek nauwelijks bevolkt — liepen vloeiend over in het omringende landschap.

Het waren grote, lage steden, heel anders dan de luidruchtige bijenkorven van de Aarde, en ze lagen onder het groen verborgen als kunstwerken van albast of wonderbaarlijke sneeuwvlokken. Betty, die een behoorlijk sterk ontwikkeld gevoel voor romantiek bezat, was verrukt.

"Het lijken wel steden uit het Paradijs — steden in een droom!"

Welstead zei bedachtzaam: "Ze zijn duidelijk niet achterlijk. Zie je die groep lange grijze gebouwen, een stuk buiten de stad? Dat zijn fabrieken."

Betty sprak een twijfel uit die langzaam maar zeker in haar gedachten was opgekomen totdat ze de woorden vond. "Zou je denken dat ze misschien — aanstoot zullen nemen aan onze landing? Als ze zoveel moeite hebben gedaan om een geheim — nou ja, je kunt het wel Utopia noemen — te scheppen, dan willen ze misschien niet ontdekt worden."

Welstead draaide zijn hoofd en keek haar recht in de ogen. "Wil je landen?" vroeg hij eenvoudig.

"Wel, ja — als jij dat ook wil. Als je denkt dat het niet gevaarlijk is."

"Ik weet niet of het gevaarlijk is of niet. Een volk dat zo verlicht is als die steden lijken aan te geven zal hoogstwaarschijnlijk geen vreemdelingen martelen."

Betty bestudeerde het oppervlak van de planeet. "Ik geloof dat het wel veilig is."

Welstead lachte. "Ik wil wel. En ooit moeten we toch sterven. Waarom dan niet hier?"

Hij sprong op, liep naar het besturingssysteem en liet de neus van het schip omlaag zakken.

"We zullen midden op hun schoot landen, precies in het midden van die grote stad daar."

Betty keek hem vragend aan.

"Het heeft geen zin om in de wildernis rond te sluipen," zei Welstead. "Als we landen, dan landen we op een zwierige manier."

"En als ze ons zo brutaal vinden dat ze ons neerschieten?"

"Dan is dat de Voorzienigheid."

Ze landden in een park in het midden van de stad. Vanuit de observatiekoepel zag Welstead groepjes mensen hun kant op rennen.

"Ga naar de uitgang, Betty. Doe de deur een klein stukje open en laat je gezicht zien. Ik blijf hier bij het controlepaneel. Bij de eerste verdachte beweging, de eerste dooie kat die onze kant op gesmeten wordt, zijn we zo snel weer terug in de ruimte dat ze zich niet eens zullen herinneren dat we ooit geland zijn."

Duizenden mannen en vrouwen van alle leeftijden hadden zich rond het schip verzameld, roepend en schreeuwend, hevig geëmotioneerd.

"Ze gooien met bloemen!" zei Betty terwijl ze naar adem snakte. Ze deed de deur open en bleef in de opening staan terwijl de mensen onder haar schreeuwden, scandeerden, huilden. Betty, die zich een klein beetje belachelijk voelde, wuifde en glimlachte.

Ze draaide zich om en keek omhoog naar Welstead. "Ik weet niet wat we hebben gedaan om dit te verdienen, maar zo te zien zijn we helden. Misschien denken ze dat we iemand anders zijn."

In de observatiekoepel strekte Welstead zijn nek teneinde een beter overzicht te krijgen. "Ze zien er gezond uit — normaal."

"Ze zijn knap," zei Betty. "Stuk voor stuk."

De menigte week uiteen en een kleine groep oudere mannen en vrouwen kwam naar voren. De leider, een witharige man, lang, mager en met een gezicht dat veel weg had van de Jehovah van Michelangelo, kwam naar voren.

"Welkom!" riep hij met resonerende stem. "Welkom namens de bevolking van Haven!"

Betty staarde, en Welstead klom omlaag bij het controlepaneel vandaan. De woorden werden vreemd uitgesproken, de grammatica was ouderwets — maar het was de taal van de Aarde.

De witharige man sprak verder, zonder na te denken, alsof hij een toespraak hield die hij uit het hoofd kende. "We hebben tweehonderdeenenzeventig jaar gewacht op uw komst, op de verlossing die u ons brengt."

Verlossing? Welstead dacht na over de betekenis van dat woord. "Ik zie niet echt iets waarvan ze verlost moeten worden," fluisterde hij tegen Betty. "De zon schijnt, alle bomen staan in bloei, ze zien er weldoorvoed uit — en een stuk enthousiaster dan ik mijzelf voel. Waarvan moeten we ze verlossen?"

Betty was al begonnen omlaag te klimmen en Welstead volgde haar.

"Mijn dank voor uw welkom," zei Welstead, die zijn best deed om niet als een bezoekende politicus te klinken. "We zijn blij om hier te zijn. Het is een fantastische belevenis om zo onverwacht een wereld als deze te ontdekken."

De witharige man maakte een serieuze buiging. "U bent natuurlijk nieuwsgierig — net zo nieuwsgierig als wij zijn over de rest van het bewoonde universum. Maar op dit moment heb ik maar één enkele vraag voor de oren van onze wereld. Hoe gaat het met de Aarde?"

Welstead wreef over zijn kin. Hij was zich ineens bewust van de duizenden ogen die op hen gericht waren, en de absolute stilte.

"Op Aarde," sprak hij, "gaat het zijn normale gang. Dezelfde seizoenen, dezelfde regen, zonneschijn, vorst en wind." De bevolking van Haven zoog zijn worden op met een ontzag alsof het de meest pure dichtkunst was. "De Aarde is nog altijd het centrum van de Cluster en er wonen meer mensen op Aarde dan ooit tevoren. Meer herrie, meer ergernissen…"

"Oorlogen? Nieuwe regeringen? Hoe ver reikt de wetenschap nu?"

Welstead dacht na. "Oorlogen? Niet echt de moeite van het vermelden waard — niet sinds het uiteenvallen van het Hiëratisch Verbond. De regering regeert nog altijd, manipuleert nog altijd grote hoeveelheden statistische gegevens. We hebben nog altijd last van oplichterij, diefstal en inefficiëntie, als u dat bedoelt.

"Wetenschap — dat is een veelomvattend onderwerp. We weten heel veel, maar er is nog veel meer dat we niet weten, net zoals het altijd geweest is. Alles bij elkaar is het dezelfde Aarde als die het altijd geweest is — een paar goede dingen, een heleboel slechte."

Hij stopte even en de ingehouden adem van zijn al toehoorders kwam tegelijk naar buiten als een enorme zucht. De witharige man knikte nogmaals, serieus, ernstig — maar duidelijk aangestoken door dezelfde opwinding die al zijn metgezellen tentoonspreidden.

"Dat is voorlopig voldoende! U zult wel moe zijn, en er is nog genoeg tijd om te praten. Mag ik u de gastvrijheid van mijn huis aanbieden?"

Welstead keek onzeker naar Betty. Zijn instinct maande hem om zijn schip niet in de steek te laten.

"Of als u liever aan boord van uw schip blijft..." stelde de man uit Haven voor.

"Nee," zei Welstead. "Het is ons een waar genoegen." Als ze kwaad in de zin hadden — hetgeen overduidelijk niet het geval leek — dan maakte het niet uit of ze in het schip bleven of niet. Hij rekte zijn nek en keek om zich heen op zoek naar een of andere officiële delegatie die in een dergelijk geval op Aarde wel pompeus aanwezig zou zijn.

"Is er iemand bij wie we ons moeten melden? Breken we misschien een wet door ons schip hier te parkeren?"

De witharige man lachte. "Wat een vraag! Ik ben Alexander Clay, de burgemeester van deze stad, Mytilene, en Gids van Haven. Op mijn gezag en volgens de wil van allen hebt u toegang tot alles wat onze planeet u te bieden heeft. Uw schip zal met rust gelaten worden."

Hij leidde hen naar een breed, laag voertuig, en Betty was zich ongemakkelijk bewust van haar blauwe korte broek, die gekreukt en slordig was in vergelijking met de veelkleurige tunieken van de vrouwen in de menigte.

Welstead bekeek de auto met grote interesse alsof deze een graadmeter zou kunnen zijn van Haven's technische kunnen. De auto was gemaakt van glanzend grijs metaal en hing een halve meter boven de grond zonder dat er wielen onder zaten. Verrast keek hij Clay aan. "Anti-zwaartekracht? Uw kostje is gekocht."

Clay schudde toegeeflijk het hoofd. "Magnetische velden die het metaal in de weg afstoten. Is dit niet gebruikelijk op Aarde?"

"Nee," zei Welstead. "De theorie is natuurlijk bekend, maar er is te veel weerstand, te veel wegen die opengebroken zouden moeten worden. Wij gebruiken nog altijd wielen."

Nadenkend zei Clay: "De kracht van de traditie. De continuïteit die wordt gegenereerd door de cultuur van alle rassen. De stroom waarvan wij zo lang geleden zijn afgesneden…"

Welstead wierp hem een zijdelingse blik toe. Clay was volkomen serieus.

De auto gleed al geruime tijd met vrij hoge snelheid over de weg door landschappen van een geweldige rust en schoonheid. Iedere richting toonde een nieuwe en bijzondere betovering — een open plek omgeven door hoge bomen, een klein houten huis, een groepje openbare gebouwen rond een plein, een wijds bordes beplant met bomen en daarlangs rijen veelkleurige winkels.

Hier en daar zagen ze ook meer opwindende zaken, zoals de pyloon aan het eind van een brede laan. Deze rees zestig meter de lucht in, was gemaakt van cement, brons en zwart metaal, en bovenop stond een heldhaftige figuur van een man die tevergeefs een ster probeerde te grijpen.

Welstead rekte zijn nek als een toerist. "Magnifiek!"

Clay bevestigde zijn reactie zonder al te veel enthousiasme. "Ik geloof dat het niet onverdienstelijk is. Maar voor u, natuurlijk, net aangekomen uit de beschaafde werelden —" Hij maakte de zin niet af. "Mijn excuses, ik wil even naar huis bellen." Hij boog zich naar een telefoon.

Betty fluisterde in Welstead's oor: "Iedere stadsarchitect op Aarde zou zijn ziel verkopen om de kans te krijgen een stad als deze te mogen bouwen."

Welstead gromde. "Kun jij je Halleck nog herinneren?" mompelde hij. "Hij was een stadsarchitect. Hij wilde twee vierkante kilometer sloppenwijk in Lanchester afbreken, gemiddeld achttien verdiepingen hoog, en niets anders dan muffe driekamerflats.

"Eerst kreeg hij de woningbouw-lobby over zich heen, die hem een Chaoticus noemde. Er werd een gerucht verspreid onder zijn vrienden dat hij moreel ontaard was. De arme duvels die er woonden probeerden hem op te hangen omdat ze uit hun huizen gezet zouden worden. De Ouwe Getrouwen smeten hem de partij uit omdat zij geen stemmen wilden verliezen in het district. En die sloppenwijken staan er nog steeds en Halleck verkoopt nu landbouwwerktuigen op Arcturus V."

Betty staarde naar de bomen. "Misschien dat Haven een goede les zal blijken voor de rest van de cluster."

Welstead haalde zijn schouders op. "Misschien, misschien ook niet. Vrede en afzondering zijn geen dingen die je met een miljoen anderen kunt delen — want dan is het geen vrede en afzondering meer."

Betty ging rechter in haar stoel zitten. "De enige manier om de ongelovigen te overtuigen is om het hen te laten zien, om een voorbeeld te geven. Denk je echt dat als de bewoners van de sloppen van Lanchester deze stad eenmaal gezien hebben, ze dan weer zouden terugkeren naar hun driekamerflatjes zonder er iets aan te willen veranderen?"

"Als ze deze stad zagen," zei Welstead, "dan zouden ze Haven nooit meer willen verlaten. Ze zouden uit alle macht proberen, op eerlijke of op slinkse wijze, als verstekelingen of als arbeiders, hierheen te emigreren."

"Laat mij dan maar bij die eerste golf emigranten horen!" zei Betty verontwaardigd.

De auto reed een tunnel van bladeren in, over een tapijt van heldergroen gras, en stopte bij een huis van donker massief hout. Een rij van vier hoge puntdaken keken uit over een vlakte waar een stroom zijn natuurlijke loop volgde. Het huis zag er ruim en comfortabel uit — ongeveer zoals de mooiste landelijke villa's op Aarde of de tuinplaneten, maar dan zonder het gevoel van kunstmatigheid, het geforceerde, het geënsceneerde.

"Mijn huis," zei Clay. Hij schoof een met was bewerkte deur van licht hout opzij en liet hen binnen in een hal met een tapijt van goudgeel rotan en muren gestoffeerd met textiel in de kleur van de bossen buiten. Een bank van glanzend donker hout stond tegen de muur aan onder een ingelijst schilderij. Het vertrek baadde in licht uit een onbekende bron, als water in een tank.

"Een ogenblik," zei Clay lichtelijk gegeneerd. "Mijn huis is normaal al eenvoudig, op het armoedige af, en ik wil het u niet op zijn onvoordeligst laten zien." Het was duidelijk dat hij het meende; dit was geen valse bescheidenheid.

Hij maakte aanstalten weg te lopen, stopte toen en zei tegen zijn gasten, die maar half begrepen wat hij bedoelde: "Ik moet mij verontschuldigen voor onze primitieve levenswijze, maar wij hebben geen vertrekken om belangrijke gasten te huisvesten, geen luxe herbergen of ambassades of statige huizen die ongetwijfeld bijdragen aan de waardigheid van het leven op Aarde. Ik kan u slechts de gastvrijheid van mijn eigen woning aanbieden."

Welstead en Betty protesteerden allebei. "Wij verdienen zoveel eer niet. We zijn tenslotte niet meer dan een stel ontdekkingsreizigers zonder vaste verblijfplaats."

Clay glimlachte en ze zagen dat hij zich al wat meer op zijn gemak gesteld voelde. "U bent de schakel tussen Haven en de beschaving — de belangrijkste bezoekers die we ooit hebben mogen ontvangen. Excuseert u mij." Hij vertrok.

Betty liep naar het schilderij aan de muur, een simpel landschap — de helling van een heuvel, enkele bomen, een rij bergen in de verte. Welstead, die maar weinig verstand had van kunst, keek om zich heen op zoek naar de bron van het licht — zonder succes. Hij ging naast Betty voor het schilderij staan. Bijna ademloos sprak ze: "Dit is een — ik durf het bijna niet te zeggen — een meesterwerk."

Welstead kneep zijn ogen tot spleetjes en probeerde te begrijpen waar het ontzag en de verwondering van zijn vrouw vandaan kwamen. Het schilderij leek zijn blik inderdaad te vangen, naar binnen te trekken en rond te leiden in het gehele beeld, en het vervulde hem met een plezierig soort opwinding, een warmte en een serene rust.

Clay kwam weer binnen en merkte hun interesse op. "Wat vindt u ervan?" vroeg hij.

"Ik denk dat het — uitzonderlijk goed uitgevoerd is," zei Betty, die niet wist hoe ze haar bewondering kon uitdrukken zonder overdreven te klinken.

Clay schudde droefgeestig zijn hoofd en wendde zich af. "Het is niet nodig om uit beleefdheid een onbelangrijk werk als dit te prijzen, mevrouw Welstead. Wij kennen onze tekortkomingen. Uw ogen hebben de echte Giotto's, de Rembrandts, de Cézanne's gezien. Dit is in uw ogen vast niet veel bijzonders."

Betty wilde hem tegenspreken, maar bedacht zich toen. Het was blijkbaar niet mogelijk om Clay met woorden te overtuigen — of misschien was het de gewoonte in zijn cultuur om de kunst van zijn eigen mensen neer te halen, en dan was het misschien juist onbeleefd om daar al te zeer tegenin te gaan.

"Uw vertrekken worden gereedgemaakt," vertelde Clay. "En ik heb ook gevraagd om schone kleding voor u allebei, aangezien ik kan zien dat uw kleren duidelijk sporen van uw lange reis vertonen."

Betty bloosde en streek de pijpen van haar blauwe korte broek glad. Welstead veegde schaapachtig langs zijn verschoten blouse. Hij stak zijn hand in zijn zak en trok er een klein stukje steen uit. "Van een asteroïde die ik een paar weken geleden heb onderzocht." Hij draaide het stukje steen rond tussen zijn vingers. "Niets anders dan graniet, met kleine stukjes granaat."

Clay pakte het steentje aan en keek er met een vreemdsoortige eerbied naar. "Mag ik dit houden?"

"Maar natuurlijk."

Clay legde het stukje steen op een zilveren blaadje. "U zult niet begrijpen wat dit kleine steentje symboliseert voor ons allemaal hier in Haven. Reizen tussen de sterren — ons doel, onze droom, nu al tweehonderdeenenzeventig jaar."

De tweede keer dat er gerefereerd werd aan die periode van tweehonderdeenenzeventig jaar! Welstead rekende. Dat dateerde hen in het tijdperk van de Grote Reizen, toen de over-onder ruimte-aandrijving voor het eerst gebruikt was, en groepen mensen willekeurig door het heelal waren uitgezwermd als bijen in een veld met bloemen, waardoor de menselijke cultuur als een supernova door de ruimte was gaan flakkeren.

Clay leidde hen door een grote kamer, ogenschijnlijk simpel ingericht maar rijk in detail. Welstead's blik was niet analytisch genoeg om direct ieder detail in zich op te nemen. Hij zag diverse tinten beige, bruin, zacht blauw, waterig groen, in het hout, de stoffen, het glas, het aardewerk — de kleuren combineerden prachtig en heel effectief met de wasachtige ombertint van het natuurlijke hout. Aan het eind van het vertrek stond een kast met tien grote boeken gebonden in zwart leer die om de een of andere reden benadrukt leken te zijn, alsof ze van iconisch belang waren.

Ze liepen door een passage die aan een kant open was naar een tuin met bloemen, lage bomen en tamme vogels. Clay liet hen binnen in een langgerekte, zonnige kamer.

"Uw badkamer is deze deur door," zei Clay. "Er liggen schone kleren op het bed. Als u bent uitgerust zult u mij in de grote hal kunnen vinden. Maak het u gemakkelijk — het huis is van u."

Ze waren alleen. Betty zuchtte gelukkig en liet zich op het bed zakken. "Is het niet fantastisch, schat?"

"Het is raar," zei Welstead, die nog in het midden van de kamer stond.

"Wat is raar?"

"Vooral de manier waarop deze mensen, die zo duidelijk getalenteerd en efficiënt zijn, zich zo bescheiden gedragen en hun prestaties zozeer bagatelliseren."

"Toch lijken ze veel zelfvertrouwen te hebben."

"Ze *hebben* ook veel zelfvertrouwen. Echter zodra het woord 'Aarde' valt, krijg je hetzelfde effect als wanneer je over Alakland begint tegen een Lak in ballingschap. Het is uniek."

Betty haalde haar schouders op en begon zich uit te kleden. "Waarschijnlijk is er een hele simpele verklaring voor. Maar op dit moment ben ik het speculeren moe. Ik ga dat bad nemen. Water, water, water! *Tonnen* water!"

Ze troffen Clay aan in de lange hal, samen met zijn vriendelijk uitziende echtgenote en zijn vier jongste kinderen die hij ernstig aan hen voorstelde.

Welstead en Betty gingen op een divan zitten en Clay schonk kleine porseleinen kopjes vol met een bleke, geelgroene wijn waarna hij in zijn eigen stoel ging zitten.

"Als eerste zal ik onze wereld Haven aan u uitleggen — of heeft u al een vermoeden van onze netelige positie?"

Welstead antwoordde: "Ik vermoed dat hier een kolonie is gesticht die vervolgens is vergeten — verloren geraakt."

Clay glimlachte triest. "Onze ontstaansgeschiedenis was veel dramatischer. Tweehonderdeenenzeventig jaar geleden raakte het passagiersschip *Etruria*, onderweg naar Rigel, stuurloos. Volgens de overlevering ontstond het probleem toen de staven in het omhulsel van de aandrijving aan elkaar smolten. Het veld zou in elkaar zakken als het omhulsel geopend werd, maar als dit niet gebeurde, dan zou het schip rechtuit blijven vliegen tot de energie op was."

Welstead sprak: "Dat was een vrij gebruikelijk probleem in die tijden. Meestal sneed de machinist de aandrijvers aan één kant van de romp eraf. Dan bleef het schip rondjes vliegen tot er hulp kwam."

Clay vertrok zijn gezicht in een trieste grimas. "Niemand aan boord van de *Etruria* kwam op dat idee. Het schip verliet het tot dan toe bekende deel van het heelal en passeerde uiteindelijk op korte afstand van een planeet die zo te zien leven zou kunnen herbergen. De drieënzestig passagiers gingen aan boord van de reddingsboten en landden op Haven.

"Vierendertig mannen, vijfentwintig vrouwen, vier kinderen — de jongste was Dorothy Pell, acht jaar, de oudste was Vladimir Hocha van vierenzeventig, alle rassen van de mensheid waren vertegenwoordigd. Wij zijn de nakomelingen van die drieënzestig — we zijn nu met driehonderd miljoen."

"Dat is snel gedaan," zei Betty bewonderend.

"Grote gezinnen," was de reactie van Clay. "Ik heb negen kinderen, zestien kleinkinderen. Vanaf het begin is het onze doelstelling geweest om de cultuur van de Aarde levend te houden voor onze nakomelingen, om hen te leren wat wij wisten van de menselijke tradities.

"Als er dan redding zou komen — en dat kon uiteindelijk niet uitblijven — dan zouden onze kinderen, of de kinderen van onze kinderen, terug kunnen keren naar de Aarde. Niet als halve wilden, maar als gelijkwaardige burgers. En onze meest waardevolle, onmisbare bron van Aardse cultuur, zijn de Tien Boeken, de enige boeken die vanaf de *Etruria* meegebracht werden. En we hadden geen betere boeken kunnen hebben om ons te inspireren…"

Clay's blik ging in de richting van de in zwart leer gebonden boeken aan de andere kant van het vertrek, en hij liet zijn stem een klein beetje dalen.

"De *Encyclopedie van de Prestaties der Mensheid*. De oorspronkelijke editie bestond uit tien kleine plastrol boekwerken, geen van alle groter dan uw hand — maar hierin bevond zich zo'n schat aan prestaties van vroegere generaties dat wij onze voorouders nooit zouden kunnen vergeten. We proberen dan ook steeds opnieuw, onophoudelijk, om iets te bereiken dat het niveau van de grote meesters zou kunnen benaderen. Alle werken van het menselijk ras maakten wij tot onze nieuwe standaard — muziek, kunst, literatuur — alles werd omschreven in de *Encyclopedie*."

"Omschreven, zegt u," zei Welstead nadenkend.

"Er waren geen illustraties?" vroeg Betty.

"Nee," zei Clay, "er was weinig ruimte voor plaatjes in de oorspronkelijke editie. Maar —" hij liep naar de kast en pakte een willekeurig boek "— de woorden lieten weinig aan de verbeelding over. Bijvoorbeeld over de muziek van Bach — 'Toen Bach voor het eerst ten tonele verscheen was de toccata een voorzichtig, besluiteloos stuk muziek — een oefening, een *tour de force*, waarmee de musicus misschien zijn virtuositeit kon tonen.

" 'Bij Bach wordt de toccata een medium van de meest nobele plasticiteit. Het thema suggereert hij met een terloopse vingerzetting op het toetsenbord, met niet aan elkaar gerelateerde wendingen. En dan komt de glorieuze uitbarsting in harmonie — de oorspronkelijke melodielijnen gloeien als prisma's, nemen steeds grotere vorm aan en vallen uiteindelijk samen tot een wonderbaarlijke pyramide van geluid.'

"En dan Beethoven — 'Een God onder de mensen. Zijn muziek is de stem van de wereld, de processie van alle verhevenheid die men zich kan voorstellen. De geluiden die hij voortbrengt zijn natuurkrachten van dezelfde orde als een zonsondergang, een storm op zee, het uitzicht vanaf rotskliffen.'

"En dan over Leon Bismarck Beiderbecke — 'Zijn trompet brengt zo een golf van extase voort, zo'n enorme triomf, zo'n allesoverheersende vreugde dat het hart van een mens stilstaat van verdriet in het besef dat het er nooit volledig deel van zal kunnen uitmaken.'" Clay deed het boek dicht en zette het terug. "En dat is onze erfenis. Wij hebben geprobeerd deze stromingen van onze oorspronkelijke cultuur in leven te houden, hoe armzalig onze pogingen dan ook mogen zijn."

"Ik zou zeggen dat u daarin geslaagd bent," merkte Welstead droogjes op.

Betty zuchtte langzaam en diep.

Clay schudde zijn hoofd. "U kunt geen oordeel vormen tot u meer van Haven gezien heeft. We leven hier comfortabel genoeg, hoewel onze manier van leven waarschijnlijk niet indrukwekkend is in vergelijking met de prachtige steden, de magnifieke paleizen van de Aarde."

"Nee, absoluut niet," zei Betty, maar Clay wimpelde haar beleefd af.

"U hoeft zich niet gedwongen te voelen ons te vleien. Zoals ik al zei, wij zijn ons bewust van onze tekortkomingen. Onze muziek, bijvoorbeeld — die is plezierig, soms opwindend, soms diepzinnig, maar nergens bereikt het de pikante hoogten die de *Encyclopedie* beschrijft.

"Onze kunst is technisch goed, maar we zijn ons er wanhopig van bewust dat we nooit in staat zullen zijn om Seurat te imiteren, die 'meer lumen heeft dan het licht zelve', of Braque, 'de patronen van het bewustzijn in patronen van kleur op de patronen van het leven', of Cézanne — 'de vlakken die zich voordoen als natuurlijke objecten marcheren, vermengen zich, ontmoeten elkaar volgens de regels van een meedogenloze logica, die rondwervelen en die de hersenen dwingen om toe te geven dat de compositie absoluut rechtvaardig is.'"

Betty keek naar haar echtgenoot, angstig dat hij misschien hardop zou zeggen wat zij wist dat hij nu moest denken. Tot haar grote opluchting zweeg hij, terwijl hij in gedachten, met half dichtgeknepen ogen naar Clay staarde. Betty zelf nam zich voor om geheel neutraal te blijven zwijgen.

"Nee," zei Clay zwaarmoedig, "wij doen ons uiterste best, en op sommige gebieden hebben wij natuurlijk meer bereikt dan op andere. Om te beginnen hadden we het voordeel van alle menselijke ervaringen in onze geheugens. De paden waren duidelijk voor ons uitgezet — we wisten welke fouten we moesten zien te vermijden. We hebben nooit oorlogen gehad of dictators. We hebben nooit toegestaan dat iemand onbegrensde macht kon uitoefenen. En toch hebben we altijd geprobeerd eenieder die verantwoordelijkheid durft te dragen hiervoor te belonen.

"Onze misdadigers — nog maar heel weinig nu — worden behandeld voor hun geestelijke afwijking na het eerste en tweede vergrijp, gesteriliseerd als ze voor de derde maal de fout in gaan, en geëxecuteerd na het vierde misdrijf — onze grondwet is gericht op samenwerking en contributie aan de samenleving, hoewel er oneindige vrijheid is in de vorm waarin deze contributie kan worden geleverd. We willen van de samenleving geen moloch maken. Iedereen mag zo geïntegreerd of apart leven als hij of zij wenst, zolang hij zich maar aan de grondwet houdt."

Clay zweeg en keek van Welstead naar Betty. "Begrijpt u nu hoe wij hier leven?"

"Min of meer," antwoordde Welstead. "In ieder geval in brede lijnen. U lijkt technisch heel veel vooruitgang geboekt te hebben."

Clay dacht hierover na. "Vanuit een oogpunt inderdaad. Vanuit een ander niet. We hadden het gereedschap uit onze reddingsboten, we hadden onze technische kennis, en wat het belangrijkste was, we wisten wat we probeerden te bereiken. Ons voornaamste doel is uiteraard het veroveren van de ruimte geweest. We zijn in raketten omhoog gegaan, maar deze komen niet verder dan een baan om onze zon en weer terug. Onze wetenschappers zijn niet ver verwijderd van de ontdekking van het geheim van het reizen in de ruimte, maar er zijn diverse praktische zaken die hen tegenwerken."

Welstead lachte. "De methode om in de ruimte te reizen kan nooit ontdekt worden via de logische route. Het is een filosofisch vraagstuk waarover al honderden jaren heen en weer gediscussieerd wordt. De Rede — het abstracte idee — is een functie van normale tijd en ruimte. De ruimteaandrijving heeft niets gemeen met deze ideeën en om die reden kan de menselijke logica het probleem van de over-drive nooit rationeel oplossen. Het kan gedaan worden door middel van experimenten, door in de praktijk dingen te proberen en te leren van de fouten. Erover nadenken is zinloos."

"Hm," zei Clay. "Dat is een nieuw concept. Maar nu u hier bent is het sowieso niet langer een punt, aangezien u de schakel terug naar ons thuisland bent."

Betty zag de woorden al trillend op de tong van haar echtgenoot liggen. Ze balde haar handen tot vuisten en wenste — wenste — *wenste*. Misschien dat het nog enig effect had ook, want toen hij zijn mond opendeed zei Welstead niet meer dan: "Wij zullen doen wat we kunnen om te helpen."

Ze bezochten heel Mytilene en het nabijgelegen Tiryns, Dicte en Ilium. Ze zagen industriële complexen, atoomgeneratoren, boerderijen, scholen. Ze waren aanwezig bij een sessie van de Raad van Gidsen, maakten allebei een korte speech en spraken tot de hele bevolking van Haven via de televisie. Elke nieuwsbron op de hele planeet deed verslag van hun woorden.

Ze hoorden muziek op de groene helling van een heuvel, verzorgd door een orkest dat onder enorme rookzwarte bomen stond. Ze zagen de kunst van Haven in openbare musea, in huizen en in openbare ruimten. Ze lazen wat van de literatuur, bestudeerden de diverse wetenschappen van de planeet, die ongeveer op hetzelfde niveau bleken te liggen als de wetenschap op de Aarde. En ze verwonderden zich iedere keer weer over het feit dat een zo kleine groep mensen in zo'n korte tijd zoveel had weten te bereiken.

Ze bezochten de laboratoria waar driehonderd wetenschappers en ingenieurs trachtten om magnetische-, zwaartekracht- en vortigiale velden te dwingen tot een fusie die het mogelijk moest maken om tussen de sterren te reizen. En de wetenschappers keken in ademloze spanning toe hoe Welstead hun apparatuur inspecteerde.

Hij zag in een oogopslag wat de bron van hun probleem was. Hij had ooit iets gelezen over ditzelfde experiment, driehonderd jaar eerder uitgevoerd op Aarde, en herinnerde zich de fantastische toevalligheid die Roman-Forteski en Gladheim ertoe gebracht had om de generatrix op te sluiten in een dodecaëder van kwarts. En slechts door een vergelijkbaar toeval — of als hij hun die informatie zou geven — zouden de wetenschappers van Haven ooit in staat zijn om het mysterie van de ruimteaandrijving te doorgronden.

En Welstead liep in gedachten verzonken het laboratorium uit, terwijl de wetenschappers hem teleurgesteld nakeken. En Betty had hem verwonderd nagekeken en de rest van die dag was er een duidelijke spanning tussen hen voelbaar geweest.

Die nacht, toen ze allebei in het donker naast elkaar lagen, stijf en klaarwakker, voelden ze allebei de druk van de gedachten van de ander.

Betty was de eerste die de stilte verbrak, op een toon zo bot dat er geen twijfel over bestond wat zij van de zaken dacht.

"Ralph!"

"Wat?"

"Waarom gedroeg je je nu zo in dat laboratorium?"

"Voorzichtig," mompelde Welstead. "Misschien worden we afgeluisterd."

Betty lachte honend. "We zijn hier niet op Aarde. Deze mensen zijn eerlijk, vol vertrouwen…"

Nu was het Welstead's beurt om te lachen — een korte lach zonder enige vorm van vrolijkheid. "En dat is nu precies de reden waarom ik van niets weet als het om ruimteaandrijving gaat."

Betty verstijfde. "Wat bedoel je daarmee?"

"Ik bedoel dat deze mensen veel te goed zijn om ze naar de verdoemenis te laten gaan."

Betty ontspande zich, zuchtte, en sprak toen langzaam, alsof ze wist dat ze aan het begin stond van een lange discussie. "Hoe bedoel je — 'de verdoemenis'?"

Welstead snoof. "Het is overduidelijk. Jij bent in hun huizen geweest, je hebt hun gedichten gelezen, naar hun muziek geluisterd…"

"Natuurlijk. Deze mensen leven elke seconde van hun leven met een — nou ja, laat ik het een verhevenheid noemen. Een toewijding aan de creativiteit zoals ik dat nog nooit eerder ben tegengekomen!"

Welstead sprak op sombere toon: "Ze leven in de prachtigste illusie die je je maar kunt voorstellen, en ze zijn op weg om op een kolossale manier op hun gezicht te gaan. Ze zijn vergelijkbaar met een man die dronken is van te veel heerlijke wijn."

Betty staarde de duisternis in. "Ben je gek geworden?"

"Ze leven nu in een geëxalteerde staat" sprak Welstead, "maar het zal een enorme klap zijn als hun zeepbel uiteenspat!"

"Maar waarom zou hij uiteenspatten?" riep Betty uit. "Waarom kan het niet —"

"Betty," zei Welstead op koude, sardonische toon, "heb je ooit een openbaar park gezien op de Aarde, na een feestdag?"

Betty antwoordde vol vuur: "Ja — het is afschuwelijk. Omdat de mensen op de Aarde helemaal geen gemeenschapszin hebben."

"Precies," zei Welstead. "En deze mensen hebben dat wel. Ze zijn dicht met elkaar verbonden door een streven zó sterk dat ze in tweehonderd jaar evenveel hebben weten te bereiken als de Aarde in zevenduizend. Ze kijken allemaal dezelfde kant op, hebben allemaal dezelfde drijfveer. En als die drijfveer nu eens wegvalt, hoe denk je dan dat ze hun standaarden nog zullen kunnen ophouden?"

Betty zweeg.

"Mensen," zei Welstead dromerig, "zijn op hun best in moeilijke tijden. Ze zijn op hun best, of ze stellen niets voor. Ze hebben hier moeilijke tijden gekend — deze mensen zijn erdoorheen gekomen. Als je ze een makkelijke manier geeft om geld te verdienen, met toerisme, bijvoorbeeld — wat dan?

"Maar dat is niet alles. Het is zelfs maar het halve verhaal. Deze mensen hier," sprak hij met nadruk, "leven in een droom. Ze zijn het slachtoffer van de Tien Boeken. Ze nemen ieder woord letterlijk en ze hebben zich uit de naad gewerkt om te proberen een niveau te bereiken dat zij zien als de standaard.

"Hun eigen creaties beroeren hen niet half zo veel als de dingen die de Tien Boeken beweren dat kunst zou moeten doen. Degene die deze Tien Boeken heeft geschreven was vast en zeker een tekstschrijver voor een reclamebureau." Welstead lachte. "Shakespeare heeft goede toneelstukken geschreven — natuurlijk, dat geef ik toe. Maar ik heb nooit gezien dat er 'vlammen flikkerden langs ieder woord terwijl een krachtige wind door de pagina's ruiste'.

"Sibelius was vast een groots componist — ik ben niet bepaald een expert op dit gebied — maar wie heeft er ooit naar hem geluisterd en is toen 'deel geworden van het ijs van Finland, de naar mos geurende aarde, de hete adem van het woud', zoals iedereen volgens die Tien Boeken deed?"

Betty zei: "De schrijver wilde alleen maar in beeldspraak weergeven wat de essentie was van de kunstenaars en de musici."

"Daar is niets mis mee," zei Welstead. "Op Aarde zijn we geconditioneerd om het geschreven woord bij voorbaat in twijfel te trekken. En in ieder geval houden we er rekening mee dat alles een paar honderd procent wordt overdreven. De mensen hier hebben die immuniteit niet. Ze hebben ieder woord letterlijk genomen. De Tien Boeken zijn hun Bijbel. Ze proberen zich te meten aan een niveau dat nooit bestaan heeft."

Betty kwam overeind en leunde op haar elleboog, terwijl ze hem met hese, triomfantelijke stem van repliek diende. "En het is ze *gelukt!* Ralph, het is ze *gelukt!* Ze hebben iedere uitdaging overwonnen, hun culturele uitingen zijn even goed of beter dan alles wat ooit op de Aarde is geproduceerd! Ralph, ik ben er trots op tot hetzelfde ras te behoren."

"Dezelfde diersoort," corrigeerde Welstead haar droogjes. "Deze mensen zijn een gemengd ras. Ze zijn een samensmelting van alle rassen."

"En wat zou dat?" snauwde Betty. "Je bent aan het muggenziften. Je weet precies wat ik bedoel."

"We dwalen af," zei Welstead vermoeid. "Het vraagstuk draait niet om de bevolking van Haven en wat ze bereikt hebben. Natuurlijk zijn ze geweldig — *nog wel.* Maar wat denk je dat er gaat gebeuren als ze weer in contact komen met de Aarde?

"Denk je dat ze doorgaan om hun kunst te produceren als er geen uitdaging meer is? Als ze tot de ontdekking komen dat de Aarde niet meer is dan een troep tamme kraaien — zeurend, ruziënd — vol middelmatige dilettanten en goedkope ondeugden? Waar de kunstenaars alleen nog maar naakte vrouwen tekenen en de musici hun geld verdienen met het produceren van herrie, herrie, herrie — welk geluid dan ook — voor televisie soundtracks. Wat blijft er dan nog over van hun dromen?

"Denk eens aan de enorme teleurstelling, de ontmoediging! Let op mijn woorden, de helft van de bevolking zou zich van kant maken en de andere helft zou werk vinden in de prostitutie en het oplichten van de toeristen. Het is een moeilijk vraagstuk. Ik ben van mening dat we hen hun dromen niet moeten afnemen. Laat ze maar denken dat wij twee enorme schurken zijn. Laten we maken dat we wegkomen van deze planeet, terug naar waar we thuishoren."

Betty zei getroebleerd: "Vroeg of laat zal iemand anders hen vinden."

"Misschien — misschien niet. We kunnen rapporteren dat deze hele regio niets te bieden heeft — en dat is ook zo, als je Haven niet meetelt."

Betty zei kleintjes: "Ralph, dat zou ik niet kunnen. Ik kan hun vertrouwen niet beschamen."

"Zelfs niet om te zorgen dat ze blijven vertrouwen?"

Betty zei op heftige toon: "Denk je dan niet dat het een even grote teleurstelling zou zijn als wij er stiekem vandoor gingen en hen hier achterlieten? Wij zijn de climax waar ze nu al deze hele tweehonderd-eenenzeventig jaar naartoe leven. Denk je eens in hoe lusteloos ze zullen zijn na ons vertrek!"

"Ze werken aan hun eigen ruimteaandrijving," zei Welstead. "De kans is één op een miljoen dat ze de oplossing zelf ontdekken. Dat weten ze niet. Ze hebben een flikkering van een veld en denken dat ze niet veel méér hoeven te doen dan de toevoer van energie aanpassen en een betere isolatie vinden. Ze hebben niet de Mardi Gras lamp die Gladheim oppakte toen zijn loden tank smolt."

"Ralph," sprak Betty, "wat je zegt is allemaal heel logisch. Je argumenten snijden hout — maar emotioneel zijn ze niet bevredigend. Het voelt niet goed."

"Bah," zei Welstead. "Laten we nou niet spiritueel gaan doen."

"En," zei Betty zacht, "laten we ook niet proberen om voor God te spelen."

Het bleef lange tijd stil.

"Ralph?" vroeg Betty.

"Wat?"

"Is er dan niet een manier..."

"Een manier om *wat* te doen?"

"Waarom zou het *onze* verantwoordelijkheid zijn?"

"Ik zou niet weten wie het anders op zich zou moeten nemen. Wij zijn de instrumenten —"

"Maar het is *hun* leven."

"Betty," sprak Welstead vermoeid, "dit is zo'n moment dat we niets kunnen afschuiven. Wij zijn de mensen die uiteindelijk ja of nee moeten zeggen. Wij zijn de enigen die beide kanten van het hek kunnen overzien. Het is een afschuwelijke beslissing om te moeten nemen — maar ik zeg nee."

Er werd niet meer gesproken, en na verloop van enige tijd vielen ze allebei in slaap.

Drie nachten later hield Welstead Betty tegen toen ze aanstalten begon te maken om zich uit te kleden en naar bed te gaan. Ze staarde hem met grote, donkere ogen aan.

"Mik alles wat je mee wilt nemen in een tas. We vertrekken."

Betty's lichaam was verstijfd en gespannen, en ze ontspande zich maar heel langzaam terwijl ze een stap in zijn richting deed. "Ralph..."

"Wat?" En ze zag geen enkel teken van zachtheid, van twijfel in zijn topazen ogen.

"Ralph — het is *gevaarlijk* om nu te vertrekken. Als ze ons snappen, dan zouden ze ons ter plekke executeren — wegens volkomen verdorvenheid." En fluisterend, zonder hem aan te kijken, voegde ze eraan toe: "Ik denk dat ze dan nog gelijk zouden hebben ook."

"Dat risico zullen we moeten nemen. Precies zoals we zeiden op het moment dat we landden. We moeten toch een keer sterven. Pak je spullen en laten we vertrekken."

"We moeten een briefje achterlaten, Ralph. Iets..."

Hij wees naar een envelop. "Daar ligt het. Met dank voor hun gastvrijheid. Ik heb gezegd dat we criminelen zijn en dat we niet het risico kunnen nemen om naar de Aarde terug te keren. Het is een slap verhaal, maar het is het beste dat ik kon bedenken."

Er klonk ineens weer een vleug van felheid door in Betty's stem. "Geen zorgen. Ze zullen ons geloven."

Met een mat gebaar pakte ze een paar kleinigheden die ze in een zak stopte. "Het schip is een behoorlijk eind hiervandaan, weet je?" waarschuwde ze hem.

"We nemen de auto van Clay. Ik heb hem gadegeslagen, en ik weet hoe ik hem moet besturen."

Ze uitte een schokkerig, bitter en gespannen lachje. "Nu zijn we zelfs autodieven."

"Het is niet anders," zei Welstead toonloos. Hij liep naar de deur en luisterde. De absolute stilte van de slaap der onschuldigen omhulde de rest van het huis. Hij liep terug naar Betty, die met een afstandelijke uitdrukking op haar gezicht naar hem stond te kijken.

"Deze kant op," zei Welstead. "Naar buiten via het terras."

Ze stapten naar buiten, de maanloze nacht van Haven in, waar geen enkel ander geluid te horen was behalve dan het glasachtige tinkelen van het kleine stroompje dat door zijn natuurlijke bed dwars over het terras liep.

Welstead pakte Betty's hand. "Voorzichtig nu, loop niet tegen die bamboe aan." Hij greep haar vast en ze bleven plotseling doodstil staan. Door een van de ramen was een geluid te horen geweest — alsof iemand naar adem snakte — gevolgd door het opgeluchte mompelen van iemand die wakker wordt uit een nare droom.

Langzaam, als glas dat smelt onder hitte, kwamen de twee weer tot leven; ze slopen het terras over in de richting van het gazon naast het huis. Ze liepen met een boog om de groentetuin heen en zagen de vorm van de auto voor zich opdoemen.

"Stap in," fluisterde Welstead. "Ik zal duwen tot we de bocht om zijn."

Betty klom in de passagiersstoel, waarbij ze met haar voet langs het metaal schraapte. Welstead verstijfde, luisterde, tuurde door de duisternis als een adelaar. Het was rustig in het huis. De rust van ontspanning, van vertrouwen... Hij duwde tegen de auto die zonder enig probleem over de bodem gleed. Alleen de traagheid werkte hem tegen.

Plotseling stond de auto stil. En Welstead verstijfde nogmaals. Een of ander inbrekersalarm misschien? Nee, er waren geen dieven op Haven — behalve dan de twee meest recent gelande inwoners van de Aarde. Een valstrik?

"Het anker," fluisterde Betty.

Natuurlijk — Welstead kreunde bijna van opluchting. Iedere auto had een anker om te voorkomen dat de wind hem zou wegblazen. Hij vond het, hing het op zijn plek aan het frame van de auto en nu dreef de auto zonder enige belemmering door de tunnel van bladeren die Clay's oprit vormde. Toen ze de bocht om waren rende hij om de auto heen naar de deur, sprong naar binnen en zette zijn voet op het aandrijfpedaal. De auto gleed vooruit met de moeiteloze elegantie van een kano. Toen ze de hoofdweg bereikten deed hij de lichten aan, en ze gleden weg door de nacht.

"En op Aarde gebruiken we nog altijd wielen," zei Welstead. "Als we ook maar een tiende van de moed hadden die deze mensen hebben —"

Er kwamen auto's langs vanuit de andere richting. De lichten schenen hen heel kort in het gezicht en ze doken in elkaar achter de voorruit.

Ze bereikten het park waar hun schip geparkeerd was. "Als iemand probeert ons tegen te houden," fluisterde Welstead in Betty's oor, "dan zijn we hier alleen maar heen gereden om een paar persoonlijke zaken op te halen. Tenslotte zijn we geen gevangenen."

Maar hij reed voorzichtig rond het hele schip voordat hij ernaast stopte, en wachtte toen een paar seconden waarbij hij moeite deed om iets te zien in de duisternis. Maar er was geen enkel geluid, geen licht, geen teken van enige bewaking of andere mensen.

Welstead sprong de auto uit. "Snel nu. Ren erheen en klim naar binnen. Ik ben vlak achter je."

Ze renden door het donker, de treden op die aan de romp waren gelast. Het koude staal voelde als een liefkozing in Welstead's warme handen. Hij liep de stuurhut in, sloeg de deur dicht en schoof snel de grendels ervoor.

Welstead rende naar de besturing en laadde de reactoren op. Dit was een gevaarlijk proces — maar zodra ze de atmosfeer uit waren konden ze de tijd nemen om ze goed op te laten warmen. Het schip steeg op, de duisternis en de lichten van Mytilene vielen onder hen weg. Welstead zuchtte, plotseling doodmoe, maar warm en ontspannen.

Omhoog, omhoog — de planeet slonk tot een bal en Eridanus tweeduizend negenhonderdtweeëndertig scheen om het hoekje en plotseling, zonder dat ze ook maar een lichte schok voelden alsof ze een grens overschreden, hingen ze in de ruimte.

Welstead zuchtte. "God, wat een opluchting! Ik heb nooit geweten hoe goed de lege ruimte eruit kon zien."

"Ik vind het ook prachtig," sprak Alexander Clay. "Ik heb nog nooit eerder zoiets gezien."

Welstead draaide zich om en sprong overeind.

Clay kwam de reactorkamer uit en keek hem aan met een vreemde uitdrukking op zijn gezicht die Welstead interpreteerde als dodelijke woede. Betty stond naast de scheidingswand en keek van de een naar de ander, haar gezicht spiegelglad, zonder enige uitdrukking.

Welstead kwam langzaam omlaag uit de controlekoepel. "Nou — je hebt ons betrapt. Ik neem aan dat je vindt dat we jullie behoorlijk ruw behandelen. En misschien is dat ook wel zo. Maar mijn geweten is schoon. En we gaan niet terug. Het ziet ernaar uit dat je mee wilt liften, en meeliften zul je. Als het moet —" Hij zweeg betekenisvol.

En toen vroeg hij: "Hoe ben je aan boord gekomen?" en nadat hij even met half dichtgeknepen ogen had staan nadenken: "En waarom? Waarom vannacht?"

Clay schudde langzaam zijn hoofd. "Ralph — je wilt niet inzien dat wij normale intelligentie bezitten, laat staan normale moed."

"Wat bedoel je?"

"Ik bedoel dat ik je motieven begrijp — en dat ik je erom bewonder. Hoewel ik denk dat je behoorlijk koppig bent geweest door je ideeën om te zetten in handelingen zonder dat je ze besproken hebt met de mensen die er het meest bij betrokken zijn."

Welstead boog zijn hoofd en staarde met harde ogen. "Het is niets meer of minder dan mijn verantwoordelijkheid. Ik vind het niet prettig, maar ik deins er niet voor terug."

"Dat siert je," zei Clay op milde toon. "Op Haven zijn we gewend verantwoordelijkheid te delen. Niet dat we het willen verwateren, begrijp je, maar om tien — honderd — of duizend stel hersenen te kunnen gebruiken om een probleem op te lossen dat voor één persoon te veel zou kunnen zijn. Je waardeert ons niet, Ralph. Je denkt dat we te zachtmoedig zijn, dat het ons aan spirit ontbreekt."

"Nee," zei Welstead. "Dat is het niet precies —"

"Onze samenleving is geschoeid op aanpassingsvermogen, groei, flexibiliteit," ging Clay verder. "We —"

"Je begrijpt niet waaraan je je aan zou moeten passen," zei Welstead scherp. "Het is niet prettig. Het is oplichting, scherpzinnige scherpschutters, miljoenen toeristen, die jullie planeet zullen achterlaten zoals een bataljon binnenvallende soldaten het eerste mooie meisje dat op hun pad komt."

"Er zullen problemen zijn," zei Clay. Zijn stem werd krachtiger. "Maar dat is wat we willen, Ralph — problemen. We hongeren ernaar, naar de problemen van het gewone menselijke bestaan. We willen terug in de stroming van het echte leven. En als dat betekent dat we zullen kreunen en zweten, dan willen we dat ook. Wij zijn vlees en bloed, net als jullie.

"Wij willen geen nirwana — we willen onze kracht meten. We willen vechten, zij aan zij met de rest van de mensheid. Vecht jij dan niet tegen onrechtvaardigheid als je die tegenkomt?"

Welstead schudde langzaam zijn hoofd. "Niet meer. Het is te groot voor mij. Ik heb het geprobeerd toen ik jong was, maar ik heb het opgegeven. Misschien is dat wel waarom Betty en ik rondzwerven aan de buitenrand van de bewoonde werelden."

"Nee," zei Betty. "Dat is het niet alleen, Ralph, en dat weet je zelf ook. Je exploreert omdat je het fijn vindt om nieuwe dingen te onderzoeken. Je bent gek op de ruwe wanorde van menselijk contact, net zoals iedereen."

"Ruwe wanorde," zei Clay, en hij leek de woorden te proeven. "Dat is wat we nodig hebben op Haven. In vroeger dagen hadden onze voorouders dit. Ze gaven zichzelf eraan over terwijl ze tegelijkertijd de nieuwe wereld naar hun hand zetten. Het is onze wereld nu. Nog honderd jaar zonder dat we ergens anders heen kunnen en dan zijn we gedrogeerd, lethargisch, decadent."

Welstead zweeg.

"Wat je moet onthouden, Ralph," zei Clay, "is dat wij onderdeel uitmaken van de mensheid. Als het goed gaat, dan is het prima. Maar als er problemen zijn dan willen we die oplossen. Je zei dat je het gevecht had opgegeven omdat het je te veel was geworden. Denk je dat het te veel is voor een hele planeet? Driehonderd miljoen harde, eerlijke hersenen?"

Welstead staarde hem aan; zijn verbeelding begon te werken. "Ik zie niet hoe —"

Clay glimlachte. "Ik ook niet. Dit is een probleem voor driehonderd miljoen stel hersenen. Als je er op die manier over denkt, dan lijkt het een stuk minder groot. Als het driehonderd stel hersenen drie dagen kost om een dodecaëder van kwarts uit te puzzelen —"

Welstead schokte overeind en keek zijn vrouw beschuldigend aan. "Betty!"

Ze schudde haar hoofd. "Ik heb Clay verteld over ons gesprek, onze discussie. We hebben het er uitgebreid over gehad. Ik heb hem alles verteld — en hem beloofd dat ik een teken zou geven als we op het punt stonden te vertrekken. Maar ik heb het nooit over ruimteaandrijving gehad. Als ze dat ontdekt hebben, dan hebben ze dat zelf gedaan."

Welstead draaide zich langzaam terug naar Clay. "*Ontdekt?* Maar — dat is onmogelijk."

Clay antwoordde: "Niets is onmogelijk. Jijzelf gaf mij de hint toen je me vertelde dat het menselijk denkvermogen nutteloos was omdat de ruimteaandrijving vanuit een andere realiteit werkte. Dus hebben we ons niet langer geconcentreerd op de aandrijving zelf, maar op de omgeving. Het eerste resultaat kwam in ons op als een oplossing vanuit twaalf verschillende richtingen — vandaar dus een dodecaëder. Het was een ingeving, we hebben een experiment uitgevoerd, en het werkte."

Welstead zuchtte diep. "Ik ben verslagen. Ik geef het op. Clay, de koppijn is voor jou. Je hebt hem zelf naar je toegetrokken. Wat wil je nu doen? Terug naar Haven?"

Clay glimlachte, bijna met tederheid. "We zijn nu al zo ver. Ik zou de Aarde graag willen zien. Een maand, incognito. En dan gaan we terug naar Haven en brengen we verslag uit aan de wereld. En dan zijn er driehonderd miljoen van ons, wachtend op de bel voor de eerste ronde."

DE TEMPEL VAN HAN

In het nek-aan-nekgedoe om zijn lijfsbehoud was Briar Kelly er nog niet aan toegekomen zijn vermomming te laten vallen. Het avontuur was wel wat ruiger uitgepakt dan het begon. Hij had niet gerekend op zoveel gedonder.

Tot aan het moment dat hij de rare donkere tempel te Noordstad was binnengegaan, was de vermomming goed van pas gekomen. Hij werd één met de Han, niemand keek hem na. Daarna, eenmaal binnen de tempel, was hij alleen en vermomming werd overbodig.

Het was een eigenaardig indrukwekkende plek. Een gotisch web van binten hield het dak overeind, alkoven langs de muren zaten volgepropt met snuisterijen. Rode en groene lampen straalden een verlichting die door zwarte draperieën werd opgeslorpt en verstikt.

Met langzame pas door het middenschip, in elke zenuw een tinteling, zo was Kelly genaderd aan de hoge zwarte spiegel aan het uiteinde, gebiologeerd door het opdoemen van zijn groeiende spiegelbeeld. Daarachter lagen klare diepten en Kelly zou er nader in hebben gekeken als hij het juweel niet had gezien.

Het was een bol van koel groen vuur, neergevlijd op een zwartfluwelen kussen. Met verwonderde vingers had Kelly hem opgetild en om en om gedraaid — toen was het tumult losgebarsten. De rode en groene lampen flikkerden, een alarmtoeter loeide als een dolle stier. Als door toverij doken in de alkoven wraakgierige priesters op en de vermomming werd een blok aan het been. De kokervormige zwarte mantel omknelde zijn benen bij het rennen — terug door het middenschip, de sjofele treden af, de smerige stegen door naar zijn luchtboot. En nu hij zich laag over de instrumenten boog, parelde

— 84 —

het zweet door de witte schmink heen en zijn vel jeukte en krie-
belde.

Drie meter lager snelden de zout uitgeslagen schorren heen vanonder de achtersteven. Vuilgele biezen striemden de scheepsromp. Met
de elleboog die op zijn heup drukte, voelde Kelly de harde vorm van
het juweel. Die gewaarwording riep gemengde gevoelens op waarin
bezorgdheid overheerste. Hij liet de boot nog dichter naar de grond
zakken. Nog vijf minuten zo en ik ben buiten radarbereik, dacht Kelly.
Eenmaal weer in Geldorp ben ik maar één tussen vijftigduizend. Ze
kunnen me gewoon niet opsporen, tenzij Herli zijn mond voorbijpraat,
of Mapes...

Hij waagde een blik op het achteruitkijkscherm. Noordstad was nog
te zien, een overdreven Mont St. Michel dat uitstak boven het miezerige
zoutmoeras. Nevelige uitwasemingen verdoezelden het detail: de stad
vervaagde in de lucht en zakte ten slotte onder de kim. Kelly wendde de
steven voorzichtig omhoog en stuurde in een scherende helling weg van
het oppervlak, gericht op Magra Taratempos, de hete witte zon.

De dampkring werd ijl, de hemel verduisterde naar zwart, de sterren
kwamen tevoorschijn. Daar was brave Sol, een gele ster, opgehangen tussen Sadal Suud en Sadal Melik in de Waterman — maar dertig
lichtjaar van hier naar huis —

Kelly hoorde een flauw ruisend geluid. Het licht veranderde, van
wit naar rood. Hij knipperde met zijn ogen en keek verbijsterd om zich
heen.

Magra Taratempos was verdwenen. Laag naar links hurkte een
rode reuzenzon boven de kim; beneden baadde het zoutmoeras in een
nieuw wijnrood licht.

Vol verbijstering gaapte Kelly van rode zon naar planeet en terug
langs de hemel, naar waar een ogenblik geleden nog Magra Taratempos
hing.

"Ik ben gek geworden," zei Kelly. "Tenzij..."

Twee of drie maanden eerder had een vreemdsoortig gerucht de ronde
gedaan in Geldorp. Bij gebrek aan beter amusement hadden de wijs-
neuzen van de stad het verhaal als een grap opgevat, tot het afgezaagd
raakte en niet meer werd gehoord.

Kelly werkte op het astronavigatiestation en was goed op de hoogte van het gerucht. Het kwam erop neer dat een Hanpriester, nors en prikkelbaar onder zijn zwarte mantel, door een dronken stuifmeelgaarder in het moeras was gekieperd. Als een schildpad had de priester zijn witte kop uit de kap van zijn mantel gestoken en in het mengtaaltje van de planeet had hij gesist: "Jij mishandelt de priester van Han; jij spot met ons en met de naam van de Grote God. De tijd is kort. Het zevende jaar is nabij en jullie goddeloze aarddingen zullen willen vluchten, maar jullie zullen nergens heen kunnen."

Aldus luidde het verhaal. Kelly herinnerde zich hoe de aangename opwinding van mond tot mond fladderde. Hij grijnsde wrang en onderzocht de hemel met hernieuwde zorgelijkheid.

De feiten lagen hier voor zijn ogen, onweerlegbaar. Magra Taratempos was verdwenen. In een andere hemelstreek was een nieuwe zon verschenen.

Zonder zich om volgradar te bekommeren, richtte hij de steven hoger en brak geheel vrij van de dampkring. De sterrenpatronen waren veranderd. Een zwart floers dekte de halve hemel af met hier en daar de eenzame vonk van een ster of een veegje van een ver melkwegstelsel. In de andere sector spande zich een weidse lichtband over de hemel, langgerekt en smal oplichtend met in het midden een zwelling, het geheel bespikkeld met een miljoen kleine lichtpuntjes.

Kelly schakelde de machine uit en de luchtboot dreef voort. De lichtband was vast en zeker een melkwegstelsel gezien vanuit een van zijn randgebieden. In stijgende verwarring keek Kelly weer naar de planeet daarbeneden. In het zuiden kon hij de driehoekige hoogvlakte zien als een bochel boven het moeras en het Lenoormeer bij Geldorp.

Recht onder hem het zoutmoeras en ver naar het noorden de ruige stapeling waar de Han hun stad hadden.

"Ik kan er niet omheen," zei Kelly. "Tenzij ik gek ben — en dat denk ik niet — is de hele planeet opgepakt en meegenomen naar een nieuwe zon... Ik heb zo hier en daar rare dingen gehoord, maar dit is wel..."

Hij voelde de zwaarte van het juweel in zijn zak en een nieuwe beklemming bekroop hem. Zover hij wist, konden de Hanpriesters niet nagaan wie hij was. In Geldorp had je Herli en Mapes, die hem tot deze escapade hadden aangezet, maar die zouden hun mond wel houden. Zogenaamd was hij weggevlogen langs de meeroever naar zijn hut en niemand kon weten van zijn komen en gaan... Hij wendde de boot omlaag naar Geldorp en een halfuur later landde hij bij zijn hut aan het Lenoormeer. De schmink had hij van zijn gezicht geschraapt, de mantel had hij boven het moeras afgeworpen en het juweel woog zwaar in zijn zak.

De hut, een laag en platgedakt bouwsel van aluminium wanden met voorin glas, doemde vreemd en onwennig op in het nieuwe licht. Behoedzaam liep Kelly naar de deur. Hij keek naar rechts en naar links. Niemand en niets was er te zien. Hij legde zijn oor op het deurpaneel. Geen geluid.

Hij schoof het paneel opzij, stapte binnen en liet zijn blik vlug over het interieur glijden. Alles leek zoals hij het had achtergelaten.

Hij wilde naar de visifoon lopen, toen hield hij in.

Het juweel.

Hij nam het uit zijn zak en onderzocht het voor het eerst. Het was een bol ter grootte van een golfbal. In de kern scheen een groen vuur dat naar de buitenkant afnam. Hij woog het op de hand. Het was onnatuurlijk zwaar. Eigenaardig bekoorlijk, volmaakt aantrekkelijk. Stel het je eens voor om de hals van Lynette Mason...

Nu niet. Kelly wikkelde het in papier en stak het in een lege glazen pot. Achter de hut groeide een oude pruikbast schuin uit de zwarte humus en die hing over de hut als een grauwe, rafelige strandparasol. Kelly groef een gat onder een van de wortelbogen en begroef het juweel.

Hij liep terug naar de hut en de visifoon, stak zijn hand al uit om het station op te bellen. Zijn hand was nog halverwege toen de zoemer ging... Kelly trok zijn hand terug.

Liever niet opnemen.

Weer klonk de zoemer — en weer. Stokstijf hield Kelly de adem in, zijn blik op het lege schermvlak.

Stilte.

Hij waste de laatste schmink van zijn gezicht, trok andere kleren aan, rende naar buiten, sprong in zijn luchtboot en zette koers naar Geldorp.

Hij landde op het dak van het station en zag dat Herli's wagen geparkeerd stond op zijn vaste stek. Opeens voelde hij zich minder in raadsels verdwaald. Het station met zijn apparatuur en zijn degelijke reglementen naar aardse stijl straalde geruststelling en gewoontegevoel uit. De vindingrijke en aggressieve inzet die de mens naar de sterren had gevoerd, zou hoe dan ook de huidige raadselen wel weer oplossen.

Of toch niet? Vindingrijkheid kon de mens door de ruimte brengen, maar zou nauwelijks in staat blijken het spikkeltje van een planeet te lokaliseren op een afstand van honderdduizend lichtjaar in een onbekende richting. En dan had Kelly nog zijn eigen probleem: het juweel. Voor zijn geestesoog verscheen een beeld: de hut bij het meer, de verfomfaaide grauwe parasol van de pruikbast en, gloeiend daar onder de wortel, het groene oog van het heilig juweel. In het visioen zag hij hoe de zwartgemantelde gedaante van een Hanpriester de open ruimte voor de hut overstak en hij zag een flits van het deegbleke gezicht...

Kelly wierp nog een zorgelijke blik omhoog naar de grote rode zon en ging het station binnen.

De administratieve sectie was onbemand. Kelly klom de trap op naar de afdeling operaties.

In de deur bleef hij staan en hij keek de kamer door. Die besloeg het hele vierkant van de verdieping. Werkbanken met ramen erboven omringden de kamer. Een gepolijste cilinder, de kosmoscoop, stak door het plafond en daaronder was het scherm dat de projectie opving.

Er stonden vier mannen bij de sterindex een band af te draaien. Herli keek eventjes op, maar hij wendde zich weer naar de klikkende machine.

Vreemd. Herli had meer belangstelling moeten tonen, op zijn minst gedag moeten zeggen.

Gegeneerd stak Kelly de kamer over. Hij kuchte. "Nou, ik heb het gehaald. Ik ben er weer."

"Dat zie ik," zei Herli.

Kelly zweeg. Hij keek op naar de rode zon. "Wat vind je daarvan?"

"Geen flauw idee. We draaien de sterbanden af voor het geval dat het is opgenomen — een laatste strohalm van hoop."

Er werd weer gezwegen. Voor hij binnenkwam, had men wel gesproken, dat voelde Kelly aan hun houding.

Ten slotte zei Mapes gemaakt terloops: "Het nieuws nog gezien?"

"Nee," zei Kelly. "Nee, dat niet." Er zat meer achter de toon van Mapes, iets dat persoonlijker was dan de planeetverplaatsing. Na even aarzelen liep hij naar de visifoon en hij toetste de code in voor het nieuws.

Het scherm lichtte op en toonde een uitzicht op het moeras. Tot aan hun nek begraven was daar een twaalftal jongens en meisjes van de Geldorpse middelbare school. Over hen kropen gretig de kleine driepotige zoutkrabben; andere doken op uit het slik of groeven zich omlaag naar de kronkelende lijven.

Kelly kon het gillen niet langer verdragen. Hij stak zijn hand uit —

Herli zei scherp: "Laat hem aan!" — killer dan Kelly hem ooit had horen spreken. "Het bericht komt zo."

En het bericht kwam, in de schorre toonloze mengtaal van de Hanpriesters.

"Onder de uitheemsen is een gemene dief. Hij heeft ons Zevenjaars-oog ontvreemd. Laat hem zich melden om zijn loon. Tot de dief het Zevenjaarsoog met eigen hand naar de heilige tempel van Han heeft gebracht, zal er elk uur een van de uitheemsen worden begraven in de krabbenkolonie. Als de dief treuzelt, zullen wij allen zo behandelen en dat zal het einde zijn van de aarddingen."

Met verstikte stem zei Mapes: "Heb jij hun Zevenjaarsoog weg-genomen?"

Kelly knikte dof. "Ja."

Herli maakte een scherp geluid in zijn keel en wendde zich af.

Ellendig zei Kelly: "Ik weet niet wat me bezielde. Daar lag het — gloeiend als een groen maantje... Ik pakte het weg."

Herli zei rauw: "Sta daar niet gewoon maar te staan."

Kelly greep naar de visifoon en drukte op wat knoppen. Het scherm veranderde in een Hanpriester die Kelly in zijn gezicht staarde.

Kelly zei: "Ik heb uw juweel gestolen... Maak geen mensen meer dood. Ik ga het terugbrengen."

De priester zei: "Elk uur totdat je komt, sterft een van de aarddingen een gruweldood."

Kelly leunde voorover en mepte ineens het scherm uit met een razende uithaal van zijn hand. Woedend keerde hij zich om.

"Sta me daar niet zo boos aan te gapen! Jij, Herli, jij zei dat ik het zelfs niet tot in de tempel zou halen! En als een van jullie geweest was waar ik was en dat juweel had gezien zoals ik het zag, dan had je het ook gepakt."

Mapes gromde wat binnensmonds. Herli liet zijn schouders hangen en hij wendde zijn blik af. "Misschien is dat wel zo, Briar."

Kelly zei: "Zijn we weerloos? Waarom verweerden we ons niet toen ze die twaalf kinderen grepen? Er zijn misschien een miljoen Han, maar wij zijn ook met vijftigduizend — en voor zover ik weet, hebben zij geen wapens."

"Ze hebben de krachtcentrale bezet," zei Herli. "Zonder energie kunnen we geen water destilleren of de hydroponische tuin bestralen. We zitten klem."

Kelly vertrok. "Tot ziens, lui."

Niemand gaf antwoord. Hij liep de trap af en over de parkeerstrook naar zijn luchtwagen. Hij was zich bewust van hun ogen, die uit het raam omlaag keken.

Erin, los en weg. Eerst naar zijn hut aan het meer, dan onder de pruikbast op het Zevenjaarsoog af en dan in een boog van zuid naar noord over de planeet. Dan naar het grijze fort van de noordelijke nederzetting en naar de donkere tempel daar middenin.

Kelly liet de luchtwagen pal voor de tempel neerkomen. Geen reden meer voor heimelijk gedoe.

Hij klom eruit en keek rond door de vreemde paarse schemer die over de gammele stad was gevallen. Er gingen wat Han voorbij en Kelly zag hun gezichten opflitsen.

Hij liep langzaam de trap naar de tempel op en treuzelde besluiteloos in de deuropening. Het had geen zin nog meer ergernis toe te voegen aan zijn misstappen. Vast en zeker waren ze van plan hem te doden; dan kon hij het net zo goed zo makkelijk mogelijk maken.

"Hallo!" riep hij naar binnen het donker in, en hij probeerde zijn stem in bedwang te houden. "Zijn er nog priesters daarbinnen? Ik heb jullie juweel terug…"

Er kwam geen antwoord. Door ingespannen te luisteren, hoorde hij in de verte gemompel. Hij deed een paar passen de tempel in en tuurde het middenschip door. Voor het zien, bood de gedempte rode en groene verlichting meer verwarring dan steun. Hij werd een merkwaardige oneffenheid gewaar op de vloer. Hij nam een stap vooruit — nog een —

nog een — en stapte op iets zachts. Daar onder hem flitste iets wits op. De vloer bleek bedekt met zwartgemantelde priesters die plat op hun gezicht lagen.

De priester op wie hij had getrapt, maakte geen geluid. Kelly aarzelde. De tijd stond niet stil... Hij stouwde alle twijfels, angst en wankelmoedigheid weg in een hoekje van zijn geest en schreed vooruit, zonder acht te slaan op waar hij zijn voeten zette.

Midden door het schip ging hij met het juweel in de hand. Voor zich uit zag hij de glans van de hoge zwarte spiegel en daar op een zwart kussen was een tweede juweel, gelijk aan wat hij droeg. Een Hanpriester stond daar als een geest in een zwarte mantel en bewegingloos zag hij Kelly naderen. Kelly legde het juweel op het kussen naast zijn evenbeeld.

"Daarzo. Ik heb het teruggebracht. Het spijt me dat ik het heb meegenomen. Ik — nou, ik deed het in een opwelling."

De priester pakte het juweel op en hield het onder zijn kin alsof hij aan de warmte van het groene vuur voelde.

"Jouw opwelling heeft vijftien aardse levens gekost."

"Vijftien?" hakkelde Kelly. "Maar er waren er maar twaalf —"

"Twee uren uitstel heeft er twee naar de krabbenkolonie gestuurd," zei de Han. "Plus jijzelf. Vijftien."

Met bevend vertoon van moed zei Kelly: "U durft nogal wat aan — deze moorden —"

"Ik ben niet vertrouwd met jullie spraakgebruik," zei de priester, "maar het komt me voor dat je een toon van dwaze dreiging aanslaat. Wat kunnen jullie, een handvol aarddingen, doen tegen de Grote God Han, die zojuist onze planeet door de Melkweg heeft gevoerd?"

Dommig zei Kelly: "Uw god Han — heeft de planeet verplaatst?"

"Welzeker. Hij heeft ons ver en veilig verwijderd van de Aarde naar deze milde zon. Zodanig is zijn dankbaarheid wegens onze gebeden en door de offerande van het Oog."

Kelly veinsde onverschilligheid. "U hebt uw juweel terug. Ik zie niet in waarom u zo verontwaardigd —"

De priester zei: "Kijk hier eens." Kelly volgde zijn gebaar en zag een zwart gat met een welvende rand van geslepen gesteente. "Deze schacht is achtentwintig kilometer diep. Elke Hanpriester daalt eens per week af naar de bodem en brengt een mand gekristalliseerd stelliet terug omhoog. Bij zeldzame gelegenheden treffen we het moedergesteente van het Oog aan en dan heerst er voldoening in de stad… Zo'n juweel heb je gestolen."

Kelly wendde zijn blik af van de schacht. Achtentwintig kilometer… "Ik besefte natuurlijk niet dat —"

"Dat doet er niet toe, het is geschied. En nu is de planeet verplaatst en de macht van de Aarde is niet in staat de straf te voorkomen die het ons belieft aan jou op te leggen."

Kelly probeerde zijn stem in bedwang te houden. "Straf? Wat bedoelt u?"

Achter zich hoorde hij geritsel, het ruisen van beweging. Hij keek over zijn schouder. De zwarte mantels vielen weg tegen de draperieën van de tempel en de Hanse gezichten zweefden in de lucht.

"Je wordt gedood," zei de priester. "Als de manier van je heengaan je mocht interesseren —" En de priester zette details uiteen die Kelly's vlees bevroren en het vocht van zijn mond deden stremmen. "Je dood zal daarmee andere aarddingen afschrikken van zulk soort misdaden."

Onwillekeurig protesteerde Kelly. "U hebt uw juweel; daar ligt het… Als u mij per se wilt doden — dood me dan, maar —"

"Vreemd," zei de Hanpriester. "Jullie aarddingen vrezen de pijn meer dan wat je je verder maar kunt voorstellen. Die vrees is jullie dodelijkste vijand. Dan wij Han, wij vrezen niets —" hij keek op naar de hoge zwarte spiegel en hoog lichtjes, "niets dan onze Grote God Han."

Kelly tuurde naar het trillend glanzende zwarte vlak. "Wat heeft die spiegel te maken met uw god Han?"

"Dat is geen spiegel; dat is het portaal naar de plek der goden en elke zeven jaar gaat er een priester door om het Oog aan Han te bezorgen."

Kelly probeerde de duistere diepten van de spiegel te peilen. "Wat ligt daar voorbij? Wat voor een land?"

De priester antwoordde niet.

Kelly lachte met een schrille stem die hij niet herkende. Hij wankelde voorwaarts en zwaaide zijn vuist in een slag waarin hij elke gram van zijn kracht en gewicht legde. Hij raakte de priester waar bij een mens de kaak zou zijn en voelde een broos gekraak. De priester tolde rond en viel neer in de wikkels van zijn mantel.

Kelly draaide naar de priesters in het middenschip en zij slaakten een woedende zucht. In zijn wanhoop was Kelly nu zonder vrees. Hij lachte weer, bukte zich en griste de juwelen van het kussen. "De Grote God Han woont achter de spiegel en verplaatst planeten in ruil voor juwelen. Misschien wil Han wel een planeet voor mij verplaatsten..."

Hij sprong tot vlak bij de spiegel. Hij strekte zijn hand uit en voelde een zacht oppervlak als van een luchtgordijn. Hij treuzelde in plotselinge schroom. Hier voorbij lag het onbekende...

Al nader drong de voorste rij van Hanpriesters. Daar was het bekende.

Kelly kon niet langer talmen. Dood was dood. Als hij stierf bij het passeren van het zwarte gordijn, als hij stikte in luchtledige ruimte — dat was een nette, snelle dood.

Hij leunde voorover, sloot de ogen, hield de adem in en stapte het gordijn door.

Kelly had een geweldige afstand afgelegd. Een afstand die men niet in uren of kilometers kon rekenen, maar in grootheden als abstracte, onberekenbare ideeën.

Hij deed zijn ogen open. Ze werkten: hij kon zien. Hij was niet dood... Of toch?... Hij deed een stap vooruit en voelde stevigheid onder zijn voeten. Hij keek omlaag en zag een glazige zwarte vloer waarin vonkjes uiteenspatten, flikkerden en weer uitgingen. Elk vonkje een sterrenstelsel? Een heelal? Of gewoon — een vonkje?

Hij nam nog een stap. Het zou een meter kunnen zijn, een kilometer, een lichtjaar; hij bewoog met het zwevend gemak van een mens die loopt in een droom.

Hij stond aan de rand van een amfitheater, een kom als een maankrater. Hij nam weer een stap; hij stond in het midden van de kom. Hij hield in en spande zich in om zich van zijn bewustzijn te overtuigen. Bij het stromen door zijn aderen maakte zijn bloed een ruisend geluid. Hij wankelde en was misschien gevallen als er zwaartekracht was geweest om hem omlaag te trekken. Maar zwaartekracht was er niet. Zijn voeten kleefden aan het oppervlak met een vreemde hechting die buiten zijn ervaring lag. Het bloedgeruis rees en daalde in zijn oor. Bloed betekende leven. Hij leefde.

Hij keek eens achter zich en door de troebelheid van zijn oog kon hij niet onderscheiden wat hij zag. Hij draaide zich om en deed een stap vooruit —

Hij was een indringer. Hij voelde de plotseling geërgerde aandacht van reusachtige persoonlijkheden.

Hij tuurde over de glazige vloer; een uiterst vaag watergrijs licht sijpelde omlaag en vloeide samen in de holte waar hij stond. Ruimte en nog eens ruimte, eindeloos en zonder perspectief.

Kelly zag de wezens die hij gestoord had — hij voelde hen meer dan hij hen zag: een twaalftal reuzenvormen torende over hem heen.

Een van deze gedaanten vormde een gedachte en een vloed van betekenis rees door de ruimte, raakte aan Kelly's geest en vertaalde zich dwingend in woorden: "Wat is dit voor ding? Van wiens wereld kwam het?"

"Uit die van mij." Dat moest Han zijn. Kelly keek van vorm naar vorm om te bepalen welke god het zou zijn.

"Vlug weg ermee," en in Kelly's geest kwam een wirwar van indrukken waar hij geen woorden voor had. "We moeten beslissen over de kwestie van..." Weer een snelle opsomming van ideeën die Kelly's geest weigerde te vertalen. Hij voelde hoe Han's aandacht op hem gericht werd. Hij stond als genageld en wachtte op de vernietiging die zeker dreigde.

Maar hij stak de juwelen op en hun groene glans scheen door zijn vingers. Hij riep: "Wacht, ik kwam hier met een bedoeling; ik wil een planeet terug hebben waar hij hoort en ik heb juwelen om mee te betalen —"

Hij voelde de onheilspellende druk van Han's wil op zijn geest — groeiend en groeiend. Hij kreunde hulpeloos onder de kwelling.

"Wacht," kwam een kalme gedachte, bovenzinnelijk helder en sereen.

"Ik moet het vernietigen," wierp Han tegen. "Het is de vijand van mijn juweelbezorgers."

"Wacht," klonk uit nog een van de gedaanten en Kelly bespeurde een vleug van tegenstand jegens Han. "Wij moeten naar het recht handelen."

"Waarom ben je hier?" luidde de vraag van de Leider.

Kelly zei: "De Han vermoorden leden van mijn volk sinds het moment dat de planeet waar wij wonen, is verplaatst. Dat is niet goed."

"Aha!" kwam een gedachte als een uitroep van de Tegenstander. "Han's juweelbezorgers begaan boze en tegennatuurlijke daden."

"Een kleinigheid, een kleinigheid," kwam de ongedurige gedachte van weer een andere gedaante. "Han moet zijn juweelbezorgers beschermen."

En Kelly ving hieruit de betekenis op dat het juweel bezorgen van het hoogste belang was; dat de juwelen voor de goden van levensbelang waren.

De Tegenstander besloot het op de spits te drijven. "De onrechtvaardige toestand die Han heeft teweeggebracht, moet ongedaan worden gemaakt."

De Leider mediteerde. En nu dook er bij Kelly een sluwe gedachte op, waarvan hij besefte dat die naar zijn geest alleen was gestuurd. Gestuurd door de Tegenstander. "Daag Han uit tot een…" De gedachte kon alleen als 'duel' worden weergegeven. "Ik zal je bijstaan. Ontspan je geest." Bereid elke strohalm aan te grijpen, liet Kelly zijn mentale vezels verslappen en hij voelde iets als een vochtige schaduw zijn brein binnenkomen, opzuigend, opnemend…

Dat alles in een oogwenk. Het contact verdween.

Kelly voelde hoe de geest van de Leider neigde ten gunste van Han. Haastig zei hij in een uiterste poging tot improvisatie: "Leider, in een van de legenden van de Aarde reisde eens een man naar het land van de reuzen. Toen ze hem kwamen doden, daagde hij de hoogste uit tot een duel met zijn leven als inzet."

In drie proeven, kwam een heimelijke gedachte.

"In drie proeven," voegde Kelly toe. "De man in het verhaal won en mocht naar zijn geboorteland terugkeren. Laat mij naar dit voorbeeld in een drievoudige proef duelleren met Han."

De stortvloed van gedachten deed de lucht stollen — minachtende wrok van Han, geslepen aanmoediging van de Tegenstander, de Leider slechts geamuseerd.

"Je beroept je op een barbarenbeginsel," zei de Leider. "Toch is het naar zijn eenvoudige maar strenge logica een rechtvaardig bedenksel en het zal gelden als regel. In drie proeven zul je met Han duelleren."

"Waarom tijd verspillen?" vroeg Han. "Ik kan hem tot minder dan atomen van atomen verpulveren."

"Nee," zei de Leider. "De proef mag niet louter beslist worden op vermogen. Jij en deze mens zijn het oneens over een kwestie waarin geen grondslag van goed of fout beslist. Het gaat om het welzijn van zijn volk tegenover het welzijn van jouw juweelbezorgers. Omdat de belangen gelijk zijn, zou een ongelijk duel geen recht doen. De proef behoeft een grondslag die voor geen van beide deelnemers onbillijk nadelig is."

"Laat er dan een vraagstuk worden gesteld," opperde de Tegenstander. "Wie het eerst een oplossing aandraagt, wint de proef."

Han zweeg honend. Dus formuleerde de Leider een vraagstuk — een vreselijke stelling waarin de termen bestonden uit dimensies en pseudotijd en een stuk of tien begrippen die Kelly's brein volstrekt niet kon bevatten. Maar de Tegenstander kwam tussenbeide.

"Dat is nauwelijks een eerlijk vraagstuk, aangezien het volledig buiten de ervaring van deze mens ligt. Laat mij een vraagstuk formuleren." En hij omschreef een geval dat Kelly eerst verbaasde, maar hem toen hoop gaf.

Het vraagstuk was er een dat hij een jaar tevoren op het station was tegengekomen. Er werd een stelsel overwogen om vijfentwintig verschillende communicatiebanden in een kanaal te integreren en het was nodig om een bundel protonen langs een batterij van vijfentwintig onderling wisselwerkende magneten te sturen om dan precies een filter te raken aan het eind van de afscherming. De oplossing was eenvoudig genoeg — een beschrijving van de oorsprongvector door middel van een vergelijking in termen van coördinaten en spanningspotentiaal — maar toch had de oplossing twee maanden rekentijd gevergd van de calculator op het station. Kelly kende die oplossing even goed als zijn eigen naam.

"Gauw!" kwam de geheime gedachte van de Tegenstander.

Kelly flapte het antwoord eruit.

Er ging een golf van verbazing door de groep en hij voelde hun wantrouwige aandacht.

"Vlug ben je wel," zei de Leider perplex.

"Nog een vraagstuk," riep de Tegenstander. Weer putte hij een vraag uit Kelly's ervaring, nu inzake het gedrag van positronen in de secundaire laag van een ster uit een groep van zes, met van elk een opgave van massa en temperatuur. En ditmaal werkte Kelly's geest nog sneller. Hij gaf meteen het antwoord. Toch was hij Han maar luttele seconden voor.

Han sputterde tegen: "Hoe kan dit roze breintje sneller werken dan mijn kosmisch bewustzijn?"

"Ja, hoe zit dat?" vroeg de Leider. "Hoe reken jij zo vlug?"

Naarstig tastte Kelly naar ideeën en hij raapte ten slotte een kreupele verklaring bij elkaar: "Ik reken niet. In mijn brein zit een massa cellen waarvan de moleculen zich groeperen tot modellen van de vraagstukken. Ze bewegen ogenblikkelijk, het vraagstuk wordt opgelost en de oplossing komt bij me op."

Beklemd wachtte hij af, maar het antwoord leek de groep tevreden te stellen. Deze wezens of goden, als ze dat waren — waren ze echt zo naïef? Alleen de Tegenstander wekte een indruk van ingewikkelde motieven. Han, voelde Kelly aan, was oud en heel sterk, hard en onbuigzaam van aard. De Leider was eerbiedwaardiger dan al wat hij kende, kalm en onaangeroerd als de ruimte zelf.

"Wat nu?" kwam het van de Tegenstander. "Moet er nog een vraagstuk zijn? Of zullen we die mens tot winnaar uitroepen?"

Kelly zou de zaak het liefst zo hebben gelaten, maar dit kwam blijkbaar niet overeen met de doeleinden van de Tegenstander; vandaar diens verhulde hoon.

"Nee!" De gedachten van Han brulden alsof er echt geluid was. "Zou ik vanwege die belachelijke kronkel in het brein van dat schepsel in hem mijn meerdere erkennen? Ik kan hem met één gedachte door duizend dimensies slingeren, ik kan hem met een knip verwijderen uit bestaan en herinnering —"

"Misschien omdat je een god bent," schimpte de Tegenstander, "en bestaat uit louter —" en weer een verwarrend begrip, een mengeling van energie, godheid, kracht en intellect. "Die mens is maar een combinatie van atomen die beweegt door de oxidatie van koolstof en waterstof. Als jij was als hij, misschien kon hij je dan in handgemeen aan."

Een eigenaardige spanning deed de sfeer verstarren. Han's gedachten kwamen traag, voor het eerst met een vleug van twijfel.

"Laat dat de derde proef zijn," zei de Leider bedaard. De geest van Han leek de schouders op te halen. Een van de torenhoge schaduwen kromp, pakte zich samen, balde zich tot een mensachtige gedaante, werd nog vaster, en ten slotte stond daar tegenover Kelly een ding als een mens, met groenige glans fosforescerend als het hart van het Zevenjaarsoog.

De heimelijke gedachte van de Tegenstander kwam bij Kelly op: "Grijp het juweel achter in zijn nek."

Kelly tastte met zijn blik de langzaam naderende gedaante af. Die was precies even hoog en fors als hij, naakt, maar met een onmenselijke uitstraling van zelfvertrouwen. Het gezicht was vaag en als verdoezeld en Kelly zou later die aanblik nooit kunnen beschrijven. Hij dwong zijn blik ter zijde.

"Hoe vechten we?" vroeg hij en de zweetdruppels parelden van zijn lijf. "Houden we ons aan regels — of is alles toegestaan?"

"Met hand en tand," kwamen de kalme gedachten van de Leider. "Han heeft nu net als jij organische gevoeligheden. Als jij dat lijf doodt of bewusteloos maakt, dan win je. Als je deze proef verliest, dan beslissen wij."

"Stel dat hij mij doodt?" wierp Kelly tegen, maar dat bezwaar leek niemand iets uit te maken.

Han kwam met opengesperde ogen op hem af. Kelly deed een pas achteruit en waagde een proefstoot met zijn linkervuist. Han stormde vooruit. Kelly stompte uit alle macht, stootte zijn knie naar het aanstormende lichaam en hoorde hoe het kreunde en viel, maar meteen weer overeind vloog. Langs Kelly's ruggengraat trok een tinteling van blijdschap en met toegenomen zelfvertrouwen stapte hij links en rechts uithalend voorwaarts. Han sprong vlakbij en klemde zijn armen om Kelly's lijf. Nu begon hij te persen en Kelly voelde in die groengloeiende armen een kracht groter dan van enig mens.

"Het juweel," kwam een sluwe gedachte. Vonken ontploften in Kelly's ogen; zijn ribben begonnen te kraken. Wanhopig griste zijn hand als een klauw achter de hals van Han. Hij voelde een harde uitstulping, groef er zijn nagels onder en rukte het juweel los.

Een schelle kreet van uitzinnige pijn en afschuw — en de godmens plofte weg in een zwarte rook die in razernij heen en weer jammerde door de duisternis. De rook spoelde over Kelly en sliertjes ervan leken te plukken aan het juweel dat zijn hand omklemde. Maar hun kracht was gering en Kelly merkte dat hij de slierten kon weerstaan met de macht van zijn eigen brein.

Plotseling begreep hij de functie van het juweel. Het was een brandpunt voor de god. Het was een middelpunt voor de myriaden krachten. Met het juweel weg was de god een wirwar van strijdige wilsbepalingen en zwervende neigingen.

Kelly voelde de triomfantelijke gedachten van de Tegenstander. En zelf voelde hij zich zo opgetogen als nooit tevoren. Het koele commentaar van de Leider bracht hem weer tot zichzelf:

"Het schijnt dat je de wedstrijd hebt gewonnen." Er was een pauze. "Bij afwezigheid van tegenstand zullen wij elk verzoek dat je doet inwilligen." In zijn gedachten klonk geen bekommernis om de ontmiddelde Han. De zwarte rook was aan het vervliegen en Han werd niet meer dan een herinnering. "Je hebt ons al te lang opgehouden. Wij staan voor het probleem van —" de intussen vertrouwde ideeënverwarring, maar dit keer begreep Kelly het vaag. Kennelijk was er een wervel van wereldstelsels met eigen bewustzijn, even machtig of machtiger dan deze goden, in aantocht op een koers die lastig kon worden. Er waren allerlei bijzonderheden, talloze factoren van invloed.

"Goed," zei Kelly, "ik had graag dat u de planeet waar ik net vandaan kwam, terugbracht naar zijn oude baan rond Magra Taratempos. Als u tenminste weet over welke planeet en welke ster ik het heb."

"Ja." De Leider spande zich heel even in. "De wereld die je noemde, draait in zijn voormalige baan."

"Stel dat de Hanpriesters door het portaal komen en de planeet weer verplaatst willen?"

"Het portaal bestaat niet meer. Het werd door Han opengehouden; toen Han uiteenviel ging het portaal dicht... Is dit het geheel van je wensen?"

Kelly's geest sloeg op hol van opwinding. Dit was zijn kans. Rijkdom en een lang leven, macht, kennis... Om een of andere reden wilden zijn gedachten geen vorm krijgen — en aan elke tegennatuurlijke gave was een vloek verbonden —

"Ik zou graag veilig teruggaan naar Geldorp..."

Kelly bevond zich weer in de verblindende buitenwereld. Hij stond op de heuvel boven Geldorp en hij ademde de zilte lucht van de schorren. Daarboven hing een hete witte zon — Magra Taratempos.

Hij besefte dat hij nog een voorwerp in zijn hand klemde. Het was het juweel dat hij uit Han's nek had gerukt. Er zaten er nog twee in zijn zak.

Aan de overkant van de stad zag hij de lichtblauwe en roestvrijstalen doosvorm van het station. Wat moest hij Herli en Mapes vertellen? Zouden zij de waarheid geloven? Hij keek naar de drie juwelen. Eén was er voor de elegante bruine hals van Lynette Mason. De andere twee kon hij op Aarde verkopen...Hij moest het maar met Lynette overleggen. Zij zou hem wel geloven. En sprakeloos zou ze luisteren naar zijn verhaal over hoe hij vocht met de Grote God Han...

Telek

I

Geskamp en Shorn stonden in het droeve licht van de zonsondergang hoog op de rand van de nieuwe, door de Teleks geordonneerde
arena, die hun zo excentriek en eigenmachtig voorkwam. Ze waren
alleen; er viel geen gerucht te horen behalve het geluid van hun stemmen. Links en rechts verhieven zich beboste heuvels; ver naar het
westen tekenden de daken van Tran zich af tegen de ondergaande zon.

Geskamp wees naar het oosten, naar de Zwanekamvallei. "Daar, bij
die rij populieren, ben ik geboren. Vroeger kende ik de vallei goed."
Hij zweeg een ogenblik peinzend. "Ik haat deze veranderingen, dat de
oude dingen van de kaart geveegd worden." Hij wees. "Bij die beek, daar
stonden de hoeve van Pim en zijn oude stenen schuur. Waar je nu dat
eikenbos ziet, lag vroeger het dorp Cobent. Kun je het je voorstellen?
En daar, bij de Plek van Poll, kruiste het oude aquaduct de rivier. Nog
pas een half jaar geleden! Het lijkt al een eeuw."

Shorn, die van plan was een verzoek te doen dat nogal teer lag, overwoog hoe hij het best gebruik kon maken van Geskamp's heimwee naar
het onherroepelijk verloren verleden. Het verbaasde hem een beetje
dat Geskamp, een forsgebouwde man met harde kaken en grijsblond
haar, zich overgaf aan sentimentaliteit. "Het is onherkenbaar veranderd, dat zeker."

"Ja. Alles is nu keurig netjes en glad. Als een park. Vroeger vond
ik het prettiger. Het is pure verspilling, verder niets." Hij keek Shorn
fronsend met zijn borstelige wenkbrauwen aan. "Weet je dat ze mij verantwoordelijk stellen, de boeren en de mensen van het dorp? Omdat ik
de leiding heb, de bevelen geef?"

"Ze schoppen naar wat het dichtstbij is."

"Ik verdien hier alleen mijn salaris. Ik heb voor ze gedaan wat ik kon. Volkomen zonder nut, natuurlijk. Niemand is zo koppig als de Teleks. 'Strijk het dal glad, bouw een stadion. Maak voort, zodat het klaar is voor de midzomersamenkomst.' Ik zei: 'Waarom bouwen we niet in het Mismarchdal, bij de bergen, waar alleen herders er last van hebben, waar geen boerderijen hoeven worden afgebroken, waar geen dorp met de grond gelijk hoeft worden gemaakt?'"

"Wat zeiden ze daarop?"

"Het was Forence Nollinrude met wie ik sprak; ken je hem?"

"Ik heb hem weleens gezien, hij is lid van hun verbindingscommissie. Een jongeman, nog iets hautainer dan de rest."

Geskamp spoog op het beton onder zijn voeten. "De jonge zijn het ergst. Hij vroeg me: 'Geven we je niet genoeg geld? Betaal ze goed, stuur ze weg. De Zwanekamvallei is de plaats waar wij onze samenkomst zullen houden.' Dus —" Geskamp gebaarde "— ik haal mijn machines, mijn mensen hierheen. We vliegen materiaal aan. De mensen die hier hun hele leven gewoond hebben, hebben geen keus: ze nemen hun geld en vertrekken. Anders kijken ze op een kwade morgen misschien wel uit het raam en zien dan poolijs of maanbergen. Daar zie ik de Teleks wel voor aan."

"Vreemde verhalen doen de ronde," beaamde Shorn.

Geskamp wees naar het eikenbos. Zijn schaduw, die door de horizontale zonnestralen tegen de overkant van het stadion werd geprojecteerd, volgde zijn beweging. "Die eiken hebben zij zelf aangevoerd, dat kon er nog af. Ik legde ze uit dat het overplanten van een bos een heel gevoelig en duur karwei was. Het liet ze onverschillig. 'Besteed zoveel als je wilt,' zeiden ze. Ik legde uit dat er niet voldoende tijd was als ze het stadion binnen een maand wilden hebben; eindelijk kwamen ze in beweging. Nollinrude en degene die Henry Motch heet spanden zich in en de volgende morgen hadden we een heel bos. Maar of ze het afval van het oude aquaduct wilden verwijderen, het in zee wilden gooien? Nee. 'Huur vierduizend arbeiders en laat die het puin wegruimen, steen voor steen desnoods; wij hebben elders bezigheden.' En weg waren ze."

"Een merkwaardig volk."

"Merkwaardig?" Geskamp's wenkbrauwen kromden zich van enorme minachting. "Dollemannen. Eén gril — en een heel dorp wordt weggevaagd, mannen en vrouwen worden dakloos weggezonden." Hij zwaaide naar het stadion. "Tweehonderd miljoen kronen verspild aan de grillen van een stel onverantwoordelijke windbuilen die alleen maar —"

Een schertsende stem boven hen klonk: "Ik hoor dat er over mij gesproken wordt?"

De twee mannen draaiden zich met een ruk om. Drie meter boven hen stond een man in de lucht. Zijn gezicht was levendig en luchthartig, een groene pet hing zot op zijn ene oor, daaronder viel zijn donkere haar bijna tot zijn schouders. Hij droeg een uitstaande rode cape, een strakke groene broek, zwartfluwelen schoenen. "U spreekt in boosheid, zonder werkelijk na te denken. Wij zijn uw weldoeners; wat zouden jullie zonder ons doen?"

"Een normaal leven leiden," gromde Geskamp.

De Telek was in een opgewekte stemming. "Wie zal uitmaken of uw leven een normaal leven is? Hoe het ook zij, onze grillen zijn uw werkgelegenheid. Wij formuleren dromen, uw mannen verrijken zich door die dromen bewaarheid te laten worden, en zo worden wij beiden er beter van."

"Op een of andere manier verdwijnt het geld uiteindelijk onveranderlijk weer in de zakken van de Teleks. Een raadsel."

"Nee, in het geheel geen raadsel. Zo werken de economische wetten. Wij zorgen voor de fondsen, we zouden dwazen zijn als we het geld oppotten. Onze uitgaven verschaffen u werk."

"Als dat niet het geval was, zouden wij toch niet werkeloos zijn."

"Misschien niet. En misschien... kijk maar eens." Hij wees naar de schaduwen aan de overzijde van de arena. "Misschien is dat uw alternatief." Terwijl ze toekeken werden hun schaduwen actief. Die van Shorn bukte zich. Geskamp's schaduw ging achteruit, gaf een enorme schop, keerde zich toen om en boog zich voorover, en kreeg een schop van Shorn's schaduw.

De Telek wierp geen schaduw.

Geskamp snoof verachtelijk, Shorn lachte grimmig. De Telek was hoger gegaan en zweefde naar het zuiden.

"Beledigend creatuur," zei Geskamp. "Er zou een wet moeten komen die al hun geld tot de laatste cent verbeurd verklaarde."

Shorn schudde het hoofd. "Diezelfde nacht zouden ze alles alweer terug hebben. Dat is de oplossing niet." Hij aarzelde, alsof hij er nog iets aan toe wilde voegen.

Al geïrriteerd door de Telek was Geskamp niet in zijn schik met deze tegenspraak. Shorn, die bouwkundig tekenaar was, was zijn onder-geschikte. "Jij weet de oplossing zeker?"

"Ik weet verscheidene oplossingen. Een ervan is ze allemaal dood-maken."

Zo ver had Geskamp's ergernis hem nooit gevoerd. Shorn was een vreemd, onvoorspelbaar man. "Nogal bloeddorstig," zei hij zwaar.

Shorn haalde de schouders op. "Op de lange duur is het misschien het beste."

Geskamp's wenkbrauwen daalden neer tot een lange goud-grijze strook. "Het idee is onuitvoerbaar. Ze zijn lastig te doden."

Shorn lachte. "Het is niet alleen onuitvoerbaar, ook nog gevaarlijk. Als je denkt aan de dood van Vernisaw Knerwig..."

Vernisaw Knerwig was gestorven aan een kogel uit een zwaar geweer dat afgevuurd was vanuit een raam. De moordenaar, een jon-gen met wilde ogen, werd gearresteerd. Maar de gevangenis had hem niet binnen kunnen houden. Hij verdween. Maandenlang werd de stad achtervolgd door pech. Er kwam gif in de waterleiding, op een nacht braken er twaalf uitslaande branden uit, het dak van de school stortte in. En op een middag sloeg een grote meteoor in die het plein in het centrum van de stad verzwolg.

"Teleks doden is gevaarlijk werk," zei Geskamp. "Het is niet realis-tisch. Per slot," ging hij vlug verder, "zijn het mannen en vrouwen als wij; er is nooit iets strafbaars geconstateerd."

Shorn's ogen glinsterden.

"Niets strafbaars? Terwijl ze de hele stroom van ontwikkeling van de mens afdammen?"

Geskamp fronste weer. "Dat zou ik niet willen —"

"De tekenen zijn duidelijk genoeg als men zijn kop uit het zand trekt."

Het gesprek liep uit de hand. Het ging te snel, Geskamp was nog niet zover. Dat er verspilling en uitspattingen voorkwamen erkende hij, maar er waren maar zo weinig Teleks, en zoveel gewone mensen. Hoe zouden zij gevaarlijk kunnen zijn? Het waren vreemde woorden voor een tekenaar. Hij nam Shorn voorzichtig, schattend van terzijde op.

Shorn glimlachte zwak. "En, wat vind je ervan?"

"Je neemt een extreem standpunt in. Het is amper voorstelbaar dat —"

"De toekomst is onbekend. Bijna alles is voorstelbaar. Misschien worden we wel allemaal Teleks. Of is dat onwaarschijnlijk? Ik denk het wel. De Teleks kunnen uitsterven, verdwijnen. Ze zijn er altijd geweest, de hele geschiedenis door. In ons midden, maar latent. Wat zijn de kansen voor de toekomst? Ongeveer de huidige situatie, een handvol Teleks te midden van de grote massa van normale mensen?"

Geskamp knikte. "Dat is mijn mening."

"Goed. Stel je de toekomst voor. Wat zie je dan?"

"Niets bijzonders. Ik neem aan dat alles min of meer bij het oude blijft."

"Je ziet geen speciale trend, geen grafiek van verschuivende verhoudingen?"

"De Teleks zijn ergerlijk, dat staat vast, maar ze vallen ons zelden lastig. In sommige opzichten zijn ze een aanwinst. Ze geven geld uit als water, ze dragen bij aan de algemene welvaart." Hij keek bezorgd naar de schemerende lucht. "Hun rijkdom vergaren ze op eerlijke wijze, waar ze dan ook aan die grote blokken metaal mogen komen."

"Het metaal komt van de maan, van de asteroïden, van de buitenplaneten."

Geskamp knikte. "Ja, dat zegt men."

"Het metaal is een teken van zelfbeheersing. De Teleks geven waardevolle zaken in ruil voor wat ze nemen."

"Natuurlijk. Waarom zouden ze het niet zo doen?"

"Precies. Zo hoort het ook. Maar nu — denk eens na over de richting die we ingaan. In het begin waren het normale burgers. Ze gedroegen zich volgens de regels die voor iedereen golden; het waren fatsoenlijke mensen. Na hun eerste Congres begonnen ze fortuinen te verdienen door gevaarlijke en onaangename taken te vervullen. Idealisme en arbeid voor het algemeen belang, daarvan had iedereen de mond vol.

Ze vereenzelvigden zich met de hele mensheid — heel prijzenswaardig. Maar nu, zestig jaar later! Kijk naar de Teleks van vandaag. Is er nog een schijn van dienstbaarheid aan het algemeen belang? Nee. Ze kleden zich anders, ze spreken anders, leven anders. Niet langer laden ze schepen en kappen ze oerwouden en bouwen ze wegen; ze hebben een makkelijker weg gekozen die hun minder tijd kost. De mensheid profiteert ervan, ze brengen ons platina, palladium, uranium, rodium, alle edele metalen, verkopen die voor de halve prijs en pompen het geld weer terug in de kringloop." Hij gebaarde naar het stadion. "En ondertussen gaan de oudere Teleks dood en de jonge hebben geen wortels, geen band met de gewone mensen. Ze verwijderen zich steeds verder van ons, ontwikkelen een levenswijze die geheel verschilt van de onze."

"Wat verwacht je dan?" zei Geskamp tartend. "Het ligt voor de hand, niet?"

Shorn zette een geduldig gezicht. "Precies wat ik je probeer duidelijk te maken. Ga maar na wat er verandert. Waar leidt dit voor de hand liggende gedrag heen? Steeds verder weg van de gewone mensheid, weg van de tradities, steeds verder in de richting van een elite."

Geskamp wreef over zijn zware kin. "Ik geloof dat je — nou ja, dat je een olifant maakt van een mug."

"Denk je dat? Denk dan aan het stadion, aan de manier waarop ze de oude eigenaars van het land verdreven hebben. Denk aan Vernisaw Knerwig en de wraak die ze genomen hebben."

"Er is niets bewezen," zei Geskamp ongemakkelijk. Wat wilde die man? Nu stond hij te grijnzen, alsof hij alles beter wist.

"In je hart ben je het met me eens, maar je durft de feiten niet onder ogen te zien — want dan zou je gedwongen zijn een standpunt te kiezen. Voor of tegen."

Geskamp staarde naar het dal, boos maar niet in staat Shorn's diagnose te weerleggen. "Ik zie de feiten niet duidelijk."

"Er staan maar twee wegen voor ons open. Of we brengen de Teleks onder controle, dat wil zeggen we onderwerpen ze aan de wet — of we roeien ze radicaal uit. Bot gezegd — we doden ze. Doen we dat niet, dan worden zij de meesters, wij de slaven. Het is onvermijdelijk."

Geskamp's woede brak door. "Waarom vertel je me dit allemaal?

Waar wil je heen? Ik vind het maar rare praat voor een tekenaar. Je klinkt net als die samenzweerders waar je geruchten over hoort."

"Ik praat met een bepaald doel voor ogen. Ik wil je overhalen tot ons standpunt."

"O. Zit het zo."

"En als dat gelukt is, dan wil ik je bekwaamheden en je gezag voor een bepaald doel gebruiken."

"Wie ben je? Bij wat voor groep hoor jij?"

"Een aantal mensen die zich zorgen maken over de loop van de gebeurtenissen zoals ik die net geschetst heb."

"Een subversief genootschap?" Geskamp klonk lichtelijk honend.

Shorn lachte. "Laat je niet bang maken door de smaak van een woord. Je zou ons een comité van mensen met burgerzin kunnen noemen."

"Je komt in moeilijkheden als de Teleks er lucht van krijgen," zei Geskamp stijf.

"Ze weten dat wij bestaan. Maar tovenaars zijn het niet. Ze weten niet wie we zijn."

"Ik weet wel wie je bent," zei Geskamp. "En als ik dit gesprek door-vertelde aan Nollinrude?"

Shorn grijnsde. "Waarom zou je? Wat schiet je ermee op?"

"Ik zou er een hoop geld voor krijgen."

"En de rest van je leven in angst zitten voor wraak."

"Ik voel er niets voor," zei Geskamp ruw. "Ik wil niet betrokken raken bij ondergrondse samenzweringen."

"Onderzoek je geweten. Denk er eens over na."

II

De moord op Forence Nollinrude volgde twee dagen later.

De bouwkeet was een lange, L-vormige loods aan de westkant van het stadion. Geskamp stond voor de deur. Boos maakte hij een vervoer-der duidelijk dat hij weigerde meer te betalen dan de overeengekomen prijs voor zijn betongrind.

"Ik kan het overal veel goedkoper krijgen," zei Geskamp met stem-verheffing. "Je hebt het contract alleen maar gekregen omdat ik een goed woordje voor je heb gedaan."

De vrachtrijder was een van de van hun land gezette boeren. Koppig schudde hij zijn hoofd. "Je hebt me er geen plezier mee gedaan. Ik verlies erop. Het kost me drie kronen de meter."

Geskamp zwaaide boos naar het vrachttoestel van de man, een kleine hopper gedragen door twee stuwkopters. "Hoe denk je ook met zulk materiaal iets te verdienen? Je hele winst gaat op aan het heen en weer hollen tussen hier en de steengroeve. Koop een stel Samsonliften, zo verlaag je je kosten voldoende om wat te verdienen."

"Ik ben boer, geen vrachtrijder. Ik nam het contract aan omdat ik deze machine heb. Als ik me in de schuld steek voor zwaar materiaal, zit ik eraan vast. Bovendien zou ik er nu niets meer aan hebben, want het werk is voor driekwart klaar. Ik wil meer geld, Geskamp, geen goede raad."

"Nou, dat kun je van mij niet krijgen. Ga met de inkoper praten. Misschien zwicht hij. Ik heb je het contract bezorgd, meer kan ik niet doen."

"Ik heb al met hem gepraat en hij zegt: geen sprake van."

"Klamp dan een van de Teleks aan, zij hebben het geld. Ik kan niets voor je doen."

De boer spoog op de grond. "De Teleks! Die duivels zijn de schuld van alles. Een jaar geleden had ik mijn zuivelboerderij nog — precies waar die vijver nu ligt. Het ging me goed. Nu heb ik niets; het geld dat ze me gaven om op te krassen, daarvan is het meeste opgegaan aan dat grind. Waar moet ik nu heen?"

Geskamp kneep zijn wenkbrauwen samen. "Het spijt me, Hopson. Maar ik kan niets doen. Daar is een Telek; vertel hem je zorgen."

De Telek was Forence Nollinrude, een lange man met gele haren, een magnifieke verschijning in zijn roestbruine cape, saffraangele broek, zwartfluwelen sloffen. De boer keek naar Nollinrude, die kieskeurig een meter boven de grond zweefde. Toen nam hij een besluit en sjokte stroef naar hem toe.

In het kantoor kon Shorn het gesprek niet volgen. De boer staarde vechtlustig omhoog, hij stond met zijn benen gespreid. Nollinrude wendde zich iets opzij, keek omlaag met een trek van afkeer om zijn mond.

De boer zei het meest, Nollinrude heel weinig. De Telek antwoordde met een enkel kort woord, de boer werd steeds nijdiger.

Geskamp had met een bezorgde frons staan toekijken. Hij begon erheen te lopen met de bedoeling de boer tot kalmte over te halen. Terwijl hij naderde steeg Nollinrude nog een halve meter en verwijderde zich iets, keek in Geskamp's richting en gebaarde naar de boer, alsof hij Geskamp bevel gaf de bron van ergernis weg te nemen.

De boer greep plotseling een ijzeren staaf en gaf er een machtige zwaai mee.

Geskamp schreeuwde schor; Nollinrude schoot opzij, maar het ijzer trof hem op de enkels. Hij schreeuwde van pijn, deinsde terug, keek naar de boer. Deze schoot als een raket vijfentwintig meter de lucht in, draaide om, dook met zijn hoofd vooruit naar de grond. Hij sloeg neer met verpletterende kracht. Zijn hoofd en schouders veranderden in moes. Maar alsof Nollinrude nog niet tevreden was rees de ijzeren staaf op en beukte het slappe lichaam met geweldige, onbeheerste slagen.

Als Nollinrude minder in beslag zou zijn genomen door de pijn in zijn enkels, zou hij beter op zijn hoede zijn geweest. Bijna tegelijk met de dood van de boer had Geskamp een houweel opgeraapt. Terwijl Nollinrude zijn wil oplegde aan de ijzeren staaf, sloop Geskamp achter hem en sloeg met het houweel. De Telek stortte neer.

"Nu," zei Shorn bij zichzelf, "zijn de poppen aan het dansen." Hij holde het kantoor uit. Geskamp stond te hijgen, staarde neer op het verfrommelde lijk in zijn fijne kleren, die opeens niet meer op kleren leken maar op de bonte tooi van een pas gestorven vlinder of kever. Hij merkte dat hij het houweel nog in zijn handen had, en smeet hem weg alsof hij roodgloeiend was. Nerveus stond hij in zijn handen te wrijven.

Shorn knielde naast het lijk en fouilleerde het met geoefende snelheid. Hij vond een portefeuille en een klein zakje en die stak hij bij zich. Toen rees hij overeind.

"We moeten snel te werk gaan." Hij keek het terrein rond. Een man of zes hadden het voorval gadegeslagen — een helper van de gereedschapsloods, een voorman, een paar kantoormensen, een arbeider of twee. "Haal ze bij elkaar, iedereen die gezien heeft wat er gebeurd is. Ik ontferm me over het lijk. Hé, jij daar!" riep hij tegen een wasbleke hijser. "Haal een hopper."

Ze rolden de luisterrijke gedaante in de hopper. Shorn sprong naast de bestuurder op de bok en wees: "Rij naar waar ze die steunbeer aan het storten zijn."

Ze gleden diagonaal over de enorme noordwand naar waar een ploeg naast een stortkoker werkte die bedoeld was om het beton uit de hoppers te ontvangen. Shorn sprong op de werkvloer en riep de voorman. "U kunt hier niet verder; ga met uw ploeg naar Zuil B-142 en werk daar een poos."

De voorman gromde geërgerd, protesteerde. De stortkoker zat half-vol beton.

Shorn verhief ongeduldig zijn stem. "Laat maar staan. Ik stuur wel een hijs om de hele zaak te verplaatsen."

De voorman blafte nijdige bevelen naar zijn mannen. Overdreven traag kwamen ze in actie. Shorn wachtte gespannen tot ze hun werk-tuigen verzameld hadden en het talud waren afgelopen.

Hij keerde zich naar de hijsbediende. "Nu."

Het lijk in zijn fraaie opschik rolde de koker in.

Shorn leidde de slang naar de trog, haalde de hendel over. De grijze massa bedolf het starende gezicht dat zoveel macht gekend had.

Shorn zuchtte zwak. "Zo is het goed. Nu zetten we de mannen weer aan het werk."

Bij Zuil B-142 wenkte Shorn de voorman, die hem nijdig aankeek. Shorn was maar een nederig tekenaar en dus een onhandige scharre-laar. "Je kunt boven weer aan de slag."

Voordat de voorman de juiste woorden kon vinden, zat Shorn alweer op de hopper.

Op het terrein voor de bouwkeet trof hij Geskamp in het midden van een bevreesd groepje aan.

"Nollinrude is verdwenen." Hij keek naar het lijk van de boer die verantwoordelijk was voor alle opwinding. "Iemand zal hem naar huis moeten brengen."

Hij monsterde het groepje, probeerde hun sterkte te meten. Hij zag niets dat hem geruststelde. Ze wendden hun ogen stuurs af. Met een leeg gevoel in zijn maag realiseerde Shorn zich dat het feit van de moord niet zo makkelijk verdonkeremaand kon worden als het lijk. Hij keek de mannen om de beurt aan. "Eigenlijk zijn we met te veel mensen om een geheim te kunnen bewaren. Als een van ons zijn mond voorbijpraat — zelfs tegen zijn broer, zijn vriend of zijn vrouw — dan is het geen geheim meer. Jullie herinneren je Vernisaw Knerwig?"

Een nerveus gemompel verzekerde hem dat ze het zich herinnerden; dat ze vurig hoopten zich te distantiëren van de hele episode.

Geskamp's gezicht begon geërgerd te trekken. Shorn bedacht zich dat Geskamp eigenlijk de leiding had; misschien was hij gevoelig voor aantasting van zijn gezag. "Ja, meneer Geskamp? Wilt u er iets aan toevoegen?"

Geskamp liet zijn tanden zien en grijnsde als een grote blonde hond. Met moeite beheerste hij zich. "Ga door; je doet het goed."

Shorn wendde zich weer tot de anderen. "Jullie verlaten het terrein nu. De Teleks zullen jullie niet ondervragen. Natuurlijk komen ze erachter dat Nollinrude verdwenen is, maar ik hoop dat ze niet weten waar. Als iemand het toevallig vraagt: Nollinrude kwam en ging weer. Verder weten jullie niets. Nog iets." Hij pauzeerde gewichtig. "Als een van ons plotseling rijk wordt en de Teleks weten opeens van alles — dan zal deze persoon het betreuren dat hij zich verkocht heeft." Hij voegde er nog aan toe, alsof het eigenlijk niet zo belangrijk was: "Er bestaat een groep die zulke situaties afhandelt." Hij keek naar Geskamp, maar die zweeg hardnekkig. "Nu zal ik jullie namen opschrijven, voor als die in de toekomst nog nodig zijn. Eén tegelijk…"

Twintig minuten later zweefde er een busje naar Tran.

"Zo," zei Geskamp bitter. "Ik zit er nu tot mijn nek in. Is dat wat je wilde?"

"Ik wilde het niet op deze manier. Je zit zwaar in de knoei. En ik ook. Als we geluk hebben rollen we erdoorheen. Maar — voor alle zekerheid — we moeten vanavond nog doen waar ik op aanstuurde."

Geskamp fronste kwaad zijn voorhoofd. "En nu mag ik jouw willig werktuig spelen. Hoe?"

"Jij kunt bonnetjes tekenen. Jij kunt een stel hijsliften naar de explosievenloods sturen —"

Geskamp was verbaasd. "Explosieven? Hoeveel?"

"Een ton mitrox."

"Dat is genoeg om het hele stadion tien kilometer de lucht in te blazen!" zei Geskamp vol ontzag.

Shorn grinnikte. "Juist. Die bon kun je het best meteen in orde maken. Verder heb jij de sleutel van de generatorkamer. Morgen wordt de hoofdreactor geïnstalleerd. Vannacht gaan jij en ik de mitrox aanbrengen onder de pijlers."

Geskamp's mond was opengevallen. "Maar —"

Shorn's strenge gezicht werd bijna innemend. "Ik weet het. Moord in het groot. Niet sportief. Ik ben het met je eens. Een stiekeme aanslag. Juist. Heimelijke overvallen en het mes in de rug, dat zijn onze wapens. We hebben geen andere. Helemaal niets."

"Maar — waarom ben je er zo zeker van dat het een massaal bloedvergieten wordt?"

Nu ontplofte Shorn van woede. "Man! Trek je kop toch uit het zand! Wanneer krijgen we weer zo'n kans om ze allemaal, zonder uitzondering te grazen te nemen?"

Geskamp sprong uit de bedrijfsluchtboot die tot zijn beschikking was gesteld en beende met een strak gezicht om de arena heen naar de bouwkeet. Boven hem rees zestig meter steil beton op, glanzend in de morgenzon. In gedachten zag hij weer de donkere dozen die hij en Shorn de vorige nacht als mollen beneden hadden gebracht; nog steeds was hij onzeker en onwillig, alleen voortgedreven door Shorn's energie en instructies.

De val stond op scherp. Een enkel gecodeerd radiosignaal zou het nieuwe beton tot poeder laten ontploffen, een fontein van gesmolten materie kilometers de lucht injagen, de aarde een reuzenslag toebrengen.

Geskamp's openhartige gezicht verstrakte terwijl hij met zijn geweten streed. Had hij zich te makkelijk laten ompraten? Stel je voor welke wraak de Teleks na zo'n ramp zouden nemen! Maar, als de Teleks werkelijk zo'n verschrikkelijk gevaar voor de vrijheid van de mens vormden als Shorn hem half en half had doen geloven, dan was de massamoord een daad die vastberaden uitgevoerd moest worden, zoals het doden van gevaarlijke dieren. En het was waar dat de Teleks de menselijke wetten alleen met de mond beleden. Zijn gedachten gingen uit naar de dood van Forence Nollinrude. Onder normale omstandigheden zou er een onderzoek worden ingesteld. Nollinrude had de boer vermoord; overweldigd door woede en medelijden had Geskamp de Telek gedood. In het ergste geval zou de rechtbank hem schuldig bevinden aan doodslag en hem voorwaardelijk veroordelen. Maar met een Telek in het spel — Geskamp's bloed verkilde in zijn aderen. Misschien hadden Shorn's extreme methoden toch wel iets goeds; het stond vast dat de Teleks niet met normale wettelijke methoden tot de orde geroepen konden worden.

Hij liep om de hoek van de gereedschapsloods, zag binnen een onbekend gezicht. Mooi. Het kantoor in de stad had gehandeld zonder nieuwsgierigheid aan de dag te leggen; het overplaatsen van bepaalde werknemers had geen interesse gewekt bij degenen die de macht bezaten om vragen te stellen.

Hij stak zijn hoofd om de hoek van de deur van de materiaaladministratie. "Waar is de tekenaar?" vroeg hij aan Cole, de man die het staal behandelde.

"Is vanochtend niet op komen dagen, meneer Geskamp."

Geskamp vloekte binnensmonds. Net iets voor Shorn; eerst hem in moeilijkheden brengen en er dan tussenuit knijpen zodat hij er alleen voor kwam te staan. Misschien was het wel beter om het hele incident op te biechten. Het was tenslotte een ongeluk, een vlaag van razernij. Zoveel zouden de Teleks toch zeker wel begrijpen.

Hij wendde zijn hoofd om. Uit zijn ooghoek zag hij iets wegflitsen. Hij keek scherper. Iets als een grote zwarte tor schoot achter een plank met boeken. Een grote kakkerlak, dacht Geskamp. Een vreemde.

Met een afschuwelijk humeur viel hij op zijn werk aan en sommige voorlieden vroegen zich verwonderd af wat er in hem gevaren was. Driemaal die ochtend keek hij of Shorn er al was, maar deze vertoonde zich niet.

En eenmaal, toen hij onder een lage boog op een van de bovenste dekken keek, dook er achter hem een zwart voorwerp op. Hij keerde zich met een ruk om, maar het ding was onder de balken verdwenen.

"Vreemde tor," merkte hij op tegen de nieuwe voorman die hij rondleidde over het werk.

"Niet gezien, meneer Geskamp."

Geskamp liep terug naar zijn kantoor, vroeg Shorn's adres op — een hotel in de Marmiontoren — en belde hem op.

Shorn was niet thuis.

Geskamp ging weg bij de telefoon, en botste bijna tegen de voeten van een Telek op die voor hem in de lucht stond; een magere, sombere man met zilverkleurig haar en oliezwarte ogen. Hij droeg twee kleuren grijs, een saffieren speld op de kraag van zijn cape en de gebruikelijke sloffen van zwart fluweel.

Geskamp's hart begon te bonzen, zijn handen werden vochtig. Het moment dat hij had gevreesd. En waar was Shorn?

"U bent Geskamp?"

"Ja," zei Geskamp. "Ik —"

Hij werd opgetild, door de lucht gesmeten. Ver, ver in de diepte verdwenen het stadion, de Zwanekamvallei, het hele landschap. Tran was een grijs met zwarte honingraat. Geskamp hing hoog in de zonnige lucht en vloog met ondenkbare snelheid. De wind brulde langs zijn oren, maar hij voelde geen druk op zijn huid, geen trekken aan zijn kleren.

De oceaan lag blauw onder hem uitgespreid en voor hem uit glinsterde iets — een gecompliceerd bouwwerk van glanzend metaal en glas in heldere kleuren. Het dreef hoog in de lucht zonder enige steun.

Geskamp zag een glans, een flits; toen stond hij op een vloer van glas, dooraderd met groene en gouden draden. De magere grijze man zat in een gele stoel achter een tafel. De kamer baadde in zonlicht. Geskamp was te versuft om verdere details in zich op te nemen.

De Telek zei: "Geskamp, zeg me wat je weet van Forence Nollinrude."

Het leek Geskamp dat de Telek die hem aankeek over schier onmetelijke kennis beschikte, alsof iedere leugen onmiddellijk doorzien zou worden, met grimmige humor van de hand zou worden gewezen. En hij kon toch al zo slecht liegen. Hij keek rond naar een plek om zijn forse lichaam te parkeren. Er verscheen een stoel.

"Nollinrude?" Hij ging zitten. "Ik heb hem gister gezien. Wat wilt u over hem weten?"

"Waar is hij nu?"

Geskamp dwong een lach naar zijn lippen, wat hem pijnlijk afging. "Hoe zou ik dat weten?"

Er suisde een glassplinter door de lucht, die hem in zijn nek stak. Hij rees overeind, verrast en boos.

"Ga zitten," gebood de Telek met een onnatuurlijk koele stem.

Geskamp liet zich langzaam weer zakken. Een soort flauwte scheen zijn ogen zwak te maken, zijn bewustzijn leek een stap opzij te gaan en onaandoenlijk toe te kijken.

"Waar is Nollinrude?"

Geskamp hield zijn adem in. Een stem zei: "Hij is dood. Onder het beton."

"Wie vermoordde hem?"

Geskamp luisterde wat de stem zou zeggen.

III

Shorn zat in een rustig café in dat deel van Tran waar het oude abrupt overging in het nieuwe. In het zuiden stonden de torens, met daartussen de keurige parken en pleinen, in het noorden lag de lelijke korst van flatgebouwen met drie of vier verdiepingen die langzaam overging in de industriewijk.

Tegenover Shorn aan het tafeltje zat een jonge vrouw met steil bruin haar. Ze droeg een onopvallende, effen bruine mantel. In haar gezicht trokken alleen de ogen de aandacht; die waren groot, bruinzwart, somber.

Shorn dronk sterke thee. Zijn magere, donkere gezicht had een rustige uitdrukking.

De vrouw scheen iets in hem te zien dat bewees dat zijn kalmte gespeeld was. Ze stak haar hand uit, legde hem op de zijne, een snel en sierlijk gebaar en de eerste keer dat ze hem aanraakte in de drie maanden dat ze elkaar kenden. "Wat had je anders kunnen doen?" Haar stem klonk overredend. "Wat had je kunnen doen?"

"Het hele stel onder de grond slepen. Geskamp bij me houden."

"Wat zou dat geholpen hebben? Er komt nu eenmaal een zeker aantal doden, een zekere hoeveelheid goederen wordt vernietigd — hoeveel is iets dat wij niet in de hand hebben. Is Geskamp een waardevolle man?"

"Nee. Het is een hardwerkende man, niet slinks of veelzijdig genoeg om te gebruiken. En ik geloof niet dat hij met mij meegegaan zou zijn. Hij stond op het punt in opstand te komen — hij is het type dat zijn stekels opzet als er inbreuk op zijn gezag wordt gemaakt."

"Het is niet onmogelijk dat je maatregelen nog nuttig blijken."

"Nee, geen schijn van kans. De enige vraag is hoeveel mensen de Teleks zullen vernietigen, en wie."

De jonge vrouw leunde somber tegen haar stoelrug, staarde voor zich uit. "Deze episode is in ieder geval een mijlpaal in de...in de...Ik weet niet hoe ik het noemen moet. Strijd? Campagne? Oorlog?"

"Noem het maar oorlog."

"We strijden al bijna met open vizier. Misschien kunnen we de publieke opinie wakker schudden, aan onze kant krijgen."

Shorn schudde zijn hoofd. "De Teleks hebben het merendeel van de politie omgekocht, en ik vermoed dat zij eigenaar zijn van de grote kranten, via stromannen natuurlijk. Nee, veel steun van het publiek kunnen we nog niet verwachten. We zullen nihilisten worden genoemd, totalitairen..."

De vrouw citeerde Toergenjev: "Als je een tegenstander grondig wilt ergeren of hem zelfs kwaad wilt doen, dan verwijt je hem ieder gebrek en iedere ondeugd die je in jezelf voelt."

"Eigenlijk is het wel goed ook." Shorn lachte zonder plezier. "Als iedereen anti-Telek was, hadden de Teleks het makkelijk. Iedereen doodmaken en klaar is Kees."

"Maar daarna zouden ze alles zelf moeten doen."

"Dat is waar."

Ze maakte een zwak gebaar, haar stem klonk geforceerd: "Het is een boetedoening voor onze eeuw, voor de mensheid —"

"Mystiek," zei Shorn verachtelijk.

Ze ging verder alsof ze hem niet gehoord had. "Als de mens duizend keer vanaf de eerste apen evolueerde — dan zou elk van die duizend evoluties dezelfde fasen vertonen, en in elk daarvan zou een Telek-fase voorkomen. Het is evenzeer een deel van de mensheid als honger of angst."

"En als de Teleks opgeruimd zijn — wat is dan de volgende fase? Is de geschiedenis alleen maar een reeks van fasen van bloed? Op welk punt wordt het rustiger?"

Ze glimlachte flets. "Misschien als we allemaal Teleks zijn."

Shorn keek haar vreemd aan — berekenend, nieuwsgierig, verwonderd. Hij richtte zijn aandacht weer op zijn thee, alsof dat de praktische werkelijkheid was. "Ik neem aan dat Geskamp de hele ochtend geprobeerd heeft mij te pakken te krijgen." Hij dacht even na, stond op. "Ik zal de bouw opbellen om uit te zoeken wat er gebeurd is."

Even later was hij terug. "Geskamp is niet in de buurt. Het hotel heeft net een boodschap voor mij ontvangen, en die mocht alleen aan mij persoonlijk worden overhandigd."

"Misschien is Geskamp uit eigen beweging vertrokken."

"Misschien."

"Maar waarschijnlijk —" Ze zweeg even. "In ieder geval is het nuttig om bij het hotel vandaan te blijven."

Shorn balde zijn vuisten een paar maal achter elkaar. "Het maakt me bang," zei hij.

"Wat?" Ze scheen verbaasd te zijn.

"Mijn — wraakgierigheid. Het is niet goed dat ik iemand haat."

"Je bent een te grote idealist, Will."

Shorn zei peinzend, eentonig sprekend: "Onze oorlog is de oorlog van de mieren tegen de reuzen. Zij hebben de macht — maar ze steken boven alles uit, we kunnen ze van mijlen afstand zien. Wij bevinden ons onder de massa. We lopen honderd meter, een andere groep mensen in, en we zijn onzichtbaar geworden. Anonimiteit, dat is het grote voordeel dat wij hebben. Zo zijn we veilig, tot een Judas-mier ons verraadt, ons uit de massa isoleert. Dan zijn we verloren, de reuzenvoet daalt neer, ontsnappen is er niet bij. Wij —"

De vrouw hief haar hand op. "Luister."

Een stem uit de geluidslijn die onder de stucrand bij het plafond liep, zei: "De moord op een Telek, de verbindingsluitenant Forence Nollinrude, door een subversieve samenzwering, is vandaag bekend gemaakt. De moordenaar, Ian Geskamp, hoofdopzichter bij de bouw van het stadion in de Zwanekamvallei, is verdwenen. Men verwacht dat hij een aantal medeplichtigen zal identificeren als hij gepakt wordt."

Shorn zei niets.

"Wat doen ze als ze hem vangen? Zouden ze hem uitleveren aan de autoriteiten?"

Shorn knikte. "Ze hebben de moord bekend gemaakt. Als ze de schijn willen ophouden dat ze zich aan de wet onderwerpen, moeten ze hem overgeven aan de politie. Zodra hij eenmaal uit hun handen is, sterft hij natuurlijk — op een of andere onaangename manier. En dan zullen er wel weer nieuwe daden van God volgen. Een meteoor op Geskamp's woonplaats bijvoorbeeld. Iets in die geest…"

"Waarom zit je te glimlachen?"

"Ik dacht er net aan dat Geskamp in Cobent woonde. Dat lag vroeger in de Zwanekamvallei en nu is het gesloopt. Maar ze zullen zeker iets doen dat aan duidelijkheid niets te wensen overlaat. Moraal: het doden van een Telek is een dure zaak."

"Vreemd dat ze de wet er nog bijhalen."

"Het betekent alleen dat ze nog niet toe zijn aan een plotselinge machtsovername. Wat ze ook willen veranderen, het moet blijkbaar geleidelijk gaan, met zomin mogelijk verwarring, geen plotselinge stroom van vervelende administratieve details."

Hij tikte nerveus op de tafel. "Geskamp was een goede kerel. Ik zit te denken aan die boodschap in het hotel."

"Als hij gevangen is genomen, een spuit krijgt, komen jouw naam en adres er natuurlijk ook uit. Jij zou een waardevolle vangst zijn."

"Niet zolang ik op mijn kies kan bijten. Maar ik ben nieuwsgierig naar die boodschap. Als hij van Geskamp is, heeft hij blijkbaar hulp nodig, en wij horen hem te helpen. Hij weet tenslotte van de mitrox onder het stadion. Misschien komt het onderwerp helemaal niet ter sprake tijdens de ondervraging, vooral niet als ze hem een prik geven, maar we mogen het risico niet nemen."

"Zou het geen list zijn?"

"Tja… misschien levert het informatie op."

"Ik kan de boodschap gaan halen," zei zij weifelend.

Shorn keek bedenkelijk.

"Nee," zei ze, "ik bedoel niet dat ik er binnenloop en erom vraag: dat zou stom zijn. Schrijf een briefje dat je drager dezes machtigt de boodschap in ontvangst te nemen."

De vrouw zei tegen de jongen: "Het is heel belangrijk dat je de instructies precies opvolgt."

"Ja mevrouw."

Hij nam de glijweg naar de Marmiontoren, waarvan de zesde en zevende verdieping Hotel Cort huisvestten. Met de lift ging hij naar de zesde verdieping en liep kalm naar de receptie.

"Meneer Shorn heeft me gestuurd om zijn post op te halen," zei hij terwijl hij het briefje over de balie schoof.

De bediende aarzelde, keek in gedachten verzonken opzij, overhandigde de jongen toen zwijgend een envelop.

De knaap ging terug naar de begane grond, liep de straat op, waar hij even wachtte. Blijkbaar werd hij niet gevolgd. Hij nam de glijweg naar het noorden, via de grauwe straten naar de Tarrogat, waar hij de hoek omliep en op de snelle Oostelijke Verdeelweg sprong. Zwaar vrachtverkeer reed grommend door de straat naast hem, vrachtwagens met opleggers en een paar grondwagens. De jongen ontdekte een kleine opening in de verkeersstroom, stapte op de buitenste band, sprong al rennend de straat op. Hij schoot naar de overkant, klom op de glijweg in tegengestelde richting met een speurende blik over zijn schouder. Niemand volgde hem. Hij reed een paar kilometer mee, langs de jeugdherberg Flatiron, sloeg af naar Grant Avenue, sprong op de vaste stoep en bleef op de hoek staan.

Niemand kwam achter hem aan.

Hij stak de straat over en ging Café Grand Maison binnen. Het voedselpaneel vormde een eiland in het midden en aan beide kanten stonden tafels. De jongen liep eromheen, zonder aandacht te schenken aan een tafel waaraan een jonge vrouw in een bruine mantel zat. Hij verliet het café via de ingang aan de tegenoverliggende zijde, liep het gebouw rond en ging opnieuw binnen.

De vrouw stond op en liep achter hem aan naar buiten. Bij de uitgang kwamen ze als bij ongeluk even met elkaar in aanraking.

De jongen wijdde zich verder aan zijn eigen zaken en de vrouw ging terug het café binnen en liep door naar de wc's. Toen ze de deur opende, kwam er een zoemende zwarte tor met haar mee.

Ze dook in elkaar, zocht ingespannen het plafond af, maar het insect was verdwenen. Ze liep naar een visifoon en toetste een code.

"En?"

"Ik heb het."

"Is hij gevolgd?"

"Nee. Ik hield hem in de gaten toen hij de Marmiontoren uitkwam. Ik keek wie er na hem binnenkwam in —" Haar stem brak af.

"Wat is er?"

Geforceerd sprekend zei ze: "Verdwijn daar snel. Schiet op. Stel geen vragen. Verdwijn — *snel!*"

Ze hing op en deed of ze de zwarte tor niet zag die zich tegen het glas drukte, die met zijn kristallen ogen naar de druktoetsen staarde.

Ze viste in haar tas, koos een van de vier wapens die ze bij zich had, haalde het uit de tas, sloot haar ogen en trok aan de ontspanner.

Een witte gloed spoelde door de visifooncel, brandde door haar gesloten oogleden. Ze rende de deur uit, raapte de versufte tor op met haar zakdoek en propte hem in haar tas. Hij was vreemd zwaar, als een loden kogel.

Ze moest zich haasten. Ze rende de wc's uit, het café door, de straat op.

Veilig tussen de menigte keek ze terwijl zes politiewagens zwart met gouden uniformen uitbraakten die naar de ingangen van Café Grand Maison renden.

Bitter gestemd reed ze op de glijweg naar het noorden. De Teleks hadden de politie in hun zak, dat was geen geheim.

Ze dacht aan de tor die ze in haar tas had gestopt. Hij bewoog zich nu niet, gaf geen teken van leven. Als haar veronderstelling klopte, zou hij zich kalm houden zolang ze zijn ogen in het donker liet, zolang ze hem geen kans gaf zich te oriënteren.

Een uur lang dwaalde ze door de stad, zich moeite gevend om geen aandacht te trekken — niet alleen niet van mensen, maar ook niet van kleine zwarte, op kevers lijkende dingen. Ten slotte schoot ze een portiek aan de rand van de industriewijk in, holde een houten trap op en ging een armzalige zitkamer binnen.

Uit een kast haalde ze een bus met een schroefdop en hier duwde ze de zakdoek met de kever voorzichtig in. Ze draaide de dop stevig dicht.

Ze hing haar bruine mantel op, schonk een kop koffie in uit de pot en wachtte.

Na een half uur ging de deur open. Shorn keek binnen. Zijn gezicht was bleek en ingevallen als de schedel van een hond, zijn ogen gloeiden met een ongezond licht.

De vrouw sprong overeind. "Wat is er gebeurd?"

"Kalm maar, Laurie, met mij is niets aan de hand." Hij liet zich in een stoel vallen. Ze gaf hem een kop koffie. "Wat is er gebeurd?"

Zijn ogen schitterden. "Meteen toen ik met jou gebeld had rende ik het café uit. Twintig seconden later — langer duurde het niet — explodeerde de hele zaak. De vlammen spatten de deur uit, de ramen… Er waren dertig of veertig mensen binnen; ik hoor ze nu nog schreeuwen…"

Zijn mond trilde. Zijn tong ging langs zijn lippen. "Ik hoor ze —"

Laurie hield haar stem zorgvuldig in bedwang. "Mieren."

Shorn beaamde dit met een afschuwelijke grijns. "De reus zet zijn voet op veertig mieren, maar de schuldige mier, de getekende mier, de mier die hij wilde straffen — die is ontkomen."

Ze lichtte hem in over de zwarte tor. Hij kreunde. "Het was al erg genoeg dat we spionnen en de politie moesten ontwijken. En nu ook nog kevers — kan hij ons horen?"

"Ik weet het niet. Ik denk het wel. Hij zit stijf opgesloten in zijn bus, maar geluid dringt er waarschijnlijk wel in door."

"We kunnen hem beter ergens anders leggen."

Ze wikkelde de bus in een handdoek, legde hem in een kast en sloot de deur. Toen ze terugkwam keek Shorn haar op een speciale manier aan. "Dat was erg snel denkwerk, Laurie."

"Ik moest wel."

"Heb je de boodschap nog?"

Ze reikte hem de envelop over de tafel heen aan. Hij las het voor: " 'Neem contact op met Clyborn in het Perendalia.' "

"Ken je hem?"

"Nee. We zullen heel discreet inlichtingen inwinnen. Ik denk niet dat er iets nuttigs uitkomt."

"Het is zo veel — werk."

"Makkelijk genoeg voor de reuzen. Een of twee ervan regelen de hele geschiedenis. Ik heb gehoord dat ene Dominion de leiding heeft en dat de anderen niet eens beseffen dat er ontevredenheid heerst. Precies zoals wij een hondenvanger aanstellen en ons dan verder niet bekommeren om zwerfhonden."

Na een ogenblik vroeg zij: "Denk je dat we winnen, Will?"

"Ik weet het niet. We hebben in ieder geval niets te verliezen." Hij geeuwde, rekte zich uit. "Vanavond ontmoet ik Circumbright. Herinner jij je hem?"

"Hij is toch die mollige biofysicus?"

Shorn knikte. "Als je het me niet kwalijk neemt, denk ik dat ik even ga slapen."

IV

Om elf uur liep Shorn de trap af naar de straat. De hemel gloeide van weerkaatst licht uit de amusementswijk langs het meer en de luxe torens van de binnenstad van Tran.

Hij liep door de donkere straten tot hij aan de Bellmanboulevard kwam, waar hij op de glijweg stapte.

Er woei een koude, bijtende wind en er waren weinig mensen op straat; het zoemen van de rollers onder de weg was hoorbaar. Hij sloeg af naar de Stockbridgestraat en toen hij de halve kilometer lange rij nachtwinkels naderde werd de weg drukker en voelde hij zich veiliger. Hij nam enkele voorzorgsmaatregelen, gleed vlug door een serie deuren om het contact met eventuele spionerende torren te verbreken.

Om middernacht woei er een dikke mist binnen vanuit de haven die stonk naar olie, mercaptan en ammonia. Terwijl hij zijn capuchon opzette ging Shorn een trap af en een ontspanningszaal in het souterrain in. Hij gleed langs de dof kijkende mannen achter de spelautomaten, liep in één ruk door naar de heren-wc's, schoot op het laatste moment een korte zijgang in naar een deur met het opschrift *Personeel*, die uitkwam op een werkplaats die bezaaid lag met onderdelen van de amusementsmachines.

Shorn wachtte even met zijn oren gespitst. Toen ging hij naar de achterkant van de kamer, ontsloot een stalen deur en glipte een tweede werkplaats in die heel wat beter was uitgerust dan de eerste. Een gezette man met een groot hoofd en vriendelijke blauwe ogen keek op van zijn werk. "Hallo Will."

Shorn wuifde. "Hallo Gorman."

Hij ging met zijn rug tegen de deur staan, onderzocht het plafond op zwarte, onschuldig lijkende torren. Niets te zien. Hij liep de kamer door, krabbelde op een stuk papier *We moeten de kamer doorzoeken. Kijk uit naar vliegende spioneermachientjes zoals deze.* Hij maakte er een schets bij van de kever die hij in de bus bij zich had en voegde eraan toe: *Ik maak de ventilator dicht.*

Een speurtocht van een uur leverde niets op.

Shorn zuchtte, maar ontspande zich toen. "Een netelige situatie. Als hier een van die dingen was, en hij zag ons zoeken, dan zou de Telek aan de andere kant begrepen hebben dat het spelletje uit was. Dan was de ellende losgebarsten. Een explosie, brand. Ze hebben me vandaag al een keer gemist, en het scheelde maar een seconde of twintig." Hij zette de bus neer. "Hier heb ik zo'n ding. Laurie heeft hem gevangen met zeldzame tegenwoordigheid van geest. Zij gaat ervan uit dat als zijn ogen en oren onbruikbaar worden gemaakt, dus als hij zich niet meer kan oriënteren, hij voor de Teleks ophoudt te bestaan, zodat ze hem niet meer kunnen dirigeren. Ik geloof dat ze gelijk heeft; het klinkt intuïtief juist."

Gorman Circumbright pakte de bus van de werkbank en woog hem op zijn hand.

"Nogal zwaar. Waarom heb je hem hier gebracht?"

"We moeten uitzoeken hoe we ze kunnen neutraliseren. Hij moet functioneren als een miniatuurvideozender. De Alvac Corporatie zal ze wel maken. Als we kunnen bepalen op welke band hij uitzendt, kunnen we detectors bouwen, waarschuwingsapparaten."

Circumbright zat naar de bus te kijken. "Als hij nog werkt, als hij nog uitzendt, kan ik daar heel snel achter komen."

Hij plaatste de bus naast een universele ontvanger. Shorn schroefde de dop eraf en haalde behoedzaam de tor eruit, die nog in de zakdoek gerold was, waarna hij hem op de werkbank legde. Circumbright wees naar een schaalverdeling die op verschillende plaatsen aangloeide. Hij wilde iets zeggen, maar Shorn gebaarde dat hij moest zwijgen en wees naar de tor. Circumbright knikte en schreef: *De onderste lijnen zijn waarschijnlijk ruis van de krachtbron. De scherpe lijn bovenaan is de draaggolf. Heel sterk.*

Shorn stopte de tor weer in de bus. Circumbright zei: "Als hij ongevoelig is voor infrarood, kunnen we hem uit elkaar halen en de stroom uitschakelen."

Shorn knikte weifelend. "Maar hoe komen we dat te weten?"

"Geef maar hier." Circumbright stak de draden van een oscillograaf achterin de ontvanger en stelde hem in op de zendfrequentie van de tor. De oscillograaf vertoonde een normale sinusgolf.

"Nu. Doe het licht uit."

Shorn zette de schakelaar om. De werkplaats was donker, op het dansende schijnsel van de oscillograaf en het matte rode licht van de infraroodprojector na. Circumbright's brede lichaam onderschepte het schijnsel van de projector. Shorn keek op het schermpje van de oscillograaf. De golf veranderde niet.

"Goed," zei Circumbright. "En ik geloof dat als ik mijn ogen inspan — of beter, reik eens in die kast en geef me de infraroodbril aan. Bovenste plank."

Hij was een kwartier bezig; toen verdween opeens de sinusgolf van het scherm. "Ah," zuchtte hij. "Dat is dat. Je kunt het licht nu weer aandoen."

Naast elkaar stonden ze te kijken naar de tor op de werkbank — een kleine zwarte torpedo van vijf centimeter lang met twee bolle, kristallen ogen opzij van de kop.

"Knap werk," zei Circumbright. "Inderdaad een product van de Alvac Corporatie. Ik zal met Graythorne praten; misschien kan hij de boel in het honderd schoppen."

"Wat denk je van een waarschuwingstoestel?"

Circumbright kneep zijn lippen op elkaar. "Elke tor heeft waarschijnlijk zijn eigen frequentie, anders raken de signalen in de war. Maar hun krachtbronnen hebben waarschijnlijk allemaal dezelfde frequentie. Ik kan wel iets improviseren dat je een paar dagen kunt gebruiken en daarna kan Graythorne ons speciale apparaten van Alvac bezorgen die gebaseerd zijn op het ontwerp van deze dingen."

Aan de andere kant van de werkplaats haalde hij een fles rode wijn tevoorschijn die hij naast Shorn neerzette. "Ontspan je maar even."

Een halfuur keek Shorn stil toe terwijl de ander steeds toonloos neuriënd standaardonderdelen aan elkaar soldeerde.

"Zo," zei Circumbright eindelijk. "Als een van die torren binnen honderd meter komt, gaat dit dingetje trillen, bonzen."

"Mooi." Shorn stak het apparaatje voorzichtig in zijn borstzak terwijl Circumbright zich in een leunstoel installeerde en een pijp stopte. Shorn volgde het proces nieuwsgierig; Circumbright maakte wel een kalme en onaangedane indruk, maar hij verraadde zich door bijvoorbeeld de tabak met meer kracht dan nodig aan te drukken.

"Ik hoorde dat er gister weer een Telek gedood is."

"Ja. Ik was erbij."

"Wie is die Geskamp?"

"Een grote blonde kerel. Is er nieuws over hem?"

"Hij is dood."

"Hm-m." Na een moment zei Shorn: "Hoe is dat gebeurd?"

"De Teleks leverden hem uit aan de federale politiecommandant in Knoll. Hij werd doodgeschoten toen hij probeerde te ontsnappen."

Shorn kreeg een gevoel of hij volgepompt werd met woede, alsof hij opzwol, alsof de druk op zijn gespannen spieren ondraaglijk werd.

"Wind je niet op," zei Circumbright rustig.

"Ik zal Teleks doden uit plichtsgevoel," zei Shorn. "Ik zal er niet van genieten. Maar — en ik schaam me het te moeten bekennen — ik wil de politiecommandant van Knoll doden."

"Het was hem niet zelf," zei de ander. "Twee van zijn onderge-schikten hebben het gedaan. En het kan natuurlijk zijn dat Geskamp inderdaad probeerde te ontsnappen. Morgen weten we het zeker."

"Hoezo?"

"We gaan de activiteiten een beetje uitbreiden. Als ze schuldig zijn, zullen we die twee tot voorbeeld stellen. Vannacht verdoven we ze om achter de waarheid te komen. Als ze voor de Teleks werken — dan gaan ze eraan." Hij spoog op de vloer. "Hoewel ik het etiket van terreur-beweging verafschuw."

"Wat kunnen we anders doen? Als we ze alleen een bekentenis afdwongen en ze overgaven aan de justitie, dan kregen ze een berisping en werden weer losgelaten."

"Maar al te waar," zei Circumbright, nadenkend pijprokend.

Shorn schoof rusteloos heen en weer op zijn stoel. "Het maakt me bang, hoe dringend het allemaal is — en hoe weinig mensen beseffen dat! Er is vast nog nooit een noodsituatie geweest die zo weinig aan-dacht kreeg! Over een week, of een maand, of drie maanden, zijn er op Aarde meer dode mensen dan levende, tenzij we de hele bende tegelijk te pakken krijgen in het stadion."

Circumbright zoog aan zijn pijp. "Will, soms vraag ik me af of we het hele conflict niet van de verkeerde kant benaderen."

"Hoe bedoel je?"

"Misschien zouden wij, in plaats van de Teleks aan te vallen, moeten proberen meer te leren van de aard van telekinese."

Shorn zette een gemelijk gezicht. "De Teleks zelf weten niet eens hoe het werkt."

"Vogels kunnen je ook weinig vertellen over aerodynamica. De Teleks hebben een nadeel dat helemaal niet in het oog loopt — het functioneren gaat ze te makkelijk af, ze worden helemaal niet gedwongen om na te denken. Om een dam te bouwen, pakken ze een berg en verhuizen die naar een dal. Als de dam bezwijkt pakken ze een nieuwe berg, maar een rekenliniaal zien ze nooit. In dit opzicht zijn zij een stap terug in plaats van een vooruitgang."

Shorn sloot en opende langzaam zijn handen, keek ernaar alsof hij ze voor het eerst zag. "Ze worden meegesleurd in de stroom van het leven, zoals wij allemaal. Het is een aspect van de menselijke tragiek dat er geen compromis kan zijn; of zij gaan eraan, of wij."

Circumbright slaakte een diepe zucht. "Ik heb mijn hersens afgepijnigd... Een compromis. Waarom kunnen twee verschillende soorten mensen niet vreedzaam samenleven? Onze vermogens vullen elkaar aan."

"Vroeger gold dat. Tijdens de eerste generatie. Toen waren de Teleks nog gewone mensen, alleen was het wat vreemd dat ze altijd zoveel geluk hadden. Toen kwam Joffrey met zijn Telekinetisch Congres, de versterking, de katalyse, de doorbraak of wat het ook was — en opeens zijn ze anders."

"Als er geen idioten waren," zei Circumbright, "bij hen niet en bij ons niet, dan konden we samen op deze planeet wonen. Dat is het zwakke punt in onderhandelingen over een compromis — het bestaan van idioten, aan beide zijden."

"Ik volg je niet helemaal."

Circumbright gebaarde met zijn pijp. "Er zullen altijd Telek-idioten zijn die de gewone mensen tegen de haren instrijken; vervolgens zullen de normale idioten hinderlagen leggen voor de Telek-gekken, en de Teleks zullen zeer verontrust worden, vooral daar er tegenover iedere Telek veertig gewone gekken staan die hem graag zouden vermoorden. Dus gebruiken ze geweld, de macht der verschrikking. Onherroepelijk, onvermijdelijk. Maar — zij hebben een keus. Ze zouden de Aarde kunnen verlaten, ergens op de planeten kunnen gaan wonen die ze beweren te bezoeken; ze kunnen een dictatuur vestigen op Aarde; of ze kunnen terugkeren tot de mensheid, hun telekinetische vermogens helemaal opgeven. Dat zijn de mogelijkheden die voor hen openstaan."

"En voor ons?"

"Wij onderwerpen ons of we dagen hen uit. In het eerste geval worden we slaven. In het tweede doden wij de Teleks, verjagen ze, of gaan zelf allemaal dood."

Shorn nam een slok wijn. "We zouden ook allemaal Teleks kunnen worden."

"Of een wetenschappelijke methode kunnen vinden om telekinese te beheersen of op te heffen." Circumbright schonk zichzelf aandachtig een centimeter wijn in. "Mijn eigen voorkeur is het onderzoeken van de laatste mogelijkheid."

"Je krijgt nergens voet aan de grond."

"O, dat weet ik nog niet. Er bestaat een aantal waarnemingen. Telekinese en teleportatie zijn al duizenden jaren bekend. Pas de concentratie van telekinetisch begaafden op het Congres van Joffrey was voldoende om het vermogen volledig te ontwikkelen. We weten dat Telek-kinderen ook telekinetisch begaafd zijn, maar of het door besmetting of door erfelijkheid komt weten we niet zeker."

"Allebei, waarschijnlijk. Een genetische aanleg én onderwijs door de ouders."

Circumbright knikte. "Ja. Maar zoals je weet, ze belonen gewone mensen in zeldzame gevallen door Teleks van ze te maken."

"Blijkbaar is het vermogen in iedereen latent aanwezig."

"Er bestaat veel literatuur over vroege experimenten en waarnemingen. De zogenaamde spiritualistische studie van klopgeesten en huisduivels is misschien van betekenis."

Shorn deed er het zwijgen toe.

"Ik heb getracht het onderwerp systematisch te benaderen," vervolgde Circumbright, "het logisch te behandelen. De eerste vraag lijkt mij: is de wet van behoud van energie van toepassing of niet? Als een Telek een ton ijzer door de lucht laat zeilen door ernaar te kijken, schept hij dan energie of put hij energie uit een onbekende bron? Dat is niet zonder meer te bepalen."

Shorn rekte zich uit en geeuwde. "Ik heb een metafysische opinie gehoord, namelijk dat de Telek niets anders dan zelfvertrouwen gebruikt. Het heelal dat hij waarneemt heeft alleen realiteit in zijn geest. Hij ziet een stoel: het beeld van een stoel bestaat in zijn geest. Hij beveelt de stoel door de kamer te bewegen. Zijn zelfvertrouwen is zo groot dat hij, in zijn geest, denkt de stoel te zien bewegen, en hij baseert zijn handelingen op die veronderstelling. Op een of andere manier wordt hij niet teleurgesteld. Met andere woorden, de stoel heeft zich verplaatst omdat hij gelooft dat hij hem verplaatst heeft."

Circumbright lurkte vreedzaam aan zijn pijp.

Shorn grijnsde. "Ga verder. Sorry dat ik je onderbrak."

"Waar komt die energie vandaan? Is de geest een bron, een klep, een instrument voor afstandsbediening? Dat zijn de drie mogelijkheden. Een kracht wordt uitgeoefend, de geest dirigeert die kracht. Maar ontspringt die kracht aan de geest, wordt hij gebundeld, gekanaliseerd door de geest, of werkt de geest als een soort modulator?"

Shorn schudde nadenkend zijn hoofd. "Het soort energie is dan nog niet gedefinieerd. Anders begrepen we misschien ook de functie van de geest in dit verband."

"Of andersom. Dat kan ook. Maar kijk eens naar die kracht als je wilt. In alle gevallen beweegt een voorwerp zich in één richting. Dat wil zeggen, niemand heeft een explosie of een implosie waargenomen. Het voorwerp als geheel beweegt. Hoe? Waarom? Je kunt zeggen dat de geest een krachtveld projecteert, maar dat is geen antwoord, alleen een nieuwe omschrijving op een even hoog niveau van abstractie."

"Misschien kan het verstand klopgeesten aan het werk zetten — wezens zoals de oude Perzische djinns."

Circumbright klopte de as uit zijn pijp. "Die mogelijkheid heb ik ook overwogen. Wie zijn dan die klopgeesten? De zielen van de doden? Een soort spoken? Een vraag zonder antwoord. Waarom kunnen de Teleks ze dan wél aan het werk zetten en gewone mensen niet?"

Shorn grinnikte. "Ik hoop dat het retorische vragen zijn, want ik ken de antwoorden ook niet."

"Misschien is er een vorm van zwaartekracht aan het werk. Stel je een komvormig zwaartekrachtveld voor, rond het voorwerp, met de open zijde in de richting waarin de Telek het voorwerp bewegen wil.

Ik heb niet uitgerekend hoe groot de gravitatieversnelling is die opgewekt wordt door materie van gemiddelde dichtheid, van hier tot in het
oneindige, maar ik veronderstel dat die te verwaarlozen is. Misschien
een millimeter per dag. Weg dus met het komvormig zwaartekrachtveld; evenzo met een methode om het voorwerp in één bepaalde
richting ondoorlaatbaar voor neutrino's te maken."

"Klopgeesten, zwaartekracht, neutrino's — allemaal geëlimineerd.
Wat blijft er dan nog over?"

Circumbright grinnikte. "De klopgeesten heb ik niet geëlimineerd.
Maar ik hel over naar de Organische Theorie. Dat is de opvatting dat
alle geesten en alle materie van het heelal onderling verbonden zijn,
ongeveer zoals de hersencellen en het zenuwweefsel van het lichaam.
Als sommige van deze hersencellen een band vormen die hecht genoeg
is, zijn ze in staat bepaalde trekkingen van het lichaam van het heelal te
beheersen. Hoe? Waarom? Dat weet ik niet. Het is ook maar een idee,
een zeer antropomorf idee."

Shorn staarde peinzend naar het plafond. Circumbright was een
drievoudig geleerde. Niet alleen opperde hij theorieën, niet alleen
ontwierp hij kritische proefnemingen om de geldigheid van zijn theorieën te testen, maar ook was hij een deskundig laboratoriumtechnicus.
"Doet die theorie je aan een praktische toepassing denken?"

Circumbright krabde aan zijn oor. "Nog niet. Ik moet nog kruis-
bestuiving plegen met een paar andere opvattingen. Zoals de
metafysische ideeën die je daarnet ter sprake bracht. Als ik maar een
Telek had die zich aan proefnemingen wilde onderwerpen, dan kwamen we misschien ergens…en ik geloof dat ik daar dr. Kurgill hoor."

Hij slofte naar de deur. Toen hij hem opende, zag Shorn dat hij
verstijfde.

Een diepe stem zei: "Hallo Circumbright, dit is mijn zoon Cluche.
Gorman Circumbright, een van onze meest vooraanstaande tactische
leiders."

De Kurgills kwamen de werkplaats in. De vader was klein en mager
en had aapachtig lange armen en een komische apenkop met een hoog
voorhoofd, een brede bovenlip, een platte neus. De zoon leek niet in
het minst op zijn vader. Het was een opvallende jongeman met edele
trekken, een trotse kastanjebruine kuif en hij kleedde zich uitermate

opzichtig in een stijl die aan de Teleks deed denken. De oudere man was spraakzaam, vriendelijk en gemoedelijk; de jongen keek en bewoog zich behoedzaam.

Circumbright keerde zich naar Shorn. "Will —" begon hij, en zweeg toen. "Neem mij niet kwalijk," zei hij tegen de Kurgills. "Als jullie willen gaan zitten, dan kom ik zo bij jullie."

Hij haastte zich naar de naastgelegen opslagkamer. Shorn stond daar in de schaduw te wachten.

"Wat is er?"

Shorn pakte Circumbright's hand en hield die tegen de waarschu-wer in zijn zak.

Circumbright richtte zich met een schok op. "Hij trilt!"

Shorn keek omzichtig naar de werkplaats. "Hoe goed ken je die mensen?"

"De doctor is een jeugdvriend, ik zou voor hem door het vuur gaan."

"En zijn zoon?"

"Ik weet het niet."

Ze staarden elkaar aan, keken toen als bij ingeving tegelijk door de deurspleet. Cluche Kurgill was in de stoel gaan zitten waaruit Shorn was opgestaan. Zijn vader stond voor hem, comfortabel op zijn tenen balancerend, zijn handen op zijn rug.

"Ik durf te zweren dat er geen tor langs ons is geglipt toen ik de deur opendeed," fluisterde Circumbright.

"Dat is geloof ik ook niet gebeurd."

"Dat betekent dat een van beiden hem bij zich draagt."

"Misschien is het geen opzet, weten ze er niets van. Maar hoe wisten de Teleks dat zij hier zouden komen?"

Circumbright zuchtte. "Dat kunnen ze maar op één manier weten."

"De tor bevindt zich ergens waar hij zelf wel zien kan, maar niet gezien kan worden, of in ieder geval niet opvalt." Tegelijk keken ze naar de sierlijke hoofdtooi die Cluche aan één kant van zijn hoofd droeg: een zachte rol grijsgroen leer, met een lint over zijn haar gebonden, waarvan een bosje maanopalen langs zijn oor bengelde.

Circumbright zei benauwd: "We kunnen elk moment vernietigd worden. Een explosie…"

Langzaam zei Shorn: "Ik denk niet dat ze een explosie zullen sturen. Zolang ze denken dat wij niets vermoeden, zullen ze hun tijd beiden."

"Wat stel je dan voor?" vroeg Circumbright schor.

Shorn aarzelde even. Toen zei hij: "We zitten in een verschrikkelijk riskante situatie. Heb jij een narcohypnotische injectienaald bij de hand?"

Circumbright knikte.

"Dan kunnen we misschien..."

Twee minuten later voegde Circumbright zich weer bij de Kurgills. De oude doctor was in een goede stemming. "Gorman," zei hij, "ik ben heel trots op Cluche hier. Hij is altijd een deugniet geweest, maar nu heeft hij besloten iets van zijn leven te maken."

"Mooi." Circumbright's hartelijke stem had een holle klank. "Als hij onze overtuiging is toegedaan, zou ik hem meteen kunnen gebruiken — maar ik wil niet dat hij iets doet dat tegen zijn —"

"O nee, helemaal niet," zei Cluche. "Wat is het probleem?"

"Wel, Shorn is net vertrokken naar een heel belangrijke vergadering — met de districtsleiders — maar hij heeft zijn codeboek vergeten. Een gewone boodschappenloper kan ik natuurlijk niet vertrouwen, maar als jij het codeboek zou willen bezorgen, zou je ons een grote dienst bewijzen."

"Als ik helpen kan, doe ik het graag," zei Cluche. "Met plezier."

Zijn vader keek apetrots. "Cluche heeft mij betrapt. Hij kwam er eergister achter, en nu wil hij zich met alle geweld ook in de ondergrondse storten. Natuurlijk vind ik dat verheugend, ik ben blij dat hij naar zijn vader aardt. Hij zal goed werk kunnen doen."

Circumbright zei: "Kan ik dan op je rekenen? Je moet mijn instructies wel precies opvolgen."

"Dat is in orde, meneer, ik zal u met plezier helpen."

"Goed," zei Circumbright. "Om te beginnen moet je je verkleden. Zo val je te veel op."

"Och kom," protesteerde Cluche. "Een jas erover is toch zeker wel —"

"Nee!" zei Circumbright. "Je moet je vanaf je huid kleden als dokwerker. Met een jas alleen verberg je die hoofdtooi niet. Hiernaast liggen kleren. Kom maar mee, ik zal het licht aandoen."

Hij hield de deur open; met tegenzin stapte Cluche erdoor.

De deur ging dicht. Shorn omklemde geoefend Cluche's nek en begroef zijn sterke vingers deskundig in de motorische zenuwen. Cluche verstijfde, trillend over zijn hele lichaam.

Circumbright sloeg een pijltje vol verdovend middel tegen zijn hals en graaide toen in Cluche's hoofdtooi. Hij voelde een glad voorwerpje met twee bolle ogen als van een donderkopje. Rustig zei hij: "Waar is die lichtknop nu…" Hij stopte de tor in een zak. "Hier is hij. Nu die hoofdtooi van je. Ik zal hem in de kast hangen; daar komt niemand eraan tot je terug bent."

Hij knipoogde naar Shorn en schoof de zak in een zware metalen gereedschapskist.

Ze keken neer op de languit op de grond liggende jongen. "Veel tijd is er niet," zei Circumbright. "Ik zal Kurgill naar huis sturen en dan moeten we zelf verdwijnen." Spijtig keek hij de kamer rond. "Er staan hier een boel dure toestellen… Maar we kunnen wel weer aan nieuwe komen."

Shorn klakte met zijn tong. "Wat zeg je tegen Kurgill?"

"Um-m. De waarheid zou zijn dood zijn."

"Cluche werd vermoord door de Teleks. Hij stierf terwijl hij het codeboek verdedigde. De Teleks hebben zijn naam, dus moet hij zelf onderduiken."

"Vanavond nog. Ik zal hem waarschuwen dat hij zich gedekt moet houden, bijvoorbeeld bij Capistrano, en dan vertellen we hem het slechte nieuws. Zodra hij vertrokken is, verdwijnen wij met Cluche via de achterdeur naar Laurie."

Cluche Kurgill zat in een stoel en staarde nietsziend voor zich uit. Circumbright leunde pijprokend achterover. In een witte pyjama en een lichtbruine badjas lag Laurie op een bank in de hoek op haar zij toe te kijken; Shorn zat naast haar.

"Hoelang spioneer je al voor de Teleks, Cluche?"

"Drie dagen."

"Vertel maar."

"Ik vond een paar aantekeningen van mijn vader die erop duidden dat hij lid was van een ondergrondse organisatie. Ik had geld nodig. Ik meldde het aan een politiesergeant van wie ik wist dat hij er belang in zou stellen. Hij wou dat ik hem de details vertelde; dat weigerde ik. Ik wilde spreken met een Telek. Ik bedreigde de politieman —"

"Hoe heet hij?"

"Sergeant Henry Lewis, van het bureau Moxenwohl."

"Ga verder."

"Uiteindelijk regelde hij een onderhoud met Adlari Dominion. Ik ontmoette hem in de Pequinade in Vireburg. Hij gaf me duizend kronen en een spioneercel die ik steeds bij me moest dragen. Als er iets belangwekkends gebeurde, moest ik op de aandachtsknop drukken."

"Wat waren je instructies?"

"Ik moest een samenzweerder worden, net als mijn vader, en hem zo veel mogelijk vergezellen. Als mijn activiteiten tot resultaat hadden dat belangrijke personen gearresteerd werden, zouden ze misschien een Telek van me maken, suggereerde hij."

"Zinspeelde hij erop hoe deze metamorfose in zijn werk gaat?"

"Nee."

"Wanneer moet je weer contact opnemen met Dominion?"

"Morgenmiddag om twee uur, per visifoon, in zijn Glariettapaviljoen."

"Met een wachtwoord of identificatiecode?"

"Nee."

Een paar minuten lang heerste er stilte in de kamer. Shorn stond op. "Gorman — als ik eens een gedaanteverwisseling onderging. Als ik eens een Telek werd."

Circumbright kauwde bedachtzaam op de steel van zijn pijp. "Dat zou nuttig zijn. Ik zie alleen niet helemaal hoe je dat voor elkaar wilt krijgen. Tenzij," besloot hij droog, "je ons allemaal uit wilt leveren aan Adlari Dominion."

"Nee. Maar kijk eens naar Cluche. En dan naar mij."

Circumbright keek, grijnsde, ging rechtop zitten.

Shorn zag hem verwachtingsvol aan. "Is het te doen?"

"O. Ik denk het wel. Meer neus, een langere kin, vollere wangen, een massa rood haar —"

"En zijn kleren."

"Je kunt wel voor hem doorgaan."

"Vooral als ik met inlichtingen kom."

"Dat begrijp ik nu juist niet. Wat kun je Dominion vertellen dat hem plezier doet maar ons geen schade toebrengt?"

Shorn vertelde het hem.

Circumbright pafte op zijn pijp. "Dat is een zware beslissing. Maar het is een goede ruil. Tenzij hij het uit andere bron al weet."

"Geskamp bijvoorbeeld? In dat geval verliezen we er niets bij."

"Dat is waar." Circumbright ging naar de visifoon. "Tino? Kom met je spullen naar —" Hij keek Laurie aan. "Wat is het adres?"

"Twee-negen twee-vier veertien Martinvelt."

V

De roodharige man bewoog zich op een pezige, gespannen manier die niets met de manier van lopen van Cluche Kurgill te maken had. Laurie inspecteerde hem kritisch.

"Loop langzamer, Will. Zwaai niet zo met je armen. Cluche was een slome vent."

"Hoe doe ik het nu?" Shorn liep de kamer door.

"Zo is het beter."

"Goed. Ik ga. Wens me geluk. Eerst ga ik naar de oude werkplaats om Cluche's spioneercel op te halen. Het zou onwaarschijnlijk aandoen als hij die daar liet liggen."

"Is dat niet riskant?"

"Ik geloof het niet. Ik hoop het niet. Als de Teleks van plan waren de werkplaats te vernietigen, zouden ze dat gisteravond al gedaan hebben." Hij wuifde abrupt en vertrok.

Hij nam de glijweg, de lome, hooghartige houding na-apend die hij met Cluche associeerde. 's Morgens was het bewolkt en somber geweest, met enkele spetters koude regen, maar tegen de middag klaarde het wat op. De zon straalde door gaten in het jachtende wolkendek en de grote grauwe gebouwen van Tran stonden erbij als fiere heersers. Shorn wierp zijn hoofd in zijn nek. Het was de grandeur van louter massa, maar toch indrukwekkend. Hij gaf de voorkeur aan constructies op bescheidener schaal, gebouwen die woonruimte boden aan een kleiner aantal, meer individualistisch ingestelde mensen. Hij dacht aan de oude tempels rond de Middellandse Zee, met hun opzichtige kleuren groen, blauw en roze, hoewel het marmer nu witgebleekt was. Zulke individuele uitingen waren mogelijk, soms zelfs verplicht, in de monarchieën van weleer. Vandaag was iedereen, hoewel in theorie zijn eigen meester, verplicht zich aan zijn medemensen aan te passen als een onderdeel in een enorm raderwerk. De kleuren en tinten van de cultuur vervloeiden tot het gemene veelvoud, de melange van alle kleuren: grauw. De gebouwen werden groter en breder om economische redenen — zo werd het volume tot de derde macht verheven maar het oppervlak slechts gekwadrateerd. Het motief was utiliteit, massabeleid, en iedere bewoner sneed de hoeken en randen van zijn persoonlijkheid af tot alleen de gemeenschappelijke, fundamentele kern overbleef — een stevig dak, warm en koud water, goed licht, ventilatie en een goede lift.

Mensen die in massa's woonden, bedacht Shorn zich, waren als kiezels op het strand, die allemaal hun buurman schuurden en polijstten tot ze allemaal volkomen eenvormig waren. Kleur en levenslust vond men alleen nog in de wildernis en bij de Teleks. Stel je een wereld vol Teleks voor, stel je voor dat de vierduizend vermenigvuldigd werden tot vierhonderd miljoen, vier miljard! Eerst zouden de steden verdwijnen. Er zouden geen concentraties van mensen meer zijn, geen reusachtige grijze gebouwen meer, geen gekanaliseerde stromen mannen en vrouwen. De mensheid zou exploderen als een nova. De steden zouden verweren en instorten als grote treurige omhulsels, de laatste monumenten van de middeleeuwen. De Aarde zou te klein zijn, te beperkt. Daar waren de planeten, waar de Teleks volgens eigen zeggen naar believen rondzwierven. Overspoel Mars met blauwe oceanen, filtreer de lucht van Venus; Neptunus, Uranus, Pluto — haal ze naar binnen, geef ze warme nieuwe banen dichter bij de zon. Haal zelfs Saturnus naar de zon, zo groot en toch met een oppervlaktezwaartekracht die maar iets sterker was dan op Aarde... Maar deze grote werken, als die nu eens de telekinetische energie uitputten, waar die dan ook vandaan kwam? Als de Teleks op een kwade morgen ontwaakten en merkten dat hun kracht verdwenen was! Dan — de kristallen luchtkastelen zouden vallen! Voedsel, onderdak en warmte moesten gevonden worden en dan waren er geen veilige grauwe steden meer, geen mierenhopen van gebouwen, geen van de alledaagse energieën van metaal en warmte en elektriciteit! Wat een ramp! Wat een geklaag en gevloek!

Shorn zuchtte diep. Dromerij. De telekinetische energie kon heel goed oneindig zijn. Of op het punt staan om op te raken. Dromerij, niet van belang voor zijn huidige doel.

Hij fronste. Misschien was het wél belangrijk. Misschien was er een stille stroomketen in zijn geest aan het werk die hem langzaam voorbereidde op nieuwe inzichten...

Daar was de amusementskelder. Met een schuldig gevoel realiseerde Shorn zich dat hij op zijn eigen manier had gelopen, helemaal niet als Cluche Kurgill. Zulke details kon hij beter niet uit zijn aandacht laten glippen; één vergissing en alles was afgelopen.

Hij liep de trap af, wandelde door de speelzaal langs de klikkende, gloeiende, zoemende machines waar de mensen die zich verzetten tegen de voorspelbaarheid van hun leven zich synthetische verrassing kochten.

Zonder dat iemand hem staande hield liep Shorn door de deur met het opschrift *Personeel*, maar bij de volgende deur aarzelde hij, zich afvragend of hij er wel aan had gedacht zijn sleutel mee te nemen, of er misschien een spioneertor in de schaduwen was verborgen die naar de deur keek.

Zo ja, was het waarschijnlijk dat Cluche Kurgill een sleutel had? Het lag binnen de grenzen van het mogelijke, besloot Shorn, en in ieder geval zou het geen argwaan wekken.

Hij tastte in zijn zak. De sleutel zat erin. Hij opende de deur en gedroeg zich hierna als een spion toen hij door de werkplaats liep.

Alles was zoals hij het de vorige avond achtergelaten had. Vlug ging hij naar de gereedschapskist, haalde de zak eruit, pakte de tor en stak hem voorzichtig in zijn hoofdtooi.

Nu — zo snel mogelijk weg. Hij keek op zijn horloge. Twaalf uur. Om twee uur had Cluche een afspraak met Adlari Dominion, hoofd van het Verbindingscomité van de Teleks.

Shorn lunchte slecht op zijn gemak in een hoek van het Koopmansbeurs Voedselarium, een enorme zaal met een laag plafond, waarin de tafels met de precisie van een tegelvloer geplaatst waren. Het voedsel schoof langs in een glazen vitrine met twee verdiepingen op een lopende band. Shorn's hoofd jeukte ontzettend onder de rode pruik, maar hij durfde zich niet te krabben uit angst Tino's kunstwerk te vernielen. Ten tweede was het Voedselarium, het domein van gehaaste werkers tussen de middag, niet in overeenstemming met het karakter van Cluche Kurgill. Tussen het grijs en het doffe groen en bruin viel hij met zijn luisterrijke Telek-kledij op als een flamingo in een kippenhok. Hij zag vijandige blikken op zich gericht. De Teleks werden benijd, maar met ontzag behandeld; iemand van hun eigen soort die de Teleks na-aapte werd veracht met de haat die de mensen niet op de Teleks zelf konden botvieren.

Shorn at snel en vertrok weer. Hij volgde de Zykesteeg naar het Multiflorespark, waar hij heen en weer slenterde tussen de stoffige esdoorns.

Om twee uur nam hij zwaar plaats in een visifooncel en drukte het nummer van het Glariettapaviljoen. De verbinding kwam met een klik tot stand en het scherm ging aan met een fraaie zwart-wittekening van het paviljoen terwijl een stroeve mannenstem sprak: "Glarietta."

"Ik wil met Adlari Dominion spreken; hier spreekt Cluche Kurgill."

Nu verscheen er een mager gezicht dat Shorn onderzoekend en brutaal opnam. Het had een lompe neus en fletse blauwe ogen die scheefstonden als bij een vogel. "U wenst?"

Shorn fronste. Eén belangrijk detail had hij verzuimd te vragen; hij kon moeilijk bij de man op het scherm informeren of hij Adlari Dominion was, die hij zogenaamd drie dagen tevoren had ontmoet.

"Ik had een afspraak voor vandaag twee uur," zei hij, de man nauwlettend observerend.

"Je kunt aan mij verslag uitbrengen."

"Nee," zei Shorn, nu zeker van zijn zaak. Deze man was te opdringerig, te autoritair. "Ik wil met Dominion zelf spreken. Wat ik te zeggen heb is niet voor uw oren bestemd."

Het magere gezicht zag hem fel aan. "Dat zal ik wel beoordelen; Dominion kan niet elke vijf minuten lastig worden gevallen."

"Als Dominion merkt dat u mij belet met hem te spreken, zal hij niet verheugd zijn."

Het magere gezicht werd rood. Zijn hand zwaaide op, het scherm werd lichtgroen. Shorn wachtte af.

Nu verscheen er een lichte kamer met hoge witte muren in beeld.

De ramen zagen uit op wolken die blonken in de zon. Een man die even mager was als degeen die het gesprek had aangenomen, maar dan donker en met grijs haar en oliezwarte ogen, keek hem rustig aan. Onder de priemende blik van die scherpe ogen voelde Shorn zich plots ongerust worden. Zou zijn vermomming de test doorstaan?

"Wel Kurgill, wat heb je me te vertellen?"

"Ik moet u in eigen persoon spreken."

"Dat is niet raadzaam," zei Dominion. "Heb je geen vertrouwen in de visifoon? Ik verzeker je dat de lijn niet afgetapt wordt."

"Nee. De visifoon vertrouw ik wel. Maar — ik ben op iets groots gestoten. Ik wil zeker stellen dat ik krijg wat mij toekomt."

"O." Dominion deed geen poging zijn woorden verkeerd uit te leggen. "Hoelang werk je nu al?"

"Drie dagen."

"En nu al verwacht je de grootste beloning die wij vermogen te schenken?"

"Het is het waard. Als ik een Telek ben, is het in mijn voordeel u te helpen. Zo niet — dan niet. Zo eenvoudig ligt de zaak."

Dominion fronste. "Jij bent nauwelijks bevoegd om de waarde van je inlichtingen zelf te bepalen."

"Als ik nu eens wist van een hersenziekte die alleen Teleks aantastte. Als ik wist dat binnen een jaar de helft of driekwart van alle Teleks dood zou zijn?"

Dominion's gezicht veranderde niet in het minst. "Natuurlijk wil ik er meer van weten."

Shorn zei niets.

Dominion sprak langzaam: "Als jij dergelijke inlichtingen bezit, en wij kunnen ze verifiëren, dan zul je passend beloond worden."

Shorn schudde zijn hoofd. "Ik wil het risico niet lopen. Dit is de kans van mijn leven; ik moet heel zeker weten dat ik krijg wat ik hebben wil, misschien is het de enige kans die ik krijg."

Dominion's mond verstrakte, maar hij zei betrekkelijk kalm: "Ik heb begrip voor je standpunt."

"Ik wil naar het paviljoen komen. Maar een woord van waarschuwing: tenslotte kan het geen kwaad als vrienden elkaar goed begrijpen."

"Dat is waar."

"Tracht niet mij met narcotica te bewerken. Ik heb een cyanide-capsule in mijn mond. Ik dood mezelf liever dan dat ik iets voor niets geef."

Dominion lachte grimmig. "Goed Kurgill. Executeer jezelf niet per ongeluk door die capsule in te slikken."

Shorn grijnsde ook. "Alleen bij wijze van protest. Hoe kom ik naar Glarietta?"

"Neem een taxi."

"Zo, openlijk?"

"Waarom niet?"

"Bent u niet bang voor contraspionage?"

Dominion's ogen werden spleetjes, hij hield zijn hoofd schuin. "Ik dacht dat we dat bij onze vorige ontmoeting hadden besproken."

Shorn paste wel op Dominion niet tegen te spreken. "Goed, ik kom eraan."

Het Glariettapaviljoen zweefde hoog boven de oceaan, een wolken-kasteel uit een sprookjesboek — schitterende witte terrassen, rijen ranke torens met rode en blauwe parasoldaken, tuinen vol groen en klimplanten die over de randen hingen.

De taxi gleed neer op een landingsplaats. Shorn stapte uit. De chauffeur keek hem koel aan. "Moet ik wachten?"

"Nee, u kunt gaan." Met een wrang gevoel realiseerde Shorn zich dat hij op eigen kracht zou vertrekken, of helemaal niet.

Voor hem gleed een deur opzij. Hij trad binnen in een hal met wan-den van roestbruine, oranje, purperen en groene prisma's die glansden in het briljante licht van de hogere atmosfeer. In een verhoogde nis zat een jonge vrouw, een beeldschoon schepsel met gloeiend boterkleurig haar en een roomglad gezicht.

"Ja meneer?" vroeg ze, hoffelijk op een onpersoonlijke manier.

"Ik wil Adlari Dominion spreken. Ik ben Cluche Kurgill."

Ze raakte een toets aan. "Aan uw rechterhand."

Hij ging een glazen trap op die door een groene glazen buis wentelde en kwam uit in een wachtkamer met muren van gouddoorschoten rode steen die beslist niet op Aarde was gedolven. Donkergroene klimop hing als een sluier tegen een van de muren; ertegenover vormden witte zuilen een sierlijke omlijsting voor een herbarium vol groen licht en weelderige planten met rode en witte bloemen.

Shorn keek weifelend om zich heen. In de muur flitste een gouden licht aan en er verscheen een opening. Adlari Dominion stond in de opening. "Kom binnen, Kurgill."

Shorn stapte in het ziedende licht en even verloor hij Dominion uit het oog. Toen hij aan het verblindende licht gewend was, was Dominion gerieflijk gezeten in een hangmatstoel die in de lucht gehouden werd door een glinsterende, horizontaal uit de muur stekende stang. Een roodlederen rustbank was het enige andere meubelstuk. Drie van de wanden waren van transparant glas en gaven een luisterrijk uitzicht: wolken badend in het zonlicht, blauwe hemel, blauwe zee.

Dominion wees op de leren bank. "Ga zitten."

De bank was maar een paar decimeter hoog en Shorn zou gedwongen zijn om zijn nek te verrekken als hij Dominion wilde aankijken.

"Nee dank u. Ik sta liever." Hij zette een voet op de bank en monsterde de Telek koel van oog tot oog.

Dominion vroeg op kalme toon: "Wat heb je me te zeggen?"

Shorn begon te spreken, maar merkte dat het onmogelijk was in de smeulende zwarte ogen te kijken en tegelijk na te denken. Hij richtte zijn blik op een witte wolkentoren buiten het raam. "Natuurlijk heb ik over deze situatie zorgvuldig nagedacht. Als u dat ook gedaan hebt — en dat mag ik wel aannemen — dan weet u dat het geen zin heeft om te proberen elkaar te slim af te zijn. Ik bezit een inlichting van belang, van kritiek belang, voor een groot aantal Teleks. Ik wil deze inlichting ruilen voor de status van Telek." Hij keek even naar Dominion, wiens uitdrukking onveranderd bleef, en wendde toen zijn blik weer naar het raam.

"Ik probeer dit volkomen helder onder woorden te brengen, zodat we elkaar volledig zullen begrijpen. Ten eerste wil ik u eraan herinneren dat ik gif in mijn mond heb. Ik dood mezelf voor ik afstand doe van wat ik weet, en ik garandeer u dat u nimmer een tweede kans zult krijgen om te vernemen wat ik u kan zeggen." Shorn keek Dominion even ernstig aan. "Geen enkel hypnotiserend middel werkt snel genoeg om mij te beletten mijn cyanidecapsule kapot te bijten — genoeg daarover.

"Ten tweede: ik kan geen enkele mondelinge of schriftelijke

afspraak vertrouwen. De naleving ervan zou ik nooit kunnen afdwingen. U verkeert in een sterkere positie. Als u uw deel van de afspraak nakomt, en ik blijf in gebreke wat mijn deel betreft, dan kunt u nog steeds zorgen dat ik — gestraft word. Daarom, om uw goede wil te bewijzen, moet u de eerste stap doen.

"Met andere woorden, maak een Telek van mij. Dan zeg ik wat ik weet."

Dominion staarde hem een volle dertig seconden aan. Toen zei hij zacht: "Drie dagen geleden was Cluche Kurgill niet zo onbuigzaam."

"Drie dagen geleden wist Cluche Kurgill nog niet wat hij nu weet."

Dominion zei abrupt: "Ik begrijp je standpunt. Als ik in jouw schoenen stond, zou ik dezelfde voorwaarden stellen. Maar —" hij nam Shorn van top tot teen scherp op "— drie dagen geleden zou ik jou een ongewenste aanwinst hebben gevonden."

Shorn zette een hooghartig gezicht. "Als ik denk aan de Teleks die ik meegemaakt heb, begrijp ik niet waarom u zulke kritische maatstaven aanlegt."

"Je spreekt over dingen die je begrip te boven gaan," zei Dominion strak. "Denk je dat mensen als bijvoorbeeld Nollinrude, die net vermoord is, representatief zijn voor de Teleks? Denk je dat wij niet nadenken over onze toekomst?" Hij trok verachtelijk met zijn mond. "Er zijn krachten aan het werk waarvan jij het bestaan niet vermoedt, reusachtige blauwdrukken voor de toekomst liggen klaar. Maar genoeg daarover, dit zijn ideeën van hoog niveau."

Hij zweefde uit zijn stoel en daalde naar de vloer. "Ik stem in met je voorwaarde. Kom mee, dan beginnen we. Je ziet: wij zijn niet star. Als we willen, kunnen wij snel en doortastend optreden."

Hij leidde Shorn terug naar de groene glazen buis, schoot zelf naar boven en wachtte ongeduldig tot Shorn de trap beklommen had. "Kom." Hij stapte op een breed wit terras dat overstroomd werd door het zonlicht van de namiddag en liep recht naar een lage tafel waarop een marmeren kubus stond.

Hij reikte in een ruimte onder de tafel naar een kleine microfoon en sprak in het rooster. "De eerste tweehonderd naar Glarietta." Hij keerde zich naar Shorn. "Vanzelfsprekend zijn er bepaalde zaken waarmee je je vertrouwd zult moeten maken."

"Om een Telek te worden, bedoelt u?"

"Nee, nee," zei Dominion ongeduldig. "Dat is een simpele mechanische zaak. Je perspectief moet bijgesteld worden; je zult met een nieuwe instelling leven."

"Ik had geen idee dat er zoveel bij kwam kijken."

"Er is een heleboel dat je niet weet." Dominion maakte een bruusk gebaar. "We beginnen. Kijk naar dat blok marmer op de tafel. Beschouw het als een deel van jezelf, dat beheerst wordt door jouw zenuwimpulsen. Nee, niet omkijken; richt je aandacht op het marmer. Ik ga hier staan." Hij ging naar de tafel. "Als ik naar rechts wijs, verplaats je het blok naar rechts. Denk eraan, de kubus is een deel van je organisme, een deel van je vlees, net als je handen en voeten."

Er klonk gemompel en geritsel achter Shorn, maar gehoorzaam richtte hij zijn ogen op de kubus.

"Nu." Dominion wees naar links.

In gedachten beval Shorn de kubus naar links te gaan.

"De kubus is een deel van jou," zei Dominion. "Je eigen lichaam."

Shorn voelde een koele huivering op zijn huid. De kubus bewoog naar links.

Dominion wees naar rechts. Shorn commandeerde de kubus naar rechts. Het tintelende gevoel werd sterker. Het was of hij langzaam werd ondergedompeld in koel, koolzuurhoudend water.

Links. Rechts. Links. Rechts. De kubus scheen dichter bij hem te zijn, ofschoon hij zich niet had verroerd. Zo dichtbij als zijn hand. Zijn geest leek door een stugge kringspier in een nieuw medium te glippen, dat koel en weids was; hij zag de wereld plotseling als iets nieuws, iets dat deel van hemzelf uitmaakte.

Dominion verwijderde zich van de tafel. Shorn merkte nauwelijks dat de Telek niet langer richtingen aangaf. Hij verplaatste de kubus naar rechts, naar links, hief hem een meter of twee omhoog, dan tien meter, stuurde hem cirkelend hoog door de lucht. Toen hij hem met zijn ogen volgde, ontdekte hij dat er zwijgende Teleks achter hem stonden die uitdrukkingsloos toekeken.

Hij bracht de kubus terug naar de tafel. Nu wist hij hoe het moest. Hij verhief zichzelf in de lucht, bewoog over het terras, landde weer. Toen hij omkeek waren de Teleks verdwenen.

Dominion glimlachte koel. "Je kreeg met groot gemak vat op het marmer."

"Het voelt heel natuurlijk aan. Wat is de functie van de anderen, degenen die achter mij stonden?"

Dominion haalde zijn schouders op. "Wij weten weinig van het mechanisme. In het begin hielp ik je uiteraard met het verschuiven van de kubus, precies als de anderen. Geleidelijk lieten wij onze bemoeienis varen en toen deed je alles alleen."

Shorn rekte zich uit. "Ik voel me het midden van alles, het hart — zover ik zien kan."

Dominion knikte zonder interesse. "Nu — kom mee." Hij repte zich door de lucht. Shorn volgde hem, genietend van zijn nieuwe macht en vrijheid. Dominion pauzeerde even op de hoek van het terras, keek over zijn schouder. Shorn zag zijn gezicht nu onder een nieuwe hoek: witte, nogal geknepen trekken, listige scheve ogen, gefronste wenkbrauwen, de mond die een subtiele boog vormde. Shorn's opgetogenheid maakte opeens plaats voor behoedzaamheid. Dominion had de telekinetische indoctrinatie met verbazend gemak geregeld. Weliswaar was het de makkelijkste manier om de gewenste informatie te krijgen, maar hoe wraakzuchtig werd Dominion als hij een nederlaag te verwerken kreeg? Shorn peinsde over de uitdrukking die hij op Dominion's gezicht verrast had.

Het was een vergissing om te denken dat iemand, Telek of niet, zonder gemengde gevoelens de voorwaarden van een betaalde verrader zou aanvaarden.

Dominion zou zich beheersen tot hij vernam wat Shorn hem kon vertellen, en dan?

Shorn vloog langzamer. Hoe zou Dominion het willen regelen dat hij zich eerst nog kon verkneukelen voordat hij Shorn de genadeslag gaf? Gif leek het meest waarschijnlijk. Shorn grijnsde. Dominion zou het een prachtig vertoon van rechtvaardigheid vinden als Shorn met zijn eigen gif gedood werd. Een flinke stoot tegen zijn kaak zou de capsule doen breken.

Op een of andere manier zou Dominion er wel in slagen.

Ze gingen een grote, galmende zaal in die doordrenkt was met een geelgroen licht dat binnenviel door panelen hoog in de koepel.

De vloer was van marmer dat dooraderd was met zilver, in stijlvolle bakken stonden donkergroene planten. De lucht was fris en rook naar bladeren.

Dominion vloog er zonder stoppen doorheen. Shorn hield halverwege halt.

Dominion keek om. "Kom."

"Waarheen?"

Dominion's mond vertrok langzaam tot een grijns die onverbloemd gevaarlijk was. "Naar een plek waar we kunnen praten."

"Hier kunnen we praten. Ik kan u in tien seconden vertellen wat ik te zeggen heb. Of desgewenst breng ik u naar de plek des onheils."

"Goed," zei Dominion. "Openbaar mij de aard van het dreigende gevaar. Een hersenziekte, zei je?"

"Dat was bij wijze van spreken. Het gevaar dat ik bedoel is meer een ramp dan een ziekte. Laten wij in de open lucht gaan. Ik vind het hier benauwd." Hij grijnsde.

Dominion haalde diep adem. Het moest hem wel razend maken, dacht Shorn, dat hij gecommandeerd werd door en gehoorzamen moest aan een gewone man, en nog wel een verrader. Shorn maakte een onverschillig gebaar. "Ik ben van plan mijn deel van de afspraak na te komen. Laat daarover geen misverstand bestaan. Maar — ik wil met de buit vertrekken, als u begrijpt wat ik bedoel."

"Ik begrijp je best," zei Dominion. "Ik begrijp je heel goed." Hij paste zich aan en slaagde er bijna in een gul gezicht te zetten. "Maar misschien beoordeel je mijn motieven wel verkeerd. Je bent nu een Telek; wij gedragen ons volgens een strikte code die je zult moeten leren."

Shorn bracht een even hoffelijke uitdrukking op zijn gezicht als Dominion vertoonde. "Dan stel ik voor dat wij ons gesprek beneden op Aarde houden."

Dominion kneep zijn lippen samen. "Je moet je aanpassen aan de omgeving van de Telek — je moet denken, handelen als een Telek."

"Mettertijd," zei Shorn. "Momenteel ben ik ietwat in de war, het gevoel van macht heeft een sterk bedwelmende invloed."

"Blijkbaar tast het je behoedzaamheid niet aan," merkte Dominion droog op.

"Ik stel voor dat wij ons in ieder geval in de buitenlucht begeven, waar we op ons gemak kunnen praten."

Dominion zuchtte. "Uitstekend."

VI

Laurie liep rusteloos naar de drankenmachine en schonk thee voor zichzelf en koffie voor Circumbright in. "Ik kan blijkbaar niet stil blijven zitten..."

Circumbright bestudeerde haar bleke gezicht met de objectiviteit van de wetenschapsman. Als Laurie zich ooit zou verwaardigen de minste gekunsteldheid of coquetterie op te brengen, dacht hij, zou ze een bijzonder charmante vrouw worden. Hij bekeek haar goedkeurend terwijl ze naar het raam liep en naar de hemel staarde.

Er was niets te zien behalve de weerkaatste gloed van het licht van Tran, en niets te horen dan het zoemen van het verre verkeer.

Ze kwam terug naar de bank. "Heb je het doctor Kurgill gezegd... van Cluche?"

Circumbright roerde in zijn koffie. "Natuurlijk kon ik hem niet de waarheid zeggen."

"Nee." Laurie staarde nietsziend voor zich uit. Ze huiverde. "Ik ben nog nooit zo zenuwachtig geweest. Wie weet of—" Haar bange voorgevoelens waren niet in woorden om te zetten.

"Je bent nogal gek op Shorn, is het niet?"

De snelle blik, de opwaartse beweging van haar ogen, zeiden genoeg.

Stil zaten ze bij elkaar.

"Sst," zei Laurie. "Ik geloof dat hij komt."

Circumbright zei niets.

Laurie stond op van de bank. Beiden keken naar de deurkruk. Die bewoog. De deur gleed open. De gang was leeg.

Laurie hapte doodsbang naar adem. Er werd op het raam getikt.

Als de weerlicht draaiden ze zich om. Shorn was buiten. Hij hing in de lucht.

Een moment stonden ze als aan de vloer genageld. Shorn klopte op het raam; ze zagen dat zijn mond de woorden "Laat me erin" vormde.

Star liep Laurie naar het raam en gooide het open. Shorn sprong de kamer in.

"Waarom moest je ons bang maken?" zei Laurie verontwaardigd.

"Ik ben trots op mijn nieuwe talenten. Ik wilde ze even demonstreren." Hij schonk koffie in. "Jullie willen zeker mijn avonturen wel horen?"

"Natuurlijk!"

Hij ging aan de tafel zitten en beschreef zijn bezoek aan het Glariettapaviljoen. Circumbright luisterde rustig toe. "En nu?"

"En nu heb je een Telek om mee te experimenteren. Tenzij Dominion nog een manier bedenkt om mij op afstand te doden. Ik denk dat hij een onrustige nacht doormaakt."

Circumbright bromde.

"Eerst," vertelde Shorn, "stuurden ze een tor achter me aan. Daar rekende ik op. Zij wisten dat ik erop rekende. Ik raakte hem kwijt in het Museum voor Schone Kunsten. Toen begon ik te denken. Omdat ze wel zouden verwachten dat ik de tor zou lozen en me daarna veilig voelen, kwam het bij me op dat ze ongetwijfeld nog een andere manier hadden om me op te sporen. Ze hadden iets over mijn kleren gespoten, dat oplichtte onder niet-zichtbaar licht. Ik gooide Cluche's kleren, die ik toch niet kon waarderen, weg en waste me drie keer met solvicine en water, ontdeed me van de rode pruik, en Cluche Kurgill was verdwenen. Trouwens, waar is zijn lijk?"

"Op een veilige plek."

"Morgenochtend mag hij gevonden worden. Met een bord op zijn buik. 'Ik ben een Telek-spion.' Dominion hoort er natuurlijk van; hij denkt dat ik dood ben en dat is dan één probleem minder."

"Goed idee."

"Maar arme oude doctor Kurgill," wierp Laurie tegen. "Dat gelooft hij nooit."

"Nee... het zal wel niet."

Ze bekeek Shorn van top tot teen. "Voel je je anders dan eerst?"

"Ik voel me alsof de hele schepping een deel van mij is. Vereenzelviging met de kosmos, zou je het kunnen noemen."

"Maar hoe werkt het?"

Shorn dacht na. "Ik weet het echt niet. Ik kan die stoel bewegen zoals ik mijn arm beweeg, met ongeveer evenveel inspanning."

"Blijkbaar," zei Circumbright, "had Geskamp ze niets verteld van de mitrox onder het stadion."

"Ze hebben hem niets gevraagd. Ze hebben te weinig fantasie om op het idee te komen dat wij zoiets gruwelijks zouden kunnen bedenken." Shorn lachte. "Dominion was volkomen overdonderd. Hij stond perplex. Een paar minuten lang was hij mij geloof ik dankbaar."

"En toen?"

"Toen herinnerde hij zich weer dat hij kwaad op mij was, en begon te verzinnen hoe hij mij het best kon doden. Maar ik kwam pas met mijn onthulling toen we in de buitenlucht stonden; tegen een wapen kon ik me beschermen. Een kogel kon ik opzij denken, of zelfs terug naar hem; een hittepistool kon ik afbuigen."

"En als zijn wil ten opzichte van het pistool en de jouwe dan botsten?" vroeg Circumbright.

"Ik weet niet wat er dan zou gebeuren. Misschien niets. Zoals wanneer iemand aarzelt tussen twee opwellingen. Of misschien, als onze wil botste en er dus niet gebeurde wat wij wensten, zou ons zelfvertrouwen verdwijnen en vielen we in de oceaan. Want op dat moment stonden we een paar honderd meter boven de zee op het niets."

"Was je niet bang, Will?" wilde Laurie weten.

"Eerst wel, ja. Maar je went er gauw aan. Het is iets dat we in onze dromen allemaal hebben meegemaakt. Misschien is het maar een onnozel klein gebrek dat verhindert dat iedereen gebruik maakt van telekinese."

Circumbright bromde iets en begon zijn pijp te stoppen. "Misschien komen we daar wel achter, en achter andere dingen."

"Misschien wel. Nu al begin ik het leven en het bestaan vanuit een ander gezichtspunt te bekijken."

Laurie keek bezorgd. "Ik dacht dat alles hetzelfde was gebleven?"

"In wezen wel. Maar dit gevoel van macht — dat ik niet aan de grond gebonden ben —" Hij lachte. "Kijk elkaar niet zo aan. Ik ben niet gevaarlijk. Ik ben alleen een Telek in bruikleen. En nu: waar halen we drie drukpakken vandaan?"

"Op dit uur van de nacht? Ik weet het niet."

"Geeft niet. Ik ben een Telek. We vinden ze wel. Vooropgesteld natuurlijk dat jullie een bezoek aan de maan willen brengen. Een gratis reisje, met de complimenten van Adlari Dominion. Laurie, zou jij snel als het licht omhoog willen vliegen, snel als de gedachte in de Aardschijn willen staan, op de rand van de krater Eratosthenes, met uitzicht op de Mare Imbrium?"

Ze lachte ongemakkelijk. "Ik zou het heerlijk vinden, Will. Maar... ik ben ook bang."

"En jij, Gorman?"

"Nee. Gaan jullie twee maar. Ik krijg nog weleens een kans."

Laurie sprong overeind. Haar wangen waren roze, haar lippen rood en lachend van opwinding. Shorn bekeek haar plotseling met nieuwe blik. "Goed dan, Gorman. Morgen kun je met je proeven beginnen. Maar vanavond —"

Laurie voelde dat ze opgetild werd en door het raam gedragen.

"Vanavond," zei Shorn aan haar zijde, "doen we alsof wij zielen zijn — gelukkige zielen — die het heelal verkennen."

Circumbright woonde in een vrijwel verlaten buitenwijk ten noorden van Tran. Zijn huis was ruim en oud en verhief zich als een steigerend paard boven de Meynerivier. In alle richtingen was de hemel afgesloten door grote fabrieken, de lucht was zwanger van de dampen van gieterijen, zwavel, chloor, teer, de geur van verbrande aarde.

Binnen was het huis slordig en gezellig. Circumbright's eega was een lange, merkwaardige vrouw die tien uur per dag in haar studio was, waar ze honden en paarden beeldhouwde. Shorn had haar maar één keer ontmoet; zover hij wist had ze geen belangstelling voor de anti-Telek-activiteiten van haar man, en wist er zelfs niets van.

Shorn trof Circumbright liggend in de zon aan terwijl hij naar het langsstromende bruine rivierwater keek. Hij zat op een klein plankier dat hij blijkbaar met geen ander doel dan dit had gebouwd.

Shorn liet een linnen zakje in zijn schoot vallen. "Souvenirs."

Circumbright opende de zak zonder zich te haasten. Hij haalde er een handvol stenen uit die allemaal voorzien waren van een etiket. Hij bekeek de eerste steen, woog hem op zijn hand. "Agaat." Hij las het etiket. "Mars. Wel wel." Daarna pakte hij een kleine zwarte kei. "Gabbro? Van — even kijken. Ganymedes. Nou nou, jullie zijn een eind van huis geweest." Hij richtte zijn blauwe ogen op Shorn. "Telekinese schijnt je geen kwaad te hebben gedaan. Je bent die verwilderde, opgejaagde uitdrukking kwijt. Misschien moet ik zelf ook een Telek worden."

"Jij ziet er niet verwilderd en opgejaagd uit. Integendeel juist."

Circumbright keek weer naar de stenen. "Puimsteen. Van de Maan zeker." Hij las het opschrift. "Nee — Venus. Jullie hebben een flinke tocht gemaakt."

Shorn staarde naar de lucht. "Het is moeilijk te beschrijven. Natuurlijk is er een gevoel van eenzaamheid. Duisternis. Als in een droom. Op Ganymedes stonden we op een kraterwand van obsidiaan, vlijmscherp. Jupiter besloeg een derde van de hemel, met in het midden de rode vlek die naar ons keek. Een roze en blauwe schemer. Heel eigenaardig. Zwarte rots, de grote, lichte planeet. Het was... griezelig. Ik dacht: als het vermogen nu eens hapert, als we niet terug kunnen? Nogal een verkillende gedachte."

"Maar jullie hebben het gehaald."

"Ja, dat wel." Shorn ging zitten en strekte zijn benen. "Ik ben niet verwilderd en opgejaagd, maar wel verward. Twee dagen geleden had ik een stevige greep op mijn overtuigingen —"

"En nu?"

"Nu weet ik het niet."

"Wat niet?"

"Onze inspanningen. Het uiteindelijke effect, aannemende dat we slagen."

"Hm-m." Circumbright streek over zijn kin. "Wil je nog steeds meedoen aan proefnemingen?"

"Natuurlijk. Ik wil weten hoe en waarom telekinese werkt."

"Wanneer ben je klaar?"

"Wanneer je maar wilt."

"Nu?"

"Waarom niet. Laten we meteen beginnen."

"Eerst proberen we het met encefalografie."

Circumbright was moe. Zijn gewoonlijk engelachtig roze gezicht was afgetobd en toen hij zijn pijp stopte, trilden zijn vingers.

Achteroverhangend in een leren fauteuil keek Shorn hem vragend aan. "Waarom ben je zo van streek?"

De geleerde knipte verachtelijk met zijn vingers naar de papierwinkel op zijn werktafel. "Die verdomde ontoereikendheid van de techniek en van de instrumenten zit me dwars. Het is alsof je probeert miniaturen te schilderen met een bezem, alsof je een horloge repareert met een moersleutel. Kijk daar —" hij wees "— encefalogrammen. Iedere kwab van je hersens. Foto's — met röntgenstralen, doorsneden, prikkeling van de stofwisseling. We hebben je energiestromen zo nauwkeurig gemeten dat als je me een paperclip toegooide, ik hem wel ergens in die papieren zou vinden."

"En er is niets te vinden?"

"Niets suggestiefs. Golvende lijnen op de encefalogrammen. Toegenomen zuurstofabsorptie. Zwelling van de pijnappelklier. Allemaal grove bijproducten van wat er dan ook aan het gebeuren is."

Shorn gaapte en rekte zich uit. "Ongeveer wat we verwachtten."

Circumbright knikte zwaar. "Juist, ja."

VII

In Laurie's appartement in Martinvelt zaten Shorn en Circumbright koffie te drinken. De laatste was ongewoon nerveus en keek om de vijf minuten op zijn horloge.

Shorn keek hem vragend aan. "Wie verwacht je?"

Met een schichtige blik door de kamer zei Circumbright: "Er zullen hier wel geen spionerende torren in de buurt zijn."

"Volgens de detector niet."

"Ik wacht op de koerier. Ene Luby, van de Oostkust."

"Ik geloof niet dat ik hem ken."

"Anders zou je je hem wel herinneren."

Laurie zei: "Ik geloof dat ik hem hoor komen." Ze ging naar de deur. Luby kwam binnen, stil als een kat. Het was een man van veertig die er niet ouder uitzag dan zeventien. Zijn huid was zuiver goud van kleur, zijn gelaatstrekken waren scherp gesneden en knap, zijn haar was een kap van korte bronzen krullen. Shorn dacht aan de Italianen van de Renaissance — Cesare Borgia, Lorenzo de' Medici.

Circumbright stelde de koerier aan de anderen voor. Luby

reageerde met een knikje en een stralende blik. Daarna nam hij Circumbright apart en fluisterde hem een snelle stroom van woorden in het oor.

Circumbright fronste het voorhoofd, stelde een vraag; Luby schudde zijn hoofd en antwoordde ongeduldig. Circumbright knikte en Luby verliet zonder verder een woord te zeggen het vertrek, even stil als hij gekomen was.

"Er wordt een vergadering op hoog niveau gehouden — van beleidsmensen — in Portinari. Ze willen dat wij komen." Hij rees overeind maar bleef besluiteloos staan. "Ik denk dat we maar moeten gaan."

Shorn ging naar de deur en wierp een blik in de gang. "Luby beweegt zich bijna onhoorbaar. Is het niet ongewoon om de topmensen op één plaats samen te roepen?"

"Het is nog niet eerder voorgekomen. Het zal wel iets belangwekkends zijn."

Na een peinzend ogenblik zei Shorn: "Misschien is het beter om voorlopig niet te reppen over mijn nieuwe…vermogens."

"Goed."

Ze vlogen door de nacht naar het noorden, de heuvels in tot het meer van Paienza zich als een donkere vlek onder hen uitspreidde, omkranst door de lichten van Portinari.

De Poort van Portinari was een zeshonderd jaar oude herberg hoog op een heuvel met uitzicht op het meer en de stad. Ze landden op het zachte gras in de schaduw van hoge pijnbomen en liepen naar de achteringang.

Circumbright klopte aan en ze voelden dat ze stil geobserveerd werden.

Ten slotte ging de deur open. Een vrouw met een ijzerhard gezicht en een halo van ijzergrijs haar stond voor hen. "Wat wenst u?"

Circumbright mompelde een wachtwoord. Zwijgend trad de vrouw achteruit. Shorn voelde dat zij hem en Laurie zorgvuldig monsterde toen ze naar binnen gingen.

Een bruine man met zwarte ogen en gouden ringen in zijn oren stak een hand op. "Hallo, Circumbright."

"Hallo…Thursby, dit zijn Will Shorn en Laurita Chelmsford."

Shorn bestudeerde de bruine man belangstellend. De grote Thursby, volgens de geruchten de coördinator van de wereldwijde anti-Telek ondergrondse.

Er waren nog anderen in de kamer, die rustig en oplettend zaten te kijken. Circumbright knikte enkelen toe. Hij nam Laurie en Shorn apart.

"Ik ben verbaasd. De hersens van de beweging zijn hier." Hij schudde zijn hoofd. "Heel riskant."

Shorn bevoelde zijn detector. "Er zijn geen spioneertorren."

Er arriveerden nog meer mensen tot er uiteindelijk een vijftig mannen en vrouwen in het zaaltje aanwezig waren. Een van de laatsten die binnenkwamen was de jong-oude Luby.

Een gedrongen, donkere man stond op. "Deze samenkomst is in strijd met onze methoden en ik hoop dat het voorlopig niet meer nodig zal zijn."

"Dat is Kasselbarg, van de Europese post," fluisterde Circumbright tegen Shorn.

Kasselbarg liet zijn blik langzaam door de kamer waren. "Wij beginnen aan een nieuwe fase in onze campagne. De eerste was de periode van organisatie; we bouwden een ondergrondse op die de hele wereld bestrijkt, en een communicatiesysteem, en een bevelshiërarchie. Nu komt de tweede fase: het voorbereiden van een eventuele actie...die natuurlijk de derde fase vormt.

"Wij kennen allemaal de moeilijke omstandigheden waaronder we moeten werken: daar wij niet de vinger kunnen leggen op een duidelijk omlijnd, voor iedereen herkenbaar gevaar, zijn de autoriteiten ons niet goedgezind, en in veel gevallen staan ze zelfs vijandig tegenover ons — vooral in de persoon van omgekochte politiebeambten. Bovendien zijn wij gedwongen om de allereerste keer dat wij iets doen, meteen al een beslissende slag toe te brengen. Een tweede kans krijgen wij niet. De Teleks moeten —" hij wachtte even "— moeten gedood worden. Instinctief hebben wij allen een afkeer van deze gang van zaken, maar iedere andere handelwijze stelt ons bloot aan hun onmetelijke krachten. Nu — heeft iemand vragen, commentaar?"

Gedreven door een opwelling, een noodzaak die hij maar vaag begreep, kwam Shorn overeind. "Ik wil de beweging niet veranderen in een praatclub — maar er is een andere tactiek mogelijk waarbij niet gemoord hoeft te worden. De noodzaak van een beslissende eerste slag verdwijnt, en de kans op succes is groter."

"Natuurlijk wil ik graag uw plan horen," zei Kasselbarg.

"Geen enkele operatie, hoe zorgvuldig ook uitgedacht, kan de dood van iedere Telek garanderen. Degenen die niet gedood worden, worden gek van woede en angst: ik zie honderd miljoen doden, vijfhonderd miljoen, een miljard doden in de eerste paar seconden nadat de operatie begint — maar niet totaal slaagt."

Kasselbarg knikte. "De noodzaak van een coup van honderd procent doeltreffendheid is onbetwistbaar. Het formuleren van zo'n plan is Fase Twee. In ieder geval moeten wij uitgaan van een plan dat negenennegentig procent kans van slagen biedt."

De vrouw met het ijzeren gezicht nam het woord. "Er zijn ongeveer vierduizend Teleks. Op Aarde sterven iedere dag tienduizend mensen. Het doden van de Teleks lijkt mij een geringe prijs als wij ons daarmee vrijwaren van een absolute tirannie. Of we handelen nu, terwijl we nog een beperkte vrijheid van keuze hebben, of we geven de mensheid prijs aan slavernij, die zolang zal duren als wij ons voor kunnen stellen."

Shorn bestudeerde de gezichten. Laurie keek bemoedigend, Circumbright wendde onrustig het gezicht af, Thursby fronste nadenkend, Kasselbarg wachtte hoffelijk af.

"Alles wat u zegt is waar," zei Shorn. "Ik zou het meest genadeloos zijn van ons allemaal als deze vierduizend doden de mensheid niet de kostbaarste gave ontnamen die we bezitten. Tot dusver is de telekinese misbruikt. De Teleks slaan alles op het gebied van zelfzucht. Maar in reactie op de fouten van de Teleks moeten wij niet zelf fouten maken."

Met een koele, heldere stem zei Thursby: "Heeft u een concreet voorstel, meneer Shorn?"

"Ik ben van mening dat wij ons niet moeten wijden aan het doden van Teleks, maar moeten proberen iedere geestelijk gezonde man en vrouw telekinese te geven."

Een kleine man met rood haar zei honend: "De aloude drogreden. Privileges voor de uitverkorenen — in dit geval de geestelijk gezonden."

Shorn glimlachte. "Beter dan privileges voor de gekken. Maar om terug te komen op mijn voorstel: ik vind het een betere oplossing van het probleem als we iedereen telekinese geven dan wanneer we Teleks doden. Het is bouwen tegen slopen. Als we de ene richting kiezen, bezorgen we de mensheid een enorm potentieel, de andere richting levert vierduizend dode Teleks op als we slagen. En dan zitten we nog steeds met de kans op een verwoeste wereld."

Thursby zei: "U spreekt heel overtuigend, meneer Shorn. Maar gaat u niet uit van de onbewezen stelling dat universele telekinese mogelijk is? Het lijkt mij makkelijker de Teleks te doden dan ze over te halen hun macht te delen; het een of het ander moeten wij doen."

Shorn schudde zijn hoofd. "Er bestaan minstens twee manieren om Teleks te maken. De eerste methode duurt heel lang: het dupliceren van de omstandigheden die de eerste Teleks opleverden. De tweede manier is veel makkelijker, sneller, en naar ik meen ook veiliger. Ik heb goede reden om te geloven dat —" Hij zweeg abrupt. Iets in zijn zak zoemde, bonsde zwak.

De detector.

Hij riep naar Luby, die bij de deur stond: "Doe de lampen uit! Er is een spioneercel van de Teleks in de buurt! Uit met die lampen, of we zijn er allemaal geweest!"

Luby aarzelde. Shorn vloekte. Thursby rees overeind, geschrokken en gespannen. "Wat is er aan de hand?"

Er werd op de deur gebonkt. "Doe open, in naam der wet!"

Shorn keek naar de ramen: de taaie vitripanelen knalden eruit en de vensters waren wijd open. "Snel! Het raam uit!"

Circumbright zei met dodelijke stem: "Ergens is er een verrader —"

Een man in een zwart met goud uniform verscheen voor het raam met een hittepistool. "De deur uit," brulde hij. "Jullie kunnen niet weg, het gebouw is omsingeld. Loop ordelijk de deur uit, naar buiten. Jullie staan onder arrest. Probeer niet te ontsnappen. Wij hebben bevel om te schieten."

Circumbright drong zich naar Shorn toe. "Kun je niets doen?"

"Hier niet. Wacht tot we allemaal buiten zijn. Ik wil niet dat er iemand neergeschoten wordt."

Twee zwaargebouwde mannen verschenen. Ze gebaarden met pistolen. "Naar buiten iedereen. Steek je handen in de lucht."

Thursby ging voor met een peinzend gezicht. Shorn volgde en na hem kwamen de overigen. Ze marcheerden naar het parkeerterrein dat nu baadde in het licht van de lampen van de politie.

"Stop daar," blafte een nieuwe stem.

Thursby bleef staan. Shorn kneep zijn ogen dicht tegen het felle zoeklicht. Hij zag een stuk of tien mannen in een kring om hen heen staan.

"Dit is een hele vangst, dat staat vast," mompelde Thursby.

"Zwijg! Niet praten!"

"Kijk of ze wapens dragen," klonk een nieuwe stem Shorn herkende de droge manier van spreken, de ondertoon van onverschillige minachting. Adlari Dominion.

Mannen in zwart en goud liepen door de groep heen en fouilleerden iedereen snel.

Vanachter de zoeklichten zei een spottende stem: "Is dat kolonel Thursby niet, de held van het volk? Wat moet hij in dit gore samenzwerinkje?"

Thursby staarde onbewogen voor zich uit.

De roodharige man die tegen Shorn was ingegaan riep naar de onzichtbare stem: "Telek-hielenlikker, ik hoop dat het geld dat ze je betalen je handen van je polsen laat rotten!"

"Kalm, Walter," zei Circumbright.

Thursby zei in de richting van de lampen: "Worden wij gearresteerd?"

Er kwam geen antwoord, alleen een verachtelijke stilte.

Thursby herhaalde op scherpe toon: "Worden wij gearresteerd? Ik wil jullie arrestatiebevel zien, ik wil weten waar wij van beschuldigd worden."

"Jullie worden voor ondervraging naar het hoofdkwartier gebracht," kwam het antwoord. "Gedraag je netjes; als jullie geen misdaad hebben gepleegd, komt er ook geen aanklacht."

"Dat hoofdkwartier halen we natuurlijk nooit," zei Circumbright tegen Shorn. Shorn knikte grimmig. Hij staarde in de lampen, zoekend naar Dominion. Zou hij de Cluche Kurgill herkennen die hij met Telek-krachten had begiftigd?

De stem riep: "Was u van plan zich te verzetten? Ga uw gang. Maak het makkelijk voor ons."

Er voer een beweging door de groep, als van de wind die de toppen van de donkere pijnbomen deed ruisen.

De stem zei: "Vooruit dan, loop naar voren, een voor een. Jij eerst, Thursby."

Thursby keerde zich langzaam om, als een stier, en volgde de politieman die met een lamp voor hem uit liep.

"Kun je niets doen?" mompelde Circumbright.

"Niet zolang Dominion erbij is."

"Stilte!"

Een voor een volgden de andere leden van de groep Thursby. Op enige afstand doemde een luchtboot op. Het achterluik gaapte als de mond van een spelonk.

"De loopplank op en erin."

Het ruim was een kale grot met metalen wanden. De deur sloeg met een bons dicht en de vijftig gevangenen stonden zwijgend en zwetend af te wachten.

Thursby's stem klonk in het donker. "Een goede vangst. Hebben ze iedereen te pakken?"

Met een zorgvuldig toonloos gehouden stem zei Circumbright: "Zover ik weet wel."

"Dit zet de beweging tien jaar achteruit," klonk een andere stem, beheerst maar beverig.

"Of vernietigt haar helemaal."

"Maar — waar kunnen ze ons van beschuldigen? Wij zijn niet schuldig aan iets dat zij kunnen bewijzen."

Thursby snoof luid. "In Tran komen we nooit. Ik hou het op gas."

"Gas?" klonk een geschrokken gefluister.

"Gifgas dat door de ventilatie wordt gepompt. Dan naar zee, wij worden geloosd, en geen haan die ernaar kraait. Zelfs niet 'gedood bij een poging tot ontsnappen'. Niets."

Het vliegtuig trilde en steeg op; de gevangenen voelden dat ze in de lucht waren.

Shorn riep gedempt: "Circumbright."

"Hier ben ik."

"Maak licht."

Een papieren fakkel wierp een gele gloed door het ruim. De

gezichten glommen bleek en vochtig als paddenbuiken, de ogen schitterden en weerkaatsten het flakkerende schijnsel van de fakkel.

De patrijspoorten waren stevig afgeschermd en de met de hand te
bedienen sleutels waren vervangen door bouten. Shorn richtte zijn
aandacht op de deur. Die moest hij open kunnen breken. Maar het was
een nieuw probleem: een deur uit zijn hengsels laten barsten was heel
wat gecompliceerder dan een voorwerp eenvoudig verplaatsen, hoe
groot het ook was. Het feit dat de deur afgesloten was, schrok hem ook
af. Wat zou er gebeuren als hij zijn vermogen in het geweer bracht en er
gebeurde niets? Zou het vermogen dan verdwijnen?

Thursby stond met zijn oor tegen de ventilatieopening. Hij keerde
zich af en knikte. "Hier komt het. Ik hoor het sissen..."

De fakkel van papier begon uit te gaan en in het donker was Shorn
even hulpeloos als de anderen. Wanhopig beukte hij met zijn geest
tegen de deur; die vloog open en verdween in de nacht. Shorn ving
hem weer op en bracht hem op zijn kant naar binnen.

De wind had de fakkel uitgeblazen. Shorn voelde de zwarte massa
van de deur ternauwernood. Hij schreeuwde, in de hoop boven het
brullen van de wind gehoord te worden: "Naar achter, naar achter —"
Hij kon niet meer wachten. In het donker begon de situatie hem te
ontglippen, de deur was maar een vage vlek. Hij concentreerde zich
erop, kneep zijn ogen halfdicht om beter te kunnen zien, en vervolgens slingerde hij de deur tegen de romp zodat er een brede scheur
ontstond.

De felle luchtstroom die nu naar binnen raasde spoelde het al aanwezige gas uit het ruim.

Shorn vloog naar buiten en boven de cabine. Hij keek door het
dakraam. Een tiental mannen in zwart met gouden uniform zat voorin
en keek onrustig achterom. Adlari Dominion was er niet bij. Luby, de
koerier met het bronzen haar en het gezicht als op een oude munt zat
stil als een standbeeld in een hoek. Luby moest gespaard worden, vond
Shorn. Luby was de verrader.

Hij had tijd noch trek in halve maatregelen. Hij scheurde een reep
uit het dak van het luchtschip. De politiemannen en Luby keken in
doodsangst op. Als zij hem al zagen, was hij voor hen een lijkbleke
duivel van de nacht die op de wind reed. De mannen werden de cabine

uitgewipt als erwten uit een peul en de nacht in geslingerd. Hun kreten stegen ijl boven het brullen van de wind uit.

Shorn sprong in de stuurcabine, schakelde de motoren uit, rukte de gascilinder weg van het ventilatiesysteem en stuurde het schip daarna snel naar het oosten, waar de Monaghillbergen lagen.

De maan gluurde tussen de wolken door en beneden zich zag Shorn een weiland. Hier kon hij wel landen en de zaak reorganiseren.

Toen het luchtschip op het grasveld geland was, kropen de vijftig mannen en vrouwen versuft, bevend, geschokt het ruim uit.

Shorn trof Thursby leunend tegen de romp aan. Thursby keek hem in het maanlicht aan zoals een kind naar een eenhoorn zou kijken. Shorn grinnikte. "Ik begrijp dat u verbaasd bent. Zodra we op orde zijn zal ik u alles vertellen. Maar nu —"

Thursby constateerde: "Het is ondoenlijk om naar huis te gaan alsof er niets gebeurd is. De politie heeft foto's genomen en sommigen van ons zijn hun niet onbekend."

Circumbright doemde op uit de duisternis als een grote roze en bruine uil. "Grote opwinding bij de politie als er geen bericht van dit schip komt."

"En in het Glariettapaviljoen zal men behoorlijk geërgerd zijn."

Shorn telde op zijn vingers. "Vandaag is het de drieëntwintigste. Nog negen dagen tot de eerste van de maand."

"Wat is er op de eerste van de maand?"

"De Eerste Jaarlijkse Telekinetische Olympiade in het nieuwe stadion in de Zwanekamvallei. Intussen — achter de Mathiasberg is een oude mijn. De slaapzalen kunnen wel twee- of driehonderd man herbergen."

"Maar we zijn maar met z'n vijftigen —"

"We hebben meer mensen nodig. Nog tweehonderd. Tweehonderd goede mensen. En om misverstanden uit te sluiten —" hij keek zoekend rond naar de man met het rode haar die van mening was dat geestelijke gezondheid slechts een functie van het individuele standpunt was "— zullen we goedheid gelijkstellen met de wil om in leven te blijven voor zichzelf, het gezin, de menselijke cultuur en de traditie."

"Dat is ruim genoeg," zei Thursby rustig, "om op bijna iedereen van toepassing te zijn. En in de praktijk —?" In het maanlicht zag Shorn dat hij vrolijk keek.

"In de praktijk," zei Shorn, "kiezen we mensen die we aardig vinden."

VIII

Zondagmorgen 1 juni was het somber en bewolkt. Er hing mist boven de oevers van de Zwanekam in zijn nieuwe, meanderende loop door het groene dal. Van de bomen vielen gestaag dauwdruppels.

Om acht uur daalde een man in weelderige purperen, zwarte en witte kledij uit de hemel naar de rand van het stadion. Hij keek even naar de bewolkte lucht en het wolkendek dreef uiteen als schuim en gleed weg.

Van horizon tot horizon was de lucht een zuiver en sereen blauw, de zon straalde warm in het dal.

De man zocht het stadion af met zijn scherpe, rusteloze zwarte ogen. Aan de overkant stond een politieman in een zwart met goud uniform. De Telek haalde de man naar zich toe.

"Goedemorgen, sergeant. Iets te melden?"

"Helemaal niets, meneer Dominion."

"Hoe staat het beneden?"

"Ik zou het niet kunnen zeggen, meneer. Ik ben alleen verantwoordelijk voor de binnenkant en ik heb de lampen de hele nacht aangehad. Geen kip gezien."

"Mooi." Dominion keek even naar de grote betonnen kom. "Als er nu geen onbevoegden zijn, zullen er ook geen komen, want er is geen ingang op de begane grond." Hij verplaatste zichzelf en de politieman naar de bodem. Daar verschenen nog twee geüniformeerde mannen.

"Goedemorgen," zei Dominion. "Iets te melden?"

"Nee meneer. Geen geluid gehoord."

"Merkwaardig." Dominion streelde zijn bleke, spitse kin. "Ook onder het stadion niets gevonden?"

"Niets meneer. Nog geen spijker. We hebben alle hoeken en gaten doorzocht, tot op de kale rots, centimeter voor centimeter."

"Ook niets op de detectors?"

"Nee meneer. Als er een mol een gang onder het stadion had gegraven, hadden we het nog gehoord."

Dominion knikte. "Misschien gebeurt er dan toch niets. Mijn intuï-
tie heeft het zelden mis. Maar goed. Stationeer alle mannen aan beide
uiteinden van het dal. Laat niemand binnen. Niemand, doet er niet toe
met welke smoes ze aankomen. Begrepen?"

"Ja meneer."

"Mooi."

Dominion ging terug naar de hoge rand en staarde rond de zonnige
kom. Het gras was groen en strak gemaaid, de kleurige bekleding van
de stoelen vormde cirkelvormige banden van pasteltinten rond de
arena.

Hij begaf zich door de lucht naar de koepel van de spelleider, een
afgesloten ruimte die op een lange transparante paal boven een gunstig
punt van het veld hing. Hij zette zich neer aan de tafel.

Andere Teleks begonnen nu te arriveren. Als schitterende vogels
vielen ze uit de hemel, waarna ze zich in de zon gingen zitten koesteren.
Dienbladen met verversingen zweefden langs, de Teleks dronken wijn
en aten kruidkoeken.

Weldra verliet Dominion de hoge koepel en zweefde laag over
het stadion. Het zou bij lange na niet vol raken; de dertigduizend
zitplaatsen waren berekend op toekomstige uitbreiding van hun
getal. Dertigduizend Teleks was theoretisch het grootste aantal dat
de economie van de Aarde met de huidige levensstandaard kon
onderhouden. En daarna? Dominion zette de vraag onverschillig van
zich af; het probleem had voorlopig geen betekenis en de oplossing
lag voor de hand. Er was over gesproken Venus naar een koelere baan
te slepen, Neptunus erbij te halen en twee bewoonbare werelden te
scheppen door de helft van de ijsmantel van Neptunus over te brengen
naar het dorre Venus. Een probleem voor morgen. Wat nu de aandacht
verdiende was de stichting van de Aardse Telekstaat, het bijbrengen
van een godsdienstig ontzag aan het gewone volk van de Aarde. Men
was tot de conclusie gekomen dat dit de enige manier was om de Teleks
te vrijwaren voor redeloze moordaanslagen.

Hij liet zich naar een groep vrienden vallen. Zijn werk voor vandaag
was gedaan; nu de veiligheid verzekerd was kon hij zich ontspannen en
plezier maken.

Nu arriveerden de Teleks met grotere aantallen. Hier kwam een grote groep — vijftig mensen tegelijk. Ze installeerden zich hoog op de beschaduwde kant, op enige afstand van de reeds aanwezigen. Een paar minuten later voegde een tweede groep van vijftig zich bij hen, en daarna volgden nog meer zulke gezelschappen.

Om negen uur klonk uit de luidsprekers de stem van Lemand De Troller, de leider van het programma.

"Zestig jaar geleden, op het oorspronkelijke Telekinetisch Congres, werd ons ras geboren. Vandaag houden wij de eerste jaarlijkse samenkomst van de afstammelingen van die reuzen uit het begin en ik hoop dat de gewoonte in ere zal worden gehouden, tijdens de volgende miljoen jaar die ons deel zijn, in de tien miljoen maal een miljoen jaar van onze toekomst..."

Circumbright en Shorn luisterden met ongenoegen terwijl De Troller het programma aankondigde. Hij besloot met: "— de afscheidsrede door Graycham Gray, onze voorzitter van dit jaar."

Circumbright zei teleurgesteld tegen Shorn: "Er komt niets, in het hele programma zit geen massatelekinese."

Shorn keek zwijgend naar de koepel van de spelleider.

"Ruimschoots gelegenheid voor massaspelen," klaagde Circumbright, "en ze zien het volledig over het hoofd."

Shorn keek Circumbright weer aan. "Het ligt ook nogal voor de hand — misschien is het te eenvoudig voor deze verwende lieden."

Circumbright overzag de tweehonderdvijfenzestig mannen en vrouwen in stralende Telek-kledij die Shorn in het stadion had gebracht. Hij keek over zijn schouder naar Thursby. "Heeft u een suggestie?"

Thursby, die in het bruin en geel gekleed was, zei aarzelend: "We kunnen ze moeilijk dwingen ons les te geven."

Naast Shorn zittend lachte Laurie nerveus. "Laten we Circumbright naar ze toesturen om ze over te halen."

Shorn schoof rusteloos heen en weer. Tweehonderdvijfenzestig kostbare levens, wier verdere bestaan afhankelijk was van zijn vaardigheid en oplettendheid. "Misschien komt er toch een gelegenheid."

Er was een stootbalwedstrijd aan de gang. Vijf mannen die plat in twee en een halve meter lange rode torpedo's lagen, streden tegen een vijftal op blauwe torpedo's. Elk team probeerde de zwevende bal van een meter breed in het doel van de tegenpartij te stoten. Het spel verliep razendsnel en was blijkbaar gevaarlijk. De tien bootjes bewogen zo vlug dat ze alleen als flitsen zichtbaar waren; de bal kaatste heen en weer als een pingpongbal.

Het viel Shorn op dat de Teleks nieuwsgierige blikken naar zijn groep wierpen. Argwaan toonde men niet, alleen interesse: op een of andere manier trokken Shorn's pupillen de aandacht. Toen hij omkeek zag hij dat zijn groep rechtop en gespannen zat als leden van het kerkbestuur bij een begrafenis — ze voelden zich zichtbaar slecht op hun gemak. Hij stond op en sprak met onderdrukte boosheid: "Doe eens wat levendiger, gedraag je of je je amuseert!"

Op het veld zag hij een dienwagentje dat niet in gebruik was en hij haalde het naar boven en liet het rondgaan langs zijn pupillen. Aarzelend namen ze thee, rumpunch, koeken, fruit. Shorn zette de wagen weer op het gras.

Het spel was afgelopen en nu begon het waterbeeldhouwen. Zuilen van water verhieven zich in de lucht, glinsterende zachte vormen vingen het zonlicht en gloeiden diep vanbinnen.

Er volgden andere vertoningen: de lucht boven het stadion gloeide in kleuren, vormen, sluiers en patronen, en zo ging de ochtend voorbij. Tegen de middag daalden er tafels neer op het gras. En nu kreeg Shorn met een dilemma te kampen. Door zich verre te houden van de tafels, zou zijn groep uit de toon vallen; maar als ze zich onder de Teleks mengden, vielen ze door de mand.

Thursby loste het probleem op. Hij boog zich naar Shorn toe. "Vind je niet dat we maar beter kunnen gaan lunchen? Misschien met een paar tegelijk. Als we hongerig hierboven blijven zitten vallen we helemáál op."

Shorn stemde ermee in. Met één en twee tegelijk zette hij de leden van zijn gezelschap neer op het gras. Laurie stootte hem aan. "Kijk. Daar staat Dominion. Hij praat met Poole."

Opgewonden — wat niets voor hem was — zei Circumbright: "Ik hoop dat Poole zijn hoofd erbij houdt."

Even later wendde Dominion zich af en Shorn haalde Poole naar boven. "Wat wilde Dominion?"

Poole was een professoraal uitziende man van middelbare leeftijd, vriendelijk van aard en bijziend. "Dominion? O, die heer met wie ik sprak. Hij was heel aardig. Vroeg of ik me amuseerde, en zei dat hij zich mij niet leek te herinneren."

"En wat zei u toen?"

"Ik zei dat ik zelden buitenshuis kwam en dat er hier veel mensen waren die ik nauwelijks kende."

"En toen?"

"Hij liep gewoon door."

Shorn zuchtte. "Dominion is heel leep."

Thursby fronste bedenkelijk. "Het is vanochtend niet zo goed gegaan."

"Nee. Maar we hebben de hele middag nog."

Het middagprogramma begon met een groep jonge Telekmeisjes die een luchtballet uitvoerden.

IX

Drie uur.

"Veel meer komt er niet," zei Circumbright.

Shorn zat met zijn handen onder zijn hoofd. "Nee."

Circumbright omklemde de leuningen van zijn stoel. "We moeten zelf iets doen. Geeft niet hoe, maar we *moeten* massatelekinese hebben!"

Shorn keek op naar het hok van de spelleider. "Daarvandaan moet het komen. En ik zal er zelf voor moeten zorgen." Hij greep Laurie's hand, knikte naar Thursby, stond op en begaf zich via een onopvallende route over de achterwand naar de doorzichtige paal waarop de koepel steunde. Daarin zag hij twee mannen.

Hij schoof de deur open, trad stil binnen en verstijfde. Gerieflijk uitgestrekt in een elastische stoel keek Adlari Dominion hem glimlachend aan, onheilspellend als een cobra. "Kom binnen. Ik verwachtte je al."

Shorn keek vlug naar De Troller. De programmaleider was een omvangrijke blonde man met strakke lijnen van genotzucht als een klem om zijn mond.

"Hoezo?"

"Ik vermoedde wat je plannen waren en ik moet erkennen dat het heel vindingrijk was. Helaas voor jou heb ik het lijk van Cluche Kurgill, die onlangs vermoord is, geïnspecteerd, en het kwam mij voor dat dit niet de man was die ik in Glarietta had ontvangen. Sedertdien heb ik mezelf verweten dat ik de vangst bij de Poort van Portinari beter had moeten bestuderen. Hoe dan ook, vanuit jouw standpunt wordt het vandaag een algeheel debacle. Alles wat jou behulpzaam geweest kon zijn heb ik uit het programma geschrapt."

Met dikke stem zei Shorn: "Heel verdraagzaam van u dat u ons toestond van uw programma te genieten."

Dominion maakte een lui gebaar. "Het zou niet goed zijn om de toeschouwers te openlijk met onze problemen te confronteren. Misschien bederft het voor hen het feest als ze gedwongen worden van dichtbij naar tweehonderdvijfenzestig verdoemde anarchisten en provocateurs te kijken."

"U zou zich minder prettig hebben gevoeld als ik niet naar dit hok was gekomen."

Dominion schudde zijn hoofd. "Ik vroeg me eenvoudig af wat ik in jouw positie zou doen. En het antwoord luidde: ik zou naar de koepel gaan en zelf een evenement organiseren dat aan mijn doel beantwoordde. En dus ging ik je voor." Hij lachte. "En nu is de zielige rebellie afgelopen. De hele kern van jouw bende zit hulpeloos in de val. Je weet dat er geen uitgang is en ze kunnen niet tegen de wanden opklimmen."

Shorn voelde de gal naar zijn keel stijgen, zijn stem klonk hem vreemd in de oren. "Het is niet nodig om wraak te nemen op al deze mensen. Het zijn fatsoenlijke individuen die hun best doen om —" Hij sprak verder, half boos pleitend voor de tweehonderdvijfenzestig. Ondertussen werkte zijn geest op een ander, primitiever niveau. Hoe loom en katachtig Dominion ook leek, hij was gespannen en op zijn hoede; hem verrassen zou niet lukken. Als er gevochten werd zou Lemand De Troller de beslissende rol spelen. De wapens van één man kon Shorn misschien wel pareren, maar twee telekineten tegenover zich was te veel.

De beslissing en de daad vielen samen. Shorn gaf een enorme ruk aan de hele koepel. Geschrokken greep De Troller naar de tafel. Shorn smeet hem een koffiebeker naar zijn hoofd en meteen, nog voordat de beker doel getroffen had, wierp hij zich op de vloer. Gebruik makend van het ogenblik dat Shorn's aandacht afgeleid was, had Dominion een pistool op hem gericht en nu vuurde hij een explosieve kogel af. Toen Shorn op de vloer landde, zag hij De Troller in elkaar zakken en snaaide tegelijk het wapen uit Dominion's hand.

Het wapen kletterde op de vloer en Shorn staarde in Dominion's bleekgloeiende ogen.

De Telek zei met een lage stem: "Je bent erg snel. Je hebt de overmacht effectief verminderd."

Shorn lachte. "Welke kans geeft u mij nu?"

"Ruwweg een kans van een op duizend."

"Volgens mij staan we gelijk. U tegen mij."

"Nee. Ik kan je op z'n allerminst hulpeloos maken en je zo houden tot de rekwisiteur terugkomt."

Shorn kwam langzaam overeind. Behoedzaam. Geen enkele beweging mocht aan zijn aandacht ontsnappen. Zonder zijn ogen van Dominion af te nemen pakte hij de koffiebeker en smeet hem in Dominion's richting. Dominion boog hem af en kaatste hem terug. Shorn stuurde hem weer naar Dominion's gezicht. Maar enkele centimeters voor het doelwit hing de beker stil. Toen sprong hij met ontzaglijke snelheid terug naar Shorn. Shorn duwde er met zijn gedachten tegen. Hij voelde de beker langs zich heen suizen en hoorde hem tegen de wand uiteenspatten.

"Je bent snel," zei Dominion. "Heel snel zelfs. In theorie hadden jouw reacties dit niet moeten kunnen."

"Ik heb een eigen theorie," zei Shorn.

"Vertel maar."

"Wat gebeurt er als twee mensen een voorwerp in tegengestelde richtingen pogen te teleporteren?"

"Dat is een uitputtende bezigheid," antwoordde Dominion, "als het tot het eind wordt voortgezet. De geest met de grootste zekerheid wint, de andere stort tijdelijk in … soms."

Shorn staarde hem aan. "Ik denk dat mijn geest sterker is dan de uwe."

"O ja? Wat heb ik eraan om het tegendeel te bewijzen?"

Shorn antwoordde: "Als u in leven wilt blijven, zult u wel moeten." Met zijn ogen nog op Dominion haalde hij een mes uit zijn zak en knipte het lemmet bloot.

Het sprong uit zijn hand naar zijn ogen. Met koortsachtige inspanning boog hij het weg en op het moment dat zijn aandacht hierdoor werd afgeleid, schoot het pistool in Dominion's hand. Shorn dwong de loop van het wapen een haar naar boven; de kogel floot langs zijn oor.

Scherven van de explosie sloegen tegen zijn achterhoofd. De pijn was verblindend. Kalm glimlachend hief Dominion het pistool en richtte. Het was allemaal afgelopen, dacht Shorn. Zijn uitgeputte geest stond naakt en hulpeloos tegenover Dominion — een fractie van een seconde. Voor Dominion de trekker kon overhalen wierp Shorn het mes naar zijn keel. Dominion's aandacht verplaatste zich van het pistool naar het mes; Shorn griste het pistool weg en smeet het onder tafel waar het niet zichtbaar meer was.

De twee mannen stonden elkaar fel aan te kijken. Beiden dachten aan het mes. Het lag op tafel en nu, onder invloed van beide geesten, begon het te trillen, rees bevend op met het heft naar boven, draaiend alsof het aan een touwtje zat. Langzaam zweefde het naar een punt halverwege tussen hun ogen.

Ze hadden de strijd aangebonden. Transpirerend en zwaar ademend staarden ze ingespannen naar het mes, en het vibreerde, zong huiverend onder de werking van de tegenstrijdige krachten. Oog in oog stonden Dominion en Shorn, met een rood gezicht en open, verwrongen mond. Voor afleidingsmanœuvres was nu geen gelegenheid; als de aandacht een ogenblik verslapte, stak het mes: brute kracht streed tegen brute kracht.

Langzaam sprekend zei Dominion: "Je kunt niet winnen, jij die de telekinese pas een paar dagen kent. Jouw zekerheid is niets vergeleken bij de mijne. Ik heb mijn leven lang in zekerheid geleefd; het is een element van mijn wil, en zie: je realiteit verslapt, het mes wijst naar jou, het gaat je keel doorsnijden."

Shorn staarde er gefascineerd naar. Inderdaad draaide het mes langzaam naar hem toe, als de wijzer van de klok van het noodlot. Het zweet gutste in zijn ogen; hij voelde Dominion's triomfantelijke grijns.

Nee, laat je niet afleiden door zijn woorden, sta geen suggestie toe, dwing Dominion's zekerheid op de knieën. Zijn stembanden waren roestige draden, zijn stem een krassend geluid.

"Mijn zekerheid is sterker dan de jouwe —" terwijl hij zo sprak, staakte het mes zijn lugubere beweging in de richting van zijn keel "— omdat de tijd geen effect heeft op telekinese! Omdat ik de wil van de hele mensheid achter mij heb, en jij alleen maar jezelf!"

Het mes beefde, draaide verward rond, alsof het leefde en gemarteld werd door besluiteloosheid.

"Ik ben sterker dan jij, omdat — omdat ik sterker *moet* zijn!" Hij hamerde de woorden in Dominion's geest.

Dominion zei vlug: "Je nek doet pijn, je geest doet pijn, je kunt niet zien."

Shorn's nek deed inderdaad pijn, zijn hoofd bonsde, het zweet prikte in zijn ogen en het mes schokte opeens naar hem toe. Dit kan zo niet doorgaan, dacht Shorn. "Ik heb geen trucs nodig, Dominion; jij wel, omdat je zelfvertrouwen het begeeft en jij wanhopig bent." Hij haalde diep adem, greep het mes en boorde het in Dominion's hart.

Hij keek neer op het lijk. "Ik heb gewonnen — en met een truc. Hij werd zo geobsedeerd door de noodzaak om mij mentaal te verslaan dat hij vergat dat je een mes ook met de hand kunt gebruiken."

Naar adem snakkend keek hij uit het raam. Het spektakel was tot stilstand gekomen. De toeschouwers wachtten ongeduldig op een mededeling van de programmaleider.

Shorn pakte de microfoon.

"Mannen en vrouwen van de toekomst —" Terwijl hij sprak hield hij zijn groep in het oog. Hij zag Laurie in beweging komen, opkijken; hij zag dat Circumbright zich omdraaide en Thursby een klap op zijn knie gaf. Hij voelde de golf van dankbaarheid, van heldenverering die uit hun geest opwelde, bijna waanzinnig van vurigheid. Op dat ogenblik had hij ieder van hen kunnen bevelen te sterven.

Een bedwelmende opwinding overrompelde hem. Het kostte hem moeite zijn stem in bedwang te houden. "Dit wordt een geïmproviseerde dankbetuiging aan Lemand De Troller, onze programmaleider, wegens zijn aandeel in het organiseren van de evenementen. Wij allen zullen ons telekinetisch vermogen bundelen, als één geest zullen wij handelen. Ik zal deze witte bal —" hij toonde een bal die gebruikt werd bij de hordenrace "— de woorden 'Dank je, Lemand De Troller' laten schrijven. U, met uw verenigde wil, volgt met de grote stootbal." Hij rolde deze naar het midden van het stadion. "Met meer voorbereiding zouden we iets hebben gedaan dat minder eenvoudig was, maar ik weet zeker dat Lemand net zo blij zal zijn als hij voelt dat wij ons allemaal concentreren op de grote bal, als hij voelt dat onze dank uit ons hart Opwelt. Nu. Volg de witte bal."

Langzaam gidste hij de kleine bal langs denkbeeldige blokletters in de lucht en de stootbal volgde trouw.

Het was voorbij. Shorn keek gespannen naar Circumbright. Geen teken.

Nog maar eens.

"Nu — er is nog iemand die we een woord van dank verschuldigd zijn: Adlari Dominion, de bekwame verbindingsofficier. Ditmaal spellen wij: 'Dank je en veel geluk, Adlari Dominion.'"

De witte bal kwam weer in beweging. De grote bal volgde de letters. Vierduizend mensen dwongen, tweehonderdvijfenzestig anderen trachtten zich in het patroon te voegen: elk van hen een nieuwe Prometheus die een geheim trachtte te stelen dat kostbaarder was dan vuur, van een machtiger ras dan dat der Titanen.

Shorn voltooide de laatste N en keek naar Circumbright. Nog altijd geen teken. Bezorgd vroeg hij zich af of dit wel de juiste onderwijsmethode was. Was het alleen doeltreffend onder speciale omstandigheden, was hij al die tijd uitgegaan van een misvatting?

"Nou," dacht hij, "dan nog maar een keer." Maar de toeschouwers werden natuurlijk onrustig. Wie moest er deze keer bedankt worden?

Toen bewoog de bal op eigen kracht. Gefascineerd volgde Shorn de letters die de bal spelde.

W – I – L – L — een spatie — S – H – O – R – N — een tweede spatie B – E – D – A – N – K – T.

Shorn gleed achterover in zijn stoel. Zijn ogen stonden vol tranen van opluchting en dankbaarheid. "Iemand bedankt Will Shorn," zei hij in de microfoon. "Het is tijd voor hen om te vertrekken." Hij wachtte even. En tweehonderdvijfenzestig nieuwe telekineten rezen op uit het stadion, vlogen in westelijke richting naar Tran en verdwenen in de middag. Shorn pakte de microfoon weer op. "Ik wil nog een paar woorden zeggen; heb nog even geduld.

"U bent zojuist getuige geweest — zonder het te beseffen — van een even belangrijke gebeurtenis als Joffrey's oorspronkelijke congres. De toekomst zal het interval van zestig jaar slechts zien als een overgang, als een breuk met de laatste band die de mens met het dier verbond.

"Wij hebben de stoffelijke wereld volledig bedwongen; wij kennen de wetten die alle verschijnselen regeren welke onze zintuigen kunnen waarnemen. Nu slaan wij een nieuwe richting in: de mensheid betreedt een nieuw stadium en voor ons liggen prachtige dingen." Hij merkte dat er een golf van onrust door de rijen Teleks ging. "Deze nieuwe wereld is aangebroken, wij kunnen hem niet uit de weg gaan. Zestig jaar lang hebben de Teleks zich mogen verheugen in een bevoorrechte status, en dit is de laatste kluister die de mensheid afwerpt: het denkbeeld dat de ene mens de andere mag overheersen."

Hij zweeg. De onrust werd steeds geprononceerder.

"Moeilijke tijden staan ons te wachten — een periode van aanpassing. Op dit ogenblik weet u nog niet helemaal zeker waar ik op doel, en dat is maar goed ook. Dank u voor uw aandacht en vaarwel. Ik hoop dat u evenzeer van het programma genoten heeft als ik."

Hij kwam overeind, stapte over het lijk van Dominion, schoof de deur open en stapte uit de koepel.

Teleks die het stadion verlieten stegen rondom hem op als een zwerm vliegen. Sommigen wierpen hem nieuwsgierige blikken toe. Glimlachend zag Shorn ze langs schieten, naar hun schitterende paviljoens, hun luchtkastelen, hun zeebellen. De laatste was verdwenen; hij wuifde hen na ten afscheid.

Toen steeg hij zelf op. Hij schoot naar de torens van Tran, waar tweehonderdvijfenzestig mannen en vrouwen al bezig waren het telekinetisch vermogen te verbreiden onder de voltallige mensheid.

GELUID

KAPITEIN HESS LEGDE een aantekenschrift op het bureau en schoof een stoel onder zijn stoere billen. Wijzend op het schrift zei hij: "Dat is het eigendom van jullie Evans. Hij liet het achter op het schip."

Galispell vroeg met lichte verwondering: "Verder niets? Was er geen brief?"

"Nee meneer, niets. Dat schrift was alles wat hij bezat toen we hem oppikten."

Galispell wreef met zijn vingers over de gerafelde vezels van de kaft. "Dat zal wel logisch zijn, denk ik." Hij sloeg het boek open. "Hmm."

Hess vroeg behoedzaam: "Wat was uw mening over Evans? Nogal een vreemde vent?"

"Howard Evans? Nee, helemaal niet. Hij was een waardevolle kracht voor ons. Waarom vraagt u dat?"

Hess zocht fronsend naar de juiste woorden voor het gedrag van Evans. "Ik vond hem grillig, of misschien alleen emotioneel."

Galispell was oprecht verbaasd. "Howard Evans?"

Hess' blik dwaalde naar het schrift. "Ik was zo vrij om zijn journaal door te bladeren, en…nou ja —"

"En u kreeg de indruk dat hij…vreemd was."

"Misschien is alles wat hij schrijft wel waar," zei Hess koppig. "Maar ik kom mijn hele leven al in rare uithoeken van de ruimte en zoiets als hij beschrijft heb ik nog nooit meegemaakt."

"Eigenaardige situatie," zei Galispell op neutrale toon. Hij keek het schrift in.

II

Het journaal van Howard Charles Evans

Ik begin dit journaal zonder pessimisme maar beslist ook zonder optimisme. Ik voel me alsof ik al eenmaal gestorven ben. De periode in de reddingssloep was in ieder geval al een voorproef van de dood. Ik vloog en vloog maar verder door de duisternis, en een doodskist zou weinig benauwder zijn geweest. De sterren hingen boven, onder, voor en achter mij. Ik heb geen klok en kan de duur van mijn zwerftocht niet bepalen. Het was langer dan een week, het was korter dan een jaar.

Dat wat betreft de ruimte, de reddingssloep, de sterren. Zoveel bladzijden telt dit journaal nu eenmaal niet. En ik zal ze allemaal nodig hebben om mijn leven te beschrijven op deze wereld die, door onder mij op te doemen, mij het leven schonk.

Er is veel te vertellen en er zijn veel manieren om het te vertellen. Daar ben ik, daar is mijn reactie op deze tamelijk dramatische situatie. Maar bij gebrek aan het talent om de slingerpaden van mijn psyche af te tasten, zal ik proberen de bijzonderheden zo objectief mogelijk op te tekenen.

Ik landde de boot op de gunstigste plek die ik kon uitkiezen. Ik controleerde de atmosfeer, de temperatuur, de druk, de biologie; toen waagde ik me naar buiten. Ik improviseerde een antenne en verzond mijn eerste SOS.

Onderdak is geen probleem, de sloep doet dienst als bed en indien nodig als schuilplaats. Misschien zal ik later uit pure verveling een paar van deze bomen kappen en een huis bouwen. Maar ik wacht; er is geen haast.

Een beekje met zuiver water loopt langs de sloep; ik heb geconcentreerd voedsel in overvloed. Zodra de hydroponische tanks beginnen te produceren zullen er vers fruit en groente en gisteiwitten zijn. In leven blijven lijkt niet direct een probleem.

De zon is een donkere vuurrode bal en werpt nauwelijks meer licht dan de volle Maan op Aarde. De sloep staat op een terrein van dikke, zwartgroene kruipplanten, wat heel plezierig lopen is. Honderd meter in de richting die ik met zuid zal aanduiden ligt een meer van inktzwart

water en de weide glooit smetteloos naar de waterkant. Lange sprie-
ten van een nogal bleke vegetatie — misschien kan ik ze nog het best
bomen noemen — omzomen de weide aan twee zijden.

Achter mij ligt een heuvel, die misschien overgaat in een bergketen;
daar ben ik niet zeker van. Dit zwakke rode licht maakt het uitzicht na
de eerste honderd meter enigszins onzeker.

Het algehele effect is er een van spookachtige verlatenheid en rust.
Ik zou genieten van de schoonheid van de omgeving, ware het niet dat
de toekomst zo onzeker is.

De wind waait over het meer, ruikt aangenaam en draagt een gefluister mee van de golven. Ik heb de hydroponische tanks opgesteld en de
gistcultures uitgezet. Ik zal sterven van honger noch dorst. Het meer is
glad en uitnodigend; misschien bouw ik te zijner tijd wel een bootje.
Het water is warm, maar ik durf niet te zwemmen. Wat kan vreselijker
zijn dan vanonder gegrepen en onder water gesleurd worden?

Waarschijnlijk missen mijn bange vermoedens alle grond. Ik heb
geen dierlijk leven gezien, van geen enkele soort: geen vogels, vissen,
insecten, schaaldieren. Deze wereld is er een van absolute rust, op de
fluisterende wind na.

De rode zon hangt in de hemel, blijft op haar plaats gedurende vele
van mijn slaapperioden. Ik zie dat zij langzaam naar het westen schuift;
hoe lang en eentonig zal de nacht zijn na deze dag!

Ik heb vier reeksen noodseinen uitgezonden; ergens moet een
monitorstation ze opvangen.

Een machete is mijn enige wapen en ik waag me liever niet ver van
de sloep. Vandaag (als ik dat woord gebruiken mag) verzamelde ik
mijn moed en begon ik een wandeling rond het meer. De bomen lijken
wel wat op berken, lang en soepel als ze zijn. Ik denk dat de bast en
de bladeren zilverkleurig zouden zijn in ander licht dan deze wijnkleurige schemer. Ze staan in een rij langs de oever van het meer, bijna
alsof ze lang geleden geplant zijn door een rondtrekkende tuinman. De
hoge takken wiegen in de wind, glanzen scharlakenrood met purperen
ondertonen, een vreemd en prachtig schouwspel dat ik alleen kan zien.

Ik heb horen zeggen dat het genieten van schoonheid versterkt
wordt door de aanwezigheid van anderen, dat een geheimzinnige band
ontstaat die subtiliteiten onthult welke een enkele geest niet bij machte

is te bevatten. Zeker is, toen ik door de bomenlaan liep met achter mij het meer en de vuurrode zon, dat ik dankbaar geweest zou zijn voor gezelschap — maar ik geloof dat iets van de vrede, van het gevoel dat ik wandelde in een oude, verlaten tuin, verloren zou zijn gegaan.

Het meer heeft de vorm van een zandloper; bij het smalle midden kon ik de gedrongen vorm van de sloep zien toen ik naar de overkant keek. Ik ging onder een struik zitten die voortdurend rode en zwarte bloemen voor mij heen en weer liet dansen.

Mistranken dreven over het meer en de wind produceerde lage, muzikale geluiden.

Ik rees overeind, liep verder om het meer.

Ik liep door bossen en over open plekken en kwam uit bij de sloep.

Ik verzorgde de hydrotanks, en ik geloof dat het gist aangeraakt was, nieuwsgierig betast.

De donkere rode zon daalt. Iedere dag — het spreekt dat ik het woord 'dag' gebruik voor het interval tussen de perioden dat ik slaap — staat zij lager aan de hemel. De nacht komt nader, de lange nacht. Hoe zal ik mijn tijd besteden in het donker?

Ik heb geen andere maatstaf dan mijn herinnering, maar de wind lijkt kouder. Hij draagt langgerekte, treurige akkoorden naar mijn oren, heel droevig, heel zoet. Mistvlagen vlieden over de weide.

Fletse sterren vertonen zich reeds, spookachtige lampen zonder betekenis.

Ik heb nagedacht over de helling achter mijn weide: ik denk dat ik haar morgen zal beklimmen.

Ik heb me de plaats ingeprent van alle goederen die ik bezit. Ik zal enige uren afwezig zijn; als een bezoeker mijn zaken aanraakt — dan zal ik zeker zijn van zijn bestaan.

De zon staat laag, de lucht knijpt in mijn wangen. Ik moet voortmaken als ik terug wil gaan terwijl het landschap nog verlicht wordt. Ik stel me voor dat ik verdwaal; ik zie me zwerven over het aangezicht van deze planeet, in het donker tastend naar mijn kostbare sloep, mijn tanks, mijn weiland.

Bezorgdheid, nieuwsgierigheid, halsstarrigheid maanden mij tot spoed terwijl ik in halve draf aan de helling begon.

Daar ik bijna direct buiten adem raakte, deed ik het algauw wat kalmer aan. De kruipplanten van rond het meer waren verdwenen: ik liep over kale rots met mos. De dieper gelegen weide werd een vlek, de reddingssloep een glanzende spoelvorm. Ik bleef er even naar kijken. Voor zover ik zien kon roerde zich nergens iets.

Ik vervolgde mijn weg en bereikte ten slotte de kam van de heuvel. Aan mijn voeten spreidde zich een reusachtig dal uit. Ver weg stond een keten van enorme bergen tegen de donkere hemel. Het wijnkleurige licht dat schuin inviel uit het westen verlichtte de toppen en de rotswanden en liet de dalen in schaduw gehuld: een reeks van afwisselend zwart en rood die ver in het westen begon en ver in het oosten eindigde.

Ik keek achter mij, omlaag, naar mijn eigen weiland en het kostte moeite dat in het vervagende licht te vinden. Daar was het dan, en daar het meer, als een grote zandloper. Erachter lag het donkere bos, dan een strook oudroze savanne, daarna een donkere streep laag geboomte, vervolgens weer kleurige strepen tot aan de horizon.

De zon beroerde de rand van de bergen en viel toen half achter de horizon, schijnbaar met een plotse ruk. Ik begon aan de afdaling; het zou verschrikkelijk zijn om in het donker te verdwalen. Mijn oog viel op een wit voorwerp, honderd meter verder op de kam. Ik liep erheen. Geleidelijk kreeg het vorm: een vingerhoed, een kegel, een piramide — een steenhoop van witte keien.

Ik bleef ernaar staan kijken.

Ik keek over mijn schouder. Niets te zien. En op het weiland? Snelle gedaanten? Ik spande mijn ogen in. Niets.

Ik trok aan de stenen, smeet de keien opzij. Wat zat eronder?

Niets.

In de bodem was flauw de omtrek van een rechthoek van een meter lang te zien. Ik ging achteruit. Geen macht ter wereld was in staat mij te bewegen in die aarde te graven.

De zon was snel aan het verdwijnen. In het zuiden en noorden begon de nagloed reeds, als wijndroesem: de zon bewoog zich nu met verbazende snelheid. Wat voor zon was dit, die talmde in het zenit en dan onder de horizon schoot?

Ik liep de helling af, maar de duisternis was sneller. De rode zon was al verdwenen, in het westen gloeide de droevige schets van verdwenen vlammen. Ik struikelde en viel. Ik keek naar het oosten. Daar ontstond een fantastisch zodiakaal licht, een stralende blauwe driehoek.

Ik keek toe op handen en knieën. Een helder blauw schijnsel verhief zich in de hemel. Een ogenblik later overspoelde een saffieren gloed het land. Een nieuwe zon van een intens indigo rees in de hemel.

De planeet was gelijk en toch anders. Waar mijn ogen gewend waren aan rood en de nuances van rood, zag ik nu de complete cyclus van blauw.

Toen ik terug was op de weide droeg de wind een nieuwe klank: heldere akkoorden die mijn geest bijna tot een melodie kon samenvoegen. Een ogenblik of twee vermaakte ik mij daarmee, en ik dacht een dansende beweging te zien in de pluimen van nevel die ik tijdens de laatste dagen boven mijn weiland had opgemerkt.

Met wat ik een eigenaardige stemming wil noemen, kroop ik in de sloep en viel in slaap.

Ik stapte naar buiten in een elektrische wereld. Ik luisterde. Dat moest toch muziek zijn — zwakke fluistertonen die als geuren op de wind aandreven.

Ik liep naar het meer, dat blauw als kobalt was.

De muziek werd luider; ik ving flarden van een melodie op — sprankelende, lichtvoetige frasen. Ik drukte mijn handen tegen mijn oren. Als ik aan hallucinaties leed, moest de muziek nu doorspelen. Het geluid werd wel minder, maar verdween niet geheel. Mijn proef gaf geen uitsluitsel. Niettemin voelde ik dat de muziek echt was. En waar muziek is moeten muzikanten zijn... ik rende naar voren, "Hallo!" roepend.

"Hallo!" kwam de echo van de overkant van het meer.

De muziek vervaagde een ogenblik, zoals een krekelconcert wanneer het insect gestoord wordt, en toen hoorde ik het weer harder klinken — verre muziek, 'hoorns van Elfland zwak schallend'.

Toen verdween de muziek geheel uit mijn waarneming. Ik bleef achter in het blauwe licht, alleen op mijn weiland.

Ik waste mijn gezicht, keerde terug naar de sloep, verzond een nieuwe reeks SOS-seinen.

＊

Misschien is de blauwe dag korter dan de rode. Zonder klok is dat niet vast te stellen. Maar gefascineerd als ik ben door de muziek en de bron daarvan lijkt de blauwe dag sneller te verstrijken.

Geen enkele keer heb ik een glimp opgevangen van de muzikanten. Wordt de muziek voortgebracht door de bomen, door doorzichtige insecten die zich buiten mijn gezichtsveld ophouden?

Op een dag keek ik over het meer en — o wonder! — aan de overzijde strekte zich een fleurige stad uit. Na een eerste verbijsterde blik rende ik naar de oever en staarde alsof het de kostbaarste aanblik van mijn leven was.

Lichte zijde deinde en rimpelde, paviljoens, tenten, fantastische bouwwerken... wie woonden daar? Ik waadde tot mijn knieën het meer in, en meende vliegensvlugge schimmige gedaanten te bespeuren.

Als een dolleman rende ik om het meer. Planten met lichtblauwe bloemen bezweken onder mijn voeten, ik liet een spoor na als van een olifant door een veld tere rietstengels.

En toen ik hijgend aan de overkant kwam, wat was er daar? Niets.

De stad was opgelost als in een droom. Ik zette mij neer op een steen. Muziek klonk luid, een ogenblik, alsof er een deur werd geopend.

Ik sprong op. Niets te zien. Ik keek naar mijn kant van het meer. Daar — op mijn weiland — bewoog een leger van doorzichtige gedaanten als libellen boven een stille vijver. Toen ik daar weer terug was, was de wei leeg. De kust aan de overkant ook.

Zo vergaat de blauwe dag en nu heeft de verbazing haar intrede gedaan in mijn leven. Vanwaar komt de muziek? Wie en wat zijn deze schimmige gedaanten, niet helemaal werkelijk maar niet uit mijn gedachten te bannen? Om het kwartier druk ik mijn hand tegen mijn voorhoofd, bevreesd voor de symptomen van een geest die zich in zichzelf keert... Als er werkelijk muziek bestaat op deze wereld, die werkelijk de lucht doet trillen, waarom bereikt het mijn oren dan als Aardse muziek? De akkoorden die ik hoor, zouden aangeslagen kunnen worden op bekende instrumenten; de harmonieën zijn in het geheel niet onaards... En die bleke nevelsporen die ik steeds uit mijn ooghoeken lijk te zien: de stijl van vrolijke, speelse mensheid. Het tempo waarin zij bewegen, is het tempo van de muziek.

Zo verstrijkt de blauwe dag. Blauwe lucht, blauwzwarte aarde,

ultramarijn water, en de helderblauwe ster op weg naar het westen...
Hoelang ben ik al op deze planeet? Ik heb zo lang noodseinen uitgezonden dat de batterijen sissen van uitputting. Spoedig is de energie
op. Voedsel en water vormen geen probleem, maar wat voor zin heeft
levenslange ballingschap op een wereld van blauw en rood?

De blauwe dag nadert zijn einde. Ik zou de helling willen beklimmen en naar het afscheid van de blauwe zon willen kijken — maar
de herinnering aan de rode zonsondergang geeft mij nog altijd een
onprettig gevoel in de maag. Daarom zal ik alleen toekijken vanaf het
weiland, en dan, als de duisternis valt, zal ik in de sloep kruipen als een
beer in zijn hol en de komst van het nieuwe licht afwachten.

De blauwe dag eindigt. De saffieren zon dwaalt naar het westelijke
bos, de hemel wordt donker, blauwzwart, de sterren tonen zich als
onbekende thuisplaatsen.

Een tijdlang nu al heb ik geen muziek meer gehoord; misschien is zij
zo alom aanwezig geweest dat ik haar uit het oor heb verloren.

De blauwe ster is weg, de lucht wordt fris. Ik geloof dat ik nu werkelijk een nacht zal meemaken... Ik hoor een kloppend geluid, ik wend
mijn hoofd. Het oosten gloeit als een parel. Een zilveren bol drijft
omhoog in de nacht, een grote bal met een middellijn van zesmaal de
Aardse maan. Is dit een zon, een satelliet, een uitgebrande ster? Wat
een merkwaardige kosmologie trof ik hier!

De zilveren zon — ik moet het een zon noemen, hoewel zij slechts
een koel satijnen licht werpt — beweegt zich in een aureool als een
oesterschelp. Opnieuw verandert de kleur van de planeet. Het meer
glinstert als kwikzilver, de bomen zijn gehamerd metaal... De zilveren
ster passeert een hoge groep wolken en de muziek lijkt los te barsten
alsof iemand ergens de gordijnen opengooit.

Ik wandel rustig naar het meer. Aan de overkant zie ik opnieuw
de stad. Zij lijkt helderder, stoffelijker; ik zie details die zich eerder
in het vage verloren — een breed terras naast het meer, gedraaide
zuilen, een rij grote vazen. Het silhouet is geloof ik hetzelfde dat ik
toen onder de blauwe zon zag: vonkend glanzende zijden tenten,
reflecterende sikkels licht, pilaren van bewerkte steen die lichten als
opaalglas, fantastische vormen zonder benoembaar doel... Schuiten
drijven over het kwikzilveren meer als vlinders, de grote zeilen bollen

op, de touwen zijn een vlechtwerk van spinrag. Kernen van licht hangen in de touwen, langs de masten...Bij ingeving draai ik me om, kijk naar mijn eigen weide. Ik zie een rij kraampjes zoals op oude markten, een cirkel van bleke steen in de aarde, een heirschare van vliesdunne gedaanten.

Stap voor stap schuifel ik naar mijn sloep. De muziek zwelt aan. Ik tuur naar een van de gestalten, maar zijn silhouet verzwemt. Hij beweegt zich op de emotie van de muziek — of wekt de beweging van de gedaante de muziek op?

Schreeuwend ren ik erheen. Een van de gestalten schiet langs me heen, ik zie een waas waar het gezicht zou moeten zijn. Ik sta naar adem snakkend stil, ik sta op de marmeren cirkel. Ik stamp met mijn voet: het klinkt massief. Ik loop naar de kramen. Ze schijnen gecompliceerde dingen van lichtgekleurde stoffen en mat metaal te verkopen — maar terwijl ik kijk verschijnt er een mist als van tranen voor mijn ogen. De muziek gaat ver, heel ver weg, mijn weiland ligt weer kaal en stil. Mijn voeten drukken in de zilver-zwarte aarde. Aan de hemel hangt de zilverzwarte ster.

Ik zit met mijn rug tegen de reddingssloep en staar over het meer, dat vlak is als een spiegel. Ik ben allengs tot een reeks theorieën gekomen.

Mijn eerste veronderstelling is dat ik geestelijk normaal ben — een onontbeerlijk geloofsartikel: waarom zelfs maar aandacht schenken aan de andere mogelijkheid? Dus — gebeurtenissen buiten mijn geest veroorzaken alles wat ik gezien en gehoord heb. Maar — let wel! — deze verschijningen en geluiden gehoorzamen niet aan de wetten van de wetenschap; in veel opzichten lijken ze bijzonder subjectief.

Het is blijkbaar zo, redeneer ik, dat zowel objectiviteit als subjectiviteit meespelen. Ik ontvang indrukken die mijn hersens niet bekend voorkomen, en die dus vertaald worden tot verwante concepten. Volgens deze theorie zijn de bewoners van deze wereld voortdurend nabij; onkundig beweeg ik mij door hun paleizen en zuilengangen; ze dansen om mij been zonder ophouden. Naarmate mijn geest aan gevoeligheid wint, nader ik tot hun manier van bestaan en zie ik hen. Nauwkeuriger gezegd neem ik iets waar dat een beeld schept in het visuele deel van mijn hersens. Hun emoties, het patroon van hun leven roepen een soort vibratie op die in mijn hersens klinkt als muziek... De werkelijkheid van deze wezens zal ik nimmer doorgronden, daar ben ik zeker van. Zij zijn gaas, ik ben vlees; zij wonen in een wereld van de geest, ik strompel over de aarde met mijn lemen voeten.

De laatste dagen heb ik er niet aan gedacht het SOS uit te zenden. Het maakt weinig uit; de batterijen zijn zo goed als leeg.

De zilveren zon staat in het zenit en neigt naar het westen. Wat komt hierna? Opnieuw de rode zon? Of duisternis? Het is in ieder geval geen alledaags planetenstelsel: de baan van deze wereld moet lijken op een van de epicykels van voor de tijd van Copernicus.

Ik geloof dat mijn geest geleidelijk in fase raakt met deze wereld, een nieuw niveau van gevoeligheid bereikt. Als mijn theorie juist is, komt het *élan vital* van de inheemse wezens in mijn hersens tot uitdrukking als muziek. Op Aarde zouden we misschien het woord telepathie gebruiken. Daarom oefen ik mij, concentreer me, open mijn bewustzijn naar deze nieuwe indrukken. Zeelieden kennen de truc om nooit recht naar een ver licht te kijken, zodat het niet de blinde vlek van het oog treft. Ik maak gebruik van een soortgelijke strategie door nimmer rechtstreeks naar een van de gazen wezens te kijken. Ik laat het beeld zichzelf opbouwen, en met deze techniek zien ze er beslist menselijk uit. Soms denk ik zelfs hun gelaatstrekken waar te nemen. De vrouwen zijn als sylfen, pijnlijk knap; de mannen — ik heb er geen nauwkeurig gezien, maar hun houding, hun vorm is bekend.

De muziek maakt altijd deel uit van de achtergrond, zoals het ritselen van bladeren een onderdeel is van het bos. De stemming van deze wezens schijnt te wisselen met de zon, zodat ik bijpassende muziek hoor. De rode zon gaf hun hartstochtelijke melancholie, de blauwe uitbundige vrolijkheid. Onder de zilveren ster zijn ze fijnzinnig, peinzend, weemoedig.

De zilveren dag is aan het aflopen. Vandaag zat ik naast het meer met de bomen als een scherm van filigraan en ik keek naar de af en aan drijvende schuiten als vlinders. Wat is hun functie? Kan leven van deze aard vertaald worden in termen van economie, ecologie, sociologie? Ik betwijfel het. Het woord intelligentie komt er wellicht in het geheel niet aan te pas. Is ons brein niet een typisch antropoïde kenmerk, en is intelligentie niet een functie van ons typisch antropoïde brein?...Een statige bark drijft naderbij met dwaallichten van oranje en blauw in het want en ik vergeet mijn hypothesen. De waarheid kan ik nimmer weten en het is heel goed mogelijk dat deze wezens mij net zomin waarnemen als ik hen in het begin.

De tijd verstrijkt, ik ga terug naar de sloep. Een jonge vrouwen-gestalte zweeft wervelend langs. Ik blijf staan, tuur haar in het gezicht; ze houdt het hoofd schuin, haar ogen branden in de mijne terwijl ze langs mij gaat...Ik probeer een SOS — onverschillig, want ik vermoed dat de batterijen leeg en dood zijn.

En dat zijn ze inderdaad.

De zilveren ster is als een reusachtige kerstbal, rond en glinsterend. Zij drijft laag in de hemel en opnieuw sta ik in twijfel, half en half de nacht verwachtend.

De ster valt. Het bos ontvangt haar. De hemel wordt dof, de nacht is gevallen.

Ik keer mij naar het oosten met mijn rug tegen de sloep gedrukt. Niets.

Ik heb geen voorstelling van het verlopen van de tijd. Duisternis, tijdloosheid. Ergens draaien klokken grote wijzers, kleine wijzers en secondewijzers rond en rond — ik sta in de nacht te staren, misschien traag als een zandstenen beeld, misschien koortsig als een salamander.

In het duister treedt een eigenaardig staken van het geluid op. De muziek is vervaagd; verdwenen via een reeks droevige akkoorden, een verloren laatste kreet...

Een schijnsel in het oosten, een groen schijnsel, dat zich langzaam verspreidt. Omhoog rijst een luisterrijke groene bol, de essentie van alle groen, geconcentreerd smaragd, diep als de zee.

Een bonzend geluid: ritmische, sterke muziek, wiegend en deinend.

Het groene licht overstroomt de planeet en ik bereid me voor op de groene dag.

Ik ben bijna een met de inheemse wezens. Ik dool tussen hun paviljoens, ik sta stil bij hun kramen om hun waren te aanschouwen: zijden medaillons, lovertjes en cirkels van geweven metaal, bekers van wolkdamp en schitterend stof, poelen van kleur en vlagen met licht doorschoten gaas. Er zijn kettingen van groen glas, gevangen vlinders, bollen die alle hemelen lijken te bevatten, alle wolken, alle sterren.

En overal om mij heen flakkeren en flitsen de droomwezens. De mannen zijn allemaal wazig, maar doen bekend aan; de vrouwen vergasten mij op een onuitsprekelijk provocerende lach. Maar ik word nog gek van de verleiding: wat ik zie is niet meer dan de interpretatie die mijn hersens aan de wereld geven, een subjectieve uitbeelding... En dit is tragisch, want er is één wezen zo onzegbaar verrukkelijk dat iedere keer als ik de vorm zie die zij is, mijn keel pijn doet en ik op haar toe ren, om in haar ogen te staren die geen ogen zijn...

Vandaag sloeg ik mijn armen om haar heen in de verwachting slechts gewichtloze damp te voelen. Tot mijn verrassing voelde ik een soepel lichaam. Ik kuste haar, haar wang, kin, mond. Zo'n blik van verbijstering heb ik nog nooit gezien; de hemel weet welke vreemde handeling het wezen dacht dat ik pleegde.

Ze vervolgde haar weg maar de muziek is sterk en triomferend; de stem van kornetten, met de resonerende bas daaronder.

Een man komt langs. Iets in zijn gang, zijn houding, schudt mijn herinnering wakker. Ik doe een stap voorwaarts; ik zal hem in zijn gezicht kijken, ik zal het waas peilen.

Hij wervelt langs mij heen als iemand op een draaimolen; hij draagt fladderende zijden linten en pompons van glanzend satijn. Ik ren achter hem aan, ik ga recht voor hem staan. Hij schrijdt langs met een zijdelingse blik en ik zie hem in het starre gelaat.

Het is mijn eigen gezicht.

Hij draagt mijn gezicht, hij loopt met mijn gang. Hij is mij.

Is de groene dag al voorbij?

De groene zon verdwijnt, de muziek krijgt een aspect van diepte. Nu houdt zij niet op; een voorbereiding, een afwachten... Wat is dat nieuwe geluid? Een verre stuiptrekking van iets dat gromt en klettert als een kapotte versnellingsbak.

Het verflauwt en verdwijnt.

De groene zon gaat onder in een hemel als een pauwenstaart. De muziek is langzaam, verheven.

Het westen schemert, het oosten gloeit. De muziek gaat naar het oosten, naar de brede banden rood, geel, oranje, lila. Wolkvlekken schieten in vuur en vlam. Een gouden glans overstelpt de hemel.

De muziek krijgt volume. Omhoog rijst de nieuwe zon — een schitterende gouden bal. De muziek zwelt aan tot een lofzang van licht, vervulling, hernieuwd leven... Luister! Ten tweeden male raspt het ruwe geluid over de muziek.

In de hemel, dwars voor de zon, zweeft de vorm van een ruimteschip. Het hangt boven mijn weiland, de landingsstralen komen neer als pluimen.

Het schip landt.

Ik hoor stemmenrumoer — mensenstemmen.

De muziek is verdwenen; het marmeren beeldhouwwerk, de klatergouden kramen, de wondermooie zijden steden zijn weg.

III

Galispell wreef over zijn kin.

Kapitein Hess vroeg bezorgd: "Wat denkt u ervan?"

Galispell keek een lang moment uit het raam. "Wat gebeurde er nadat jullie daar geland waren? Zagen jullie iets van deze verschijnselen waar hij over schrijft?"

"Geen lor." Hess schudde zijn grote ronde hoofd. "Het is waar dat het stelsel daar een fantastisch samenraapsel was van donkere sterren en fluorescerende planeten en uitgebrande oude sterren — misschien dat door dat alles zijn geest op hol is geslagen. Hij was niet bepaald ingenomen met onze komst, dat staat vast — hij stond daar maar, staarde naar ons alsof we op verboden terrein waren binnengedrongen. 'We hebben je SOS opgevangen,' zei ik tegen hem. 'Spring aan boord en vreet je een ongeluk.' Hij kwam aangelopen alsof z'n voeten sliepen.

"Nou, om een lang verhaal kort te maken, uiteindelijk kwam hij aan boord. We laadden zijn sloep in en stegen op.

"Tijdens de terugreis bemoeide hij zich met niemand — in zichzelf gekeerd liep hij de gang op en neer.

"Hij had de gewoonte om zijn handen tegen zijn hoofd te drukken. Ik vroeg hem een keer of hij ziek was, of hij wilde dat de dokter hem onderzocht. Hij zei dat er niets met hem aan de hand was. Dat is zo ongeveer alles wat ik van hem weet.

"We kregen de zon in zicht en daalden af naar de Aarde. Zelf heb ik niet gezien wat er gebeurde, omdat ik op de brug stond, maar zo is het me verteld: toen de Aarde groter en groter werd begon Evans zich steeds rustelozer te gedragen. Hij huiverde en draaide met zijn hoofd. Toen we op ongeveer tweeduizend kilometer afstand waren maakte hij een soort razende sprong.

" 'Wat een lawaai!' schreeuwde hij. 'Wat een verschrikkelijk *lawaai!*' En toen rende hij naar achteren, sprong in zijn reddingssloep, lanceerde zich, en ze zeggen dat hij verdween in de richting waaruit we gekomen waren.

"En dat is alles wat ik u kan vertellen, meneer Galispell. Het is wel jammer, na alle moeite die we gedaan hebben om hem op te halen, dat Evans besloot om ertussenuit te knijpen — maar zo is het nu eenmaal gegaan."

"Hij volgde jullie koers terug?"

"Juist. En als u wilt weten of hij de planeet gehaald heeft waar wij hem gevonden hebben, dan is het antwoord: waarschijnlijk niet."

"Maar er is een kans?"

"O, ja," zei kapitein Hess. "Er is een kans."

De zeven uitgangen van Bocz

Nicholas Trasek vroeg aan de omhulde figuur achter in de auto: "Dus je hebt het begrepen? Drie keer zoemen betekent dat je binnen moet komen."

De gedaante bewoog.

Trasek wendde langzaam zijn hoofd af, aarzelde, keek nog eens om. "Je weet zeker dat je het voor elkaar krijgt? Het is een meter of vijftien, over een kiezelpad."

Een snorrend geluid klonk op uit de in elkaar gedoken gedaante.

"Goed dan," zei Trasek. "Dan ga ik naar binnen."

Maar hij bleef nog een ogenblik wachten, luisteren.

Het was bladstil. Het huis tekende zich spookachtig wit af in het maanlicht tussen oude bomen; drie verdiepingen antieke gratie, waar op de begane grond flauwgele lampen schenen.

Trasek liep het pad op en het grint knerste onder zijn voeten. Hij bleef staan voor de marmeren stoep en het licht van de vestibule bescheen zijn gezicht — een wreed, gespannen gezicht met sombere, zwarte ogen, een eigenaardige loodwitte huid. Hij beklom aarzelend de stoep, als een kat op een onbekend dak, en drukte op de bel.

Na een tijdje werd de deur geopend door een dikke vrouw van middelbare leeftijd in een roze kamerjas.

"Ik kom voor Dr. Horzabky," zei Trasek.

De vrouw bekeek het bleke gezicht aarzelend. "Kunt u niet op een andere tijd langskomen? Ik denk niet dat hij zo laat op de avond nog gestoord wil worden."

"Mij ontvangt hij wel," zei Trasek.

De vrouw bekeek hem met samengeknepen ogen. "Een vriend van vroeger?"

"Nee," zei Trasek. "Wij hebben...een paar kennissen gemeen."

"Nou, ik zal eens kijken. Moet u wel even wachten." Ze deed de deur dicht en Trasek was weer alleen met het maanbeschenen marmer.

Even later ging de deur open en gebaarde de vrouw hem binnen te komen. "Hierheen graag!"

Trasek volgde haar de gang door; haar pantoffels sloften over het donkerrode tapijt. Ze deed de deur open en Trasek stapte een lang vertrek binnen dat verlicht werd door het gouden schijnsel van een grote kristallen luchter.

De vloer was bedekt met een oosters tapijt — weelderig oranje, roodbruin, indigo — en het meubilair was antiek en van massief hardhout. Boeken in oude walnoten boekenkasten namen een hele muur in beslag — zware boekdelen, in alle maten, alle vormen, alle kleuren. Aan de andere muur hing een aantal grote schilderijen, en aan de korte muur weerkaatste een spiegel het beeld van de deur waardoor Trasek was binnengekomen.

Dr. Horzabky stond met een boek in zijn hand. Hij droeg een roodfluwelen huisjasje op een zwarte pantalon — een lange man met smalle schouders en een magere nek, een breed, afgeplat hoofd. Zijn kin was smal en spits, zijn haar was dun. Hij droeg een bril met dikke glazen waarachter zijn ogen heel groot en zachtblauw leken.

Trasek deed de deur achter zich dicht en kwam langzaam de kamer in, wreed en fel als een zwarte wolf.

"Zo," informeerde Dr. Horzabky, "wat kan ik voor u doen?"

Trasek glimlachte. "Ik betwijfel of u dat voor me zou doen."

Horzabky trok licht zijn wenkbrauwen op. "In dat geval was er nauwelijks aanleiding bij me langs te komen."

"Misschien heb ik wel interesse voor kunst," zei Trasek, met een knik in de richting van de schilderijen aan de muur. "Hoewel ze een beetje te bizar zijn naar mijn smaak...Hebt u bezwaar dat ik ze bekijk?"

"In het geheel niet." Horzabky legde zijn boek neer. "Die schilderijen zijn echter niet te koop."

Trasek liep op het eerste doek toe en ging er wat dichter bij staan dan een kenner zou adviseren. Op de eerste blik leek het alleen een compositie te zijn in zwart, dofbruin en paars. "Nogal saai, vind ik."

"Naar uw smaak dan," zei Horzabky, die bevreemd van Trasek naar het schilderij keek.

"Wie heeft dat geschilderd?"

"Een onbekende."

"Ach," zei Trasek en liep door naar het tweede, een abstract schilderij. "Maar dit is een nachtmerrie." En inderdaad, de vormen waren onwerkelijk en wanneer de geest ze trachtte te bevatten, ontglipten ze aan het begrip; en de kleuren waren al even vreemd — naamloze schakeringen, schelle tinten die het oog wel zag maar niet benoemen kon. Trasek schudde afkeurend zijn hoofd, tot vermaak van Horzabky, en liep naar het volgende, ook een abstracte compositie, maar in een kalmere toon — horizontale lijnen en strepen van goud, zilver, koper en andere metaalkleuren.

Trasek bekeek deze aandachtig. "Een knappe illusie van ruimte en diepte zit hierin," zei hij, terwijl hij Horzabky vanuit zijn ooghoek gadesloeg. "Men zou haast denken dat men zijn hand erin kon steken om het goud te pakken."

"Dat hebben veel mensen gedacht," bevestigde Horzabky, met zijn uilenogen achter zijn brillenglazen.

Trasek onderzocht het vierde schilderij met nog grotere zorg. "Weer een dat ik niet begrijp." zei hij ten slotte. "Zijn dat bomen?"

Horzabky knikte. "De schilder heeft alles afgebeeld zoals het eruit zou zien als het binnenstebuiten was."

"Zo, zo…" Trasek knikte wijs en liep naar het vijfde schilderij. Hier vond hij een afbeelding van een ingewikkeld raamwerk van lichtende geelwitte strepen op een zwarte ondergrond; een raamwerk dat de ruimte opdeelde in een kubistisch ruitwerk, waarvan de parallelle lijnen elkaar troffen in het verdwijnpunt. Zonder iets te zeggen wendde Trasek zich naar het laatste schilderij aan de muur, dat slechts uit een grijzig-roze vlek bestond, en schudde zwijgend zijn hoofd, waarna hij zich afwendde.

"Misschien wilt u me nu de reden van uw bezoek uit de doeken doen," stelde Horzabky vriendelijk voor.

Trasek keek Horzabky fel aan, waarop deze in onbehagen met zijn ogen begon te knipperen.

"Een vriend heeft me gevraagd u op te zoeken," zei Trasek.

Horzabky schudde zijn platte hoofd. "Ik begrijp het nog steeds niet. Wie is uw vriend?"

"Ik betwijfel of u zijn naam zou herkennen. Maar hij kende de uwe wel — van het dodenkamp Bocz, in Kunvasy."

"Aha," zei Horzabky zachtjes. "Ik begin het te begrijpen."

Trasek's ogen gloeiden als de ogen die men in het duister rondom het kampvuur ziet. "Achtenzestigduizend slaven leefden daar, gejaagd door de duivel, uitgehongerd, murw geslagen, door bevriezing aangetast — schepsels waarvoor zelfs apen en jakhalzen hun neus zouden ophalen."

"Kom, kom," protesteerde Horzabky zachtmoedig, terwijl hij zijn magere gestalte in een stoel liet zakken. "Het was toch…"

"Een van de Kunvasische geleerden vroeg om die mensen, en kreeg te horen dat hij ermee doen mocht wat hij wilde; ze waren toch te ziek en te zwak om met enig profijt te werk te stellen, en ze waren naar Bocz gezonden om daar te worden gedood." Trasek boog zich voorover. "Het interesseert u?"

"Ik luister," antwoordde Horzabky zonder enige emotie te laten blijken.

"De wetenschapper was een man met een brede blik, daar bestaat geen twijfel over. Hij wenste andere dimensies, andere universa af te tasten, maar er was geen gereedschap of apparaat te vinden dat hem houvast zou geven. Alle aardse krachten waren slechts toepasbaar binnen de begrenzing van de aardse dimensies, en hij had behoefte aan een kracht die deze grenzen overschreed. Hij dacht aan mentale kracht, aan telepathie. Alles scheen erop te wijzen dat telepathie werkzaam was via niet-aardse dimensies. Als nu deze kracht eens op een enorme wijze werd vergroot? Zou ze dan niet een weg naar het onbekende openrijten? Mogelijk zou de samengebundelde inspanning van een groot aantal breinen resultaat hebben. En zo kreeg hij achtenzestigduizend slaven. Hij diende hen een middel toe dat hun concentratie stimuleerde, maar hun wil verdoofde en hen plooibaar maakte. De binnenplaats dreef hij hen op, dromde hen wang aan wang tegenover een doelwit dat op een plaat triplex was geschilderd. Hij droeg hen op te willen, te willen te WILLEN! Om erin te dringen, maar niet erdoor! Drie richtingen in, en dan een vierde. Om zich het onvoorstelbare voor te stellen!

— 187 —

"De slaven stonden er hijgend, zwetend; de ogen puilden uit van de inspanning. Nevel trok samen op het doelwit. "Erin! Erin!" gilde de geleerde. "Erin maar niet erdoor!" En het doelwit spatte open — een gat van een meter doorsnede naar het onbekende.

"Hij liet ze een dag rust nemen en haalde ze toen weer naar buiten, en weer braken ze een andere ruimte aan. Zevenmaal deed hij dit, en toen kwam er een catastrofe tussenbeide. De Kunvasische Gealener Staf besloot dat het tijdstip was gekomen. Op de grote dag kreeg hun luchtmacht de vrije teugel, maar de geallieerde verdediging vernietigde de luchtvloot boven de Baai van Balt; de oorlog was op de dag dat hij begonnen was, al verloren.

"De wetenschapper in Bocz zat met de handen in het haar. Achten-zestigduizend slaven wisten van zijn zeven openingen af, plus nog een stel bewakers. Er moest stilzwijgen worden bewerkstelligd, en de dood was daar een prima bewerkstelliger voor. Hij kreeg een inval. Waarom zou hij al dat sterven niet ergens toe laten dienen — al was het maar om zijn grillige nieuwsgierigheid te bevredigen? En zo verdeelde hij zijn achtenzestigduizend in zeven groepen en dreef elke nacht een groep door een van zijn openingen.

"Inmiddels naderde al het Bezettingsleger, maar toen Bocz werd bevrijd, was de geleerde verdwenen, samen met zijn zeven openingen. Vreemd genoeg waren alle bewakers die de geleerde hadden bijge-staan, in dezelfde barak gehuisvest, en deze barak werd op een nacht vol nocumene geblazen. Het lijkt er dus op dat de zaak daarmee was afgesloten, dunkt u niet?"

"Dat lijkt me wel," zei Horzabky, terwijl hij achteloos een klein auto-matisch pistool toonde, "maar dit is uw verhaal, dus gaat u alstublieft verder."

"Ik ben met mijn deel wel ongeveer klaar," zei Trasek, verholen grijnzend om het pistool.

"Misschien hebt u gelijk." Horzabky kwam overeind. "De trefzeker-heid van uw kennis verbaast me wel, dat moet ik toegeven. Misschien dat u de bron onthullen wilt?"

"Dat is een vrij kostbaar brokje informatie," zei Trasek. "Als u nu eens een tijdje het woord nam."

"Hm…" Horzabky aarzelde. "Goed dan. Waarom niet?" Hij trok

het huisjasje strakker om zijn magere schouders alsof hij het koud had. "Zoals u zegt, het was een grandioos idee, ja, verheven was het, en een gewoon sterveling kan zich geen voorstelling maken van mijn vreugde toen die eerste nachtelijke proefneming succes had... Lang nadat de gevangenen waren teruggegaan naar hun barakken, stond ik nog op het platform en staarde mijn nieuwe universum binnen. Wat nu, vroeg ik mezelf. Als de opening, dacht ik, een vaste plaats had gehad in de ruimte, dan zou de beweging van de aarde het in een oogwenk achter zich gelaten hebben; kennelijk was de opening hier gevangen, als onderdeel van de plaat triplex; en ja, toen ik het paneel oplichtte — heel behoedzaam, centimeter voor centimeter — kwam de opening mee. Ik bracht de plaat naar mijn verblijf en algauw bezat ik er nog zes: zeven nieuwe, wonderbaarlijke universa, die ik welhaast in een tekenmap met me mee kon dragen." Horzabky wierp een blik op de schilderijen aan de wand. Als Trasek op dat ogenblik een sprong had genomen, dan had hij misschien het pistool bemachtigd; hij bleef echter liever op een afstand. "En de gevangenen waren toch veroordeeld om te sterven; was het dan niet beter dat zij daarmee deelhadden aan mijn grootste experiment?"

"Naar hun mening is niet gevraagd," merkte Trasek op. "Ik acht het echter waarschijnlijk dat ze toch liever in leven waren gebleven."

"Ach wat!" Horzabky kneep zijn lippen samen en breidde zijn armen uit. "Schepsels als zij —"

Trasek onderbrak hem. "Vertel me over uw universa."

"Ach ja," zei Horzabky. "Het is een vreemde verzameling, allemaal anders, stuk voor stuk, hoewel twee ervan volgens dezelfde natuur-wetten schijnen te functioneren als het onze. Dit hier —" hij wees naar afbeelding nummer 4 "— is identiek aan het onze, met dien verstande dat we alles zien vanuit een versi-dimensioneel gezichtspunt. Alles lijkt binnenstebuiten gekeerd te zijn. Universum nummer 5 —" dat was de ruimte die in ontelbare blokjes werd verdeeld door het lichtende netwerk "— is opgebouwd uit dezelfde materie als het onze, maar heeft zich heel anders ontwikkeld. Die dikke strepen zijn in werke-lijkheid ionensporen; dat hele universum is één gigantische dynamo." Hij deed een stap achteruit, zijn handen in de diepe zakken van zijn huisjasje gepropt. "Die twee zijn de enige die zich in onze termen laten bespreken…Kijk eens naar nummer één. Dat lijkt een vlekkerige korst van zwart en beroet paars. De kleuren zijn een illusie: er is geen licht in dat universum dat wordt teruggekaatst. Wat er zich in werkelijkheid achter die vlek bevindt, weet ik niet. Onze woorden zijn daar niet van toepassing. Geen enkel woord of begrip uit onze taal kan daar ook maar van toepassing zijn, zelfs begrippen als ruimte, tijd, afstand, hard, zacht, hier, daar… Een nieuwe taal, een nieuw stelsel van abstracte begrippen zou nodig zijn om dat universum te beschrijven en ik vermoed dat onze hersenen per definitie niet in staat zullen zijn dat te hanteren."

Trasek knikte in oprechte bewondering. "Heel goed gesteld, Dr. Horzabky; heel interessant."

Horzabky glimlachte even. "Dezelfde moeilijkheden hebben we met nummer 2, dat eruitziet als een buitenmate frenetiek modern schilderij, en ook met nummers 3 en 6."

"Dat zijn er dan zes," merkte Trasek op. "Waar is het zevende?"

Horzabky glimlachte opnieuw, een dunne trillende poppen-glimlach. Hij wreef zijn spitse kin, knikte dan in de richting van de spiegel. "Daar."

"Natuurlijk," mompelde Trasek.

"Nummer 7 —" Horzabky schudde zijn platte kale hoofd "— zo anders dan onze wereld, dat het licht weigert er binnen te gaan."

"Is het niet grotesk," merkte Trasek op, "dat de gevangenen in Bocz die keuze niet hadden?"

"Dat lijkt maar zo," antwoordde de gastheer. "Doch als u even nadenkt, is de paradox al opgelost. Helaas," voegde hij er treurig aan toe, "maakte de onbuigzame aard van het licht het mij onmogelijk de ervaringen van de wél plooibare gevangenen te observeren."

"Wat gebeurt er als u er een stok in steekt?"

"Die lost op. Smelt weg; als vloeipapier in een stookketel. De wet van behoud van energie gaat niet op in andere universa, waar materie zowel als energie gelijkelijk onaanvaardbaar zijn en waar onze wetten geen gezag hebben."

"En de andere?"

"In nummer 1 wordt een stok of een ijzeren staaf verkruimeld, valt in poeder uiteen. Bij nummer 2 kun je hem niet vast blijven houden, hij wordt uit de handen gesleurd, door wie of wat, dat weet ik niet. Bij nummer 3 kan de stok gewoon weer worden teruggetrokken, evenals bij nummer 4. Bij nummer 5 wordt de stok elektrisch geladen en vliegt, zodra je hem loslaat, met een enorme snelheid een van de gangen in. Bij nummer 6 — dat is dat vage grijzig roze universum — verandert de stok in een ander materiaal, hoewel hij qua structuur hetzelfde blijft. Die andere ruimte verandert iets aan de protonen en elektronen en maakt het hout zo hard als ijzer, hoewel de stof chemisch gezien nog steeds hout is. En in nummer 7, zoals ik al zei, smelt het materiaal eenvoudig weg."

Trasek stond op; Horzabky's hand schoot uit de zak van zijn huisjasje tevoorschijn als een slang; met het pistool.

"Jammer," zuchtte Horzabky, "dat dergelijke herinneringen aan ons ingewikkelde leven zich in de discussie moeten mengen. Maar u dunkt mij een hartstochtelijk mens, een verbitterd mens, meneer Dinges en mijn kleine wapen is, hoe bot en onomwonden ook, een effectieve toeverlaat. Het is voor mij noodzakelijk om voorzichtig te zijn. Op dit ogenblik wordt een groot aantal zogenaamde oorlogsmisdadigers opgepakt. Mijn onschuldige activiteiten in Bocz zouden mogelijkerwijs verkeerd kunnen worden uitgelegd, en dat zou mij heel wat ongerief berokkenen. Misschien moest u me nu maar eens vertellen wat u hier komt doen."

Trasek's hand gleed naar zijn jaszak. "Kalm aan!" siste Horzabky.

Trasek lachte zijn harde glimlach. "Ik heb geen wapen. Dat heb ik niet nodig. Ik wilde alleen een klein voorwerp tevoorschijn halen... Dit hier." Hij liet een klein rond kastje zien met op het deksel een knopje. "Ik druk nu driemaal op deze knop. Zo. En spoedig zal de reden voor mijn bezoek verschijnen."

Een langdurig ogenblik stond het tweetal naar elkaar te kijken, als bevroren in kristal; de een achterdochtig, de ander spottend.

"Wij richten nu onze aandacht op universum 4," zei Trasek, "waar u zo kortgeleden tienduizend gasten heengestuurd hebt. Bekijkt u het tafereel eens goed. Doet het u niet ergens aan denken?"

Horzabky verwaardigde zich niet te antwoorden, maar sloeg Trasek gemelijk gade.

"Dat zijn bomen, het is heel duidelijk dat het bomen zijn, al schijnt het gebladerte binnen de koker van de stam te groeien. We kunnen zien dat we ons op vast land bevinden, maar dat is ongeveer het enige waar we zeker van kunnen zijn, met dat licht en zo... Zou u willen weten waar dat tafereel zich in werkelijkheid bevindt? Ik zal het u vertellen. Het is Arnhem Land, het meest afgelegen gedeelte van Australië. Het is onze eigen Aarde."

Het zachte zoemen van de deurbel weerklonk.

"Ik zou maar opendoen," zei Trasek. "Dat bespaart uw huishoudster de doodschrik van haar leven."

Horzabky gebaarde met zijn pistool. "Loop voor me uit en doe de deur open."

Toen ze door de gang liepen, verscheen de dikke vrouw in de roze kamerjas. "Ga maar weer naar bed, Martha," zei Horzabky, "ik doe dit wel af." De vrouw draaide zich om en liep weer weg.

De bel ging opnieuw. Trasek legde zijn hand op de deurknop. "Een waarschuwing Dr. Horzabky. Wees voorzichtig met dat pistool. Mij kunnen die kogels niet zoveel schelen — maar als u mijn broer verwondt, dan zal de nog redelijk kalme dood die ik u heb toebedacht, voor onbepaalde tijd worden uitgesteld."

"Doe de deur open!" zei Horzabky hees.

Trasek wierp de deur open.

Het ding zwalkte vanuit het duister naar binnen en bleef wiegend in de hal staan. Horzabky's ademhaling stokte alsof iemand hem een trap in zijn buik had verkocht.

"Dat is een man," zei Trasek. "Een binnenstebuiten man."

Horzabky schoof zijn bril omhoog op zijn neus. "Is dit... is dit een..."

Trasek was Horzabky's pistool in de gaten blijven houden. "Het is een van uw slachtoffers, Dr. Horzabky. U hebt hem door opening nummer 4 gestuurd. Wat hij daar aanheeft, is een plastic overall, om hem de vliegen van het lijf te houden, of liever: uit zijn lijf te houden, omdat hij vanuit zijn gezichtspunt gewoon een normaal mens is, alleen het universum zit achterstevoren."

"Hoeveel zijn er zo nog meer?" informeerde Horzabky achteloos.

"Geen. Bij sommigen kwam het door de vliegen, bij de meesten door zonnebrand, en de inboorlingen hebben er een heel stel neergelegd met hun rietpijlen. Een vee-inspecteur van de regering kwam daar langs en die wilde wel weten wat er aan de hand was. Hoe hij ooit in —" Trasek maakte een hoofdgebaar naar zijn broer "— een mens heeft kunnen zien is een raadsel. Maar hij heeft zo goed als hij kon voor hem gezorgd, en uiteindelijk kreeg ik die brief…"

Horzabky tuitte zijn kleine roze mond. "En wat is nu uw plan, wat hem betreft?"

"U en ik gaan hem weer door opening nummer 4 helpen. Dan moet hij weer met de goede kant buiten komen, in verhouding tot het universum."

Horzabky glimlachte dunnetjes. "U bent een verbazende kerel. U moet toch wel begrijpen dat u en uw broer allebei een bedreiging vormen voor het rustige leventje dat ik hier leid, en dat ik u met geen mogelijkheid kan toestaan hier levend vandaan te gaan."

Trasek deed een sprong naar voren, zo snel dat zijn omtrekken wazig werden. Voor Horzabky met zijn ogen kon knipperen, had Trasek zijn pols gegrepen en het pistool losgerukt. Hij keek om naar zijn broer.

"Hierheen, Emmer." En tegen Horzabky: "Terug, Dr. Horzabky, terug naar uw schilderijen."

Ze liepen door de gang terug naar de bibliotheek. Trasek gebaarde naar nummer 4. "Wilt u daar het glas voor vandaan halen?"

Horzabky gehoorzaamde traag en met een gemelijk gezicht. Trasek leunde een klein eindje door de opening en bekeek het terrein, trok zijn hoofd terug. "Als alles er voor jou zo uitziet, Emmer, dan begrijp ik niet dat je je verstand nog niet verloren hebt… Nou, hier is de opening. Het is een val van bijna twee meter, aan de andere kant, maar je hebt dan tenminste weer de juiste kant naar buiten. Doe eerst dat plastic kruippakje maar uit, anders knoopt het zich nog vast in je ingewanden."

Trasek deed de ritssluiting los, maakte een prop van het pak en smeet het door de opening. Hij sleepte een stoel vlak onder de opening. Emmer klom er onhandig op, schoof het gat in en liet zich vallen.

Trasek en Horzabky sloegen hem nog een ogenblik gade, nog steeds binnenstebuiten, maar nu weer op één lijn met zijn omgeving.

"Een afschuwelijke maand in een mens z'n leven," zei Trasek. Zijn mond vertrok. "En dan vergat ik nog de jaren die hij als Kunvasische slaaf heeft geleefd…" Een hand aan zijn jaszak; Horzabky greep het pistool, deed een stap achteruit, met het wapen in de aanslag.

"Dit keer graai je het me niet meer uit handen, m'n beste."

Trasek's wrede glimlach kwam tevoorschijn. "Nee, daar hebt u gelijk in. U mag het pistool best houden."

Horzabky stond wat verwezen te kijken; naar Trasek, maar ook in het niet. "Ik was ervan overtuigd dat ik met allemaal had afgerekend." Hij keek de rij afbeeldingen langs.

"En nu weet u het niet zo zeker meer, hè?" jouwde Trasek. "Misschien zijn ze niet allemaal doodgegaan toen ze erdoor gingen... Misschien zitten ze daar allemaal om de hoek te wachten, als ratten in een hol..."

"Onmogelijk."

"...misschien hebt u ze wel overal met u meegesleept, misschien komen ze 's nachts wel naar buiten geslopen om te eten, en verstoppen ze zich dan weer."

"Onzin!" zei Horzabky onbeheerst. "Ik heb ze zien sterven. In nummer 1 werden ze stijf en dan verkruimelden ze en verdwenen ze in het duister. In nummer 2 spartelden ze en worstelden ze en vielen uiteindelijk uit elkaar, waarna de delen alle kanten werden uitgerukt. In nummer 3 zetten ze uit en spatten ze uit elkaar. In nummer 4... nou ja, dat weet u. In nummer 5 werden ze opgepakt en als kaf door de gangen weggevoerd tot je ze niet meer zag. In nummer 6... het is onmogelijk iets in die vlek te ontwaren, maar alles wat erin gestoken wordt, en weer eruit getrokken, is tot in al zijn atomen veranderd, versteend: elk onderdeeltje is een stukje van de nieuwe ruimte geworden. In nummer 7 smelt alle materie gewoon weg."

Trasek stond in gepeins. "Nummer 2 lijkt erg akelig... nummer 4... nee, Horzabky, zelfs voor jou niet. Ik geloof niet in martelen, en daarvoor mag je de hemel wel dankbaar zijn... Nou, zullen we dan nummer 2 maar doen? Klim je er zelf in of moet ik je helpen?"

Horzabky's mond vertrok zich als een verkreukeld rozenknopje; zijn ogen vonkten. "Jij misselijk... onbeschaamd..." Hij spuugde de woorden van zich af en ze doorkliefden de lucht als witte slangen; hij hief zijn arm op; het pistool daverde — een keer, twee keer.

Trasek liep nog steeds grijnzend naar de muur, pakte nummer 2 en zette het tegen een van de massieve tafels aan. De woeste vormen van de wereld daarbinnen klotsten, wisselden, deden het verstand geweld aan.

Horzabky stond te jammeren, met een hoog stemmetje. Hij deed een paar haastige stappen tot hij vlakbij Trasek stond, duwde hem het pistool bijna in zijn gezicht en vuurde opnieuw… en opnieuw… en opnieuw.

Witte merktekens verschenen op Trasek's voorhoofd, op zijn wang. Horzabky wankelde achteruit.

"Je kunt me niet doden," zei Trasek. "Niet met materie uit deze wereld. Ik ben ook een van je oud-leerlingen. Je hebt me nummer 6 ingestuurd. Ik ben net als die stok: ondoordringbaar!"

Horzabky stond tegen de tafel geleund en het pistool hing slap in zijn hand. "Maar… Maar."

"De rest is dood, Horzabky. Dat gat heeft geen bodem. Je blijft gewoon eeuwig vallen — tenzij je toevallig de rand van de opening te pakken hebt weten te krijgen. Ik ben er uiteindelijk weer uitgeklommen toen u bezig was de bewakers te vergassen. Wel, Doctor," zacht stapte hij op de trillende Horzabky af, "nummer 2 wacht op u…"

Ontheemd!

EEN OUDE HOUTHAKKERSVROUW die op zoek was naar paddenstoelen in de noordelijke vork van de Kreuzberg had toen ze opkeek de vreemdelingen gezien. Ze kwamen stap voor stap door de varens gelopen, de armen gestrekt, de melkachtige blauwe ogen uitdrukkingsloos als oesterschelpen. Toen ze toevallig op een zonnige plek aankwamen slaakten ze uitroepen van pijn en grepen naar hun naakte schedels die wit waren als ivoor en bleekblauw geaderd.

De oude vrouw bleef doodstil staan en de adem stokte haar in de keel. Ze strompelde achteruit en viel bijna bij iedere stap, alsof haar benen er maar net in slaagden om haar op het allerlaatste moment overeind te houden. De vreemde figuren bleven onzeker staan en staarden door het zonlicht en de donkergroene schaduwen. De oude vrouw ademde hysterisch in, draaide zich om en rende weg zo snel haar kromme benen haar konden dragen.

Honderd meter heuvelafwaarts kwam ze uit op een pad; daar hervond ze haar stem. Ze rende, krakerig schreeuwend en hees roepend, slingerend van de ene naar de andere kant. Ze rende tot ze bij een kapelletje langs de weg kwam, waar ze zich in een hoopje ter aarde stortte en als een bezetene begon te bidden en te smeken.

Twee houthakkers in leren broeken en roest met zwarte overjassen, die vanuit het dorp Tedratz omhoogkwamen, staarden haar geamuseerd en nieuwsgierig aan. Ze krabbelde overeind op haar knieën en wees omhoog langs het pad. "Duivels uit de hel! Zomaar open en bloot, in al hun slechtheid; ik heb ze met eigen ogen gezien!"

"Kom nou," sprak de oudste van de twee houthakkers op toegeeflijke toon. "Je hebt een slok te veel op, en het is niet gepast om zo te spreken op een heilige plek als deze."

"Ik heb ze gezien," brulde de oude vrouw. "Naakt als eieren en wit als reuzel; ze renden op mij af, zwaaiend met hun armen, roepend om mijn ziel!"

"Hadden ze hoorns en staarten?" vroeg de jongere man schertsend. "Hebben ze je geprikt met hun drietanden, geslagen met hun zwepen?"

"O, ellendelingen! Jullie lachen, jullie spotten; ga dan zelf maar eens naar boven en zie het zelf maar… Het is maar vijfhonderd meter verderop, en dan ben ik degene die jullie kan uitlachen!"

"Kom mee," zei de eerste man. "Misschien dat iemand de oude vrouw heeft lastiggevallen; als dat zo is zullen we hem een lesje leren."

Ze slenterden verder en verdwenen tussen de sparren. De oude vrouw stond op en hobbelde zo snel ze maar kon naar het dorp.

Vijf minuten lang bleef het stil. Ze hoorde gestommel; de twee houthakkers kwamen in volle vaart langs het pad terugrennen. "Wat nu?" stamelde ze, maar ze liepen haar voorbij en renden schreeuwend in de richting van Tedratz.

Een halfuur later liepen vijftig mannen, gewapend met buksen en jachtgeweren, omzichtig sluipend terug over het pad. Ze hadden aangelijnde honden bij zich. Ze liepen langs het kapelletje en de honden begonnen te trekken en te grommen.

"Daar omhoog," fluisterde de oudste van de twee houthakkers. Ze beklommen de richel, liepen tussen de sparren door, staken zonovergoten weilanden over en naar balsem geurende schaduwplekken.

Uit een rotsachtig ravijn waar zich al klaterend en tinkelend een stroompje gletsjerwater doorheen baande, klonken vreemde, droevige stemmen.

De honden gromden en jankten; de mannen kwamen voorzichtig naar voren en keken in de richting van het weiland. De vreemdelingen zaten bij elkaar onder een overhangende richel en klauwden zwakjes in de grond.

"Smerige wezens!" fluisterde de oudste van de twee houthakkers. "Net grote, witte aardappelkevers." Hij richtte zijn buks, maar een ander sloeg de loop omlaag. "Nog niet! Verspil je goeie kruit niet, laat de honden ze maar opjagen. Als het echt duivels zijn, dan zal hun boosaardigheid niet op ons gericht zijn!"

Het was een goed idee; ze lieten de honden los. Die sprongen naar voren, vervuld van haat. De schaduwen kolkten met vacht, tanden en trekkend wit vlees.

Een van de mannen sprong naar voren, zijn stem dik van woede: "Kijk, ze hebben Tupp vermoord, mijn goeie ouwe Tupp!" Hij hief zijn geweer en vuurde, een teken voor de anderen om ook te gaan schieten. Ten slotte waren alle vreemdelingen dood, op de ene of de andere manier.

Hijgend trokken de mannen de honden opzij, waarna ze neerkeken op de lichamen. "Goed gedaan, of het nu mensen, beesten of duivels zijn," zei Johann Kirchner, de herbergier. "Maar dat is nu precies het punt! Wat zijn het? Waarom heeft nog niemand ooit eerder zo'n wezen gezien?"

"Een vreemde gebeurtenis voor de aarde; vreemde gebeurtenissen voor Oostenrijk!"

De mannen staarden omlaag naar de stapel witte lichamen; niemand durfde al te dichtbij te komen, en nu de eerste opwinding was afgenomen begonnen ze zich steeds slechter op hun gemak te voelen. Oude Alois, de bakker, sloeg een kruis, keek schichtig omhoog naar de hemel en mompelde iets over de Apocalyps. Franz, de atheïst van het dorp, had een reputatie op te houden. "Demonen," zo beweerde hij, "zouden hoogstwaarschijnlijk niet zo snel het loodje gelegd hebben door hondenbeten en kogels; dit zijn vast en zeker vluchtelingen uit de Russische zone, slachtoffers van martelingen en experimenten." Heinrich, de plaatselijke communist, merkte nijdig op dat het Amerikaanse leger een stuk dichter bij Innsbruck lag; dit was het effect van Coca-Cola en stripverhalen op rechtschapen Oostenrijkers.

"Onzin," snauwde een ander. "Er is nog nooit een Oostenrijker geboren met zo'n hoofd, zulke ogen en zo'n huid. Dit zijn hele andere dingen. Salamanders!"

"Zombies," mompelde een ander. "Het zijn lijken die uit de dood zijn opgewekt."

Alois hield zijn hand omhoog. "Hist!"

Het geluid en geritsel van doelloze voetstappen dreef het ravijn binnen, de troosteloze kreten van de troglodieten.

De mannen kropen terug de schaduwen in; langs de richel verschenen silhouetten, gebogen, gebochelde, lompe vormen die zich op de tast een weg naar voren baanden, terugdeinzend van de stralen zonlicht.

Geweren vuurden en weer werden de honden losgelaten. Ze vlogen omhoog langs de rand van het ravijn en verdwenen.

Hijgend de helling beklimmend, kwamen de mannen bij de basis van een hoge, overhellende rotswand waar ze plotseling bleven staan. De basis van de rotswand was opengespleten. Vage bleekogige schepsels kwamen door de opening naar buiten, zwalkend, rillend, tegenstribbelend, centimeter voor centimeter, stap voor stap.

"Dynamiet!" riepen de mannen. "Dynamiet, benzine, vuur!"

Maar geen van deze maatregelen werd uitgevoerd. De commandant van het Franse bezettingsleger arriveerde met drie bataljons. Hij onderzocht de spleet, de oesterbleke gezichten, de ogen als oesterschelpen en hief zijn handen ten hemel. Hij dicteerde toen een snelle boodschap voor het hoofdkwartier in Innsbruck, en gebood de dorpelingen hun geweren te laten zakken en te vertrekken.

De dorpelingen vertrokken met tegenzin; de Franse soldaten, dapper in hun hemelsblauwe korte broeken, namen voorzichtig positie in; met een haastig opgetrokken hek van prikkeldraad en balken zetten ze de troglodieten vast in een gebied direct voor de rotswand.

De *Innsbruck Kurier* van 18 april bevatte een nogal sceptisch gestelde alinea: "Er is een merkwaardige stam heremieten uit de bergen ontdekt, woonachtig in een grot in de Kreuzberg, in de buurt van Tedratz. De plaatselijke bevolking tast volledig in het duister. De autoriteiten van Tedratz onderzoeken de zaak, ondersteund door eenheden van het Franse garnizoen."

Een heel wat minder voorzichtig gesteld bericht vond zijn weg via de kanalen van de telegraaf: "Innsbruck, 19 april. Een vreemde volksstam is opgedoken vanuit de diepten van de Kreuzberg, nabij Innsbruck in Tirol. Naar verluidt zijn ze haarloos en blind, en spreken een onverstaanbare taal.

"Volgens nog onbevestigde berichten werden de troglodieten aangevallen door de doodsbange bevolking van het nabijgelegen plaatsje Tedratz, en werden ze na bittere tegenstand teruggedreven in hun grotten.

"Franse bezettingstroepen hebben het hele Kreuzertal afgezet. Een woordvoerder van Kolonel Courtin weigert te bevestigen of te ontkennen dat de troglodieten zijn opgedoken."

Chefs de bureau in alle telegraafkantoren bekeken dit verhaal lang en zorgvuldig. Waarom zouden de Franse bezettingstroepen zich bemoeien met wat op het eerste gezicht een doodnormale ordeverstoring leek te zijn? Een geheime kolonie oorlogsmisdadigers? Onwaarschijnlijk. Maar wat dan? Een mysterieus ras van troglodieten? Duidelijk onzin. Wat dan? Het verhaal zou eventueel een vervolg kunnen krijgen, maar voor hetzelfde geld ging het als een nachtkaars uit. Maar wat er ook aan de hand was, op 19 april vertrok een konvooi van vier auto's in de richting van het Kreuzertal, met journalisten, fotografen en een lid van de Commissie Minderheden van de VN, die toevallig in Innsbruck was.

De weg naar Tedratz slingerde omhoog langs grazige weiden, sprookjesachtige bossen, dwars door kleine Alpendorpjes heen, terwijl de massieve, met sneeuw bedekte top van de Kreuzberg geleidelijk steeds hoger werd aan de horizon.

In Tedratz stapte het gezelschap uit en liep het nu inmiddels beruchte bergpad op, waar ze al bijna direct tegen een barricade van Franse soldaten aanliepen. De journalisten en fotografen lieten hun perskaarten zien en mochten passeren; de VN-commissaris had niets om te laten zien en de NCO die het bevel had over de barricade deelde hem op beleefde toon mede dat hij moest terugkeren.

"Maar ik ben een officiële vertegenwoordiger van de Verenigde Naties!" riep de verontwaardigde commissaris.

"Dat kan wel zijn," verklaarde de NCO. "U bent echter geen journalist, en mijn bevelen zijn helder." En de boze commissaris werd verzocht in Tedratz te wachten tot men navraag kon doen bij Kolonel Courtin in het kamp.

De commissaris stortte zich op dat woord. " 'Kamp?' Wat heeft dat te betekenen? Ik dacht dat er slechts een grot was, een gat in de bergwand?"

De NCO haalde zijn schouders op. "Het staat Monsieur le Commissionnaire vrij om te speculeren zoveel hij wil."

Een dienstplichtig soldaat werd erbij gehaald om als gids te dienen;

de journalisten en fotografen begaven zich weer op het bergpad terwijl de lange, gele stralen van de middagzon door de sparren vielen.

Het was een vrolijke groep; er werden heel wat kwinkslagen en grappen uitgewisseld. Al snel waren ze echter buiten adem, aangezien het pad steil was en niemand echt goede conditie had. Ze stopten bij het kapelletje langs de weg om uit te rusten. "Hoe ver is het nog?" vroeg een fotograaf.

De soldaat wees door de sparren naar een uitstekende punt graniet. "Nog een klein stukje; dan kunt u het zelf zien."

En weer gingen ze op pad, waarbij ze vrijwel onmiddellijk langs een bataljon soldaten kwamen die prikkeldraad tussen de bomen aan het spannen waren.

"Dit is al de derde uitbreiding," zei de gids over zijn schouder. "Iedere dag komen er meer uit de rotsen. Het is —" hij zocht naar een woord "— *formidable.*"

De vrolijke stemming en de kwinkslagen hielden op; de journalisten tuurden tussen de sparren door en werden zich plotseling bewust van de kilte van de invallende avond.

Ze kwamen bij het kamp aan en werden naar Kolonel Courtin gebracht, een kleine man die zich vlug en rusteloos bewoog. Hij zwaaide met zijn arm. "Daar, mijn vrienden, bevindt zich het schouwspel waarvoor u gekomen bent; kijk zoveel u wilt, want het is door uw ogen dat de wereld deze gebeurtenis te zien moet krijgen."

Drie minuten lang staarden zij en mompelden tegen elkaar, terwijl Courtin op zijn tenen op een neer wipte.

"Hoeveel zijn er?" vroeg iemand vol ontzag.

"Twintigduizend, volgens onze laatste schatting, en ze komen steeds sneller naar buiten. En allemaal uit dat kleine gaatje." Hij ging op zijn tenen staan en wees. "Het is ongelooflijk; hoe kunnen ze daar allemaal in passen? En ze blijven maar komen, alsof ze door een goochelaar uit een hogehoed getrokken worden."

"Maar — eten ze ook?"

Courtin hield zijn handen op. "Is het aan mij om dat te vragen? Ik lever geen voedsel; ik heb niets; mijn budget staat het niet toe. Ik ben een meelevend mens. Zoals u kunt zien heb ik zelfs zeilen opgehangen om het zonlicht tegen te houden."

"Met zo'n huid zijn ze waarschijnlijk heel gevoelig, is het niet?"

"Gevoelig!" Courtin rolde met zijn ogen. "De zon verbrandt ze als vuur."

"Vreemd dat ze niet meer interesse tonen in wat er om hen heen gebeurt."

"Ze zijn verdoofd, vriend. Verdoofd, blind, en enorm verward."

"Maar — wat *zijn* het?"

"Dat, mijn vriend, is een vraag waarop ik nog geen goed antwoord heb weten te vinden."

De journalisten vonden min of meer hun zelfbeheersing terug, en zwermden uit rondom de afzetting met zorgvuldig neutrale gezichten die erop gericht waren de indruk te geven dat ze dachten: *wij hebben zoveel vreemde dingen gezien dat wij ons nu helemaal nergens meer over kunnen verbazen.* "Ik neem aan dat het mensen zijn," zei een van hen.

"Maar natuurlijk. Wat anders?"

"Wat anders, inderdaad? Maar waar komen ze vandaan? Het verloren Atlantis? Het land van Oz?"

"Nu dan," sprak Kolonel Courtin, "nu maakt u er een geintje van. Het is een serieuze zaak, beste vrienden; waar houdt dit op?"

"Dat is nu precies de grote vraag, Kolonel. Wiens kindje is dit?"

"Ik begrijp u niet."

"Wie gaat de verantwoordelijkheid voor hen op zich nemen? Frankrijk?"

"Nee, nee," riep Kolonel Courtin uit. "U moet mij niet dit soort woorden in de mond leggen!"

"Oostenrijk, dan?"

Kolonel Courtin haalde zijn schouders op. "De Oostenrijkers zijn een arm volk. Misschien — maar dan speculeer ik natuurlijk — zal uw grote natie eens te meer zijn grote overvloed delen."

"Misschien, misschien niet. De enige man die er iets over zou kunnen zeggen is in Tedratz achtergebleven — die vent van de Commissie Minderheden."

Het verhaal verdrong al het andere nieuws van de voorpagina's en werd met de dag groter.

Ontheemd!

In het U.P. nieuwsbericht:

Innsbruck, April 23 (UP): Het mirakel van de Kreuzberg blijft de wereld verbijsteren. Vandaag is een nieuw record aan troglodieten door het gat naar buiten gekomen, zodat de totale populatie aan het oppervlak nu zesenveertigduizend bedraagt...

In de gesyndiceerde column *Science Today* door Ralph Dunstaple, op 28 april:

De wetenschappelijk wereld is in rep en roer door de controverse van de troglodieten. De meest gangbare theorie is dat de trogs afstammelingen zijn van de holenmensen uit de ijstijd, ondergronds gedreven door de voortschrijdende muur van ijs. Andere speculaties, al dan niet wetenschappelijk, verwijzen naar de verloren stammen van Israël, de vierde dimensie, Armageddon, en Nazi-experimenten.

Taalkundige experts melden intussen dat ze vooruitgang boeken in hun pogingen de taal van de trogs te begrijpen. Dr. Allen K. Mendelson van het Princeton Institute of Advanced Research, woordvoerder van de groep, classificeert de spraak van de trogs als "een van de zogenaamde agglutinatieve talen, mogelijk ietwat verwant aan de Baskische taal — zo licht dat het uitermate speculatief is, en het is niet meer dan eerlijk om toe te geven dat wij het onderling niet met elkaar eens zijn over dit punt. De trogs hebben overigens geen woorden voor 'zon', 'maan', 'vechten', 'vogel', 'dier', en nog een groot aantal andere concepten die wij als vanzelfsprekend aannemen. 'Voedsel' en 'zwam' worden echter aangeduid met hetzelfde woord."

Uit de *New York Herald Tribune*:

TROGS ZIJN MENSEN, VOLGENS WETENSCHAPPERS; KRUISING MET DE MENS IS MOGELIJK
door Mollie Lemmon

Milaan, 30 april: Trogs zijn fysiologisch identiek aan de mensen van het oppervlak, en geslachtsgemeenschap tussen een mens en een trog zou best eens vruchtbaar kunnen zijn. Aldus de mening van een groep artsen en genetici in een informeel onderzoek dat ik gisteren heb uitgevoerd in het Genetisch Onderzoekscentrum van Milaan, waar een groep trogs momenteel onderzocht wordt.

Uit *The Trog Story*, een dagelijkse gesyndiceerde rubriek door Harlan B. Temple, 31 april:

"Vandaag zag ik de honderdduizendste trog zichzelf uit de ingewanden van de Alpen naar buiten wurmen; overal ter wereld vragen mensen zich af wanneer het nu eens ophoudt? Ik heb daar in ieder geval geen antwoord op. Deze enorme migratie, die niet meer gezien is op aarde sinds de dagen van Alaric de Goot, lijkt nu pas echt in een stroomversnelling te geraken. Er zijn twee nieuwe spleten in de Kreuzberg ontstaan; de trogs komen er in drommen uit, hun gezichten blank als custard, en alleen God weet wat er in hun hersenen omgaat.

"De kampen — het zijn er nu zes, met elkaar verbonden als knopen in een lang touw — strekken zich uit langs de hele flank van de heuvel tot in het Kreuzertal. De dekzeilen boven de boomtoppen geven de bergwand vanaf een afstand de aanblik van een grasveld bezaaid met zakdoeken die te drogen zijn gelegd.

"De voedselsituatie is de afgelopen drie dagen aanzienlijk vooruitgegaan, dankzij de inspanningen van het Rode Kruis, CARE en FAO. Het basisrantsoen bestaat uit rijst, tarwe, gierst of andere granen, vermengd met wortelen, groente, gedroogde eieren en verrijkt met vitamines; de trogs lijken het er goed op te doen.

"Ik wil niet beweren dat de trogs een nobel, verlicht of zelfs aantrekkelijk ras zijn. Hun culturele niveau is afgrijselijk laag; ze hebben geen gereedschappen, dragen geen kleding of sieraden. Maar in hun voordeel moet gezegd worden dat ze absoluut ongevaarlijk en mild van aard zijn; ik heb ze nog nooit onderling ruzie zien maken, of zelfs maar gezien dat een trog een andere emotie toont dan passieve gehoorzaamheid.

"Niettemin komen ze met honderden en duizenden tegelijk naar boven. Waardoor worden zij naar buiten gedreven? Vluchten ze voor een of andere onderaardse Attila, een of andere pandemonische Stalin? De taalkundigen die de taal van de trogs bestudeerd hebben laten niet veel los, maar ik heb uit welingelichte bron vernomen dat we binnen een dag of twee een rapport kunnen verwachten..."

Rapport aan de Vergadering van de VN, 4 mei, door V.G. Hendlemann, Coördinator voor het Comité van Verenigde Antropologen:

"Hierbij wil ik verslag doen van de voorlopige conclusies van het onderhavige comité. De processen en inducties die tot deze conclusies hebben geleid kunt u terugvinden in de appendices van dit rapport.

"Ons voorlopige onderzoek van de taal der troglodieten heeft de meerderheid van ons ervan overtuigd dat zij waarschijnlijk afstammelingen zijn van een groep Europese holbewoners die, hetzij door vrije keuze, hetzij door omstandigheden genoodzaakt, hun toevlucht hebben gezocht tot een leven onder de grond. Dit is minimaal vijftigduizend jaar geleden gebeurd, en ten hoogste tweehonderdduizend jaar geleden.

"De trog zoals wij die vandaag de dag zien is het resultaat van evolutie en mutatie, en vertegenwoordigt een aanpassing aan de speciale omstandigheden waaronder de trogs geleefd hebben. Ze zijn overduidelijk van de soort *homo sapiens*, met een hersencapaciteit die ruwweg gelijk is aan die van de mensen boven de grond.

"In onze gesprekken met de trogs hebben we geprobeerd te ontdekken wat de uiteindelijke oorzaak van hun migratie is. Geen van de trogs lijkt in staat de situatie helemaal bevredigend uit te leggen, maar we hebben begrepen dat de enorme grotten waarin zij tot nu toe gewoond hebben zijn getroffen door vulkanische activiteit, en geleidelijk met lava worden gevuld. Als dit het geval is, dan moeten we tot de conclusie komen dat de trogs letterlijk een groep 'ontheemden' zijn.

"In hun voormalige woonplaats voedden de trogs zich met zwammen die ze verbouwden in ondiepe 'velden', bemest door hun eigen ontlasting, fijngewreven steenkool en verwarmd door vulkanische hitte.

"Ze hebben geen begrip van 'tijd' zoals wij het woord begrijpen. Ze hebben slechts weinig tradities vanuit het verleden en kunnen zich geen voorstelling maken van een toekomst die meer dan twee minuten vooruit ligt. Aangezien zij totaal in het heden leven hebben ze geen verwachting, hoop, vrees, noch enig ander besef van wat hen zou kunnen staan te gebeuren.

"Ondanks hun gebrek aan culturele achtergrond hebben ze een niet te onderschatten aangeboren intelligentie. Het comité denkt dat een kind van de troglodieten, indien opgevoed in een normale situatie hier boven de grond, met een normale opleiding een waardevolle burger zou kunnen worden die zich op geen enkele manier onderscheidt van de rest van de mensheid, behalve dan door zijn of haar uiterlijk."

———————

Uittreksel uit een toespraak door Porfirio Hernandez, de Mexicaanse afgevaardigde aan de VN Vergadering, op 17 mei:

"...We hebben deze zaak nu al veel te lang genegeerd. Het gaat hier niet om een wetenschappelijke curiositeit of een abnormale diersoort, maar om een fundamenteel menselijk probleem, een van de grootste problemen van onze tijd en als zodanig dienen we dit dus ook te behandelen. De trogs komen met een steeds hoger tempo uit de de grond; het Kreuzertal, ofwel Kreuzer Valley, is overspoeld door trogs alsof het hier een overstroming betreft. We hebben rapporten gehoord, we hebben gediscussieerd, we hebben allerlei plechtige geluiden laten horen, maar het feit is dat ieder van ons blijft duimendraaien. Deze mensen — we moeten ze mensen noemen — moeten ergens permanent worden onder-gebracht; ze moeten de kans krijgen zelfvoorzienend te worden. Dit hete ijzer moet nu gesmeed worden, anders schieten wij te kort in onze verantwoordelijkheden..."

———————

Uittreksel uit een toespraak op 19 mei door Sir Lyandras Chandryasam, afgevaardigde van India:

"...Mijn gewaardeerde collega uit Mexico heeft stoere taal gesproken; hij spreidt een humanitaire inslag tentoon die onge-twijfeld te prijzen is. Maar hij stelt geen positief programma voor. Mag ik vragen hoeveel trogs er nu al aan de oppervlakte zijn geko-men, voor hoeveel van deze mensen wij nu moeten zorgen? Is het laatste cijfer al niet bijna een miljoen? Ik zou bij deze graag de aandacht vestigen op het feit dat er alleen al in India ieder jaar vijf miljoen mensen sterven door hongersnood of ziektes die te voorkomen zouden zijn geweest; maar niemand hier roept op tot een kruistocht om deze ongelukkige slachtoffers van natuurrampen hulp te bieden. Nee, het is dit vreemde ras, een ras dat geen claim heeft op de aandacht van wie dan ook, dat absoluut niets heeft toegevoegd aan de beschaving van deze wereld, dat volgens ons nu het grootste recht heeft op ons hart en onze portemonnee. Ik moet zeggen, is dit geen paradoxale situatie ..."

Uittreksel uit een toespraak op 20 mei door Dr. Karl Byrnisted, afgevaardigde van IJsland:

"... de emotie van Sir Lyandras Chandryasam is begrijpelijk, maar ik zou hem eraan willen herinneren dat de straten van India vol zijn met miljoenen en miljoenen zogenaamde heilige koeien en apen, die eten wat ze maar willen en waarschijnlijk genoeg voedsel tot zich menen om vijf miljoen mensen in leven te houden. De terugkerende hongersnood in India zou, mijns inziens, kunnen worden opgelost door rationeler om te gaan met deze parasieten, en door stappen te ondernemen om meer enthousiasme te genereren voor de klinieken waar men anticonceptiemiddelen verstrekt, door bijvoorbeeld belasting te heffen op het krijgen van kinderen. Op deze manier kan de regering van India met strenge maatregelen de eigen, ongetwijfeld verschrikkelijke, problemen oplossen. Deze trogs, daarentegen, zijn absoluut niet in staat om zichzelf te redden; ze zijn zo onzelfstandig als baby's die zonder pardon een wereld in geslingerd zijn waar zelfs het vriendelijke zonlicht dodelijk is ..."

Uittreksel uit een toespraak op 21 mei door Porfirio Hernandez, afgevaardigde van Mexico:

"Men heeft mij uitgedaagd om een positief plan te ontwikkelen om de trog situatie te kunnen hanteren ... Ik heb zelf het idee dat we in principe als uitgangspunt moeten nemen dat ieder lid van de VN toestemt om een vast aantal trogs op te nemen, waarbij het aantal berekend zou moeten worden op basis van de nationale rijkdom van het betreffende land, de natuurlijke grondstoffen, en de bevolkingsdichtheid...Het moge duidelijk zijn dat de exacte percentages ergens anders berekend moeten worden...Ik stel hierbij voor dat de Voorzitter van de Vergadering een comité in het leven roept en dit comité de opdracht geeft om deze berekeningen te maken en binnen twee weken met een voorstel te komen."

(Voorstel afgewezen, 20 tegen 35)

The Trog Story, 2 juni, door Harlan B. Temple:

"Ongeacht hoe vaak ik door Trog Valley loop, het voormalige Kreuzertal, ik blijf het gevoel van opperste verbijstering en ontzag houden. Er zijn nu meer dan een miljoen trogs; gisteren hebben ze vier nieuwe openingen naar de buitenwereld gehakt, en ze stromen nu naar buiten in aantallen van enkele duizenden per uur. En overal hoort men de vraag, waar houdt dit op? Stel dat de aarde een soort van mierennest is, een labyrint met meer trogs dan er mensen op het aardoppervlak leven?

"Vandaag of morgen zal onze hele organisatie in duigen vallen; er zullen meer trogs naar boven komen dan wij kunnen voeden. De organisatie begint hier en daar al scheuren te vertonen. Alle trogs krijgen minimaal één maaltijd per dag, maar er zijn niet genoeg kleren, er is niet genoeg onderdak. Iedere dag sterven er honderden vanwege zonnebrand. Ik begrijp dat het Oude-Kleren-Voor-Trogs programma zijn doelstelling absoluut niet weet te bereiken; ik vind dit moeilijk te begrijpen. Is er dan geen enkel gevoel van medelijden voor deze groep mensen, alleen maar omdat ze er niet uitzien als koorknapen en filmsterretjes?"

Uit de *Christian Science Monitor*:

CONTROVERSIËLE TROG-WET
AANGENOMEN DOOR DE RAAD VAN DE VN

New York, 4 juni: Met een uitslag van 35 tegen 20 — precies het omgekeerde van de uitslag van de eerste stemming over deze maatregel — heeft de vergadering van de VN gisteren het voorstel aanvaard van de Mexicaanse afgevaardigde Hernandez om een comité in het leven te roepen teneinde een voorstel te doen over de procentuele distributie van trogs onder de verschillende lidstaten.

Bij telling van de stemmen over het voorstel bleek dat het Sovjetblok zich aangesloten heeft bij de Verenigde Staten en het Britse Gemenebest, die allen tegen de maatregel gestemd hebben — waarschijnlijk omdat dit de landen zijn die de grootste aantallen trogs toegewezen zouden krijgen.

――――――――

Pamflet uitgedeeld tijdens een demonstratie van de partij Socialist Reich (Neo-Nazi) in Bremen, West-Duitsland, 10 juni:

EEN NIEUWE DREIGING

KAMERADEN! Er was een oorlog voor nodig om Duitsland te verlossen van de Joden; moeten wij nu instemmen met een stroom van smerige troglodieten? Heel Duitsland roept *nee!* Heel Duitsland roept, houdt uw grenzen dicht voor deze achterlijke mollen! Stuur ze naar Rusland, stuur ze naar de poolvlaktes! Stop ze terug in hun holen; laat ze daar sterven! Maar bewaak het Vaderland; bewaak de heilige Duitse grond!

(Demonstratie uit elkaar gedreven door de politie, pamfletten in beslag genomen.)

――――――――

Brief aan de *London Times*, 18 juni:

Aan de Redactie:

Ik spreek voor een groot aantal van mijn kennissen als ik zeg dat het vooruitzicht om een grote kolonie van deze 'troglodieten' te moeten opnemen mij nu niet bepaald vervult van enthousiasme. Engeland heeft toch zeker genoeg aan zijn eigen problemen, zonder de bijkomende lasten van een niet te integreren en onproductieve minderheid die onze toch al niet zo overvloedige rantsoenen opeten, en die onze toch al torenhoge belastingen nog verder omhoog zullen jagen.

Hoogachtend, etc.,

Sir Clayman Winifred, Bart.

Lower Ditchley, Hants.

――――――――

Brief aan de *London Times*, 21 juni:

Aan de Redactie:

Toen ik de brief van Sir Clayman Winifred van 18 juni onder ogen kreeg heb ik terloops navraag gedaan in mijn vriendenkring, en het verbijsterde mij hoezeer zij het eens waren met de mening van Sir Clayman. Dit past toch zeker niet in onze traditie, om onze schouders niet onder een last te zetten en mee te helpen deze te torsen met alle kracht die we in ons hebben? Deze troglodieten zijn menselijke wezens, slachtoffers van een ramp die wij niet kunnen bevatten. Er moet voor hen gezorgd worden, en als er een gekwalificeerd comité van deskundigen met een quotum komt, dan ben ik van mening dat we ons schrap moeten zetten en ons deel van de last moeten dragen.

Het anti-Amerikaanse deel van onze pers vindt het maar al te grappig om onze neven en nichten aan de andere kant van de oceaan aan te spreken op hun vermeende tegenzin om de zwarte bevolking gelijke rechten te geven — een tegenzin die, zo wil ik hieraan toevoegen, veel heftiger en venijniger aanwezig is in een land dat deel uitmaakt van het Britse Gemenebest: te weten de Unie van Zuid-Afrika. Wat willen deze journalisten doen tegen dezelfde mensonwaardige emoties hier in Engeland?

Hoogachtend, etc.,

J.C.T. Harrodsmere

Tisley-on-Thames, Sussex.

Kop in de *New York Herald Tribune*, 22 juni:

**VIER NIEUWE TROG KAMPEN GEOPEND;
POPULATIE NU TWEE MILJOEN**

Brief aan de *London Times*, 24 juni:

Aan de Redactie:

Ik heb de brief van J.C.T. Harrodsmere met betrekking tot de trog-controverse met grote belangstelling gelezen. Ik denk dat hij in zijn prijzenswaardige poging om Engeland zo ver te krijgen dat het zijn deel van de last op zich neemt, hij een heel belangrijk feit over het hoofd ziet: namelijk dat wij Engelsen een sterk samenhangend volk zijn met schoon, onbezoedeld en krachtig bloed, en dat een vermenging van welke aard dan ook alleen maar tot verslechtering kan leiden. Ik kan me voorstellen dat de heer Harrodsmere ogenblikkelijk zal zeggen dat een vermenging niet de bedoeling is. Maar mensen begaan soms vergissingen, en voor zover ik heb begrepen is de paring van een mens en een trog in principe een vruchtbare verbintenis, zodat er na verloop van tijd een groot aantal kleine halfbloedjes als ratten door onze goten zal kruipen. Dit is een totaal ongewenste situatie. Er zijn landen waar dit soort vermenging van volkeren geaccepteerd wordt: de Verenigde Staten bijvoorbeeld, schept op over het feit dat het een zogenaamde 'smeltkroes' is. Waarom sturen we die trogs dan niet naar de wijd open vlakten van de VS waar nog genoeg lege ruimte is en waar ze naar hartenlust kunnen 'samensmelten'?

Hoogachtend, etc.,

Col. G.P. Barstaple (BD), Queens Own Hussars.

Mide Hill, Warwickshire.

Brief aan de *London Times*, 28 juni

Aan de Redactie:

Als ik de banktegoeden en de algemene levendigheid van de samenleving van de zogenaamde bastaarden in de VS vergelijk met die van het raszuivere Engeland, dan moet ik tot de conclusie komen dat het ons misschien wel goed zou doen om een paar van onze gepensioneerde kolonels te ruilen met een paar extra trogs boven ons toegewezen quotum. Ik stem voor meer en betere hybridisatie!

Hoogachtend, etc.,

(Mejuffrouw) Elizabeth Darrow Brown

London, S.W.

The Trog Story, 30 juni, door Harlan B. Temple:

"Komt het als een verrassing voor mijn lezers als ik zeg dat de situatie met de Trogs uit de hand begint te lopen? Ze komen niet langzamer, maar steeds sneller; ze blijven komen, en iedere dag komen er meer dan de dag ervoor. Als deze laatste zin ietwat verward klinkt, dan is dat het resultaat van mijn eigen stemming.

"Er moet iets gebeuren.

"Er gebeurt niets.

"Het geruzie dat maar voortduurt is bij het publiek bekend. Ieder land is vrijgevig als het om adviezen gaat, maar verder dragen ze bitter weinig bij. Zweden vindt dat ze maar naar de binnenlanden van Australië gestuurd moeten worden; Australië wijst naar Groenland; Denemarken geeft de voorkeur aan de Ethiopische hoogvlakte; Ethiopië verwijst beleefd naar Mexico; Mexico zegt dat er in Arizona veel meer ruimte is; in Washington dreigen alle senatoren van beneden de Mason-Dixon linie met opstanden van nu tot in de Eeuwigheid Amen als ze ook maar één enkele trog zullen moeten toestaan de Verenigde Staten binnen te komen. Godzijdank is de voedseladministratie efficiënt genoeg! De VN en de wereld in het algemeen kunnen trots zijn op de organisatie die de trogs van voedsel voorziet.

"Incidentele Aantekeningen: er worden trog-baby's geboren — gisteren meer dan vijftig."

Uit de *San Francisco Chronicle*:

ROOIEN BIEDEN TROGS ONDERDAK
VOORSTEL VERBIJSTERT WERELD

New York, 3 juli: Ivan Pudestov, de belangrijkste afgevaardigde van de USSR aan de Vergadering van de VN heeft vandaag de hele trog-kwestie op zijn kop gezet door voor te stellen om alle verantwoordelijkheid voor de trogs op zich te nemen.

Het voorstel verbijsterde de VN en overviel de rest van de wereld, aangezien de Sovjetdelegatie zich tot dat moment volledig afzijdig had gehouden van de bittere controverse rondom de trogs, blijkbaar in de hoop dat dit probleem een flinke wig zou drijven in het vrije Westen...

Redactioneel artikel in de *Milwaukee Journal*, 5 juli, met de kop: "Een kwestie van integriteit":

Op het eerste gezicht leek het of het Russische voorstel om

alle trogs op te nemen een enorm gewicht van onze schouders tilde. Dit was precies wat we zochten: een oplossing zonder opoffering, een manier om ons geweten zuiver te houden, een handig tapijt om al ons eigen vuil onder te vegen. De gewone man, maar ook de verantwoordelijke ambtenaar, opeens vertellen zij elkaar dat de Russen misschien nog zo slecht niet zijn, dat er meer dan genoeg ruimte is in Siberië, dat de Russen en de trogs toch allebei barbaren zijn en eigenlijk niet zo heel veel van elkaar verschillen, dat de trogs hoogstwaarschijnlijk oorspronkelijk al Russen waren, etc.

Laten we die zeepbel van illusie meteen, eens en voor altijd, doorprikken. We kunnen niet tot in de eeuwigheid doorgaan om onze Christelijke integriteit in de ene hand te houden en onze eigen wensen in de andere…Vindt niemand het een vreemd toeval dat de Russen op dit moment wanhopig op zoek zijn naar meer mijnwerkers voor de meedogenloze uranium-mijnen van Oost-Duitsland en de Oeral, terwijl deze trogs, die gewend zijn onder de grond te leven, misschien wel heel geschikt zouden zijn voor dit werk?…In feite zouden we Rusland voorzien van miljoenen slaven die zich dood zouden moeten werken. We hebben ons verzet tegen de gedwongen repatriëring in West-Europa en Korea, dus laten we ons nu even hard verzetten tegen een gedwongen verhuizing en slavenarbeid voor deze trogs.

Kop in de *New York Times*, 20 juli:

ROOIEN VERBIEDEN VN TOEZICHT OP DE
TROG NEDERZETTINGEN. AANTASTING VAN
DE SOEVEREINITEIT, ALDUS PUDESTOV. TROG
VOORSTEL WOEDEND INGETROKKEN.

Kop in de *New York Daily News*, 26 juli:

BELGIË BIEDT CONGO AAN VOOR BEWONING
DOOR TROGS. VRAAGT FONDSEN OM
DE JUNGLE TE ONTGINNEN. VN GEEFT
TOESTEMMING ONDER VOORBEHOUD.

Uit *The Trog Story*, 28 juli, door Harlan B. Temple:

"Vier miljoen (plus of min pakweg honderdduizend) trogs ademen nu de lucht van het aardoppervlak. De kampen in het Kreuzertal vormen nu samen een van de grootste steden van de wereld, vierde in rang achter New York, London en Tokyo. De eens zo vredige Tiroler vallei is nu een aaneenschakeling van zeilen, circustenten, plaggenhutten, watertorens en algemene wanorde. En Trog City ruikt ook niet echt lekker.

"Vandaag zijn we misschien wel op het hoogtepunt gekomen van wat de Oostenrijkers 'de invasie uit de hel' noemen. Er komen nog altijd trogs door een tiental spleten, in rijen van tien, maar de druk lijkt minder intens te worden. Af en toe vallen er gaten in de groep, terwijl ze eerder tegen elkaar aangeplakt zaten als asperges in kratten. En er is nog een verschil: de eerste trogs waren vlezig en redelijk weldoorvoed. Deze latere binnenkomers zijn mager en uitgehongerd. Wat voor vreemdsoortig economisch systeem zij er onder de grond ook op nahielden, het lijkt nu volledig te zijn ingestort..."

Uit *The Trog Story*, 1 augustus, door Harlan B. Temple:

"Er is iets verschrikkelijks aan de hand onder het aardoppervlak. Trogs komen naar buiten struikelen met rauwe stompjes in plaats van armen, met grote open wonden..."

Uit *The Trog Story*, 8 augustus, door Harlan B. Temple:

"Operatie Exodus is vandaag begonnen. Duizend trogs verlieten het Kreuzertal op weg naar hun nieuwe onderkomen in de buurt van Cabinda, aan de mond van de rivier de Congo. Vrachtwagens en bussen brachten ze naar Innsbruck, waar ze aan boord zullen gaan van speciale treinen naar Venetië en Trieste. Hier zullen schepen geleverd door de Maritieme Dienst van de VS hen naar hun nieuwe woonplaats brengen.

"Terwijl de eerste duizend trogs Trog City verlieten kwamen er twintigduizend naar boven uit hun ondergrondse thuisland, en de autoriteiten in de kampen spreken onderling hun bezorgdheid uit over de omstandigheden. Trog City is twee, drie, tien keer zo groot als tevoren ingeschat. Het organiseren van voedselvoorziening, sanitair en behuizing staat op instorten. Vanaf nu zal iedere poging om nog iets aan de situatie te verbeteren op zijn best een lapmiddel zijn, als plakband op een lekkende tuinslang, terwijl eigenlijk een nieuwe slang nodig is, of beter nog, een vierduims leiding.

"Zelfs als we de situatie in evenwicht willen houden dan is het nodig om per dag dertigduizend trogs uit de kampen van het Kreuzertal te verwijderen, iets dat met het huidige budget en de huidige inspanningen overduidelijk onmogelijk is..."

<hr>

Uit *Newsweek*, 14 augustus:

Kamp Hoop, in de jungle nabij Cabinda, ziet er sinds gisteren uit als de legerbasis Guadalcanal gedurende de Tweede Wereldoorlog. Er hing een vertrouwde sfeer van algemene verwarring, vermengd met het kabaal van bulldozers en zwetende witte, knalrode, bruine en zwarte gezichten, de ruwe aarde die tegen de oeroude planten omhoog geworpen wordt, insecten, zouttabletten, malariatabletten...

<hr>

Van het U.P.:

Cabinda, Belgisch Congo, 20 augustus (UP): De eerste groep trogs is gisteren in de beschermende duisternis geland en in marstempo naar hun tijdelijke onderkomens gebracht, onder bevel van een aantal speciaal opgeleide team-kapiteins.

Verbindingsofficieren delen mede dat de trogs zich uitermate verheugen over het vooruitzicht van een blijvend nieuw onderkomen, en staan te popelen om aan het werk te gaan. Volgens de huidige plannen zullen zij gezamenlijke boerderijen bewerken en continu bezig blijven om de jungle te kappen om plaats te maken voor nieuwe immigranten.

Aan de andere kant gaan er geruchten dat de plaatselijke inboorlingen onrustig worden. Oproerkraaiers, naar verluidt op communistische leest geschoeid, maken misbruik van de bijgelovige angst van een volk dat zelf nog niet zo heel ver verwijderd is van barbarisme...

<hr>

Kop in de *New York Times,* 22 augustus:

CONGOLESE KRIJGERS VALLEN KAMP HOOP
BINNEN. 800 TROGS BINNEN ÉÉN UUR GEDOOD.
Militair gezag ingesteld
Belgische gouverneur protesteert
Zegt dat Congo niet geschikt is

Van het U.P.:

Trieste, 23 augustus (UP): Drie scheepsladingen trogs onderweg naar Trogland in Congo markeerden vandaag het hoogste aantal vertrekken ooit. Het totale aantal trogs dat vanuit Europese havens zal vertrekken staat nu op 24.965...

Cabinda, 23 augustus (UP): De oorlogszuchtige Matemba Confederatie rebelleert feitelijk tegen verdere immigratie van trogs, terwijl Resident-Generaal Bernard Cassou mededeelt dat hij de uiteindelijke situatie somber inziet.

Mont Blanc, 24 augustus (UP): Tien trogs zijn vandaag bij wijze van experiment ingetrokken in een skihut om te zien hoe goed ze bestand zijn tegen koud weer.

De aankondiging van dit experiment bevestigt de vermoedens dat Denemarken Groenland heeft aangeboden aan de trogs als blijkt dat ze tegen de kou van het poolgebied bestand zijn.

Cabinda, 28 augustus (UP): In Congo, thuisbasis van medicijnmannen, dansende stammen, kannibalisme en Tarzan, gonst het van onrust onder de inheemse bevolking. In de dorpen heerst een smeulende woede, rellen komen veelvuldig voor en tientallen inheemse arbeiders in Kamp Hoop zijn vermoord of in het ziekenhuis opgenomen.

Het behoeft geen betoog dat de trogs, wier immigratie deze hele crisis veroorzaakt heeft, ver gehouden worden van contact met de inheemse bevolking, teneinde een herhaling van het bloedbad van 22 augustus te voorkomen...

Cabinda, 29 augustus (UP): Resident-Generaal Bernard Cassou heeft vandaag geweigerd om trogs van vier schepen net buiten de haven van Cabinda toestemming te geven van boord te gaan.

Mont Blanc, 2 september (UP): Vandaag ontstond er een

flinke scheur in de strikte geheimhouding van het experimentele huis van de trogs toen de lichamen van twee trogs met de skilift beneden naar Chamonix werden gebracht...

———————

Uit *The Trog Story*, 10 september, door Harlan B. Temple:

"Het is nu één uur in de ochtend; ik ben zojuist teruggekeerd van Kamp Nr. 4. De stroom binnenkomende trogs is afgenomen en bestaat nog slechts uit enkele oude, kreupele, zieke individuen. De stank is niet te harden... Maar waarom ga ik nog verder? Om eerlijk te zijn ben ik hier ziek van. Ik wou dat ik deze opdracht nooit had aangenomen. Het doet iets verschrikkelijks met mijn ziel; mijn haar wordt letterlijk grijs. Ik pauzeer even, het geluid van mijn typemachine valt stil, ik luister naar het uitgebreide gemurmel in het Kreuzertal; wanhoop, nutteloosheid, moedeloosheid komen in golven op mij af. De meesten van ons hier in Trog City denken er volgens mij precies zo over.

"Er zijn nu vijf of zes miljoen trogs in het kamp; niemand weet precies hoeveel het er zijn; niemand kan het ook nog wat schelen. De situatie is dat punt allang voorbij. De toevloed is afgenomen, dat is in ieder geval een kleine opluchting—in Kamp Nr. 4 kun je zelfs het gerommel horen van de lava die omhoogkomt in de grotten van de trogs.

"Het moreel gaat van kwaad tot erger hier in Trog City. Iedere dag zijn er een dozijn onbetaalde vrijwilligers die hun handen ten hemel heffen en naar huis gaan. Ik kan niet zeggen dat ik het hen kwalijk kan nemen. God weet dat ze hun uiterste best gedaan hebben, en niemand geeft ze een steuntje in de rug. Overal in de wereld is het hetzelfde liedje. Iedereen wijst naar elkaar. Het is genoeg om goed misselijk van te worden. En dat is ook gebeurd. Ik ben ziek—ziek van wanhoop.

"Maar u leest *The Trog Story* niet om mij te horen klagen. U wilt feiten. Welnu, hier zijn ze dan. Het grote nieuws van vandaag was dat de verhuizing van de trogs vanuit de kampen naar Trieste is opgeschort tot de situatie in Congo opgehelderd is. Verder is alles nog altijd hetzelfde—honger, stank en onvoorzichtige trogs die letterlijk levend verbranden in de zon..."

Kop in de *New York Times*, 30 september:

**TROG QUOTAPROBLEEM VOOR AANPASSING
TERUGGEGEVEN AAN STUDIEGROEP**

Van het U.P.:

Cabinda, 25 september (UP): Acht schepen, met aan boord 9.462 trog vluchtelingen, liggen nog altijd voor anker terwijl de inheemse opperhoofden hun bezwaren tegen de immigratie van de trogs nogmaals herhaalden...

Trog City, 8 oktober (UP): Er is een einde gekomen aan de migratie van de trogs. Gisteren zijn er voor de eerste maal geen nieuw trogs naar boven gekomen, zodat het geschatte inwonertal van Trog City nu op zes miljoen is blijven steken.

New York, 13 oktober (UP): Het Comité voor de Herhuisvesting van Trogs zit nog altijd vast in een patstelling, waarbij over het algemeen eenieder heeft vastgehouden aan zijn oorspronkelijke uitgangspunten. Dichtbevolkte landen houden vol dat ze geen ruimte hebben en geen werk; de onderontwikkelde staten houden vol dat ze niet genoeg geld hebben om zelfs hun eigen mensen te kunnen voeden. De VS, die zowel ruimte als geld hebben, hebben op dit moment al genoeg problemen met minderheden en wil er geen nieuwe bij...

Chamonix, Frankrijk, 18 oktober (UP): Het Trog Experimenteel Station heeft vandaag de deuren gesloten. De enige overlevende van de oorspronkelijke tien trogs is met de skilift de Mont Blanc afgekomen.

Dr. Sven Emeldson, directeur van het station, heeft de volgende verklaring afgelegd: "Ons werk heeft aangetoond dat de trogs, zelfs als zij voorzien worden van onderdak dat meer dan voldoende is voor een Europeaan, de zware omstandigheden van het noorden niet aankunnen; ze zijn uitermate gevoelig voor longklachten..."

New York, 26 oktober (UP): Na weken van stekeligheden is er een gewijzigde lijst met trog-immigratiequota uitgegeven en in gang gezet door de Vergadering van de VN. Enkele typische aantallen zijn: VS 31%, USSR 16%, Canada 8%, Australië 8%, Frankrijk 6%, Mexico 6%.

New York, 30 oktober (UP): De USSR weigert stellig iedere poging van de VN om poolshoogte te nemen in de gebieden bestemd voor het huisvesten van de trogs in de USSR...

New York, 31 oktober (UP): Senator Bullrod van Mississippi heeft vandaag beloofd te zullen spreken tot "zijn longen via zijn ellebogen naar buiten komen" voordat hij zou toestaan dat de Trog Herplaatsingswet in stemming gebracht zou worden in de senaat. Een informele peiling gaf reeds aan dat er niet genoeg stemmen waren om de wet erdoor te drukken...

St. Arlberg, Oostenrijk, 5 november (UP): De eerste sneeuw van het seizoen is vannacht gevallen...

Trog City, 10 november (UP): Afgelopen nacht lag de vorst als een schitterende glazuurlaag over de hele vallei...

Trog City, 15 november (UP): Trogs die lijden aan influenza zijn in een aparte sectie ondergebracht...

Buenos Aires, 23 november (UP): Dictator Perón heeft vandaag botweg geweigerd om te voldoen aan het Argentijnse quotum voor hulpmiddelen naar Trog City tot er een definitieve toezegging is gedaan door de VN...

Trog City, 2 december (UP): Na de sneeuw en de regen van de afgelopen week heeft het griepvirus wederom toegeslagen onder de trogs; toezichthouders in het kamp proberen wanhopig de epidemie het hoofd te bieden...

Trog City, 8 december (UP): Twee crematoria, draaiend op stookolie, zijn dag en nacht in de weer om te proberen de toenemende aantallen dodelijke slachtoffers van de griep bij te benen...

Uit *The Trog Story*, 13 december, door Harlan B. Temple:

"Dat was het dan..."

Uit de U.P. nieuwsberichten:

Los Angeles, 14 december (UP): De Kerstdrukte is dit jaar vroeg van start gegaan, ondanks het ongewoon slechte weer...

Trog City, 15 december 15 (UP): Een wanhopig verzoek om

penicilline, sulfa, dekens, keroseenkachels en geschoold personeel ging eerder vandaag uit van Kampcommandant Howard
Kerkovits. Hij gaf toe dat de ziekte onder de trogs geheel uit de
hand gelopen was, en dat het naar menselijke maatstaven niet
meer mogelijk was om de situatie het hoofd te bieden...

Uit *The Trog Story*, 23 december, door Harlan B. Temple:

"Ik weet niet waarom ik hier nog zit en dit nog schrijf, want —
gezien het feit dat er geen trogs meer zijn — is er ook geen 'Trog
Story' meer."

DE VERSTROOIDE PROFESSOR

Ik stond in het donker voor het observatorium en keek naar de snelle, vurige flitsen van de meteoren die vanuit het sterrenbeeld Perseus omlaag raasden. Mijn plannen waren afgerond. Ik was zorgvuldig en systematisch te werk gegaan.

Het was een opmerkelijke nacht: onbewolkt en zo helder als kristal...een perfecte nacht voor de datgene wat wij, de kosmos en ik, hadden beraamd. En daar kwam Dr. Patcher — 'Fossiel' Patcher, zoals de studenten hem noemden — al aan; de koplampen van zijn bezadigde sedan speurden de heuvelweg af. Ik keek op mijn horloge: kwart over tien. De oude schurk was laat; waarschijnlijk had hij er drie minuten langer over gedaan om zijn hoge, glimmende schoenen nog even op te wrijven, of om zijn ruige witte kuif nog even zorgvuldig te borstelen.

De neus van de auto bereikte de top van de heuvel; de koplampen vormden snel bewegende, grillige lichtvlekken en wierpen schaduwen achter mijn voeten. Ik hoorde de motor met een dankbare zucht de geest geven, en na een moment van bijna plechtstatige stilte klonk het slaan van de deur, gevolgd door het knerpen van Dr. Patcher's voetstappen op het gravel. Hij leek verrast om mij in de deuropening te zien staan en keek me met een scherpe blik aan, alsof hij wilde zeggen: "Niets beters te doen, Sisley?"

"Goedenavond Dr. Patcher," zei ik gladjes. "Het is een prachtige nacht. De Perseïden zijn heel goed te zien...Kijk! Daar komt er een!" En ik wees naar het plotseling opkomende witte spoor van een meteoor.

Dr. Patcher schudde zijn hoofd met de koppige precisie die me al ergerde vanaf het allereerste ogenblik dat ik hem ontmoet had. "Sorry,

Sisley, ik kan geen moment van dit prachtige zicht verspillen." Hij wrong zich langs me heen en zei over zijn schouder: "Ik hoop dat alles in orde is."

Ik zweeg. Ik kon moeilijk 'nee' zeggen. Maar als ik 'ja' zei, dan zou hij net zolang rondsnuffelen en zoeken tot hij iets had gevonden, hoe klein ook, waarover hij zijn wenkbrauw kon optrekken: een veegje olie, de telescoop die niet precies symmetrisch door de opening in het dak stak, een sigarettenpeuk op de vloer. Wat dan ook. En op dat moment zou hij geringschattend snuiven; hij zou een snelle blik in mijn richting werpen; hij zou de onvolkomenheid met veel omhaal rechtzetten. En pas dan zou hij zich aan zijn werk wijden — als je het tenminste werk wilde noemen. Ik vond het allemaal nogal triviaal, een onbenullige tijdverspilling, een herhaling van wat betere geleerden met betere instrumenten allemaal al eens gedaan hadden. Dr. Patcher zocht nova's. Hij zou niet rusten tot er een nova zijn naam zou dragen: 'Patcher's Nova'. En nacht na nacht, als de hemel op zijn helderst was, had Dr. Patcher mij van de telescoop verdrongen — ik, die betekenisvol en belangrijk onderzoek te doen had. Maar vannacht zou Dr. Patcher zijn nova vinden.

Ondertussen was hij binnen aan het rommelen en zoeken; maar vannacht zou hij niets kunnen vinden dat ook maar een millimeter verkeerd stond of lag. Maar ik had het mis. "Zeg Sisley," klonk zijn stem, "heb je even?"

Ik haastte me naar binnen. Patcher stond voor de kledingkast van de hoogleraren — zijn oude tweedjas al zorgvuldig op een kleerhanger gedrapeerd. Ik wist onmiddellijk waar hij over zou gaan klagen. Patcher had een voorkeur voor een witte laboratoriumjas die hij liefkozend zijn 'stofjas' noemde. Zo'n twee keer in de maand ruimde de conciërge de kledingkast van de hoogleraren op, en daarbij haalde hij de stofjas er altijd uit en hing deze terug in de kast van de assistenten — ik was er nog niet over uit of dit nu een soort subtiele treiterij van zijn kant was, of gewoon een geval van onoplettendheid. Maar hoe dan ook, het ritueel verliep zoals gebruikelijk. "Heb jij mijn stofjas gezien, Sisley? Hij hangt niet in de kledingkast waar hij hoort."

Het lag op het puntje van mijn tong om te antwoorden: "Dr. Patcher, ik ben een professor in de astronomie, niet uw butler." In dat geval zou hij zoals altijd terugkaatsen: "*Assistent*-professor, mijn beste Sisley," waar ik dan woedend om zou worden. Maar juist vanavond moest ik ervoor zorgen dat alles zijn normale gangetje ging; vanavond stond er iets te gebeuren dat zo vreemd en uniek was dat het alleen overtuigend kon zijn als alle gebeurtenissen eromheen absoluut saai en routineus waren.

Dus slikte ik mijn ergernis in, opende de kledingkast van de assistenten en gaf Patcher zijn stofjas. "Wel, wel," zei Patcher zoals gewoonlijk, "hoe komt hij nu dáár terecht?"

"Ik neem aan dat de conciërge onzorgvuldig is geweest."

"Dan moeten we hem daarop aanspreken," zei Patcher. "Als er één plaats is waar men de zorgvuldigheid absoluut nooit uit het oog mag verliezen, dan is het wel in een observatorium."

"Ik ben het hartgrondig met u eens," zei ik, wat ook inderdaad zo was. Ik ben een methodisch mens: iemand die alles in het leven zorgvuldig en met rigoureuze efficiëntie plant.

Terwijl hij zijn stofjas dichtknoopte keek Dr. Patcher mij onderzoekend aan. "Je lijkt een beetje onrustig vanavond, Sisley."

"Ik? Absoluut niet. Misschien ben ik wat vermoeid, een beetje afgemat. Ik heb vandaag Mount Tinsley beklommen en heb daar een aantal fantastische stukken sfaleriet gevonden." Misschien moet ik uitleggen dat mineralogie mijn hobby is; ik ben een fanatieke 'stenenspeurder' en besteed een groot deel van mijn tijd aan mijn collectie stenen, mineralen en kristallen.

Dr. Patcher schudde lichtjes met zijn hoofd. "Persoonlijk kan ik het mij niet permitteren om mijn energie op een dergelijke manier te verspillen. Ik ben van mening dat ik mijn volledige aandacht moet richten op mijn werk."

Dat was een provocerende onjuistheid. Dr. Patcher was een fervent hovenier en was zelfs zo ver gegaan dat hij een rozenperk rondom het observatorium had aangelegd.

"Ach ja," zei ik, misschien een tikje zwaar, "ik denk dat ieder van ons naar eigen inzicht moet handelen." Ik keek naar mijn horloge. Vijfentwintig minuten. "Ik laat het observatorium verder in uw handen, Doctor. Als het zicht goed is, dan ben ik rond een uur of drie…"

"Ik ben bang dat ik het instrument nodig zal hebben," zei Patcher. "Dit is een perfecte nacht, ondanks dat briesje…"

Ik dacht: het is een perfecte nacht *vanwege* die bries.

"...en ik kan het me niet veroorloven om ook maar een minuut te verspillen."

Ik knikte. "Prima; als u van gedachten verandert kunt u mij altijd bellen."

Hij keek me even bevreemd aan; normaal gesproken was ik zelden zo hoffelijk. "Goedenavond, Sisley."

"Goedenavond, Dr. Patcher. Misschien blijf ik nog even naar de Perseïden kijken."

Hij gaf geen antwoord. Ik ging naar buiten, wandelde een rondje om het observatorium en ging toen weer naar binnen. "Dr. Patcher!" riep ik uit. "Dr. Patcher, Dr. Patcher!"

"Ja, ja, wat is er?"

"Iets heel merkwaardigs! Ik ben natuurlijk geen tuinman, maar zoiets heb ik nog nooit gezien. Een lichtgevende roos!"

"Wat zeg je?"

"Een van de rozenstruiken heeft bloemen die licht lijken te geven."

"Onzin," mompelde Patcher. "Dat is gewoon gezichtsbedrog."

"Als dat zo is, is het wel een heel opmerkelijke illusie."

"Ik heb nog nooit zoiets gehoord," zei Patcher. "En ik zie ook niet hoe het mogelijk zou zijn. Waar staat die 'lichtgevende rozenstruik' van je?"

"Hier om de hoek," zei ik. "Ik kon mijn ogen nauwelijks geloven." Ik leidde hem een paar meter om het observatorium heen, in de richting van het perk met rozen die ruisten en dansten in de bries. "Daar!"

Dr. Patcher sprak zijn allerlaatste woorden op deze aarde. "Ik zie geen..."

Ik haastte mij in de richting van mijn auto, die ik zo had geparkeerd dat de neus al bergafwaarts wees. Ik startte de motor, racete de heuvel af zo snel als de weg en mijn uitstekende reflexen dat toelieten. Drie dagen geleden had ik mijn tijd al opgenomen: zes minuten om van het observatorium naar de rand van de stad te rijden. Vandaag deed ik het in vijf.

Ik minderde vaart tot ik met mijn gebruikelijke snelheid de laatste bocht inging, waarna ik Sam's Benzinestation indraaide en mijn auto parkeerde op een plek die ik al weken geleden precies berekend had.

En op dat moment had ik een onverwachte meevaller. Bij de pomp stond een witte politieauto, met een agent die tegen het spatbord stond geleund.

"Hallo, meneer Sisley," zei Sam. "Hoe staan de sterren vanavond?"

Op ieder ander moment zou ik koeltjes hebben gereageerd op zijn grapje, met de minachting die het verdiende. Sam, een breedgeschouderde jongeman die altijd een veeg op zijn neus leek te hebben, was een typische leek, met geen flauw benul van de veeleisendheid en belangrijkheid van ons werk in het observatorium. Maar vanavond was ik blij met zijn opmerking. "Met de sterren is er niets bijzonders aan de hand, Sam, maar als je goed oplet kun je vanavond een flink aantal vallende sterren zien."

"Is het heus?" Sam keek beleefd omhoog naar de hemel.

"Jazeker." Ik keek op mijn horloge. "Astronomen noemen ze de Perseïden. Ieder jaar rond deze tijd zit onze aarde midden in een regen van meteorieten die van het sterrenbeeld Perseus lijkt te komen — dáár, boven ons. En later in het jaar krijgen we de Leoniden, vanuit het sterrenbeeld Leeuw."

Sam schudde bewonderend met zijn hoofd. "Mijn moeder is gek op al dat soort dingen, maar ik wist niet dat ze dat van jullie had." Hij draaide zich om in de richting van de politieagent. "Wat zeg je daarvan? Al die tijd dacht ik dat die lui daar in het observatorium een beetje — nou ja, gewoon wat rondhingen, maar nu zegt Professor Sisley hier dat ze al die boeken over sterrenbeelden uitgeven — je weet wel, die 'vandaag-moet-je-geen-geld-investeren-in-een-blonde-vrouw' en zo. Echt praktische dingen, dus."

"Wel heb ik ooit," reageerde de agent. "Ik dacht altijd dat dat regelrechte onzin was."

"Natuurlijk is het onzin," zei ik op heftige toon. "Allemaal dwaasheid. Ik had het over het sterrenbeeld aan de hemel, niet over je horoscoop!" Ik keek naar mijn horloge. Nog dertig seconden. "Doe mij maar twintig liter super plus, Sam."

"Komt voor mekaar," zei Sam. "Kunt u een beetje achteruitrijden? Wacht! Ik geloof dat de slang het wel…" Hij stond precies zoals ik hem hebben wilde, met zijn gezicht in de goede richting.

De hemel lichtte op; een steekvlam van wit vuur schoot omlaag langs de hemel, ogenblikkelijk gevolgd door een streep mat oranje licht.

"Goeie hemel!" riep Sam, terwijl hij met open mond bleef staan, de slang in zijn hand. "Wat was dat?"

"Een meteoor," zei ik. "Een vallende ster."

"Dat was een knoepert," zei de agent. "Zo dichtbij zie je ze niet vaak."

In de lucht weerklonk een scherpe knal, een korte explosie.

Sam schudde zijn hoofd en liet de brandstof de tank in stromen zonder te kijken. "Het leek wel alsof die is ingeslagen. En volgens mij vlak bij het observatorium."

"Ja," zei ik, "dat deed hij zeker. Ik denk dat ik even naar Dr. Patcher bel om te vragen of hij het gemerkt heeft."

"Gemerkt?" zei Sam. "Hij heeft mazzel als hij op tijd opzij heeft kunnen springen."

Ik ging het benzinestation binnen, gooide een muntje in de telefoon en belde naar het observatorium.

"Sorry," zei de centrale een ogenblik later. "Er wordt niet opgenomen."

Ik ging weer naar buiten. "Hij neemt niet op. Waarschijnlijk zit hij in de kooi en kan het hem niet schelen."

"Chagrijnig stuk verdriet," zei Sam. "Maar goed — en neemt u het mij niet kwalijk dat ik het zo zeg, Professor — al jullie astronomen zijn op de een of andere manier een beetje gestoord. Ik bedoel niet gek of zo — maar gewoon, nou ja, vreemd. Een beetje verstrooid, zeg maar."

"Ha, ha," zei ik. "Daar heb je het mis. Ik denk niet dat er veel mensen zijn die net zo precies en systematisch zijn als ik."

Sam haalde zijn schouders op. "Daar kan ik niets tegen inbrengen, Doc."

Ik stapte in mijn auto en reed de stad door naar de universiteit; ik parkeerde mijn auto voor de Faculty Club, liep de salon binnen en bestelde een pot thee.

John Dalrymple van de Faculteit Engels kwam naar mij toe. "Hé, Sisley, ik heb iets dat volgens mij in jouw vakgebied thuishoort: ik zag een paar minuten geleden een enorme vuurbal. De hele hemel was verlicht, het was echt grandioos."

"Ja, ik zag het ook, toen ik bij het benzinestation stond. Blijkbaar is er een meteoriet ingeslagen in de buurt van het observatorium. Het is er de tijd van het jaar voor, weet je."

Dalrymple wreef over zijn kin. "Ik heb het idee dat ik ze altijd wel zie."

"Dat klopt! Maar dit zijn de Perseïden, een heel bijzondere groep meteorieten of misschien een kleine komeet met een vaste baan. De aarde kruist die baan en komt dan in botsing met de verschillende stukken en brokken waaruit de komeet bestaat. Als we naar de lucht kijken, lijkt het alsof de meteorieten uit de richting van het sterrenbeeld Perseus komen. Vandaar de naam Perseïden."

Dalrymple stond op. "Dat is helder uitgelegd, kerel, en heel interessant en zo, maar ik moet Benjamin nog even spreken. Tot ziens dan maar weer."

"Prettige avond, Dalrymple."

Ik las een tijdschrift, speelde een spelletje schaak met Hodges van de Economische Faculteit, en kwam tot de ontdekking dat het halfeen was. Ik stond op. "Excuseert u mij, maar Dr. Patcher is alleen in het observatorium. Ik denk dat ik hem even bel om te vragen hoelang hij nog denkt te blijven."

Ik belde nogmaals met het observatorium en kreeg weer te horen dat er niet werd opgenomen.

"Hij zal wel in de kooi zitten," zei ik tegen Hodges. "Als hij het druk heeft dan weigert hij op te staan."

"Nogal een humeurige oude baas, nietwaar?"

"Niet de gemakkelijkste om voor te werken. Maar hij heeft natuurlijk ook zijn goede kanten. Prettige avond verder, Hodges, en bedankt voor het spel. Ik denk dat ik even een uiltje knap in een van de fauteuils voordat ik weer de heuvel op ga. Ik moet er om een uur of drie zijn."

Om twee uur werd ik gewekt door Jake, de nacht-conciërge. "Iedereen is al naar huis, meneer, en de verwarming is al uit. Ik denk niet dat u hier wilt blijven zitten tot u doodvriest."

"Nee, je hebt gelijk. Dank je, Jake." Ik keek op mijn horloge. "Ik moet weer aan het werk."

"U en ik," zei Jake, "werken op rare tijdstippen."

"De nacht is het beste deel van de dag," zei ik. "En met dag bedoel ik natuurlijk de siderische dag."

"O, ik begrijp u wel, meneer. Ik hoor wel vaker vreemde woorden, en ik begrijp meer dan de meeste mensen denken."

"Daar twijfel ik niet aan, Jake."

"Wat ik allemaal al heb gehoord, meneer Sisley."

"Ja, uitermate interessant. Welnu, Jake, prettige avond. Ik moet weer aan het werk."

"Zal ik uw jas even halen, meneer Sisley?"

"Dank je, Jake."

De nacht was onbeschrijflijk prachtig. Sterren, sterren, sterren — de magnifieke bloemen van het firmament, pulserende stippen die ieder hun eigen, specifieke licht naar beneden sturen vanaf hun vaste plaats aan de hemel... Ik ken de nachtelijke hemel zo goed als ik mijn eigen gezicht ken: ik ken de verhalen, de fabels, de mysteries. Ik weet waar ik Arcturus kan verwachten in een van de hoeken van de Grote Diamant, met Denebola ernaast, Spica eronder, Cor Caroli erboven. Ik ken Argo Navis en het Noorderkruis — ook wel Cygnus genaamd — en het kleine hobbelpaardje van Lyra, met Vega bovenaan. Ik weet hoe ik de drie sterren in Aquila kan vinden, met Altair in het midden, als ik Fomalhaut wil zien op het moment dat hij heel even boven de zuidelijke horizon omhoog gluurt. Ik ken de Jachthonden, Canes Venatici, met Vindemiatrix vlak daarnaast; ik weet Algol de duivelsster en Mira de Wonderbaarlijke te vinden op de ruggengraat van de walvis Cetus. Ik ken Orion met zijn opgeheven arm, en de rivier Eridanus die zich kronkelend een weg baant door twintig miljoen lichtjaren leegte. Ach, de sterren! Poëzie waar de overdag levende mens nooit van droomt! Alleen al de namen zijn poëtisch: Alpheta, Achernar, Alpheratz; Canopus, Antares, Markab; Sirius, Rigel, Bellatrix; Aldebaran, Betelgeuze, Fomalhaut; Alphard, Spica, Procyon; Deneb Kaitos, Alpha Centauri: machtige, rollende klanken — en iedere ster de heerser over een veelheid aan werelden.

En nu dat oude fossiel Patcher zijn beloning had gekregen was de hemel voortaan van mij alleen, om ongestoord te bestuderen; misschien met de hulp van de jonge Katkus, die zeker tot mijn functie verheven zou worden wanneer ik afdelingshoofd werd.

Ik ging heuvelopwaarts, langs de bekende weg die tussen de

geurende eucalyptusbomen door kronkelde en reed de parkeerplaats op.

Het observatorium lag er nog precies zo bij als ik het had achtergelaten, met de glimmende oude sedan van Patcher dicht tegen de muur aan geparkeerd: eenzamer en triester dan het lijk van Patcher er ooit uit zou kunnen zien.

Maar ik kon niet te snel alarm slaan; er waren nog wat zaken die ik eerst moest regelen.

Ik vond mijn zaklamp en liep de helling achter het observatorium op. Ik wist ongeveer waar ik moest zoeken, en ook precies wat ik zocht — en daar lag het al: een stukje karton, een snipper rood papier en een eind hout. Alles ging precies volgens plan; maar waarom zou het niet? Het is erg makkelijk om een man te vermoorden, heb ik ontdekt. Ik had gewoon een van de vele manieren uitgekozen — misschien iets ingewikkelder dan noodzakelijk, maar het was zo'n passend einde voor Fossiel Patcher. Ik had ook kunnen zorgen dat zijn auto van de weg raakte; het zou niet de eerste keer zijn dat dit gebeurde: Professor Harlow T. Kane, Patcher's voorganger als Hoofd Astronomie was op die manier aan zijn eind gekomen... Zo gingen mijn gedachten terwijl ik de stok, het karton en het papier verbrandde en de as verstrooide.

Ik liep terug naar het observatorium, stapte op mijn gemak naar binnen en keek met een gevoel van eigenaarschap naar de grote spiegeltelescoop... Het was nu zo ongeveer tijd om alarm te slaan.

Ik liep weer naar buiten, richtte mijn zaklamp op het lijk. Alles was in orde. Ik rende weer naar binnen, belde het kantoor van de sheriff, aangezien het observatorium zich buiten de stadsgrens bevindt. "Sheriff?"

Een slaperige stem bromde, "Waar is het in vredesnaam voor nodig om me midden in de nacht wakker te maken?"

"Dit is Professor Sisley, in het observatorium. Er is iets verschrikkelijks gebeurd! Ik heb zojuist het lijk van Dr. Patcher gevonden!"

De sheriff was een dikke, vriendelijke man wiens prioriteit eerder lag bij het binnenhalen van zijn deel van de opbrengst van de gokmachines en pokertafels dan bij het voorkomen van misdaad. Hij arriveerde bij het observatorium in het gezelschap van een dokter. Ze bogen zich samen over het lijk. De sheriff hield een zaklamp vast, en geen van beide mannen vertoonde ook maar een spoor van animo of enthousiasme.

"Zo te zien is hij met een steen op zijn hoofd geslagen," zei de sheriff. "Doc, kijk eens even hoelang hij al dood is?"

Hij draaide zich naar mij om. "Wat is er precies gebeurd, Professor?"

"Het lijkt mij," zei ik, "dat hij door een meteoriet is geraakt."

"Een meteoriet zegt u?" hij wreef weifelend over zijn kin. "Is dat niet een beetje vergezocht? Een kans van een op de duizend, denkt u niet?"

"Ik kan het natuurlijk niet met zekerheid zeggen. Ik denk dat u een expert nodig heeft om dat stuk metaal, of steen, of wat het ook is, te onderzoeken."

De sheriff stond nog altijd over zijn kin te wrijven.

"Toen ik hem hier rond halfelf achterliet zei hij dat hij naar de meteoren wilde kijken — we zitten op dit moment midden in de Perseïden, weet u — en korte tijd later — ik was ondertussen al in de stad aangekomen en stond bij Sam's Benzinestation — zagen we een enorme vallende ster, een meteoor, een vuurbal, of wat u het dan ook wil noemen, naar beneden komen. Sam zag het, de aanwezige politieagent zag het ook…"

"Ja," zei de sheriff. "Ik heb hem ook gezien. Monstrueus ding…" Hij boog zich over het dode lichaam van Dr. Patcher. "En u denkt dat dit misschien een meteoriet is, dus?"

"Ik kan het zo op het eerste gezicht echt niet zien, maar Professor Doheny van de Faculteit Geologie kan het u zó zeggen."

"Hmm," zei de sheriff. En toen tegen de dokter: "Enig idee wanneer hij is gestorven, Doc?"

"Ongeveer vijf of zes uur geleden."

"Hmm. Dat is tussen halfelf en halftwaalf… En die meteoor kwam omlaag om, eh, laat eens kijken…"

"Om precies twaalf minuten voor elf."

"Wel, wel," zei de sheriff, terwijl hij me licht onderzoekend aankeek. Vanaf nu, zei ik tegen mezelf, zou ik geen informatie meer geven. Niet dat het uitmaakte, er was nog niets aan de hand.

"Ik denk," zei de sheriff, "dat we beter kunnen wachten tot het licht is, dan kunnen we wat meer zien."

"Als u het observatorium binnen wilt komen," zei ik, "dan zet ik een pot koffie. De nachtlucht is een beetje kil."

Het werd ochtend; de sheriff belde naar zijn bureau, een ambulance kwam de heuvel op. Men stelde mij nog een paar vragen, er werden wat foto's genomen en het lichaam werd weggehaald.

Kranten in het hele land berichtten over het 'uitzonderlijke ongeluk'. De 'man bijt hond' invalshoek werd dik aangezet: de astronoom die er zijn werk van gemaakt had om 'kometen' te ontdekken had een koekje van eigen deeg gekregen. Nou is een meteoor natuurlijk niet hetzelfde als een komeet en had Dr. Patcher absoluut geen belangstelling gehad voor kometen, maar in de algemene ophef kon dat niemand erg veel schelen — en ik weet dat het wat het publiek betreft allemaal één pot nat is.

De Rector Magnificus van de universiteit belde op om zijn deelneming te betuigen. "Natuurlijk moet jij Patcher opvolgen; ik hoop niet dat je dit uit misplaatste piëteit zult weigeren. Ik heb de jonge Katkus ook benaderd, en hij kan jouw positie overnemen."

"Dank u zeer," zei ik. "Ik zal mijn best doen. Met uw steun en de assistentie van de jonge Katkus zal ik zorgen dat Patcher's werk wordt voortgezet. En ik denk dat het een passend eerbetoon zou zijn als we de eerstvolgende nova die we ontdekken naar die arme oude Patcher vernoemen."

"Uitstekend," zei de rector. "Ik zal uw aanstelling onmiddellijk bevestigen."

En zo gebeurde het. Ik verwijderde Patcher's aantekeningen en boeken uit zijn studeerkamer en zette de mijne ervoor in de plaats. De jonge Katkus maakte zijn opwachting, en ik was verheugd over de bescheidenheid waarmee hij zijn onverwachte meevaller opnam.

Een week verstreek, en toen stond de sheriff ineens voor de deur van mijn appartement. "Kom binnen, sheriff, kom binnen. Fijn om u weer te zien. Hier —" ik legde een paar tijdschriften opzij "— gaat u zitten."

"Dank u, dank u zeer." Hij liet zijn korte dikke lichaam voorzichtig in de stoel zakken.

Ik was nog niet helemaal klaar met mijn ontbijt. "Wilt u een kop koffie?"

Hij aarzelde. "Nee, het is beter van niet. Niet vandaag."

"Wat is het probleem, sheriff?"

Hij legde zijn handen op zijn knieën. "Welnu, Professor, het gaat om dat ongeluk van Patcher. Ik zou het er graag nog eens met u over willen hebben."

"Natuurlijk, als u wilt... maar ik dacht dat dat allemaal verleden tijd was."

"Wel — nee, niet helemaal. We hebben ons wat terughoudend opgesteld tot nu toe. Het kan een ongeluk geweest zijn — maar het kan ook iets anders zijn."

Met een air van hevige interesse zei ik: "Wat bedoelt u, sheriff? U bedoelt toch niet...?"

Zoals ik al eerder vermeld heb, is de sheriff een milde, rustige man die je eerder zou aanzien voor een verzekeringsagent dan een speurder. Maar op dit moment lag er een nogal koppige, onplezierige uitdrukking op zijn gezicht.

"Ik heb wat onderzoek gedaan, en ik heb nog wat nagedacht. En ik moet toegeven dat ik het niet helemaal begrijp."

"Hoezo niet?"

"Welnu, er is geen twijfel over mogelijk dat Dr. Patcher door een meteoriet gedood is. Dat stuk rots was een of ander vreemd mengsel van nikkel en ijzer, en onder de microscoop waren er een paar hele duidelijke merktekens te zien. Professor Doheny zei dat het een meteoriet was, en daarover bestond geen enkele twijfel."

"O?" zei ik, terwijl ik een slok van mijn koffie nam.

"Er is geen twijfel over mogelijk dat er een soort van steekvlam aan de hemel verscheen rond het tijdstip dat Dr. Patcher de dood vond."

"Ja, dat geloof ik ook. Sterker nog, ik heb het zelf gezien. Het was een behoorlijk indrukwekkend fenomeen."

"Ik dacht eerst dat een meteoriet heet zou zijn, dus ik vroeg me af waarom het haar van Patcher niet verschroeid was, maar ik heb ontdekt dat als een meteoor naar beneden komt, dat alleen een deel van het oppervlak heet wordt. Dat deel brandt dan op, maar de rest is ijskoud."

"Inderdaad," zei ik op neutrale toon. "Dat klopt precies."

"Maar laten we nu eens aannemen," zei de sheriff, terwijl hij mij van opzij aankeek met een uitdrukking die ik niet anders dan 'sluw' kon noemen, "laten we nu eens aannemen dat iemand van plan was die arme oude Dr. Patcher te vermoorden..."

Ik schudde vol twijfel mijn hoofd. "Vergezocht."

"…en dat die persoon de moord dan op een ongeluk zou willen laten lijken, hoe zou hij dat dan aanpakken?"

"Maar…maar wie zou Patcher nu uit de weg willen ruimen?"

De sheriff lachte ongemakkelijk. "Daar liepen we ook op vast. Er is niemand met ook maar een greintje motief—behalve dan misschien uzelf."

"Belachelijk."

"Natuurlijk, natuurlijk. Maar we waren alleen…"

"Waarom zou ik Dr. Patcher willen vermoorden?"

"Ik heb gehoord," zei de sheriff, terwijl hij me van opzij aankeek, "dat hij niet zo gemakkelijk in de omgang was."

"Dat viel wel mee als je zijn eigenaardigheden eenmaal door had."

"Ik heb ook gehoord dat u en hij een aantal maal onenigheid heeft gehad over het werk in het observatorium?"

"Dat," zei ik met nadruk, "is puur gezwets. Natuurlijk dachten we niet overal hetzelfde over. Ik had het gevoel, net als vele van mijn collega's, dat Patcher een beetje seniel begon te worden, en dat uitte zich in het werk dat hij deed."

"Wat deed hij precies voor werk, professor? In eenvoudige bewoordingen, als het kan?"

"Nou," zei ik met een lach, "hij was bezig om de hemel millimeter voor millimeter te doorzoeken, in de hoop nieuwe nova's te ontdekken. Ik wil best wel toegeven dat dit zo af en toe irritant kon zijn als ik zelf belangrijker werk te doen had…"

"Eh, waaruit bestaat uw werk, Professor?"

"Ik compileer een statistische telling van de Cepheïden in de grote Andromedanevel."

"Aha, ik snap het," zei de sheriff. "Dat klinkt als een flinke klus."

"Het werk gaat nu een stuk sneller, natuurlijk. Maar u denkt toch niet…u kunt niet aannemen…"

De sheriff wuifde met zijn hand. "We nemen niets aan. We, nou ja, we denken een beetje door."

"Hoe kan ik, of wie dan ook, nu verantwoordelijk zijn voor iets dat letterlijk uit de hemel is komen vallen?"

"Aha, nu komen we bij het hart van de zaak. Inderdaad, hoe zou dat mogelijk zijn? Ik moet toegeven dat ik mijn hersenen flink heb laten kraken — maar ik denk dat ik de stukjes toch aan elkaar heb kunnen voegen."

"Mijn beste sheriff, wilt u mij beschuldigen..."

"Nee, nee, blijft u zitten. Dit is gewoon een gesprek, en meer niet. Ik was aan het vertellen hoe u — als u dat zou willen, natuurlijk, *als* u dat zou willen — een meteoor zou kunnen nabootsen."

"En?" vroeg ik op licht minachtende toon, "hoe zou ik een meteoor kunnen nabootsen?"

"U zou iets nodig hebben om een flinke steekvlam mee te maken. En een manier om dat 'iets' de lucht in te krijgen. En dan moet u natuurlijk ook nog zorgen dat het op tijd ontvlamt."

"En?"

"Wel, u zou natuurlijk een flink krachtige vuurpijl kunnen gebruiken."

"Tja... in theorie, denk ik dat dat zou kunnen. Maar..."

"Ik had van alles in gedachten," zei de sheriff. "Vliegtuigen, ballonnen, vogels... alles behalve een vliegende vis. Het enige mogelijke antwoord is een vlieger. Een grote doosvlieger."

"Ik heb bewondering voor uw vindingrijkheid, sheriff. Maar..."

"En dan zou u een manier nodig hebben om dat ding naar boven te krijgen, en in de goede richting. Misschien dat ik hier de plank helemaal missla, maar ik stel me zo voor dat u het vuurwerk met een paar metalen beugeltjes aan het vliegertouw had kunnen vastmaken, zodat het daarlangs omlaag kon glijden."

"Sheriff, ik..."

"En wat betreft het ontsteken — dat is niet zo moeilijk. Ik zou denk ik zelf zoiets in elkaar kunnen zetten. Een horloge zonder glas, de batterij van een zaklamp, een contactje op de wijzerplaat, op zo'n manier dat het de rest van het horloge niet raakt, zodat het circuit geopend wordt zodra de minutenwijzer het contactje aanraakt. En dan kunt u magnesiumdraad en magnesiumtape gebruiken om uw vuurpijl mee af te steken — en dat is het dan."

"Mijn beste sheriff," zei ik met alle waardigheid die ik kon opbrengen, "als ik echt zoiets afschuwelijks gedaan had, hoe heb ik mij dan volgens u van die vlieger kunnen ontdoen?"

"Tja," zei de sheriff terwijl hij zijn kin krabde. "Daar had ik niet over nagedacht. Ik neem aan dat u hem naar beneden had kunnen halen en kunnen verbranden, met touw en al."

Ik was verbijsterd. Zoiets simpels was geen moment in mij opgekomen. De vlieger had ik opgeblazen met een halve staaf dynamiet, met een lont die precies zo lang was dat hij zou zijn opgebrand op het moment dat de vuurpijl naar beneden zou gaan. Het touw had ik laten weken in een oplossing van kaliumchloride zodat het tot as verbrand was zoals een spoor van buskruit doet. "Hmm. Wel, als u mij wilt beschuldigen van de misdaad die u heeft bedacht..."

"Nee, nee!" riep de sheriff uit. "Ik wil niemand ergens van beschuldigen. We zitten hier gewoon de zaak door te kauwen. Maar ik geef toe dat ik me wel afvraag waarom u een week of drie geleden zo veel vliegertouw heeft gekocht bij Fuller's Bouwmarkt."

Ik keek hem verontwaardigd aan. "Vliegertouw? Onzin. Ik heb dat touw op verzoek van Dr. Patcher zelf gekocht. Hij had het nodig om zijn lathyrus op te binden — en als u het bij hem thuis navraagt zullen ze u daar hetzelfde vertellen."

De sheriff knikte. "Ik begrijp het. Gewoon een punt waarvan ik blij ben dat het opgehelderd is. Ik begrijp dat u een amateur stenen-verzamelaar bent?"

"Dat is inderdaad waar," zei ik. "Ik heb een kleine, maar niet onrepresentatieve verzameling."

"Ook meteorieten?" vroeg de sheriff terloops.

En al even terloops antwoordde ik: "Zeker, ik geloof het wel. Een stuk of twee."

"Ik vraag me af of ik ze zou mogen zien?"

"Natuurlijk, als u dat wilt. Ik heb mijn verzameling hier, in de achterkamer. Ik ben erg precies; ik wil mijn stenen-hobby en de astronomie strikt gescheiden houden."

"Zo hoort het ook met hobby's," zei de sheriff.

We gingen naar het overdekte achterbalkon dat ik heb verbouwd tot een tentoonstellingsruimte. Aan alle kanten staan kasten met smalle laden, glazen tafels waarop mijn mooiste stukken staan uitgestald, geologische kaarten en aanverwante artikelen. In de hoek staat mijn kleine laboratorium met reagentia, een weegschaal en een oven. In het midden staat de archiefkast waarin ik ieder stuk in mijn collectie heb geïndiceerd en gecatalogiseerd.

De sheriff bekeek de schuiflades en planken met een niet al te overtuigend vertoon van interesse. "Laat u mij die meteorieten maar eens zien."

Hoewel ik tot op de centimeter nauwkeurig wist waar ik ze kon vinden, deed ik alsof ik aarzelde. "Ik moet even in de catalogus kijken; ik weet even niet waar ze liggen."

Ik opende de archiefkast en bladerde door de tabbladen tot de M. "Meteorieten — RG-17. Ja. Daar moet u kijken, sheriff. Kast R, lade G, vak 17. Zoals u ziet ben ik uitermate precies…"

"Wat is er?" vroeg de sheriff.

Ik geloof dat ik nogal ontdaan naar het vel papier staarde. Er stond:

RG-17-A   — meteoriet — nikkel/ijzer
Gewicht   — 171 gram
Vindplaats — Burnt Rock Ranch, Arizona

RG-17-B   — meteoriet — granietsteen
Gewicht   — 216 gram
Vindplaats — Kelsey, Nevada

RG-17-C   — meteoriet — nikkel/ijzer
Gewicht   — 1.842 gram
Vindplaats — Kilgore, Mojave Desert

En uitermate precies en methodisch als ik was, had ik in rode letters naast RG-17-C getypt: *Verwijderd uit collectie, 9 augustus*. Drie dagen voordat Dr. Patcher werd getroffen door een meteoriet die 1.842 gram woog.

"Wat is er aan de hand?" vroeg de sheriff. "Voelt u zich niet lekker?"

"De meteorieten," kraakte ik, "liggen hier."

"Laat mij dat stuk papier eens zien."

"Nee. Het is alleen maar een notitieblaadje."

"Dat kan wel zijn — maar ik wil het toch zien."

"Ik zal u de meteorieten laten zien."

"Geeft u mij dat papier."

"Wilt u die meteorieten nu nog zien of hoe zit dat?"

"Ik wil dat papier zien."

"Loop naar de maan."

"Professor Sisley—"

Ik liep naar de kast en trok de lade open. "De meteorieten. Kijk!"

De sheriff stapte naar voren en boog zijn hoofd. "Hmm. Ja. Gewoon stenen." Hij keek met een schuin oog naar het stuk papier dat ik in mijn hand klemde. "Gaat u mij dat papier nog laten zien of hoe zit dat?"

"Nee. Het heeft niets te maken met deze zaak. Hierop staat waar ik deze stenen vandaan heb. Ze zijn waardevol, en ik heb beloofd dat ik niemand zou vertellen hoe ik eraan gekomen ben."

"Zo, zo." De sheriff draaide zich om. Ik liep snel naar het toilet, deed de deur op slot, scheurde het papier in stukken en spoelde het door.

"Zo," zei ik toen ik weer naar buiten kwam, "dat papier is weg. En als het al bewijs was, dan is het nu verdwenen."

De sheriff schudde ietwat droevig met zijn hoofd. "Ik had beter moeten weten dan hier te komen voor een vriendelijk gesprek. Ik had mijn wapen mee moeten nemen, en een huiszoekingsbevel, en mijn twee potige hulpsheriffs. Maar nu—" Hij stopte, en kauwde bedachtzaam op iets dat hij in zijn mond had.

"Nou," vroeg ik ongeduldig, "gaat u me arresteren of niet?"

"Arresteren? Nee, Professor Sisley. U en ik, wij weten wat wij weten, maar hoe krijgen we ooit een jury zo ver dat ze het ook zien? U beweert dat Dr. Patcher door een meteoriet geraakt is, en duizenden mensen hebben een meteoriet zijn kant op zien gaan. Ik kan zeggen dat Professor Sisley kwaad was op Dr. Patcher; dat Professor Sisley Dr. Patcher met een stuk steen op het hoofd heeft geslagen en daarna een vuurpijl heeft afgestoken met behulp van een vlieger. U zult zeggen 'bewijs het maar'. En ik zal zeggen dat Professor Sisley een stuk papier door het toilet gespoeld heeft. Dan slaat de rechter een paar keer met zijn hamer op tafel en dat is dan dat. Nee, Professor, ik ga u niet arresteren. Als ik dat doe is mijn baan geen stuiver meer waard. Maar ik zal u vertellen wat ik wél ga doen — net als ik tegen Doc Patcher zei toen het afdelingshoofd vóór hem zo plotseling overleed."

"Nou, vooruit, zeg het maar! Wat gaat u doen?"

"Het is niet echt veel," zei de sheriff op bescheiden toon. "Ik laat gewoon de gebeurtenissen hun loop nemen."

"Ik kan niet zeggen dat ik begrijp waar u op doelt."

Maar de sheriff was al weg. Ik snoot mijn neus, veegde het zweet van mijn voorhoofd en keek naar de archiefmap die mij bijna had verraden. Zelfs nu nog vond ik het op een bepaalde manier toch bevredigend om te weten dat het mijn ordening en mijn nauwkeurigheid waren geweest die mij bijna de das omgedaan hadden — niet de verstrooidheid die het onwetende publiek zo vaak toeschrijft aan geleerden.

Ik ben Hoofd Astronomie in het observatorium. Mijn werk vordert gestaag. Ik beheer de telescoop. Ik heb het hele universum binnen handbereik.

De jonge Katkus ontwikkelt zich goed, hoewel hij ondertussen tekenen begint te vertonen van een behoorlijk irritante eigenzinnigheid en onafhankelijkheid. De jonge idioot denkt dat hij op het spoor is van een tot nu toe onontdekte planeet nog voorbij Pluto, en als ik hem zijn zin zou geven zou hij ieder ogenblik van goed zicht verspillen aan zijn speurtocht langs de ecliptica.

Zo af en toe pruilt hij wel een beetje, maar hij moet leren zijn kans af te wachten, net zoals ik dat moest, en Dr. Patcher voor mij, en ik neem aan Dr. Kane voor hem.

Dr. Kane — ik heb nooit meer aan hem gedacht sinds hij de macht over het stuur verloor en het ravijn in stortte. Ik vraag me af wie hem voorging als Hoofd Astronomie. Een telefoontje naar Nolbert in het Administratiegebouw moet genoeg zijn... Ik kom erachter dat Dr. Kane ene Professor Maddox opvolgde, die verdronken is toen de boot waarin hij en Dr. Kane over het Niblismeer roeiden plotseling was omgeslagen. Nolbert zegt dat de tragedie Dr. Kane was blijven achtervolgen tot het moment van zijn eigen dood; een dood die op zijn beurt ook de hele afdeling choqueerde. Hij hield zich bezig met het berekenen van de magnetische oriëntatie van bolvormige sterrenhopen; een buitengewoon interessant onderwerp — hoewel het geen geheim was dat Dr. Patcher het werk zinloos en didactisch had gevonden. Soms is het verleidelijk om te speculeren — maar nee, ze liggen allemaal netjes in het graf, en ik heb serieuzere zaken om mij mee bezig te houden. Zaken zoals Katkus, die de telescoop weer wil gebruiken — nét nu de atmosfeer en de hemel op zijn gunstigst zijn. Ik vertel hem met enige nadruk dat zelfstandig onderzoek zoals dat van hem alleen kan plaatsvinden als de telescoop verder niet in gebruik is. Hij loopt mokkend weg. Ik trek me verder niet veel aan van zijn teleurstelling; hij moet leren om zich te schikken naar het schema van onderzoek zoals dat is opgesteld door het Hoofd Astronomie.

Vandaag zag ik de sheriff; hij knikte uitermate beleefd. Ik vraag me af wat hij bedoelde toen hij zei dat hij de gebeurtenissen hun loop zou laten nemen? Raadselachtig en ongemakkelijk; het zit me helemaal niet lekker. Misschien was ik toch iets te scherp tegen Katkus. Hij zit daar aan zijn bureau, en doet net alsof hij de nieuwe fotografische platen toevoegt aan de index, terwijl hij vanuit zijn ooghoeken mijn kant op blijft kijken.

Ik vraag me af wat er door zijn hoofd gaat.

De duivel op de Verlossingsrots

EEN PAAR MINUTEN VOOR het middaguur gaf de zon een slinger naar het zuiden en ging onder. Zuster Mary rukte de zonnehelm van haar blonde hoofd en smeet hem op de bank — een vertoning die haar echtgenoot, broeder Raymond, verraste en zorgen baarde.

Hij greep haar rillende schouders beet. "Kom, liefje kalm aan maar. Met een uitbarsting schieten we helemaal niets op."

De tranen rolden over zuster Mary's wangen. "Zodra wij het huis uit willen valt de zon uit de hemel! Iedere keer gebeurt dat!"

"Nou ja — we weten wat geduld is. Er komt gauw weer een nieuwe."

"Dat kan wel een uur duren! Of tien uur! En we hebben zoveel te doen!"

Broeder Raymond ging naar het raam en trok de gesteven kanten gordijnen opzij. Terwijl hij naar de schemer keek zei hij: "We zouden nu op weg kunnen gaan en de heuvel beklimmen voor het nacht wordt."

"Voor het nacht wordt?" riep zuster Mary. "En hoe noem je dit dan?"

Broeder Raymond zei stijf: "Ik bedoel de nacht volgens de Klok. De *echte* nacht."

"De Klok..." Zuster Mary liet zich met een zucht in een stoel zinken. "Als we de Klok niet hadden, dan waren we allemaal allang gek geworden."

Bij het raam keek broeder Raymond op naar de Verlossingsrots, naar de enorme klok die nu niet te zien was. Mary kwam bij hem staan — samen staarden ze in het donker. Na een poos slaakte Mary een zucht. "Het spijt me lieveling. Maar ik raak zo van streek."

Raymond klopte haar op de schouder. "Het is geen grap om op Zaligheid te wonen."

Mary schudde gedecideerd het hoofd. "Ik moet me niet zo laten gaan. Tenslotte moeten we aan de kolonie denken. Pioniers mogen geen zwakkelingen zijn."

Dicht bij het raam staand waren ze elkaar tot troost.

"Kijk!" zei Raymond. Hij wees. "Er is brand, daarboven in de Oude Vlootstad!"

Verbluft keken ze naar de verre vonken.

"Ze horen allemaal beneden in de Nieuwe Stad te zijn, mompelde zuster Mary. "Tenzij het een of andere ceremonie is…Het zout dat we ze gegeven hebben…"

Met een zure glimlach sprak Raymond een fundamentele stelling over het leven op Zaligheid uit. "Met de Flits weet je maar nooit. Ze zijn tot alles in staat."

Mary verwoordde een nog fundamentelere waarheid. "*Alles* is tot alles in staat."

"En de Flits vooral…Ze beginnen zelfs zonder onze troost en hulp te sterven!"

"We hebben ons best gedaan," zei Mary. "Het is niet onze schuld!" — dit op een toon alsof ze eigenlijk bang was dat het wel hun schuld was.

"Niemand zou ons ook maar in de verste verte de schuld kunnen geven."

"Behalve de inspecteur…De Flits tierden welig voordat de kolonie kwam."

"We hebben ze niet lastiggevallen; we hebben hun terrein niet in beslag genomen, ze niet gemolesteerd, ons niet met hun zaken bemoeid. Nee, we hebben ons juist over de kop gewerkt om ze te helpen. En als dank trekken ze onze hekken om en steken het kanaal door en gooien modder tegen onze natte verf!"

Zuster Mary zei met lage stem: "Soms haat ik de Flits…Soms haat ik Zaligheid. Soms haat ik de hele kolonie."

Broeder Raymond trok haar dicht tegen zich aan, streelde het blonde haar dat ze in een keurige knot droeg. "Als een van de zonnen opkomt voel je je wel weer beter. Zullen we maar gaan?"

"Het is donker," zei Mary weifelend. "Zaligheid is overdag al zo erg."

Raymond stak zijn kin naar voren, keek op de Klok. "Het *is* overdag. De Klok zegt dat het dag is. Dat is de werkelijkheid; daar moeten we ons aan vastklampen! Het is onze enige band met de waarheid en het verstand!"

"Goed dan," zei Mary, "laten we gaan."

Raymond zoende haar op de wang. "Je bent heel flink, lieveling. Je doet de kolonie eer aan."

Mary schudde haar hoofd. "Nee, liefje. Ik ben niet beter of moediger dan de anderen. We zijn hiernaartoe gekomen om een nederzetting te stichten en naar de Waarheid te leven. We wisten dat het zwaar werk zou zijn. Van iedereen hangt zoveel af; voor zwakte is geen plaats."

Raymond zoende haar weer hoewel ze lachend protesteerde en haar gezicht afwendde. "Ik vind je toch flink — en heel lief."

"Haal de lamp," zei Mary. "Een paar lampen. Je weet nooit hoelang deze — deze ellendige donkere perioden duren."

Ze gingen op weg, lopend, omdat privé-energievoertuigen in de kolonie als een sociaal kwaad werden gezien. Vooruit en ongezien in het donker rees de Grand Montagne op, het gebied van de Flits. Ze voelden de hardvochtige massa van de pieken, precies zoals ze achter zich de keurige akkers, de hekken, de wegen van de kolonie voelden. Ze staken het kanaal over dat de meanderende rivier in een netwerk van bevloeiingssloten leidde. Raymond liet zijn lamp in de betonnen bedding schijnen. Ze keken ernaar in een stilzwijgen dat meer zei dan verwensingen.

"Het staat droog! Ze hebben de zijkanten weer doorgestoken."

"Waarom?" vroeg Mary. "*Waarom?* Zij gebruiken het water van de rivier niet eens!"

Raymond haalde zijn schouders op. "Blijkbaar hebben ze gewoon een hekel aan kanalen. Nou ja," zuchtte hij, "we kunnen alleen maar ons best doen."

De weg slingerde heen en weer tegen de helling op. Ze kwamen voorbij het met mossen begroeide wrak van een sterrenschip dat vijfhonderd jaar geleden op Zaligheid was neergestort. "Het lijkt onmogelijk," zei Mary. "De Flits waren vroeger mannen en vrouwen, precies als wij."

"Niet als *wij*, liefje," verbeterde Raymond zacht.

Zuster Mary huiverde. "De Flits en hun geiten! Soms is het lastig om ze uit elkaar te houden."

Een paar minuten later viel Raymond in een moddergat. Het was een bed van blubber, met genoeg binnensijpelend water om er een gevaarlijk zuigende val van te maken. Spartelend en hijgend en met hulp van de wanhopige Mary belandde hij weer op vaste grond, waar hij bleef staan rillen — boos, koud, en nat.

"Dat vervloekte ding was er gister nog niet!" Hij schraapte de blubber van zijn gezicht en zijn kleren. "Het zijn deze ellendige dingen die het leven hier zo'n beproeving maken."

"Wij zullen het overwinnen, lieveling." En op vurige toon vervolgde ze: "We zullen het bestrijden, en het onderwerpen! Hoe dan ook, we zullen Zaligheid orde en netheid bijbrengen!"

Terwijl ze bespraken of ze verder zouden gaan of niet, dobberde Rode Robundus over de noordwestelijke einder en konden ze de situatie overzien. Broeder Raymond's kakibroek en zijn witte overhemd waren natuurlijk smerig. Zuster Mary's uitmonstering was nauwelijks schoner te noemen.

Neerslachtig zei broeder Raymond: "Ik moet eigenlijk terug naar de bungalow om me te verkleden."

"Raymond, hebben we daar wel tijd voor?"

"Ik zie eruit als een idioot. Zo kan ik niet naar de Flits toe."

"Die merken er niets van."

"Dacht je dat?" snauwde Raymond.

"We hebben geen tijd," zei Mary beslist. "De inspecteur kan iedere dag komen, en de Flits sterven als vliegen. Iedereen zal natuurlijk zeggen dat het onze schuld is — en dat is het eind van de Evangelische Kolonie." Na een ogenblik zei ze voorzichtig: "Niet dat we de Flits zonder dat in de steek zouden laten."

"Ik vind nog steeds dat ik een betere indruk maak als ik schone kleren aanheb," zei Raymond weifelend.

"Poe! Geen snars geven ze om schone kleren, als je ziet hoe zij rondscharrelen."

"Eigenlijk heb je wel gelijk."

Een kleine geelgroene zon verscheen boven de horizon in het zuidwesten. "Daar komt Urban… Als het niet stikdonker is krijgen we ook meteen drie of vier zonnen tegelijk!"

"Het zonlicht doet de gewassen groeien," vertelde Mary hem braaf.

Ze klommen een halfuur verder en pauzeerden toen om op adem te komen, met het gezicht naar de kolonie aan de andere kant van het dal waar ze zo blij mee waren. Tweeënzeventigduizend zielen op een groen dambord van een vlakte, rijen nette witte huisjes, goed in de verf en schoon, met sneeuwwitte gordijnen achter de glinsterende vensters; gazons en bloemperken vol tulpen; moestuinen vol bloemkool, boerenkool en pompoenen.

Raymond keek naar de lucht. "Het gaat regenen."

"Hoe zie je dat?" vroeg Mary.

"Weet je nog hoe we kletsnat werden, de vorige keer dat Urban en Robundus allebei in het westen stonden?"

Mary schudde haar hoofd. "Dat betekent niets."

"Er moet toch *iets* zijn dat wat betekent! Dat is de wet van ons heelal — het fundament van al ons denken!"

Van bovenop de berg kwam een sterke windvlaag naar beneden die grote krullen en veren van stof meevoerde. Met gecompliceerde kleuren en tinten wervelden ze rond in het licht van de rode zon Robundus en de geelgroene Urban.

"Daar komt je regen!" schreeuwde Mary boven het brullende lawaai uit. Raymond tornde tegen de wind op. Na een poosje ging de wind liggen.

Mary zei: "Ik geloof pas in regen of wat dan ook als ik het zie."

"We hebben gewoon niet genoeg gegevens," zei Raymond koppig. "Er is niets magisch aan onvoorspelbaarheid."

"Het is alleen — onvoorspelbaar." Ze keek opzij langs de wand van de Grand Montagne. "God zij dank voor de Klok — tenminste een ding waarop je kunt bouwen."

De weg dwaalde tegen de heuvel op, door groepen hoornspijl, massa's grijs struikgewas en violette doornstruiken. Soms was er helemaal geen pad; dan moesten ze zoeken naar het volgende stuk; soms brak het pad af bij een aardwal of een blinde muur en liep drie meter hoger of lager weer verder. Dit waren onbelangrijke ongemakken die ze als vanzelfsprekend aanpakten. Pas toen Robundus naar het zuiden zweefde en Urban naar het noorden dook werden ze bezorgd.

"Het is niet denkbaar dat een zon om zeven uur 's avonds ondergaat," zei Mary. "Dat zou te normaal zijn, te alledaags."

Om kwart over zeven gingen beide zonnen onder. Tien minuten lang zou er een luisterrijk lichtspel te genieten zijn, dan een kwartier schemering, en dan kwam er een nacht van onbepaalde duur.

De zonsondergang misten ze door een aardbeving. Een lawine van stenen kwam het pad af daveren; ze doken weg onder een uitstekende punt van graniet terwijl de keien kletterend van het pad sprongen en tollend van de berg tuimelden.

De rotsblokkenbui was afgelopen, op een reeks kiezelstenen na die er achteraan kwamen. "Is dat alles?" vroeg Mary met een schorre fluisterstem.

"Zo te horen wel."

"Ik heb dorst."

Raymond gaf haar de veldfles.

"Hoe ver is het nog naar Vlootstad?"

"Oude Vlootstad of de Nieuwe Stad?"

"Kan me niet schelen," zei ze moe. "Alles is goed."

Raymond aarzelde. "Eigenlijk weet ik van geen van beide hoe ver het is."

"Nou, we kunnen hier niet de hele nacht blijven."

"Het wordt alweer dag," zei Raymond toen de witte dwerg Maude de hemel in het noordoosten begon te verzilveren.

"Het is nacht," verklaarde Mary in stille wanhoop. "De Klok zegt dat het nacht is; het kan me niet schelen of alle zonnen van de Melkweg staan te schijnen, tot en met de Thuiszon toe. Zolang de Klok zegt dat het nacht is, is het nacht!"

"We kunnen de weg weer zien…de Nieuwe Stad is net over de richel; die grote spijl herken ik. Die was er de vorige keer dat ik hier kwam ook al."

Van hun tweeën was Raymond het meest verbaasd toen ze de Nieuwe Stad inderdaad aantroffen waar hij hem had gesitueerd. Ze sjokten het dorp in. "Het is hier verschrikkelijk stil."

Er stonden drie dozijn hutten, gebouwd van beton en goed helder glas, elk met gefilterd water, een douche, een wasbak en een wc. Om tegemoet te komen aan de vooroordelen van de Flits waren de daken gedekt met doorntakken, en er waren geen binnenmuren. Alle hutten waren verlaten.

Mary keek in een ervan. "Mmmf — ontstellend!" Ze trok haar neus op. "Die lucht!"

De ramen van de tweede hut waren ontdaan van glas. Raymond keek verbeten en boos. "Ik heb dat glas hier op mijn rug vol blaren naar boven gesleept! En zo bedanken ze ons."

"Het laat me koud of ze ons bedanken of niet," zei Mary. "Ik maak me zorgen om de inspecteur. Hij zal ons de schuld geven voor—" ze gebaarde "— dit vuil. Tenslotte wordt het geacht onze verantwoordelijkheid te zijn."

Ziedend van verontwaardiging overzag Raymond het dorp. Hij dacht aan de dag dat de Nieuwe Stad voltooid was — een modeldorp, zesendertig smetteloze hutten, nauwelijks minder goed dan de bungalows van de kolonie. Aartsdiaken Burnette had de zegen uitgesproken; de vrijwillige werkers knielden op het centrale erf om te bidden. Vijftig of zestig Flits waren van de richels afgedaald om te komen kijken; een haveloze bende met grote ogen van verwondering. De mannen waren vel over been en hadden slordig haar — de vrouwen waren geslepen en mollig en geneigd tot veelvuldig geslachtelijk verkeer, zo geloofden de kolonisten.

Na de afsmeking van de zegen had aartsdiaken Burnette het opperhoofd van de stam een grote sleutel van verguld triplex aangeboden. "Onder uw hoede, opperhoofd — de toekomst en het welzijn van uw mensen! Bewaar hem goed — koester hem aan uw borst!"

Het opperhoofd was bijna twee meter tien lang; hij was mager als een lat en zijn profiel was scherp en hoekig. Hij droeg vette zwarte vodden en had een lange staf bij zich die bekleed was met geitenleer. Als enige van de stam sprak hij de taal van de kolonisten, met een keurig accent dat altijd weer een schok was. "Ik heb niets met ze te maken," zei hij met een achteloze, hese stem. "Ze doen waar ze zin in hebben. Dat is de beste manier."

Aartsdiaken Burnette was deze houding eerder tegengekomen. Als ruimdenkend man was hij niet verontwaardigd, maar probeerde juist tegen deze naar zijn mening onredelijke houding in te gaan. "Wilt u niet beschaafd worden? Wilt u God niet loven, een rein en gezond leven leiden?"

"Nee."

De aartsdiaken grijnsde. "Nou, we helpen u toch, zo goed als we kunnen. We kunnen u leren schrijven en rekenen; we kunnen u van uw ziekten genezen. Natuurlijk moet u zich schoon houden en regelmaat aanleren — want dat is wat beschaving betekent."

Het opperhoofd gromde. "U weet niet eens hoe u geiten moet hoeden."

"Wij zijn geen missionarissen," vervolgde aartsdiaken Burnette, "maar als u besluit dat u de Waarheid wilt leren, dan staan wij gereed om u te helpen."

"Mmf-mff. Wat winnen jullie ermee?"

De aartsdiaken glimlachte. "Niets. Jullie zijn medemensen; het is onze plicht om jullie te helpen."

Het opperhoofd draaide zich om, riep naar zijn stam; halsoverkop vluchtten ze tegen de rotsen op, klimmend als vertwijfelde geesten met wapperende haren en flapperende geitenhuiden.

"Wat moet dat? Wat moet dat?" riep de aartsdiaken. "Kom hier terug!" riep hij het opperhoofd toe die bezig was zich bij zijn stamgenoten te voegen.

De man riep omlaag: "Jullie zijn allemaal gek."

"Nee, nee," riep de aartsdiaken uit, en het was een luisterrijk schouwspel, vereenvoudigd als een toneelscène: de aartsdiaken met zijn witte haar die het wilde opperhoofd aanriep met zijn wilde stam achter zich; een heilige die satyrs commandeerde, en dit alles in het schuivende licht van drie zonnen.

Op een of andere manier overreedde hij het opperhoofd om terug te komen naar de Nieuwe Stad. De Oude Vlootstad lag een kleine kilometer hoger, in een zadel dat alle winden en wolken van de Grand Montagne geleidde zodat zelfs de geiten zich met moeite aan de rotsen vastklampten. Het was er koud, nat en naargeestig. De aartsdiaken hamerde op alle nadelen van de Oude Vlootstad. Het opperhoofd bleef volhouden dat hij liever daar woonde dan in de Nieuwe Stad.

Vijfentwintig kilo zout gaven de doorslag, al moest de aartsdiaken wel een compromis sluiten met zijn principes over het gebruik van steekpenningen. Een zestigtal leden van de stam verhuisde naar de nieuwe hutten met een geamuseerde, onbevangen houding alsof de aartsdiaken hun gevraagd had een kinderlijk spelletje te spelen.

De aartsdiaken riep nog een zegen af over het dorp; de kolonisten knielden — de Flits keken nieuwsgierig toe uit de ramen en deuren van hun nieuwe behuizingen. Nog eens twintig of dertig bolderden de rotsen af met een kudde geiten die ze in de kleine kapel stalden. De glimlach van aartsdiaken Burnette werd star en gepijnigd, maar tot zijn eer bemoeide hij zich er niet mee.

Na een poos troepten de kolonisten terug naar het dal. Ze hadden gedaan wat ze konden, maar ze wisten niet helemaal zeker wat ze nu eigenlijk hadden gedaan.

Twee maanden later was de Nieuwe Stad uitgestorven.

Broeder Raymond en zuster Mary liepen door het dorp; de hutten toonden donkere vensters en gapende deuren.

"Waar zijn ze naartoe?" vroeg Mary met gedempte stem.

"Ze zijn allemaal gek," zei Raymond. "Knotsgek met peultjes." Hij ging naar de kapel, stak zijn hoofd door de deur. Plotseling werden zijn knokkels op de deurstijl glanzend wit.

"Wat is er aan de hand?" vroeg Mary bezorgd.

Raymond hield haar tegen. "Lijken... Er liggen daar tien, twaalf, ongeveer vijftien lijken in."

"Raymond!" Ze zagen elkaar aan. "Hoe? Waarom?"

Raymond schudde zijn hoofd. Tegelijk draaiden ze zich om en keken tegen de heuvel op naar de Oude Vlootstad.

"Wij zullen het moeten uitzoeken."

"Maar dit hier is zo'n — zo'n prettige plek," barstte Mary uit. "Het zijn — het zijn *beesten*! Ze zouden het hier *heerlijk* moeten vinden!" Ze keerde zich af, naar het dal, zodat Raymond haar tranen niet zou zien. De Nieuwe Stad betekende zoveel voor haar; met haar eigen handen had ze stenen witgekalkt en in keurige rijen rondom elk van de hutten gelegd. De rijen waren uit elkaar geschopt en haar gevoelens waren gekwetst. "Laat de Flits maar leven zoals ze leuk vinden, de vieze, luie wezens. Ze zijn onverantwoordelijk," zei ze tegen Raymond, "gewoon helemaal *onverantwoordelijk*!"

Raymond knikte. "Laten we verder naar boven gaan, Mary; dat is onze plicht."

Mary droogde haar ogen. "Ook zij zijn Gods schepselen maar ik snap niet waarom dat moet." Met een blik op Raymond waarschuwde ze hem: "En vertel me niet dat Gods wegen ondoorgrondelijk zijn."

"Okay," zei Raymond. Ze begonnen over de keien te klauteren, omhoog naar de Oude Vlootstad. Het dal werd kleiner en kleiner. Maude zwaaide in het zenit en leek daar te blijven hangen.

Ze bleven staan voor een adempauze. Mary bette haar voorhoofd. "Ben ik gek, of wordt Maude groter?"

Raymond keek. "Misschien zwelt ze iets op."

"Of we krijgen een nova, of wij vallen erin!"

"In dit stelsel kun je alles verwachten," zuchtte Raymond. Als er ook maar iets regelmatigs aan Zaligheid's baan is, dan heeft zich dat tot dusver aan iedere waarneming weten te onttrekken."

"We zouden heel goed in een van de zonnen kunnen vallen," merkte Mary nadenkend op.

Raymond haalde zijn schouders op. "Het hele stelsel tolt al heel wat miljoenen jaartjes rond. Een betere garantie kan ik je niet geven."

" 't Is onze enige garantie." Ze balde haar vuisten. Als er maar ergens enige zekerheid was — iets waar je naar kon kijken en dan zeggen: Dit is onveranderlijk, dit is iets waar je op kunt rekenen. Maar er is helemaal niets! Het is meer dan genoeg om gek van te worden."

Raymond zette een glazige grijns op. "Niet doen, liefje. De kolonie heeft het daar al moeilijk genoeg mee."

Meteen was Mary weer nuchter. "Sorry... het spijt me, Raymond. Echt."

"Ik maak me er zorgen over," zei Raymond. "Gister heb ik gesproken met Directeur Birch van het Rusthuis."

"Hoeveel zijn er nu?"

"Bijna drieduizend. En iedere dag komen er meer binnen." Hij zuchtte. "Zaligheid heeft iets dat op je zenuwen gaat werken — daar is geen twijfel aan."

Mary haalde diep adem en kneep in Raymond's hand. "We zullen ertegen vechten, lieveling, en het verslaan! Het wordt nog wel een routine; alles komt wel terecht."

Raymond neeg het hoofd. "Met hulp van de Here."

"Daar gaat Maude," zei Mary. "We moeten maar verder zolang het nog licht is."

Een paar minuten later kwamen ze een dozijn geiten tegen die gehoed werden door evenveel magere kinderen. Sommigen droegen lompen; sommigen kleren van geitenleer; anderen renden naakt rond terwijl de wind tegen hun wasbordribben blies.

Verderop zagen ze nog een geitenkudde, misschien honderd dieren sterk, onder de hoede van een enkel kind.

"Zo zijn de Flits," zei Raymond. "Twaalf kinderen hoeden twaalf geiten en één kind hoedt er honderd."

"Ze zijn vast en zeker het slachtoffer van een of andere geestesziekte…is waanzin erfelijk?"

"Dat is een twistpunt…ik ruik de stad al."

Maude verliet de hemel onder een hoek die een lange schemer beloofde. Met pijn in hun benen sloften Raymond en Mary het dorp binnen. Achter hen kwamen de geiten en de kinderen zonder onderscheid door elkaar.

Met een walgende klank in haar stem zei Mary: "Ze gaan weg uit de Nieuwe Stad — de mooie, schone Nieuwe Stad — om weer in deze smeerboel te kunnen wonen."

"Ga niet op die geit staan!" Raymond loodste haar voorbij het afgekloven karkas dat op het pad lag. Mary beet op haar lip.

Ze vonden het opperhoofd op een steen gezeten. Hij staarde naar de lucht. Hij begroette hen zonder verrassing of plezier. Een groep kinderen legde een brandstapel van takken en droge spijlen aan.

"Wat gebeurt hier?" vroeg Raymond geforceerd vrolijk. "Is er een feest? Wordt er gedanst?"

"Vier mannen, twee vrouwen. Ze worden gek, ze gaan dood. We verbranden ze."

Mary keek naar de brandstapel. "Ik wist niet dat jullie je doden verbrandden."

"Deze keer wel." Hij stak zijn hand uit en raakte Mary's glanzende gouden haar aan. "Wees een poosje mijn vrouw."

Mary stapte achteruit en zei met een bevende stem: "Nee, dank je. Ik ben met Raymond getrouwd."

"De hele tijd?"

"De hele tijd."

Het opperhoofd schudde zijn hoofd. "Jullie zijn gek. Binnenkort gaan jullie dood."

Raymond zei streng: "Waarom hebben jullie het kanaal vernield?

Al tien keer hebben we het gerepareerd; al tien keer zijn de Flits in het donker naar beneden gekomen en hebben de zijkanten gesloopt."

Het opperhoofd dacht na. "Het kanaal is gek."

"Het is niet gek. Het helpt met de bevloeiing, het helpt de boeren."

"Het gaat te veel gelijk."

"Bedoel je dat het te recht is?"

"Recht? Recht? Wat is dat voor woord?"

"In één lijn — in één richting."

Het opperhoofd wiebelde heen en weer. "Kijk — berg. Recht?"

"Nee, natuurlijk niet."

"De zon — recht?"

"Luister eens —"

"Mijn been." Het opperhoofd stak zijn knokige en harige linkerbeen uit. "Recht?"

"Nee," zuchtte Raymond. "Je been is niet recht."

"Waarom maken jullie dan het kanaal recht? Gek." Hij leunde achterover. Het onderwerp was afgehandeld. "Waarom komen jullie?"

"Nou," zei Raymond. "Er gaan te veel Flits dood. We willen jullie helpen."

"O, dat zit wel goed. Ik heb er geen last van, en jij ook niet."

"Wij willen niet dat jullie sterven. Waarom wonen jullie niet in de Nieuwe Stad?"

"Flits worden gek, springen van de rotsen." Hij rees overeind. "Kom mee, er is eten."

Hun weerzin overwinnend knabbelden Raymond en Mary op stukjes geroosterde geit. Zonder plichtplegingen werden er vier lijken op het vuur gegooid. Sommige Flits begonnen te dansen.

Mary stootte Raymond aan. "Je kunt een cultuur leren begrijpen aan het patroon van zijn dansen. Let op."

Raymond keek toe. "Ik zie geen enkel patroon. Sommigen maken een paar sprongen en gaan dan zitten; anderen rennen in kringen rond; sommigen wapperen alleen met hun armen."

Mary fluisterde: "Ze zijn allemaal gek. Zo gek als oeverlopers." Raymond knikte. "Ik geloof je."

Het begon te regenen. Rode Robundus schroeide de oostelijke horizon maar deed geen moeite om op te komen. De regen veranderde in hagel. Mary en Raymond gingen een hut in om te schuilen.

Daar voegden zich verscheidene mannen en vrouwen bij hen, en bij gebrek aan iets beters begonnen ze luidruchtig te vrijen.

Mary fluisterde gefolterd: "Ze gaan het pal voor onze ogen doen! Ze kennen geen enkele schaamte!"

Raymond zei vastberaden: "Ik ga niet die regen in. Ze doen maar wat ze niet laten kunnen."

Mary gaf een van de mannen die haar overhemd wilde verwijderen een optater; hij sprong achteruit. "Net honden!" hijgde ze.

"Remmingen hebben ze niet," zei Raymond apathisch. "Remmingen betekenen psychosen."

"Dan ben ik psychotisch," snuffelde Mary, "want ik heb remmingen!"

"Ik ook."

De hagel hield op; de wind blies de wolken door de kloof in de bergen; de hemel was weer helder. Opgelucht liepen Raymond en Mary de hut uit.

De brandstapel was doorweekt; de vier verkoolde lijken lagen in de as. Maar niemand bekommerde zich erom.

Raymond zei nadenkend: "Het ligt op de punt van mijn tong — ik kan er bijna bij…"

"Wat?"

"De oplossing voor deze hele Flitstroep."

"Nou?"

"De Flits zijn gek, onredelijk, onverantwoordelijk."

"Juist."

"De inspecteur is op komst. Wij moeten bewijzen dat de kolonie geen bedreiging vormt voor de inboorlingen — in dit geval voor de Flits."

"We kunnen de Flits niet dwingen hun levensstandaard te verbeteren."

"Nee. Maar als we ze bij hun verstand konden brengen; als we maar een begin konden maken met de strijd tegen hun massapsychose…"

Mary keek sceptisch. "Dat klinkt als een verschrikkelijk zwaar karwei."

Raymond schudde van nee. "Denk eens grondig na, lieveling. Het is een echt probleem: een groep inboorlingen die te psychotisch zijn om zichzelf in leven te houden. Maar wij *moeten* ze in leven houden. De oplossing: verwijder de psychosen."

"Als je het zo zegt klinkt het heel verstandig, maar hoe moeten we daar in hemelsnaam aan beginnen?"

Het opperhoofd kwam op zijn spillebenen de rotsen af terwijl hij kauwde op een stuk geitendarm. "We moeten beginnen met het opperhoofd," verklaarde Raymond.

"Dat is de kat de bel aanbinden."

"Zout," zei Raymond. "Hij zou zijn grootmoeder villen om aan zout te komen." Hij liep naar het opperhoofd toe, dat verrast leek ze nog in het dorp te zien. Mary bleef op de achtergrond.

Raymond begon te praten. Eerst keek de man geschrokken, toen stuurs. Raymond debatteerde, redeneerde. Hij kwam met het lokaas: zout — zoveel als het opperhoofd mee terug kon nemen tegen de berg op. De man staarde op Raymond neer, stak zijn handen op, liep weg, ging op een steen zitten, kauwde op het stuk darm.

Raymond ging weer naar Mary toe. "Hij komt."

Directeur Birch gedroeg zich op zijn hartelijkst tegenover het opperhoofd. "Wat een eer! Het gebeurt niet vaak dat wij zulke gedistingeerde bezoekers krijgen. We hebben u in een wip weer gezond!"

De man had met zijn staf doelloze krullen in het zand staan tekenen. "Wanneer krijg ik het zout?" vroeg hij aan Raymond.

"Heel gauw al. Eerst moet je met Directeur Birch mee."

"Kom mee," zei Directeur Birch. "We gaan een leuk ritje maken."

Het opperhoofd draaide zich om en beende weg in de richting van de Grand Montagne. "Nee, nee," riep Raymond. "Kom hier terug!" Het opperhoofd nam grotere passen.

Raymond rende naar hem toe, stortte zich op zijn knobbelknieën. De man viel als een half gevulde zak tuingereedschap. Directeur Birch diende hem een kalmeermiddel toe en even later zat de slungelige man met zijn doffe blik veilig in de ambulance.

Broeder Raymond en zuster Mary keken de wegrijdende wagen na. Dikke wolken stof vlogen de lucht in en bleven in het groene zonlicht hangen. De schaduwen leken blauwviolet getint.

Mary zei met trillende stem: "Ik hoop toch zo dat we iets goeds doen…Dat arme opperhoofd zag er zo—*pathetisch* uit. Als een van zijn geiten klaar voor de slacht."

"We kunnen alleen doen wat ons het beste lijkt, lieveling," zei Raymond.

"Maar is dat ook het beste?"

De ambulance was verdwenen; het stof was gaan liggen. Boven de Grand Montagne flikkerde de bliksem uit een zwart met groene donderwolk. Faro stond als een kattenoog in het zenit. De Klok—de onwrikbare Klok, de goede, verstandige Klok—zei dat het twaalf uur 's middags was.

"Het beste," zei Mary nadenkend. "Een betrekkelijk woord…"

Raymond zei: "Als we de psychosen van de Flits kunnen genezen — als we ze een schoon, ordelijk leven kunnen aanleren—dan moet dat toch het beste zijn." En hij voegde eraan toe: "Het is in ieder geval het beste voor de kolonie."

Mary zuchtte. "Dat zal wel. Maar het opperhoofd zag er zo zielig uit."

"We gaan hem morgen opzoeken," zei Raymond. "Maar nu: naar bed!"

Toen ze wakker werden scheen er een roze gloed door de gordijnen: Robundus, misschien samen met Maude. "Kijk eens op de klok," geeuwde Mary. "Is het dag of nacht?"

Raymond steunde op zijn elleboog. Hun klok was in de muur ingebouwd, een kopie van de Klok op de Verlossingsrots, en werd door radio-impulsen van het centrale uurwerk gestuurd. "Zes uur 's middags—tien over zes."

Ze stonden op en trokken hun nette broeken en witte overhemden aan. Ze aten in het smetteloze keukentje en daarna belde Raymond het Rusthuis op. Directeur Birch's stem kwam kwiek uit de luidspreker. "God helpe je, broeder Raymond."

"God helpe u, directeur. Hoe is het met het opperhoofd?"

Birch aarzelde. "We hebben hem verdoofd moeten houden. Zijn problemen liggen nogal diep."

"Kunt u hem helpen? Het is heel belangrijk."

"We kunnen het alleen maar proberen. Vanavond zullen we hem eens onder handen nemen."

"Misschien kunnen wij er beter bij zijn," zei Mary.

"Als u dat wilt ... Acht uur dan?"

"Goed."

Het Rusthuis was een langwerpig, laag gebouw aan de rand van Zaligheidsstad. Onlangs waren er nieuwe vleugels bijgebouwd en aan de achterkant was een reeks tijdelijke gebouwtjes zichtbaar.

Directeur Birch begroette hen met een gekwelde blik. "We zitten zo in tijdnood en hebben zo weinig ruimte; is deze Flit echt zo verschrikkelijk belangrijk?"

Raymond verzekerde hem dat de gezondheid van het verstand van het opperhoofd voor allen van groot gewicht was.

Birch maakte een verslagen gebaar. "De kolonisten staan te dringen om therapie. Zij moeten dan maar wachten."

Mary vroeg: "Is het nog steeds zo erg, het probleem?"

"Het Rusthuis is gebouwd voor vijfhonderd bedden," zei Directeur Birch. "We hebben nu zesendertighonderd patiënten, om maar niet te spreken van de achttienhonderd die we terug naar de Aarde hebben gestuurd."

"Maar alles wordt toch beter?" zei Raymond. "De kolonie heeft het ergste gehad; er is geen reden meer voor spanningen."

"Spanningen schijnen niet het probleem te zijn."

"Wat dan wel?"

"De nieuwe omgeving, denk ik. Wij zijn mensen van de Aarde; de omgeving is ons vreemd."

"Nee toch!" vond Mary. "We hebben het hier precies zo ingericht als in een Aardse stad. Een van de prettige steden. Er staan Aardse huizen en Aardse bloemen en Aardse bomen."

"Waar is het opperhoofd?" vroeg broeder Raymond.

"O — op dit ogenblik zit hij in het beveiligde paviljoen."

"Is hij zo wild?"

"Niet op een onvriendelijke manier. Hij wil er gewoon uit. Wat een vernielzucht! Zoiets heb ik nog nooit meegemaakt."

"Heeft u al enig idee?"

Birch schudde verbeten het hoofd. "We zijn nog altijd bezig met een poging om het te classificeren. Kijk." Hij overhandigde Raymond een rapport. "Dat is zijn zoneverkenning."

"Intelligentie nul." Raymond keek op. "Zo stom is hij niet, dat weet ik zeker."

"Precies. Het is maar een vaag gegeven. We kunnen de gewone tests niet voor hem gebruiken, die zijn allemaal ingesteld op onze eigen culturele achtergrond. Maar deze tests hier —" hij klopte op het rapport "— die zijn fundamenteel; we gebruiken ze bij dieren — pennen in gaten passen; kleuren bij elkaar zoeken; afwijkende patronen ontdekken; doolhoven."

"En het opperhoofd?"

Birch keek triest. "Als het mogelijk was om een negatieve score te halen, dan haalde hij die."

"Hoe komt dat?"

"Bijvoorbeeld, in plaats dat hij een kleine ronde pen in een klein rond gat steekt, brak hij eerst de stervormige pen en ramde die er van opzij in, en brak vervolgens het hele bord."

"Maar waarom dan?"

Mary zei: "Laten we hem opzoeken."

"Is het veilig?" vroeg Raymond aan Birch.

"O, helemaal."

Het opperhoofd was opgesloten in een plezierige kamer van precies drie meter lang en breed. Hij had een wit bed, witte lakens, een grijs dekbed. Het plafond was rustig groen, de vloer rustig grijs.

"Asjemenou!" zei Mary opgewekt, "u bent wel actief geweest!"

"Ja," zei Directeur Birch tussen zijn tanden. "Dat is-ie zeker."

Het beddengoed was aan repen gescheurd, het bed lag op zijn kant in het midden van de kamer, de muren waren besmeurd. Het opperhoofd zat op de dubbelgevouwen matras.

Directeur Birch zei streng: "Waarom maak je er zo'n troep van? Dat is echt niet slim, hoor."

"Jullie houden mij hier," spuwde het opperhoofd. "Ik regel het zodat ik het prettig heb. In jouw huis regel jij het zodat jij het prettig hebt." Toen keek hij Raymond en Mary aan. "Hoelang nog?"

"Nog eventjes," zei Mary. "We proberen je te helpen."

"Gekkenpraat, iedereen gek." Het opperhoofd raakte zijn goede accent kwijt; zijn stem klonk schurend. "Waarom brengen jullie me hier?"

"Het is maar voor een dag of twee," zei Mary sussend. "Dan krijg je zout — hopen zout."

"Dag — dat is als de zon schijnt."

"Nee," zei broeder Raymond. "Zie je dit ding?" Hij wees naar de klok in de muur. "Als deze wijzer tweemaal rond is — dat is een dag."

Het opperhoofd glimlachte cynisch.

"Wij laten ons leven hierdoor leiden," zei Raymond. "Hij helpt ons."

"Net als de Grote Klok op de Verlossingsrots," zei Mary.

"Grote Duivel," zei het opperhoofd ernstig. "Jullie goede mensen; allemaal gek. Kom naar Vlootstad. Ik help jullie; massa's goeie geiten. Wij gooien keien naar Grote Duivel."

"Nee," zei Mary kalm. "Dat kan echt niet. Nu moet je je best doen om de dokter te gehoorzamen. Deze rommel bijvoorbeeld — dat is heel slecht."

Het opperhoofd liet zijn hoofd tussen zijn handen zinken. "Jullie laten me gaan. Jullie houden het zout; ik ga naar huis."

"Kom," zei Directeur Birch vriendelijk. "We zullen je geen kwaad doen." Hij keek op de klok. "Tijd voor je eerste therapie."

Twee verzorgers waren nodig om het opperhoofd naar het laboratorium te brengen. Hij werd in een zachte stoel gezet en zijn armen en benen werden vastgebonden zodat hij zichzelf geen letsel kon toebrengen. Hij zette het op een verschrikkelijk schor gekrijs. "De Duivel, de Grote Duivel — hij komt naar beneden om mijn leven te bekijken..."

Birch riep een van de verplegers: "Dek de wandklok af; hij stoort de patiënt."

"Blijf gewoon stil zitten," zei Mary. "We proberen je alleen maar te helpen — jou en je stam."

De verpleger gaf hem een injectie met D-beta hypnidine. Het opperhoofd ontspande zich. Zijn ogen keken wezenloos omhoog en zijn magere borst ging op en neer.

Directeur Birch zei zacht tegen Mary en Raymond: "Hij is nu bijzonder ontvankelijk — dus wees muisstil; maak geen geluid."

Ze gingen heel voorzichtig aan de zijkant van de kamer zitten.

"Hallo, opperhoofd," zei Birch.

"Hallo."

"Zit je goed?"

"Te veel glans — te veel wit."

De verpleger draaide de lampen lager.

"Zo goed?

"Zo is het beter."

"Heb je soms problemen?"

"De geiten hebben pijn aan hun voeten, blijven hoog in de heuvels. Gekke mensen in het dal; ze willen niet weggaan."

"Hoe bedoel je dat, 'gekke mensen'?"

Het opperhoofd zweeg. Directeur Birch fluisterde tegen Mary en Raymond: "Door zijn denkbeeld van niet-gek te analyseren, krijgen we een aanwijzing over zijn eigen gestoordheid."

Het opperhoofd zat rustig naar het plafond te kijken. Birch zei met zijn sussende stem: "Vertel ons eens over je leven."

Meteen begon de man te praten. "Ah, dat is goed. Ik ben het opperhoofd. Ik begrijp alles wat er gezegd wordt; niemand anders weet iets."

"Een goed leven, hè?"

"Nou, alles goed." Hij sprak verder, met halve zinnen, soms onverstaanbaar, maar het beeld van zijn leven werd duidelijk. "Alles gaat makkelijk — geen zorgen, geen moeilijkheden — alles goed. Als het regent, is het vuur lekker. Als de zon warm schijnt, dan blaast de wind, voelt goed. Heleboel geiten, iedereen te eten."

"Heb je geen problemen, niets dat je bezorgd maakt?"

"Tuurlijk. Gekke mensen in het dal. Ze maken dorp: Nieuwe Stad. Niet goed. Recht — recht — recht. Niet goed. Gek. Dat is slecht. Wij krijgen boel zout, maar gaan weg uit Nieuwe Stad, rennen over heuvel naar ouwe plek."

"Mag je de mensen in het dal niet?"

"Zij goede mensen, allemaal gek. Grote Duivel brengt ze naar dal. Grote Duivel kijkt altijd toe. Gaan gauw allemaal tik-tik-tik — net als Grote Duivel."

Directeur Birch keek Raymond en Mary verbaasd fronsend aan. "Dit gaat niet erg goed. Hij is te zelfverzekerd, te openhartig."

Raymond vroeg behoedzaam: "Kunt u hem genezen?"

"Voordat ik een psychose kan genezen," zei Directeur Birch, "moet ik hem opsporen. Tot dusver ben ik blijkbaar nog niet eens warm."

"Het is niet normaal om met rissen tegelijk dood te gaan," fluisterde Mary. "En daar zijn de Flits mee bezig."

De directeur richtte zich weer tot het opperhoofd. "Waarom sterven je mensen, opperhoofd? Waarom sterven ze in de Nieuwe Stad?"

Met een schorre stem zei de man: "Ze kijken omlaag. Geen plezierig landschap. Gek gesneden. Geen rivier. Rechtwater. Doet pijn aan je ogen; wij maken kanaal open, maken goeie rivier... Hutten allemaal gelijk. Worden gek van kijken naar alles gelijk. Mensen worden gek; we maken ze dood."

Directeur Birch zei: "Ik geloof dat we voorlopig niet verder moeten gaan tot we dit geval iets grondiger hebben bestudeerd."

"Ja," zei broeder Raymond bekommerd. "We moeten dit eerst overdenken."

Ze verlieten het Rusthuis door de ontvangsthal. De banken zaten vol mensen die om toelating verzochten en hun verwanten, vol voogdijbeambten en de personen onder hun hoede. Buiten was het zwaarbewolkt. Een ziek geel licht duidde erop dat Urban ergens aan de hemel stond. De regen spetterde in het stof met grote, kleverige druppels.

Broeder Raymond en zuster Mary wachtten op de bus in de bocht van het verkeersplein.

"Er is iets verkeerd," zei broeder Raymond met een mistroostige stem. "Iets is helemaal verkeerd."

"En ik ben er niet zo zeker van dat het niet aan ons ligt," zei zuster Mary terwijl ze om zich heen keek, door de jonge boomgaarden, door de Sarah Gulvinlaan naar het centrum van Zaligheidsstad.

"Een vreemde planeet is altijd een gevecht," zei broeder Raymond. "We moeten vertrouwen hebben, ons op God verlaten — en vechten!"

Mary greep hem bij zijn arm. Hij draaide zich om.

"Ik zag — dacht ik tenminste — dat er iemand door de struiken rende."

Raymond keek ingespannen. "Ik zie niemand."

"Het leek op het opperhoofd."

"Dat is je verbeelding, liefje."

Ze stapten in de bus en waren even later weer veilig terug in hun witgekalkte huisje in de bloementuin.

De communicator ging over. Het was Directeur Birch. Hij klonk bezwaard. "Ik wil jullie geen schrik aanjagen, maar het opperhoofd is ontsnapt. Hij is niet meer op het terrein — we weten niet waar."

Binnensmonds zei Mary: "Ik wist het."

"U gelooft niet dat er gevaar bij is?" vroeg Raymond nuchter.

"Nee. Hij is niet gewelddadig van aard. Maar ik zou mijn deur toch maar op slot doen."

"Bedankt voor het bellen, directeur."

"Geen dank, broeder Raymond."

Even bleef het stil. Toen vroeg Mary: "Wat nu?"

"Ik doe de deuren op slot, en dan gaan we voor een goede nachtrust zorgen."

Ergens in de nacht werd Mary met een schok wakker. Broeder Raymond rolde zich op zijn zij. "Wat is er?"

"Ik weet het niet," antwoordde Mary. "Hoe laat is het?"

Raymond keek op de muurklok. "Vijf voor één."

Zuster Mary bleef zwijgend liggen.

"Heb je soms iets gehoord?" vroeg Raymond.

"Nee. Ik kreeg alleen een — steek. Er is iets mis, Raymond!"

Hij trok haar tegen zich aan, borg haar blonde hoofd in de holte van zijn hals. "Al wat we kunnen doen is ons best, lieveling, en hopen dat het God's wil is."

Daarna sliepen ze rusteloos en woelend. Raymond stond op om naar de wc te gaan. Buiten was het nacht, een donkere hemel met een roze gloed aan de noordelijke horizon. Daar ergens beneden zwierf Rode Robundus rond. Slaperig schuifelde hij terug naar zijn bed.

"Hoe laat is het, liefje?" klonk Mary's stem.

Raymond tuurde op de klok. "Vijf voor één."

Hij stapte in bed. Mary was verstijfd. "Zei je — vijf voor één?"

"Ja, dat klopt," zei hij. Even later kwam hij weer uit zijn bed en liep naar de keuken. "Volgens deze is het ook vijf voor één. Ik zal de Klok bellen en vragen of ze een impuls willen sturen."

Hij ging naar de communicator en drukte knoppen in. Er gebeurde niets.

"Ze nemen niet op."

Mary stond naast hem. "Probeer het nog eens."

Raymond drukte het nummer in. "Wat vreemd."

"Bel inlichtingen," zei Mary.

Meteen toen de verbinding doorkwam zei een kordate stem: De Grote Klok is tijdelijk defect. Geduld alstublieft. De Grote Klok is tijdelijk defect."

Raymond meende de stem te herkennen. Hij drukte op de beeld-knop. De stem zei: "God hoede je, broeder Raymond."

"God hoede je, broeder Ramsdell...Wat ter wereld is er fout ge-gaan?"

"Het is een van je beschermelingen, Raymond. Een van de Flits werd stapelgek. Hij heeft stenen op de Klok laten vallen."

"Heeft hij — Heeft hij —"

"Het was het begin van een lawine. We hebben geen Klok meer."

Inspecteur Coble zag tot zijn verwondering dat niemand hem opwachtte op de ruimtehaven van Zaligheidsstad. Hij keek in het rond — hij was alleen. Aan de andere kant van het terrein fladderde een stuk papier in de wind; verder bewoog er niets.

Vreemd, dacht hij. Er was altijd een comité aanwezig geweest om hem te verwelkomen met een vleiend maar vermoeiend programma. Eerst ging het naar de bungalow van de aartsdiaken voor een banket, opgewekte toespraken en mededelingen omtrent de stand van zaken, daarna kwamen er diensten in de centrale kapel, en ten slotte een vor-melijke processie naar de voet van de Grand Montage.

Uitstekende mensen, naar inspecteur Coble's opvatting, maar te pijnlijk eerlijk en fanatiek om interessant te zijn.

Hij liet instructies achter bij de twee mannen die het dienst-schip bemanden en ging te voet op weg naar Zaligheidsstad. Rode Robundus stond hoog maar daalde al naar het oosten; hij keek naar de Verlossingsrots hoe laat het volgens de plaatselijke tijd was. Maar een wolk van groezelige nevelslierten belemmerde het uitzicht.

Met ferme pas over de weg marcherend kwam inspecteur Coble plotseling met een ruk tot stilstand. Hij hief het hoofd alsof hij de lucht beproefde, keek vervolgens driehonderdzestig graden in het rond. Fronsend liep hij verder.

De kolonisten hadden veranderingen aangebracht, dacht hij. Hoe en wat kon hij niet precies bepalen. Dat hek daar — er was een heel stuk van gesloopt. In de greppel naast de weg floreerde het onkruid rijkelijk. Toen hij ernaar keek bespeurde hij een beweging achter het harpgras en hoorde jonge stemmen. Nieuwsgierig geworden sprong Coble over de sloot en boog het hoge gras opzij.

Een jongen en een meisje van zestien of zo waadden door een ondiepe vijver; het meisje had drie slappe waterbloemen in haar hand en de jongen zoende haar. Ze keken Coble geschrokken aan; hij trok zich terug.

Weer op de weg keek hij nogmaals om zich heen. Waar voor de donder was iedereen toch? De akkers — die waren verlaten. Niemand was aan het werk. Coble vervolgde met een schouderophalen zijn weg.

Hij passeerde het Rusthuis, keek er nieuwsgierig naar. Het leek aanzienlijk groter dan hij het zich herinnerde: er waren twee vleugels bijgekomen en er stonden wat noodgebouwen. Hij zag dat het grind van de oprijlaan best wat netter had kunnen zijn. De ambulance die er geparkeerd stond zat onder het stof. Het geheel zag er enigszins vervallen uit. Voor de tweede keer bleef de inspecteur bruusk staan. Muziek? Uit het Rusthuis?

Hij ging de oprijlaan op. De muziek werd harder. Coble duwde langzaam de voordeur open. In de hal stonden acht of tien mensen en ze droegen bizarre kostuums: met veren, franje van geverfd gras, fantastische halskettingen van glas en metaal. De harde, wilde muziek kwam uit de aula.

"Inspecteur!" riep een knappe vrouw met blond haar. "Inspecteur Coble! U bent gearriveerd!"

Coble keek haar onderzoekend aan. Ze droeg een soort lappenjasje waarop kleine ijzeren klokjes waren genaaid. "U bent — u bent zuster Mary Dunton, of niet?"

"Natuurlijk! U bent op een prachtig moment gearriveerd! We houden een carnavalsbal — met kostuums en alles!"

Broeder Raymond sloeg de inspecteur joviaal op zijn schouder. "Blij je weer te zien, ouwe! Neem wat cider, het is een vroege persing."

Coble deinsde terug. "Nee, nee. Bedankt." Hij schraapte zijn keel. "Ik ga mijn ronde doen...misschien zie ik u hier later nog."

Coble vervolgde de weg naar de Grand Montagne. Hij zag dat een aantal bungalows in felle tinten groen, blauw en geel was geschilderd, dat de hekken op talrijke plaatsen waren neergehaald, dat de tuinen er wild en overwoekerd uitzagen.

Hij beklom het pad naar de Oude Vlootstad waar hij een gesprek had met het opperhoofd. De Flits werden blijkbaar niet uitgebuit, verleid, bedrogen, ziek gemaakt, geknecht, met geweld bekeerd of systematisch gehinderd. Het opperhoofd leek in een goed humeur.

"Ik doodde de Grote Duivel," vertelde hij de inspecteur. "Nu gaan de dingen beter."

Coble was van plan zonder opzien naar de haven te glippen en te vertrekken, maar broeder Raymond Dunton riep hem aan toen hij langs diens bungalow kwam.

"Al ontbeten, inspecteur?"

"Avondeten, lieveling!" klonk de stem van zuster Mary van binnen. "Urban is net ondergegaan."

"Maar Maude is net opgekomen."

"Ham met eieren, inspecteur, hoe dan ook!"

Coble was moe en hij rook verse koffie. "Bedankt," zei hij, "ik wil wel."

Na de ham en de eieren en boven de tweede kop koffie zei hij voorzichtig: "Jullie zien er goed uit, jullie twee."

Zuster Mary in het bijzonder zag er heel knap uit nu ze haar blonde haren los droeg.

"We hebben ons nooit beter gevoeld," zei broeder Raymond. "Het is een kwestie van ritme, inspecteur."

Hij keek verbaasd. "Van ritme?"

"Of juister gezegd," voegde zuster Mary eraan toe, "van het ontbreken van ritme."

"Het is allemaal begonnen," zei broeder Raymond, "toen we onze Klok kwijtraakten."

Langzamerhand werd Coble wijs uit de stukken en de brokken. Drie weken later, terug in Surge City, vertelde hij het in zijn eigen woorden aan inspecteur Keefer.

"Ze verspilden de helft van hun energie door zich vast te klampen aan — nou ja, noem het een valse realiteit. Ze waren allemaal bang voor de nieuwe planeet. Ze deden alsof het de Aarde was — ze probeerden hem te ranselen en te hypnotiseren tot hij de Aarde werd. Natuurlijk waren ze al verslagen voordat ze begonnen. Zaligheid is de meest willekeurige wereld die je je kunt indenken. De arme donders probeerden een Aards ritme en een Aardse routine op te leggen aan deze glorieuze wanorde, deze monumentale chaos."

"Geen wonder dat ze allemaal stapelgek werden."

Coble knikte. "In het begin, toen de Klok vernietigd was, dachten ze dat ze er geweest waren. Ze bevalen hun ziel in Gods hoede aan en gingen zitten wachten, min of meer. Na een paar dagen merkten ze tot hun verbazing dat ze nog leefden. Sterker nog, dat ze van het leven genoten. Ze sliepen als het donker werd, werkten als de zon scheen."

"Klinkt als een goeie plek voor na de pensionering," zei inspecteur Keefer. "Hoe is het vissen daar op Zaligheid?"

"Niet zo geweldig. Maar het geitenhoeden is het einde!"

De onzichtbare melkman

Ik kan er niet meer tegen, ik moet eruit, weg van al die muren, dat glas, die witte stenen, dat zwarte asfalt. Opeens zie ik wat voor een afschuwelijk oord de stad eigenlijk is. Licht dat in mijn ogen brandt, stemmen die over mijn huid kruipen als kleverige insecten; de mensen hebben ook iets weg van insecten, constateer ik ineens. Mannen als potige bruine torren, als langpootmuggen in hun strakke zwarte broekspijpen, verzuurde vrouwen als pissebedden, bidsprinkhanen, schorpioenen, moddervette mestkevertjes; wespenmeisjes die langsschrijden vol giftige minzaamheid, kinderen als onsmakelijke vliegjes... Geen prettig idee. Ik moet niet over andere mensen denken op die manier; als ik niet oppas blijft dat beeld me achtervolgen. Ik geloof dat ik honderdmaal zo gevoelig ben als andere mensen en ik krijg soms heel rare fantasieën. Ik zou er een paar kunnen opnoemen waarvan je zou staan te kijken, dus het is maar goed dat ik het achterwege laat. Al met al heb ik een wanhopige aandrang de stad te ontvluchten. Mijn besluit staat vast; ik ga ervandoor.

Ik raadpleeg mijn landkaarten en heb maar te kiezen — de Andes, de Atlas, de Altai; de Godwin-Austin, de Kilimanjaro, de Stromboli en de Etna. Ik vergelijk Siberië boven Baikal Nor met de Stille Oceaan tussen Antofagasta en het Paaseiland. Arabië is te heet. Groenland is te koud. Tristan da Cunha is wel erg ver weg en Bouvet nog verder. En dan hebben we nog Timboektoe, Zanzibar, Bali en de Grote Australische Golf.

Mijn vertrek staat nu vast. Ik heb een buitenhuisje gevonden in een dal, Maple Valley, 6 kilometer ten westen van Sunbury. Het staat dertig meter van de straatweg vandaan onder twee hoge bomen. Het heeft drie kamers en een veranda, een open haard, een degelijk dak, een goede waterput en een windmolen.

Mevrouw Lipscomb ziet het niet zitten; ze is zelfs enigszins geschokt. "Een knap meisje als jij hoort er toch niet zomaar tussenuit te trekken. Als je later oud bent en niemand meer om je geeft is het vroeg genoeg." Ze voorziet de meest angstaanjagende avonturen, maar ik trek me er niets van aan. Ik ben zes weken getrouwd geweest met Poole en iets ergers kan me van mijn leven niet meer overkomen.

Ik ben in mijn nieuwe huis getrokken. Ik heb heel wat werk voor de boeg: poetsen en boenen en houthakken. Voor de winter voorbij is heb ik zulke spieren.

Mijn katten zijn er verrukt van. Ze heten Homerus en Mozes. Homerus is gelig, Mozes is zwart-wit gevlekt. Dat doet me ergens aan denken: ik moet de melkman laten komen. Ik zag een wagen van Melkfabriek Sunbury voorbijrijden op de straatweg. Ik zal ze meteen een briefje schrijven.

14 november

Aan de Melkfabriek Sunbury, te Sunbury.

Mijne heren,
    Wilt u s.v.p. driemaal per week een fles melk bezorgen? Graag op rekening. Ik weet niet op welke dagen u bezorgt, dat laat ik aan u over.

Isabel Durbrow
Straatweg 2, nr. 82
Sunbury.

Mijn brievenbus is gedeukt en vuil. Ik zal hem nog weleens schilderen — gezellig rood, wit en blauw om de postbode op te vrolijken. Hij komt rond tien uur 's ochtends in een oud, blauw, gesloten bestelbusje.

Wanneer ik de brief in mijn bus stop, zie ik dat er al een in ligt. Post voor mij — doorgestuurd door mevrouw Lipscomb. Ik haal de envelop er langzaam uit. Ik wil hem niet hebben. Ik herken het handschrift: hij komt van Poole, de bruut met het donkere haar, met wie ik opeens

getrouwd bleek te zijn toen ik ontwaakte uit mijn onbezorgde jeugd. Ik
scheur de brief in stukjes. Ik ben niet eens benieuwd wat erin staat. Ik
ben nog jong en knap ook, om te zien, maar op het ogenblik wil ik helemaal niemand; en zeker niet Poole. Ik wil lekker in een spijkerbroek
bij de open haard zitten schrijven, de hele winter lang. En als het weer
lente wordt, dan zien we wel weer.

's Nachts steekt de wind op; de windmolen kreunt van de kou. Ik lig in
bed met Homerus en Mozes aan het voeteneind. De kolen in de open
haard flakkeren...Morgen zal ik mevrouw Lipscomb schrijven dat ze
Poole onder geen beding mijn adres mag geven.

Ik heb de brief geschreven. Ik hol de helling af naar de weg, naar mijn
brievenbus. Het is een goddelijke late herfstdag. De wind is pittig en
fris en de heuvels zijn als een zee van goud met een branding van schar-
lakenrode en gele bomen.
  Ik maak de brievenbus open...Dat is vreemd! Mijn brief aan de melkfabriek is verdwenen. Misschien dat de post vandaag vroeg is gekomen?
Maar het is nog pas negen uur. Ik leg de brief voor mevrouw Lipscomb
erin en kijk om me heen...Niets te zien. Wie zou er nu mijn brief willen
stelen? Mijn katten staan met hun staarten waakzaam omhoog aandachtig de weg af te kijken, eerst naar de ene, dan naar de andere kant, als
landmeters die een nieuwe verkeersweg komen uitzetten. Nou, poezen,
kom maar gauw; dat wordt vandaag gecondenseerde melk uit blik.
  Om tien uur komt de post langs in het stoffige blauwe bestelbusje.
Dus hij was vandaag niet te vroeg. Dat betekent dat iemand anders
mijn brief heeft weggepakt.

Het is me nu duidelijk, ik heb het helemaal door. En ik ben knap nijdig
ook. Vanochtend vond ik namelijk een fles melk op de stoep — een fles
melk van Maple Valley Melk — de concurrentie zeker. Ik weet er niks
van maar ze hebben het recht niet aan mijn post te zitten. Ze dachten
zeker dat ik het niet merken zou...Ik gebruik die melk niet. Ik laat hem
lekker staan; dan wordt-ie maar zuur. Ik zal de melkfabriek van Sunbury
doorgeven wat die lui hebben uitgehaald, en de posterijen ook.

*

Ik heb keihard gewerkt. Ik ben niet zo sterk en handig, al zou ik dat best graag willen zijn. De stapel hout die ik heb gezaagd en gekloofd is maar klein, als je ziet hoeveel tijd ik eraan heb gespendeerd. Van Homerus en Mozes heb ik ook meer last dan gemak. Ze zitten op de stammetjes of lopen me voor mijn voeten. Het wordt tijd voor hun middagbakje. Zal ik ze gecondenseerde melk geven? Maar dat vinden ze niet zo lekker.

Ik giet dus de melk uit de fles in een drinkbakje. De katten strijken met volle kracht langs mijn benen.

Die hebben zeker geen honger. Mozes neemt een stuk of vijf snelle likjes en loopt bij het bakje weg met opgetrokken neusje. Homerus kijkt schuin omhoog, met een gezicht van: "Was dat een grapje of zo?" Ik ken mijn katten erg goed. Tot op zekere hoogte versta ik hun taal ook. Die bestaat niet alleen uit miauwtjes en murrrremurre, maar ook uit de hoek waaronder ze hun snorren houden en de stand van hun oortjes. Natuurlijk verstaan zij elkaar een stuk beter dan ik hen, maar doorgaans snap ik best wat ze bedoelen.

Ze believen de melk niet, geen van beiden.

"Ook goed," zeg ik streng. "Er wordt hier niet aan melkverspilling gedaan. Dan drinken jullie maar niet."

Ze kuieren de kamer in en gaan zitten. Misschien is de melk zuur; dat zou helemaal het toppunt zijn! Ik ruik aan de melk en hij geurt naar hooi en weiland. Dat is geen gepasteuriseerde melk! Ik kijk op de capsule. 'Maple Valley Melk' staat erop. 'Verse zuivel. Zoetemelk van zorgeloze koeien.'

Ik neem aan dat ze met zorgeloos: 'onbezorgd' bedoelen en niet 'slordig'. Maar zorgeloze koeien of niet, Homerus en Mozes believen kennelijk geen verse melk.

Ik zou er een mooi gedichtje op kunnen maken, in Edwardiaanse trant:

> *Beduusd vraagt Homerus waarom er niet meer is*
> *En Mozes is zwaar gepikeerd.*
> *De melk wordt verfoeid en hun maal is verknoeid,*
> *'t Is sneu, poezelieven, dat jullie 't niet believen,*
> *Maar je krijgt echt vanavond pas weer.*

De onzichtbare melkman

Ze moeten ongepasteuriseerde melk maar lekker leren vinden en anders krijgen ze niks, ondankbare mormels.

Ik heb de vloeren geschrobd en de keuken gewit. Hakken en zagen doe ik niet meer. Ik heb brandhout besteld bij de boerderij verderop. Mijn huisje ziet er zo gezellig uit. Ik heb gordijntjes opgehangen, er staan boeken op de schoorsteenmantel en ik heb herfsttakken in een grote blauwe fles gezet die ik in de schuur vond.

Over flessen gesproken, morgen wordt er weer melk bezorgd. Ik moet de lege fles buitenzetten.

Homerus en Mozes weigeren nog steeds de melk van Maple Valley te drinken... Ze kijken me zo weemoedig aan wanneer ik hun drinkbakjes vul, dat ik uiteindelijk wel weer toe zal geven en wat anders voor ze zal kopen. En toch is het heerlijke melk. Ik zou hem zelf drinken als ik van melk hield.

Vandaag ben ik naar Sunbury gereden en heb een fles melk van de Sunburyfabriek meegebracht om eens te proberen. Nu eens zien wat ze doen. Ik giet de melk in een kom. Homerus en Mozes staan zich bijna hoorbaar af te vragen of dit nu weer dat walgelijke bocht is dat ik ze de hele week heb voorgeschoteld. Ik zet de kom op de grond. Ze vallen erop aan met zo'n enthousiasme, dat de melk ze om hun snorren vliegt en op de grond spat. Dat is wel duidelijk. Ik zal vanavond een katten-belletje in de melkfles doen om Maple Valley te laten weten dat ze geen melk meer hoeven te bezorgen.

Ik snap er niets van! Ik had toch heel duidelijk geschreven: "Gaarne geen melk meer bezorgen" — zet die melkman even zo vrolijk onge-geneerd liefst twee volle flessen neer! Maar die betaal ik niet. Waar haalt-ie de euvele moed vandaan?

De Sunburyfabriek bezorgt niet in Maple Valley. Ik zal de melk gewoon mee moeten brengen als ik boodschappen doe. En vanavond schrijf ik een ongezouten briefje aan de mensen van Melkbedrijf Maple Valley.

21 november,

Mijne heren,
    Wilt u geen melk meer neerzetten! Ik wil uw product
niet meer hebben. Mijn katten lusten uw melk niet. Ik
sluit het geld bij voor de twee flessen die ik heb afgenomen.

Isabel Durbrow.

Ik ben verbijsterd en kwaad ook. Ongelofelijk, wat een brutaliteit.
Ze hebben de twee volle flessen mee teruggenomen maar er weer een
nieuwe fles voor in de plaats gezet. Met een briefje, op grauw pakpapier
gekrabbeld:

U HEBT ER ZELF OM GEVRAAGD, DAN ZAL U HET KRIJGEN OOK.

Het briefje geeft me een onaangenaam gevoel. Maar het kan natuurlijk niet dreigend bedoeld zijn... Ik geloof niet dat ik die mensen aardig
vind... Ze komen wel erg vroeg langs met die melkwagen; ik heb ze nog
nooit gehoord, geen voetstap of niets.
    De boer die verderop woont komt mijn hout brengen. Ik zeg: "Nou,
meneer Gable, die lui van Maple Valley Melk hebben ook een rare
opvatting van zakendoen."
    "Maple Valley Melk?" Meneer Gable kijkt me niet-begrijpend aan.
"Ik geloof niet dat ik die ken."
    "O?" zeg ik vragend. "Koopt u uw melk dan niet bij ze?"
    "Ik heb zelf vier koeien voor de melk."
    "Dan ligt de fabriek zeker een stuk verderop."
    "Kan ik me niet voorstellen," zegt meneer Gable. "Ik heb er nog
nooit van gehoord."
    Ik laat hem de fles zien. Hij kijkt verbaasd en haalt zijn schouders op.
    Op het platteland heb je nog vaak van die mensen die hun hele leven
lang niet verder komen dan bij de buren.

Morgen komt de melk. Ik denk dat ik heel vroeg opsta om die bezorger
eens goed de waarheid te zeggen.

De onzichtbare melkman

Het is zes uur. Buiten is het grauw en koud. De melk staat al op de veranda. Wat voor bezorgtijden houden die lui er in vredesnaam op na?

Morgen komt de melk weer. Dit keer sta ik om vier uur op en ga ik op de loer staan tot hij komt.

De wekker gaat. Ik schrik ervan. Het is nog donker in de kamer. Ik ben lekker warm en doezelig. Even kan ik me niet herinneren waarom ik zo vroeg moet opstaan... De melk, die onuitstaanbare lui van de Maple Valley fabriek... Zal ik het maar laten lopen tot de volgende keer... Ik hoor een bons op de veranda. Daar heb je hem! Ik schiet mijn bed uit, hijs me in een ochtendjas en haast me naar de voordeur.

Ik doe de deur open. De melk staat op de veranda. De bezorger zie ik nergens. Zijn wagen zie of hoor ik ook niet. Waar is die zo gauw gebleven? Het is ongelofelijk. Ik vind de hele zaak erg verontrustend.

Om het allemaal nog erger te maken zit er weer een brief van Poole bij de post. Dit keer lees ik hem wel, waar ik vervolgens spijt van heb. Hij is van plan mijn verzoek tot echtscheiding aan te vechten. Hij wil bij me terugkomen, hij wil dat we weer gaan leven als man en vrouw. Hij doet omstandig uit de doeken wat ik allemaal bij hem teweegbreng. Zo zelfingenomen allemaal; hier en daar wordt het echt onsmakelijk. Waar heb ik me verscholen? Hij is het beu met een kluitje het riet in te worden gestuurd. Typisch een brief voor Poole, met zijn miezerige zieltje in dat grote flamboyante lijf. Hij heeft mij nooit als een mens gezien; ik was een siervoorwerp waarin hij zijn hartstocht kon uitstorten — een klomp klei om zich therapeutisch op uit te leven, om te kneden en te verwringen. Hij is een afstotelijk mens; ik ben zes lange weken zijn vrouw geweest... Als hij me hier weet te vinden, wat zou ik dat erg vinden. Maar mevrouw Lipscomb verraadt me niet...

Meneer Gable brengt me een nieuwe lading hout. Hij zegt dat de winter al in de lucht zit; hij kan het ruiken. Het zal wel gauw gaan sneeuwen. Wat zal het dan lekker zijn bij de open haard!

✳

De wekker gaat. Halfvier. Ik zal die bezorger op heterdaad betrappen, al moet ik er ik weet niet wat voor doen.

Ik kruip mijn bed uit, stap op de koude vloer. Homerus en Mozes vragen zich af wat er in hemelsnaam aan de hand is. Ik zoek mijn pantoffels op en mijn kamerjas en loop naar de veranda.

Nog geen melk. Mooi. Ik ben nog op tijd. Ik ga zitten wachten. De hemel in het oosten vertoont nog niet meer dan een veeg grijs. Een bleke maan schijnt op de veranda. De heuvel aan de overkant van de weg ziet eruit als aangeslagen zilver, de bomen ogen zwart.

Ik wacht…Vier uur. De maan begint onder te gaan.

Ik wacht…Halfvijf—

Vijf uur.

Geen melkman.

Ik zit koud en roerloos bij het raam. Ik krijg pijn in mijn gewrichten. Ik loop naar het houtfornuis in de keuken en steek het aan. Ik zie dat Homerus naar de deur kijkt. Ik ren naar het raam. De melk staat op zijn gebruikelijke plekje.

Hier is iets heel erg mis. Ik speur het dal af naar beide kanten. De hemel is wijds en somber. De bomen staan op de toppen van de heuvels als mensen die uitkijken over zee.

Ik kan maar niet geloven dat iemand zulke grappen met me wil uithalen…Vandaag ga ik op zoek naar die melkfabriek.

Ik heb hem niet kunnen vinden. Ik heb het hele dal afgestroopt, van het ene uiteinde tot het andere. Niemand heeft er ooit van gehoord.

Ik heb de melkwagen van Sunbury aangehouden. De bezorger had er ook nog nooit van gehoord.

In het telefoonboek staan ze niet.

Op het postkantoor hadden ze nog nooit van de Maple Valley Melkfabriek gehoord. Bij de politie ook niet. Bij de veevoederhandel ook niet.

Je krijgt bijna het idee dat die melkfabriek niet bestaat. Behalve dan, dat ze drie keer in de week melk afleveren op mijn stoep.

Ik kan nu werkelijk niets meer bedenken…Geen aandacht aan ze besteden, dat lijkt me het enige…Best wel interessant—als het niet zo griezelig was…Maar ik ga niet weg, ik ga niet terug naar de stad…

De onzichtbare melkman

✳

Vannacht sneeuwt het. De vlokken dwarrelen langs het raam, het vuur
buldert in de schoorsteen. Ik heb een heerlijke rumgrog gemaakt.
Homerus en Mozes zitten te spinnen. Het is toch zo knus hier — maar
ik blijf maar steelse blikken werpen op het raam, terwijl ik me afvraag
of er daarbuiten iemand is die me beloert.

Morgen komt de melk weer. Daar moet toch wat achter zitten!
Zou het…nee…Even voel ik een steek door me heen gaan. Poole…
Die is gemeen en geniepig genoeg om zoiets te doen; maar ik kan niet
bedenken hoe.

Ik lig in bed, maar ik ben wakker. Ik denk dat de melk er nog niet is. Ik
heb nog niets gehoord.

Het is opgehouden met sneeuwen, buiten is het verrukkelijk stil.

Een zachte plof. De melk. Ik schiet mijn bed uit, maar opeens ben
ik verschrikkelijk bang. Ik dwing mezelf naar het raam te lopen. Ik heb
geen idee wat ik zal zien.

De melk staat er weer. Een fonkelende witte fles…Anders niet. Ik
draai me om. Lekker terug naar bed. Homerus en Mozes kijken ver-
veeld.

Dan draai ik me met een ruk om, opeens hevig opgewonden. Mijn
zaklantaarn, waar is dat ding? Er moeten nu immers voetsporen zijn?

Ik doe de deur open. De sneeuw dekt alles toe met een egaal witte
deken — glanzend, fonkelend, helder en bleek. Geen sporen…Niet de
geringste afdruk!

Het verstandigste wat ik kan doen is maken dat ik Maple Valley uit-
kom, voorgoed. Om de hals van de melkfles hangt een gedrukt kaartje.
Mijn hand waagt zich in de koude.

GEACHTE CLIËNT:
BENT U TEVREDEN OVER ONZE DIENSTVERLENING?
HEBT U KLACHTEN?
KUNNEN WE NOG ANDERE BESTELLINGEN VOOR U NOTEREN?
WIJ BEZORGEN ALLES WAT U WILT OP REKENING.

Ik schrijf op het kaartje:

Mijn katten moeten niets van jullie melk hebben en ik
moet niets van jullie hebben. Het enige wat jullie wat mij
betreft mogen achterlaten zijn voetstappen, en wel in ver-
trekkende richting. Kortom: ik wil geen melk meer! En ik
betaal er niet meer voor ook!

Isabel Durbrow.

Mijn auto wil niet starten, de accu is leeg. Het sneeuwt alweer. Ik
wacht tot het ophoudt, dan bagger ik wel naar meneer Gable, de buurman, om te vragen of hij me wil aanduwen.

Het sneeuwt nog steeds. Morgen komt de melk. Ik heb om voetstappen gevraagd. Morgenochtend...

Ik heb geen oog dichtgedaan. Ik lig almaar te luisteren, klaarwakker. Er
klinken allerlei geluiden uit het bos verderop en de windmolen kraakt
en kreunt — een akelig geluid.

Drie uur. Homerus en Mozes springen op de vloer — twee doffe
bonzen. Ze lopen heen en weer door de kamer en springen weer op
bed. Ze zijn ongedurig vannacht. Homerus zegt tegen Mozes: "Ik heb
het niet begrepen op dat rare witte spul. In de stad heb je dat soort
toestanden niet."

Mozes is het roerend met hem eens.

Ik lig doodstil in elkaar gekropen onder de dekens en luister. Er
knerpt iets in de sneeuw. Homerus en Mozes draaien hun kopjes om
en kijken.

Een bons. Ik schiet uit bed, hol naar de deur.

De melk.

Ik draaf zo naar buiten, op mijn pantoffels.

Voetafdrukken.

Twee voetafdrukken in de sneeuw; de melkfles staat erbovenop.
Twee voetafdrukken, van twee voeten. Blote voeten!

"Lafaards!" schreeuw ik. "Misselijke valsaards! Ik ben toch niet
bang voor jullie, hoor!"

Maar ik ben wel bang. Je kan gerust staan te tieren wanneer je weet
dat niemand antwoord zal geven... maar daar ben ik in dit geval helemaal niet gerust op... Stel dat er antwoord komt?

De onzichtbare melkman

Er hangt een briefje aan de fles. Er staat op:

U HEBT MELK BESTELD; DIE DIENT TE WORDEN AFGEREKEND.
U HEBT VOETSTAPPEN BESTELD; DIENEN EVENEENS TE WORDEN
AFGEREKEND. BETALING OP DE EERSTE VAN DE MAAND,
UITSLUITEND IN CONTANTEN.

Ik zit op de fauteuil bij het haardvuur.

Ik weet niet meer wat ik moet doen. Ik ben verschrikkelijk bang. Ik durf niet naar het raam te kijken, uit angst dat ik daar een gezicht zal zien. Ik durf niet in het bos te gaan wandelen.

Ik weet dat ik eigenlijk gewoon weg zou moeten gaan. Maar ik kan het niet uitstaan dat ik me door iets of iemand moet laten wegpesten. Het is gewoon iemand die een grap met me wil uithalen — dat kan niet anders... maar dat is niet zo. Ik vraag me af hoe ik moet betalen, wat voor betaalmiddelen ze van me verwachten... Wat is de tegenwaarde van een stel voetstappen? Van zes flessen melk die door de kaboutertjes zijn neergezet, melk die de katten niet willen drinken? Vandaag is het 30 november.

Morgen is het de eerste van de maand.

Om tien uur komt de postauto voorbij. Ik hol naar de weg en vraag de postbode of hij me asjeblieft wil helpen mijn auto aan de praat te krijgen. Het is een minuutje werk; de motor slaat meteen aan.

Ik rijd naar Sunbury en bel naar de stad, naar Howard Mansfield, een jonge technicus met wie ik omging vóór mijn trouwen. Ik flap er de hele zaak allemaal achter elkaar uit. Hij is meteen bezorgd, maar hij blijft praktisch. Hij belooft dat hij morgen poolshoogte komt nemen. Ik denk dat het hem meer om mij te doen is dan om de melk, maar dat vind ik niet erg. Als ik nee zeg zal hij zich heus wel netjes gedragen. En ik wil toch wel graag dat er iemand bij me is wanneer er weer melk wordt bezorgd... Dat zou overmorgenochtend moeten zijn.

Het is koel en helder. Ik heb de accu laten opladen; ik heb boodschappen gedaan. Ik rijd naar huis. Het vuur in het fornuis is uitgegaan. Ik maak het opnieuw aan en leg ook een vuur aan in de haard.

Ik bak twee lamskoteletjes en maak een salade. Dan geef ik de poezen te eten en ga zelf aan tafel.

Het is nu heel stil. De kou maakt kleine knappende geluidjes buiten; tegen tienen begint de wind op te steken. Ik ben moe, maar veel te zenuwachtig om te kunnen slapen. Dit zijn de laatste uren van 30 november, zo dadelijk zijn ze om…

Ik hoor een zacht geluidje buiten en er wordt aan de deur geklopt. De knop beweegt maar ik heb de grendel al dichtgeschoven. Om een of andere reden kijk ik op de klok. Halftwaalf. Dus nog niet de eerste van de maand. Zou Howard er al kunnen zijn?

Ik loop langzaam naar de deur. Ik wou dat ik een geweer had.

"Wie is daar?" mijn stem klinkt heel vreemd.

"Ik!" Ik herken de stem. Het is Poole.

"Ga weg!"

"Doe open, anders ram ik de deur in."

"Ga weg!" Opeens ben ik heel erg bang. Het is zo donker en er zijn geen andere mensen in de buurt. Hoe heeft hij me weten te vinden? Via mevrouw Lipscomb? Of via Howard?

"Ik kom naar binnen, Isabel. Doe die deur open, anders scheur ik zo de planken uit de wand!"

"Dan schiet ik je dood…"

Hij lacht. "Je kunt mij niet doodschieten… ik ben je man, immers?"

Hij beukt met zijn schouder tegen de deur, die vervaarlijk kraakt. De schroeven schieten los uit het oude hout en ineens hangt de grendel erbij.

Hij poseert even in de deuropening, met een vals glimlachje om zijn lippen. Hij heeft gitzwart haar, een scherpe, smalle neus en een bleke huid. Zijn wangen zijn rood van de kou. Hij ziet eruit als een decadente, jonge Romeinse senator en ik weet dat hij in staat is tot al wat wreed is of pervers.

"Hallo, schatje. Ik kom je terughalen."

Ik weet dat me een lange, zware nacht te wachten staat. Ik kan hem zeggen mijn huis te verlaten, weg te gaan, maar dat is verspilde moeite.

"Doe de deur dicht." Ik loop naar de haard. Ik gun het hem niet dat hij ziet dat ik bang ben.

Hij komt langzaam de kamer in. Homerus en Mozes liggen in elkaar gedoken op het bed te hopen dat hij ze over het hoofd zal zien.

"Je hebt je goed weten te verstoppen, zeg."

"Ik verstop me helemaal niet." En weer vraag ik me af, of hij dan toch achter dat gedoe met die melk zit. Het kan haast niet anders.

"Kom je voor de melk, Poole?" Ik probeer zacht te spreken, alsof ik het al die tijd al door heb gehad.

Hij kijkt me aan met een half glimlachje. Ik zie dat hij het niet begrijpt, maar dat hij doet alsof. "Eh, ja, ik heb m'n roompotje natuurlijk gemist, hè."

Ik zit naar hem te kijken en probeer mijn minachting niet te laten blijken. Hij wil dat ik bang voor hem ben. Hij weet dat ik niet van hem houd. Angst of liefde — het een komt hem net zo goed uit als het ander. Alleen onverschilligheid, dat kan hij niet hebben.

Hij trekt met zijn mond. Hij ziet er nu uit of hij in weemoedige gedachten is verzonken, maar ik weet dat hij kwaad begint te worden.

Ik wil niet dat hij kwaad wordt. Ik zeg: "Het is zo bedtijd voor mij, Poole."

Hij knikt. "Lijkt me een goed idee."

Ik zeg er niets op.

Hij schuift een rechte stoel aan, gaat er achterstevoren op zitten met zijn armen op de rugleuning en zijn kin erbovenop. Het schijnsel van het vuur valt op zijn gezicht.

"Wat ben je toch koel, Isabel."

"Ik zie geen redenen om anders tegen je te doen."

"Je bent nog steeds mijn vrouw."

"Nee."

Hij springt overeind, grijpt me bij mijn pols vast, kijkt me diep in de ogen. Hij speelt met me. We weten allebei wat hij van plan is; hij werkt er stapsgewijs naartoe.

"Poole," zeg ik met kille stem. "Je maakt me onpasselijk."

Hij geeft me een klap in mijn gezicht. Geen harde. Hard genoeg om aan te geven dat hij de baas is. Ik staar hem aan; ik ben niet van plan mijn zelfbeheersing te verliezen. Hij mag me vermoorden maar ik zal geen angst tonen, alleen maar verachting.

Hij kan mijn gedachten lezen. Hij ziet mijn houding als een uitdaging; zijn mondhoeken gaan langzaam omhoog. Hij laat mijn arm los, gaat zitten en grijnst naar me. Wat hij ook mag hebben gevoeld toen hij hierheen kwam, nu voelt hij alleen maar haat. Omdat ik door zijn aanstellerij heenkijk, door zijn knappe uiterlijk, zijn schoonheid in zwart, wit en roze.

"Volgens mij heb je hier een stuk of drie andere kerels bij de hand," zegt Poole.

Ik bloos; ik kan het echt niet helpen. "Je denkt maar wat je wil."

"Of misschien is het er ook maar een."

"Nou, als die jou hier vindt, dan slaat hij je in elkaar."

Hij kijkt me benieuwd aan, lacht dan en spant zijn magnifieke armen en laat zijn schouderspieren rollen. Hij is trots op zijn lijf.

"Leuk geprobeerd, Isabel, maar jou kennende, met je maagdelijke inborst…"

De klok slaat twaalf. Er wordt op de deur geklopt. Poole draait zich met een ruk om, kijkt naar de deur en dan vragend naar mij.

Ik spring overeind. Ik kijk met grote ogen naar de deur.

"Wie is dat?" wil Poole weten.

"Ik, eh… ik weet het niet…" Ik weet het inderdaad niet zeker. Maar de klok heeft twaalf uur geslagen, het is nu 1 december. Wie kan het anders zijn? "Het is de… eh… de melkman." Ik loop langzaam op de deur af. Ik ben natuurlijk helemaal niet van plan om open te doen.

"De melkman, hè? Om middernacht?" Hij springt overeind, grijpt me bij mijn arm vast. "Om de rekening te presenteren, zeker?"

"Precies." Mijn stem klinkt gespannen en droog.

"Misschien dat ik dan maar eens met hem moet afrekenen."

"Ik regel het wel, Poole." Ik probeer me los te rukken, wel wetend dat hij me geen kans zal geven te doen wat ik ogenschijnlijk wil. "Laat me los."

"Ik zal wel met die melkman afrekenen… Ik ben tenslotte je man, nietwaar schatje?" zegt hij op suikerzoete toon.

Hij duwt me van zich af en gaat naar de deur. Ik sla mijn armen voor mijn gezicht.

Hij trekt de deur wijd open. "Dus jij bent de melkman, hè," zegt hij. Zijn stem sterft weg. Ik hoor zijn adem stokken. Ik kijk niet.

Poole betaalt de rekening.

Langzaam en krakend gaat de deur weer dicht; haastig voetgeschuifel op de veranda; geknerp in de sneeuw.

Na een tijdje sta ik op, zet een stoel onder de deurknop en gooi meer hout op het vuur. Ik blijf naar de vlammen zitten turen. Ik kom niet in de buurt van het raam.

De koude, gele ochtendzon schijnt door het raam naar binnen. De kamer is kil. Ik gooi hout op het vuur tot het loeit, zet water voor de koffie op, kijk het huisje rond. Ik heb er heel wat werk ingestoken maar veel in te pakken heb ik niet. Howard komt straks. Die kan me ermee helpen.

De zon schijnt stralend door het raam. En eindelijk doe ik dan de deur open en ga de veranda op. De zon blikkert op de sneeuw. Poole's sportwagen staat aan de weg geparkeerd. Leeg. Voor de deur zie ik allemaal voetafdrukken, door elkaar, maar vanaf de veranda is de sneeuw ongerept en rein.

Er steekt een rekening in de lege melkfles. Er staat een stempel op:

VOLDAAN.

Ik ga het huisje weer binnen en drink koffie en aai Homerus en Mozes terwijl ik probeer het beven van mijn handen tot bedaren te brengen.

Waar Hesperus valt

Mijn dienaren staan mij niet toe zelfmoord te plegen. Ik heb via iedere denkbare methode getracht een einde aan mijn leven te maken, van het doorsnijden van mijn eigen keel tot de meest ingewikkelde yoga-oefeningen, maar tot op heden hebben zij zelfs mijn meest vindingrijke plannen weten te dwarsbomen.

Ik erger me steeds meer. Wat kan meer persoonlijk zijn, meer eigen bezit, dan iemands eigen leven? Het is iemands meest basale bezitting, iets wat iedereen naar eigen goeddunken zou moeten kunnen behouden of opgeven. Als ze zo doorgaan met mij te frustreren, dan zullen meer mensen dan alleen ikzelf hieronder te lijden krijgen. Dat garandeer ik.

Mijn naam is Henry Revere. Mijn uiterlijk is niet opmerkelijk, mijn intelligentie is de moeite van het vermelden niet waard, mijn stemming is gelijkmatig. Ik woon in een huis met een synthetisch skelet, bekleed met hout en jade, omgeven door een prettige tuin. Aan de ene kant kijk ik uit over de oceaan, aan de andere kant over een vallei waar her en der huizen staan die ongeveer gelijk zijn aan het mijne. Ik ben absoluut geen gevangene, hoewel mijn dienaren mij omringen met de meest uitgebreide zorg die men zich maar kan wensen. Hun eerste doel is mijn zelfmoord te voorkomen, het mijne is om hem te volbrengen.

Het is een spel waarin zij in het voordeel zijn — ze hebben een gedetailleerde kennis van mijn psychologie, gangen achter de wanden van waaruit ze mij kunnen observeren, en een keur aan technische snufjes. Zij zijn leden van mijn eigen ras; mijn eigen bloed, zelfs. Maar ze zijn onnoemelijk meer subtiel dan ik.

Mijn laatste poging was vernuftig genoeg — hoewel ik deze methode al eerder zonder succes had geprobeerd. Ik beet hard op mijn tong en probeerde de wond te infecteren met een klein beetje tuinaarde. Mijn bedienden zagen wellicht hoe ik de aarde naar mijn mond bracht, of misschien merkten ze op dat ik mijn kaken opeenklemde.

Ze handelden zonder enige waarschuwing. Ik stond op het terras, hopend dat de pijn in mijn mond niet zou opvallen. En toen, zonder dat ik me bewust was van enige overgang, lag ik ineens op mijn rug op een veldbed en was de aarde verdwenen en de wond geheeld. Ze hadden een gedachten-stillende straal gebruikt om mij te verdoven en hun trefzekere medische technieken alsmede mijn vrijwel onverwoestbare gestel hadden mijn plan verijdeld.

Zoals gewoonlijk verborg ik mijn ergernis en ging naar mijn studeerkamer. Dit is een vertrek dat ik geheel naar eigen smaak heb ingericht, zo ver mogelijk verwijderd van de huidige stijl van complexe, vloeiende lijnen.

Vrijwel onmiddellijk kwam het hoofd van het huishouden de kamer in. Ik noem hem Dr. Jones omdat ik zijn naam niet kan uitspreken. Hij is langer dan ik, slank, met smalle botten. Zijn gelaatstrekken zijn klein en schitterend gevormd, behalve dan zijn kin, die in mijn ogen te scherp en te lang is, hoewel ik wel weet dat in de tijd waarin wij nu leven een dergelijke kin een teken van schoonheid is. Zijn ogen zijn heel groot en puilen licht uit; zijn huid is glad en haarloos, niet alleen omdat hij lid is van een ras dat neigt tot haarloosheid, maar ook omdat iedere baby na de geboorte onmiddellijk onthaard wordt.

De kleding van Dr. Jones is enorm fantasierijk. Hij draagt een lange mantel van transparant groen materiaal en een twaalftal veelkleurige schijven die langzaam om zijn lichaam draaien als om een as. De symboliek van deze schijven, met de vele kleuren, patronen en draairichtingen, worden beschreven in een hoofdstuk van mijn *De Geschiedenis van de Mensheid* — dus ik zal daar nu niet verder op ingaan. De schijven dienen ook om de zwaartekracht te deflecteren, en worden veelal gebruikt om te kunnen vliegen.

Dr. Jones groette mij beleefd en ging zitten op een onzichtbaar anti-zwaartekracht-kussen. Hij sprak in de moderne taal, die ik goed genoeg kon verstaan maar waarvan ik de neustrillingen, keelklanken, sibilanten en niet-te-omschrijven fricatieven zelf nooit zou kunnen produceren.

"En, Henry Revere, hoe is het ermee?" vroeg hij.

In mijn eigen, persoonlijke pidgin gaf ik hem een nietszeggend antwoord.

"Ik heb begrepen," zei Dr. Jones, "dat u nogmaals een poging gedaan heeft om ons uw verdere gezelschap te ontzeggen."

Ik knikte. "En zoals gewoonlijk heb ik gefaald," zei ik.

Dr. Jones glimlachte licht. De evolutie van het ras had een einde gemaakt aan de lach, die, voor zover ik het begrijp, zijn oorsprong vond in de ruwe uitbarsting van opluchting die de holenmens uitte als hij met succes een tegenstander had neergeknuppeld.

"U bent zelfzuchtig," zei Dr. Jones tegen mij. "U houdt slechts rekening met uw eigen verlangens."

"Mijn leven behoort mij toe. Als ik er een eind aan wil maken, dan is het van uw kant een serieuze misstap als u mij dit belet."

Dr. Jones schudde zijn hoofd. "Maar uw leven is niet uw eigendom. U bent het bezit van het gehele ras. Het zou veel beter zijn als u dit feit zou accepteren!"

"Ik kan het niet met u eens zijn," zei ik tegen hem.

"Het is noodzakelijk dat u zich aanpast." Hij bestudeerde mij nadenkend. "U bent zoiets als zesennegentigduizend jaar oud. Gedurende mijn ambtstermijn in dit huis hebt u niet minder dan honderd maal geprobeerd uzelf van het leven te beroven. Geen enkele methode was u te ruw of te ingewikkeld."

Hij pauzeerde om mij aan te kijken, maar ik zei niets. Hij sprak niet meer dan de waarheid, en om die reden stond men mij ook niet toe om enig voorwerp te kunnen aanraken dat scherp genoeg was om te snijden, lang genoeg om te wurgen, giftig genoeg om te doden, zwaar genoeg om te verpletteren — zelfs niet als ik lang genoeg aan de aandacht zou kunnen ontsnappen om welk dodelijk wapen dan ook te gebruiken.

Ik was zesennegentigduizend tweehonderdtweeëndertig jaar oud, en het leven had lang geleden opgehouden die frisheid en verwachting te leveren die het aangenaam maakte. Ik vond het bestaan niet echt onplezierig, maar eerder vervelend. Gebeurtenissen herhaalden zich met een dodelijk saaie eentonigheid. Het was net alsof ik gedwongen werd om duizend keer achter elkaar hetzelfde saaie toneelstuk te bekijken: de verveling wordt bijna voelbaar, en niets lijkt méér aantrekkelijk dan de vergetelheid.

Zesennegentigduizend tweehonderdentwee jaar geleden, als student biochemie, had ik mijzelf opgegeven als proefpersoon voor bepaalde experimenten die te maken hadden met klieren en bindweefsel. Een onberekenbare fout had het experiment verstoord, met mijn onsterfelijkheid als het perverse resultaat. Tot de dag van vandaag lijk ik nog geen uur ouder dan ik was op het tijdstip van het experiment, toen ik nog zo verschrikkelijk jong was.

Het is niet nodig uit te leggen dat ik een tragisch leven leidde toen eerst mijn ouders, toen mijn vrienden, mijn vrouw en ten slotte mijn kinderen oud werden en stierven, terwijl ik een jonge man bleef. En zo is het gebleven. Ik heb talloze generaties zien komen en gaan; terwijl ik hier zo zit zie ik de gezichten aan mij voorbijglijden als evenzoveel sneeuwvlokken. Naties zijn opgekomen en teloorgegaan, imperiums zijn opgekomen, ineengestort en vergeten. Helden hebben geleefd en zijn gestorven; zeeën zijn drooggelegd, woestijnen geïrrigeerd, gletsjers gesmolten, bergen afgesleten. Ik heb nu bijna honderdduizend jaar een bescheiden, onopvallend leven geleid terwijl ik de mensheid bestudeerde. Mijn grootste werk is *De Geschiedenis van Mensheid.*

Hoewel ik mijn hele leven niet veranderd ben, is het menselijk ras in de loop der jaren geëvolueerd. Mannen en vrouwen werden langer en slanker. Iedere eeuw zag de gelaatstrekken fijner worden, de hersenen groter en meer flexibel. Ik, Henry Revere, *homo sapiens* uit de twintigste eeuw, ben vandaag de dag een grotesk overblijfsel, iets geavanceerder dan de Neanderthaler, maar in essentie een voorloper van de huidige Mens.

Ik ben een levend fossiel, een curiositeit onder curiosa, een wezen dat niet is toegestaan te leven of te sterven. Dit was wat Dr. Jones mij nu probeerde uit te leggen, alsof ik een achterlijk kind was. Hij spreidde alle vriendelijkheid tentoon die hij kon opbrengen, maar op ongewoon nadrukkelijke wijze. Weldra vertrok hij weer en bleef ik alleen achter, in de beperkte privacy die het toezicht van een half dozijn paar ogen toeliet.

Het is moeilijker om zelfmoord te plegen als men misschien zou geloven. Ik heb de zaak nauwkeurig beschouwd en ieder object dat ik in handen kreeg onderzocht op dodelijke eigenschappen. Maar mijn dienaren zijn onnatuurlijk voorzichtig. Er is niets in dit huis waar ik zelfs maar een blauwe plek van zou kunnen krijgen. En als ik het huis verlaat, waar ik toestemming voor heb, dan zorgen anti-zwaartekracht-schijven dat ik niets aan grote hoogten heb, en in deze bijzonder goed georganiseerde beschaving zijn er ook geen gevaarlijke voertuigen of zware machines waarin ik me zou kunnen laten vermorzelen.

Uiteindelijk kom ik tot de conclusie dat ik op mezelf ben aangewezen. Ik heb een idee. Vandaag zal ik mijn hoofd stevig vastgrijpen en proberen mijn nek te breken…

Dr. Jones kwam zoals altijd binnen en bekeek mij met zijn gebruikelijke verwijtende blik. "Henry Revere, u verontrust ons allemaal met uw onvrede. Waarom kunt u uzelf niet neerleggen bij het leven zoals u dit altijd heeft gekend?"

"Omdat ik me verveel! Ik heb alles meegemaakt. Er is niets nieuws meer, geen enkele verrassing! Ik ben zo zeker van de opeenvolging van gebeurtenissen dat ik de toekomst zou kunnen voorspellen!"

Hij sprak veel ernstiger dan normaal. "U bent onze gast. U moet beseffen dat wij niets anders willen dan uw veiligheid."

"Maar ik wil geen veiligheid! Integendeel!"

Dr. Jones negeerde me. "U zult moeten besluiten mee te werken. Anders —" hij pauzeerde veelbetekenend "— zullen wij ons gedwongen voelen om maatregelen te nemen die ons allen onwaardig zijn."

"Mijn waardigheid kan onmogelijk verder worden aangetast," antwoordde ik op bittere toon. "Ik ben nauwelijks meer dan een dier in een dierentuin."

"Dat is noch uw schuld, noch de onze. We moeten allemaal ons bestaan optimaal vervullen. En op dit moment is het uw functie om een verbindende schakel te zijn met ons verleden."

Hij vertrok. Ik bleef alleen met mijn gedachten. De dreigementen waren verhuld geweest, maar waren duidelijk genoeg. Ik moest ophouden met mijn zelfmoordpogingen of ik zou nog meer beperkingen opgelegd krijgen.

Ik ging naar buiten, het terras op, en keek uit over de oceaan, waar de zon onderging in een bed van goudgekleurde wolken. Ik werd overvallen door een zwaarmoedigheid die mij leek te verstikken. Ik was totaal vermoeid van een wereld waarin ik een buitenstaander geworden was, en toch ontnam men mij het recht om er afscheid van te nemen. Waar ik ook keek zag ik manieren om er een einde aan te maken: de diepe oceaan, de hoge omheining, de schittering van energie in de stad. De dood was een privilege, een schat, een prijs die mij werd ontzegd.

Ik ging terug naar mijn studeerkamer en bladerde door wat oude kaarten. Het huis was stil — alsof ik alleen was. Ik wist wel beter. Stille voeten bewogen zich achter de muren, die doorzichtig waren voor de ogen boven die voeten, maar waar ik niet doorheen kon kijken. Gaasachtige webben van kunstmatig zenuwweefsel beloerden mij uit diverse hoeken van de kamer. Ik hoefde maar een plotselinge beweging te maken of er zou een verdovende straal mijn richting op komen.

Ik zuchtte en zakte onderuit in mijn stoel. Het was mij volkomen duidelijk dat ik nooit in staat zou zijn om mijzelf te doden. Moest ik mij dan maar overgeven aan een ondraaglijk bestaan? Ik staarde somber naar de beparelmoerde muur waarachter ogen iedere beweging die ik maakte in zich opnamen.

Nee, ik zou nooit toegeven. Ik moest naar iets buiten mijzelf zoeken, een destructieve kracht die zonder waarschuwing zou toeslaan: een bliksemflits, een lawine, een aardbeving.

Dergelijke natuurrampen waren echter volkomen onmogelijk voor mij om op te roepen of zelfs maar te voorspellen.

Ik overwoog radioactiviteit. Als ik mijzelf met een of ander voorwendsel zou kunnen laten blootstellen aan voldoende röntgen...

Ik ging weer zitten, overmand door plotselinge opwinding. In vroeger dagen werd radioactief afval vaak begraven of vermengd met beton en in de oceaan gestort. Als ik nu eens — maar nee. Dr. Jones zou mij natuurlijk nooit toestaan om in de woestijn te graven of in de oceaan te duiken, en het was maar de vraag of de straling inmiddels nog voldoende was.

Er moest een andere ramp gevonden worden waarin ik het dodelijk slachtoffer zou kunnen worden. Als ik bijvoorbeeld voorkennis had over een grote meteoor en waar deze zou inslaan...

Dit idee wekte een bijna vergeten associatie op. Ik ging rechtop in mijn stoel zitten. Maar, me bewust van het feit dat deskundige hersenen speculeerden over elke gezichtsuitdrukking, liet ik me meteen weer moedeloos achterover zakken.

Achter het passieve masker van mijn gezicht draaiden mijn hersenen echter op volle toeren terwijl ik probeerde me gebeurtenissen van lang geleden te herinneren. Het was allemaal echter te lang geleden en de omstandigheden waren mij niet langer duidelijk. Maar de details kon ik terugvinden in mijn meesterwerk *De Geschiedenis van de Mensheid*.

Maar ik moest vooral zorgen dat ik geen argwaan opwekte. Ik gaapte en deed alsof ik overmand werd door verveling. Toen pakte ik met een air van korzelige kribbigheid de doos met genummerde staven die mijn index vormden. Ik liet er een in de lezer vallen en concentreerde mij op de informatiedeeltjes ter grootte van een molecule.

Waarschijnlijk werd ik bekeken. Ik dwaalde daarom van het ene item naar het volgende, las artikelen en uiteenzettingen die helemaal niets met mijn idee te maken hadden: *De Oorsprong en Belangrijkste Ontwikkeling van de Dithyrambe; De Tirannen van Kalmuk; Nieuw Camelot, 18119 A.D.; Oestheotica; De Grotten van Frygië; De Exploratie van Mars; De Lancering van de Satellieten.* Dit laatste artikel bekeek ik slechts terloops; het zou niet verstandig zijn om meer dan het kleinste vleugje interesse te tonen. Maar wat ik las bevestigde het zaadje van een idee dat in mijn achterhoofd was gegroeid.

De datum was in de twintigste eeuw: de tijd waarin ik normaal gesproken zou hebben geleefd en zijn gestorven.

Een deel van het artikel was als volgt:

> Vandaag werd *Hesperus*, de laatste van de onbemande satellieten, in een baan rond de Aarde gebracht. Dit enorme apparaat zal boven de evenaar draaien op een hoogte van duizend mijl, waar de wrijving met de atmosfeer zo klein is dat deze te verwaarlozen is. Uiteraard niet geheel te verwaarlozen; men schat dat *Hesperus* over iets minder dan honderdduizend jaar zoveel momentum zal hebben verloren dat hij op Aarde zal terugvallen.
>
> Laten we hopen dat er in die verre toekomst niemand gewond raakt als *Hesperus* valt.

Ik gromde en mompelde. Wat een idiote wens! Laten we hopen dat er ten minste één persoon gewond raakt. Zwaar genoeg gewond om er het leven bij te laten!

Ik bladerde verder door het monumentale werk waaraan ik zoveel van mijn tijd besteed had. Ik luisterde naar aquaclaafmuziek uit het oude Poly-Pacifische Rijk; las een paar pagina's van *De Opstand van de Manitobanen*. Toen gaapte ik, deed alsof ik honger had, en vroeg om mijn avondmaal.

Morgen moet ik zorgen dat ik meer nauwkeurige informatie vind, en mijn kennis van baanberekeningen ophalen.

De *Hesperus* zal in de Stille Oceaan vallen, op breedtegraad $0° 0' 0.0''$ $\pm 0.1''$, lengtegraad $141° 12' 36.9'' \pm 0.2''$, om 2 uur 22 minuten en 18 seconden na twaalf uur standaardtijd, op 13 januari volgend jaar. Hij zal neerkomen met een snelheid van ongeveer duizend mijl per uur, en ik hoop dat ik ter plekke aanwezig kan zijn om een deel van zijn massa op te vangen.

Ik ben inmiddels zeven maanden bezig geweest met het vaststellen van deze gegevens. Als je in aanmerking neemt hoeveel voorzorgen ik moet nemen, hoe zorgvuldig ik mijn bezigheden geheim moet houden en hoe ingewikkeld de berekeningen zijn, dan is zeven maanden heel kort om zoveel informatie bij elkaar te krijgen. Ik zie geen enkele reden waarom mijn berekeningen niet nauwkeurig zouden zijn. De basisgegevens waren zorgvuldig genoeg opgetekend en er zijn geen variabelen of fluctuaties die vergissingen zouden kunnen veroorzaken.

Ik heb rekening gehouden met de druk van het licht, hysterese, meteoorstof; ik heb alle kalenderhervormingen die over de jaren heen hebben plaatsgevonden verwerkt; ik heb rekening gehouden met alle mogelijke Einsteiniaanse-, Gambade- of Kolbinski-afwijkingen. Wat kan de *Hesperus* verder nog verstoren? Zijn baan ligt boven de evenaar, ten zuiden van alle ruimteschiproutes; hij is zo goed als vergeten.

De laatste keer dat de *Hesperus* ter sprake kwam is ongeveer elfduizend jaar na de lancering. Ik ontdek een notitie die inhoudt dat zijn positie en snelheid exact overeenkwamen met de oorspronkelijke theoretische waarden. Ik geloof dat ik er zeker van kan zijn dat de *Hesperus* precies op schema zal vallen.

Het leukste van deze hele toestand is dat niemand zich bewust is van het naderende gevaar behalve ikzelf.

De datum is 9 januari. Overal om mij heen zie ik de deining van lange blauwe banen gerimpeld door de capillaire golven. Boven zijn de blauwe hemel en de oogverblindend witte wolken. Het jacht glijdt geluidloos naar het zuidwesten, in de richting van de Markiezeneilanden.

Dr. Jones was niet enthousiast over deze boottocht. Hij probeerde mij er in eerste instantie van te overtuigen niet toe te geven aan wat hij een opwelling vond, maar ik hield vol en herinnerde hem eraan dat ik in theorie een vrij man was, en hij maakte niet langer bezwaar.

Het jacht is elegant en snel, en lijkt zo fragiel as een mot. Maar terwijl we de lange deinende golven doorkruisen voel ik geen enkele trilling of vibratie — slechts een lichte, elastische deining. Als ik al gehoopt had dat ik mijzelf overboord kon storten, dan zou ik teleurgesteld geweest zijn. Ik word net zo zorgvuldig in het oog gehouden als in mijn eigen huis. Maar voor het eerst in jaren ben ik ontspannen en gelukkig. Dr. Jones merkt het op en keurt het goed.

Het weer is schitterend — het water is zo blauw, de zon zo helder, de lucht zo fris dat ik het bijna jammer vind dat ik dit leven ga verlaten. Maar dit is mijn kans, en die moet ik grijpen. Het spijt mij dat ik Dr. Jones en de bemanning mee moet slepen in de dood. Aan de andere kant — wat hebben zij te verliezen? Niet veel. Een paar korte jaren. Dit is het risico dat zij nemen door mij te bewaken. Als ik kon zorgen dat zij het overleefden, dan zou ik dat doen — maar daar is geen kans op.

Ik heb verzocht of ik in naam het bevel kon voeren over het jacht, en dit is mij toegestaan. Dat wil zeggen dat ik de koers mag uitzetten, en de snelheid mag bepalen. Dr. Jones kijkt toe met een soort geamuseerde toegeeflijkheid, blij dat ik eindelijk interesse lijk te tonen voor de buitenwereld.

12 januari. Morgen is de laatste dag van mijn leven. We varen door een paar regenbuien vanochtend, maar de horizon voor ons is helder. Ik verwacht morgen goed weer.

Ik heb het schip vrijwel stilgelegd, aangezien we niet meer dan een paar honderd mijl van ons einddoel verwijderd zijn.

13 januari. Ik ben gespannen, actief, opgeladen met intense levendigheid en bewustzijn. Mijn hele lichaam tintelt. Op deze dag van mijn dood is het leven fantastisch. En waarom? Vanwege de hoge verwachting, de begerigheid naar wat komen gaat, de hoop.

Ik probeer mijn euforie te verbergen. Dr. Jones is buitengewoon gevoelig; ik zou niet willen dat hij nu, op het laatste moment, nog aan het denken zou worden gezet.

Het is twaalf uur. Ik heb een afspraak met *Hesperus* over twee uur en tweeëntwintig minuten. Het jacht glijdt moeiteloos over het water. Onze positie, aangegeven door een klein lichtpuntje op de kaart, is slechts enkele mijlen van ons uiteindelijke doel. Met de huidige snelheid zullen we in twee uur en vijftien minuten aankomen. En dan zal ik het jacht stilleggen en wachten...

Het jacht ligt bewegingloos op het oceaanoppervlak. Onze positie is precies breedtegraad 0° 0' 0.0", lengtegraad 141° 12' 36.9". De marge is niet meer dan een meter of twee. Het elegante jacht met de onuitsprekelijke naam ligt midden in de roos. En ik hoef nog maar vijf minuten te wachten.

Dr. Jones komt de hut binnen. Hij kijkt mij nieuwsgierig aan. "U lijkt me nogal opgewonden, Henry Revere."

"Ja, ik voel me opgewonden, gestimuleerd. Deze boottocht bezorgt me heel veel plezier."

"Uitstekend!" Hij loopt naar de kaart en kijkt ernaar. "Waarom liggen we stil?"

"Ik had het idee dat ik even wilde drijven? Bent u ongeduldig?"

De tijd verstrijkt — minuten, seconden. Ik kijk naar de chronometer. Dr. Jones volgt mijn blik. Hij fronst alsof hij zich plotseling iets herinnert en loopt naar het telescherm. "Excuseert u mij; er is iets dat ik graag zou willen zien. Misschien dat het u ook zal interesseren."

Op het scherm verschijnt een droge woestijn. "De Kalahari Woestijn," vertelt Dr. Jones. "Let op."

Ik kijk naar de chronometer. Tien seconden — ze tikken voorbij. Vijf — vier — drie — twee — een. Een enorm gefluit, een brul, een inslag, een explosie! Maar het komt vanaf het telescherm. Het jacht ligt rustig op een kalme zee.

"Daar ging *Hesperus*," zegt Dr. Jones. "Precies op schema!"

Hij kijkt naar mij terwijl ik achterover gezakt steun zoek tegen de wand. Zijn ogen vernauwen zich. Hij kijkt naar de chronometer, de kaart, het telescherm en weer naar mij. "Aha, nu snap ik wat u van plan was! We zouden allemaal dood zijn geweest!"

"Ja," mompel ik, "allemaal."

"Aha! Jij barbaar!"

Ik let niet op hem. "Waar zijn mijn berekeningen misgegaan? Ik heb alles in overweging genomen. Verlies aan entropische massa, aantrekkingskracht van de maan — ik ken de baan van *Hesperus* als mijn eigen broekzak. Hoe heeft hij kunnen verschuiven? En wel zo ver?"

De ogen van Dr. Jones glinsteren met een onheilspellend licht. "Dus u kent de baan van *Hesperus* zegt u?"

"Ja. Ik heb alle aspecten in overweging genomen."

"En nu gelooft u dat de baan verschoven is?"

"Dat kan niet anders. Hij is in een baan boven de evenaar gebracht; hij valt in de Kalahari."

"Er zijn hier twee lichamen waar men rekening mee moet houden."

"Twee?"

"*Hesperus* en de Aarde."

"De Aarde is constant… Onveranderlijk." Ik spreek dit laatste woord langzaam uit, terwijl het afschuwelijke besef tot mij door begint te dringen.

En voor de eerste keer zolang ik Dr. Jones ken, lacht hij; een onplezierig, hatelijk geluid. "Constant — onveranderlijk. Behalve dan de libratie van de polen. *Hesperus* is de constante factor. De Aarde verschuift daaronder."

"Ja! Wat een idioot ben ik!"

"Een ongevoelige, moordlustige idioot! Ik zie dat u niet te vertrouwen bent!"

Ik vlieg hem aan. Ik geef hem een enkele klap in zijn gezicht voordat de verdovende straal mij raakt.

Gids voor Praktische Mensen

Ralph Banks, hoofdredacteur van *Popular Crafts Monthly*, was een korte, stevig gebouwde man met een rond, roze gezicht, een praktisch stekeltjeskapsel, een intense, energieke manier van bewegen. Hij droeg tweedpakken en strikjes; hij woonde in Westchester met zijn echtgenote, drie kinderen, een Ierse Setter en twee Siamese katten. Zijn personeel had veel ontzag voor hem, maar eigenlijk mochten ze hem minder dan ze hem respecteerden.

De voornaamste eigenschap van Ralph Banks was zijn praktische inslag — hij kon feilloos onderscheid maken tussen echt en nep, tussen uitvoerbaar en dwaas. Deze eigenschap was essentieel in zijn vak; zonder deze zou hij geen dag kunnen functioneren. Gedurende de dag kreeg hij een gestage stroom van artikelen, ideeën, schetsen, foto's en werkende modellen onder ogen, die hij allemaal in een oogwenk moest kunnen evalueren. Als hij blauwdrukken bekeek voor huizen, garages, gemetselde barbecues, orchidee-kassen, zeewaardige boten, zweefvliegtuigen en catamarans, dan zag hij het afgeronde project al voor zich, functioneel of niet, naar gelijk de kwaliteit van het ontwerp — een vermogen dat hij ook aansprak als het om technische tekeningen ging voor benzine-turbines, hydraulische hamers, amateur-telescopen, magnetische koppelingen, monorail-systemen en eenpersoons-onderzeeboten. Als hij een formule onder ogen kreeg voor onkruidverdelger, antivries, onzichtbare inkt, fijnkorrelige ontwikkelingsvloeistof, synthetisch veevoeder, glazuur voor aardewerk of verf op latex-basis, dan kon hij van tevoren voorspellen hoe goed het product zou werken. Hij had alle specificaties en prestatiegegevens voor voertuigen als de Stutz Bearcat, Mercer, S.G.V., Doble en Stanley Steamer binnen handbereik;

alsmede Bugatti, Jaguar, Porsche, Nash–Healey en Pegaso; om nog maar te zwijgen van Ford, Chevrolet, Cadillac, Packard of Chrysler Imperial. Hij kon tuinmeubilair bouwen, koper slaan, agaat polijsten, Harris-tweed weven, horloges repareren, amoeben fotograferen, lithograferen, batikverven, glas etsen, vervalsingen herkennen met infrarood licht en een zwaardere tegenstander behoorlijk ernstig letsel toebrengen. Toegegeven, Banks liet veel van zijn werk uitvoeren door experts en afdelingshoofden, maar hij was eindverantwoordelijke. Iedere blunder werd vrijwel ogenblikkelijk afgestraft met stille hoon van zijn concurrenten en hatelijke brieven van de lezers; Banks beging maar heel weinig blunders. Hij bereed deze tijger nu al twaalf jaar en had door ervaring een feeling voor zijn baan opgebouwd die bijna gelijk stond aan helderziendheid; inmiddels was hij zover dat hij zich kon ontspannen, kon genieten van zijn werk en zichzelf kon verliezen in zijn hobby: het vergaren van zonderlinge uitvindingen.

Iedere morgen ging zijn secretaresse door de inkomende post, en als Ralph Banks op kantoor arriveerde was het materiaal netjes gesorteerd in diverse categorieën. Er was een speciaal bakje met het opschrift HET GESTICHT — en dit is waar hoofdredacteur Banks de mooiste juweeltjes voor zijn verzameling vond.

De ochtend van dinsdag 27 oktober was een dag als iedere andere. Ralph Banks kwam zijn kantoor binnen, hing zijn hoed en jas aan de kapstok, ging zitten, schoof zijn stoel aan, maakte zijn riem los en stopte een wintergroen Lifesaver pepermuntje in zijn mond. Hij bekeek zijn afspraken: om 10 uur Seth R. Framus, een hooggeplaatste consulent voor de AEC die had toegezegd een artikel te schrijven over atoomcentrales. Framus was erin geslaagd speciale toegang te krijgen en was van plan om enkele aanwijzingen te laten vallen over een aantal nieuwe, nogal opzienbarende ontwikkelingen — iets als een geplande lekkage of iets dergelijks. Het artikel zou het aanzien van *Popular Crafts* aanzienlijk verhogen, en een prachtige veer op de hoed van eindredacteur Banks zijn.

Banks drukte op het knopje van zijn intercom.

"Lorraine."

"Ja meneer Banks."

"Seth R. Framus komt vanochtend om tien uur. Ik wil hem spreken zodra hij binnen is."

"Uitstekend."

Banks weidde zich weer aan zijn correspondentie. Allereerst bekeek hij HET GESTICHT. Niet veel bijzonders vanochtend. Er zat een perpetuum mobile bij, maar die dingen was hij nu wel zat. Ze kwamen hem de keel uit...Dit was beter. Een horloge voor blinden dat met een riempje tegen de slaap gebonden kon worden. Kleine naaldjes gaven de kwartieren aan terwijl een klein hamertje de uren tegen de schedel tikte...Het volgende voorstel was een plan om Death Valley te irrigeren door langs de bergkam van de Panamint Mountains een rij wolkencondensatoren aan te brengen...Vervolgens — een manuscript op ruw beige papier, met de titel 'Achter het Masker: Een Gids voor Praktische Mensen'.

Ralph Banks trok zijn wenkbrauwen op en las de notitie die met een paperclip aan de titelpagina was bevestigd.

Mijnheer:

Ik heb in mijn lange leven geleerd dat overdreven bescheidenheid weinig beloning brengt. Om die reden zal ik dus ook geen valse bescheidenheid tentoonspreiden — ik zal mij, zoals het gezegde gaat 'niet inhouden'. Het bijgesloten document levert een enorme bijdrage aan de kennis van de mensheid. Het gaat zelfs zo ver dat het de poten zal wegslaan onder de hele basis van ons bestaan, de fundering van ons moreel besef. De implicaties — meer nog, de naakte feiten — zullen voor het overgrote deel van de mensheid een enorme dreun betekenen. U zult weldra zelf zien, en ik hoef het nauwelijks te benadrukken, dat men dit gedachtengoed zeker *niet lichtzinnig mag benaderen*! Om die reden heb ik de beschrijvingen van alle technieken ingeleid met een kort verslag van mijn eigen bevindingen, teneinde iedereen te waarschuwen die op al te luchthartige manier zou willen proberen zijn of haar nieuwsgierigheid te bevredigen.

U vraagt zich wellicht af waarom ik juist uw tijdschrift heb uitgekozen om mijn werk te publiceren.

Ik zal open kaart spelen. Uw tijdschrift is praktisch, u bent zelf een praktisch mens — en ik bied u dit werk aan als een praktische gids. Ik durf hier nog wel aan toe te voegen dat zekere andere publicaties, met redacteuren die minder capabel zijn dan uzelf, mijn werk hebben teruggestuurd met niet meer dan een beleefd, maar dom, briefje.

Hoogachtend,

Angus McIlwaine,

c/o Archief, Smithsonian Instituut,

Washington D.C.

Een interessante brief, bedacht Banks. Het werk van een krank-zinnige natuurlijk — maar de toon was interessant... Hij bekeek het manuscript en bladerde er toen doorheen. De typografie van McIlwaine was uitermate kleurrijk. De marges waren zo breed dat er zeker vijf centimeter gespikkeld beige papier aan beide zijden overbleef. Alinea's in zwarte inkt werden hier en daar onderbroken door passages in het rood, en een aantal hiervan waren onderstreept in paars. Hier en daar stonden kleine groene sterren in de linkermarge die de belangrijkheid van bepaalde passages nog meer onderstreepten. Het effect van het geheel was kleurig en dramatisch.

Hij sloeg bladzijden om, las hier en daar zinnen, en toen hele alinea's.

Ik heb serieus getwijfeld [aldus las Banks] maar ik kan geen tolerantie opbrengen voor lafheid of vluchtgedrag. Het volstaat niet om te zeggen dat Masquerayne pure slechtheid is. Masquerayne is kennis en men moet nooit terugdeinzen voor het vergaren van verdere kennis. En wie weet kan het uiteindelijk ook veel goeds brengen. Vuur heeft tenslotte ook meer goed dan kwaad gedaan voor de mensheid; hetzelfde geldt voor explosieven, en we mogen hopen dat dit uiteindelijk ook zal gelden voor atoomenergie. En net zoals Einstein zich uiteindelijk vermand heeft en de vergelijking $E = mc^2$ toch heeft opgeschreven, zal ook ik mijn bevindingen noteren.

Banks grijnsde. Een bonafide krankzinnige, rechtstreeks uit het gesticht. Hij fronste. 'c/o Archief, Smithsonian Instituut'. Dat kon niet kloppen… Hij las verder. Zijn ogen gleden snel omlaag langs de alinea's, waarbij hij hier en daar een regel of een zin in zich opnam.

> —een proces van naar binnen kijken, en dan nog
> verder naar binnen; duwen, forceren; en dan als de grens
> bereikt is weer omdraaien alsof men plotseling tot stil-
> stand gebracht wordt, en dan naar buiten kijken…

Banks schrok plotseling op; de intercom piepte. Hij drukte op het knopje.

"Meneer Seth R. Framus is gearriveerd, meneer Banks," klonk de stem van Lorraine.

"Vraag hem om even te gaan zitten alsjeblieft," zei Banks. "Ik kom hem over een minuutje halen."

Lorraine, die de woorden: "Gaat u maar meteen naar binnen, meneer Framus," al op de lippen had liggen, was geschokt. Meneer Framus zelf zag er lichtelijk verrast uit; niettemin ging hij beleefd en zonder te mopperen op een stoel zitten. Hij tikte met een opgevouwen krant op zijn knie.

Banks wijdde zich weer aan het manuscript.

> Soms is het heel rustig [las hij] maar alleen als het Ego
> zich weet te verschuilen achter de stroperige, melkachtige
> pilaren die ik al eerder heb beschreven. Het is heel een-
> voudig om hier te verdwalen, op de meest alledaagse
> manier. Wat zou belachelijker of tragischer kunnen zijn
> dan dat? Een gevangene van uzelf, zogezegd!

Banks nam via de intercom contact op met Lorraine, "Bel het Smithsonian Instituut voor me."

"Jazeker, meneer Banks," zei Lorraine, die opkeek om te zien of Seth R. Framus het ook gehoord had. Dat had hij inderdaad, en het tempo waarmee hij met zijn krant op zijn knie tikte versnelde.

Banks bladerde verder.

Natuurlijk heb ik me hierdoor nooit laten weerhouden. Ik heb mezelf vermand; mijn zenuwen in bedwang gehouden, evenals mijn maag. Ik ben verder gegaan. En hier zou ik, bij wijze van voetnoot, willen opmerken dat het zeer wel mogelijk is te komen en te gaan, en terug te keren met een aantal van deze rode apparaten, vaak nog steeds warm.

Banks schrok op toen de telefoon overging. Hij antwoordde met een spoortje irritatie: "Ja, Lorraine?" "Het Smithsonian Instituut, meneer Banks."

"Oh... Hallo? Ik ben op zoek naar iemand van de Afdeling Archieven. Eh — misschien de heer McIlwaine?"

"Een ogenblik alstublieft," antwoordde een vrouwelijke stem, "ik verbind u door met meneer Crispin."

Meneer Crispin kwam aan de lijn; Banks stelde zichzelf voor. Meneer Crispin vroeg hoe hij hem van dienst kon zijn.

"Ik zou graag ene Angus McIlwaine spreken," zei Banks.

Crispin reageerde verbaasd. "McIlwaine? In welke afdeling?"

"Ik dacht het Archief."

"Dat is vreemd... We hebben natuurlijk een groot aantal bijzondere projecten gaande — teams van onderzoekers en dergelijke."

"Zou u dit misschien voor mij kunnen nakijken?"

"Maar natuurlijk, meneer Banks, als het echt nodig is."

"Kunt u dit alstublieft voor mij doen en mij dan op mijn kosten terugbellen? Of misschien kan ik aan de lijn blijven."

"Het gaat vijf tot tien minuten duren."

"Dat is geen probleem."

Banks drukte het knopje van zijn intercom nogmaals in. "Hou de telefoon in de gaten, Lorraine, en laat me weten wanneer Crispin weer terug is."

Lorraine wierp een zijwaartse blik op Seth R. Framus, wiens mond tekenen van ergernis begon te vertonen. "Zeker, meneer Banks."

Seth R. Framus sprak op beleefde toon: "Wat wil meneer Banks van het Smithsonian, als ik zo vrij mag zijn?"

Lorraine zei hulpeloos: "Ik weet het echt niet, meneer Framus... Ik

Gids voor Praktische Mensen

neem aan dat het iets belangrijks is; eerder vanochtend gaf hij mij de opdracht om u meteen door te laten lopen."

"Hmpf." Meneer Framus sloeg zijn krant open.

Banks las ondertussen de laatste pagina's: "En nu — de onvermijdelijke conclusie. Het is heel simpel; het is duidelijk dat wij allemaal slachtoffer zijn van een afgrijselijke grap —"

Hij sloeg de laatste pagina op: "Om uzelf ervan te overtuigen —"

Lorraine sprak via de intercom. "Meneer Crispin is weer aan de lijn; en ik denk dat meneer Framus haast heeft, meneer Banks."

"Ik heb zo tijd voor meneer Framus," zei Banks. "Verzoek hem alsjeblieft om zo vriendelijk te zijn om nog een ogenblik langer te wachten." Hij sprak in de telefoon: "Hallo, meneer Crispin?"

"Het spijt mij, meneer Banks; we hebben geen enkele medewerker met de naam Angus McIlwaine."

Banks krabde bedachtzaam op zijn hoofd. "Het is natuurlijk mogelijk dat hij een pseudoniem heeft gebruikt."

"In dat geval neem ik aan dat hij anoniem wenst te blijven," antwoordde Crispin op beleefde toon.

"Kunt u mij zeggen wat er zou gebeuren als ik een schrijven zou richten aan Angus McIlwaine, per adres Archieven, Smithsonian Instituut. Waar zou die brief terechtkomen?"

Crispin lachte. "Bij niemand, meneer Banks! U zou hem retour ontvangen! We hebben hier geen enkele McIlwaine. Tenzij deze persoon natuurlijk iets geregeld heeft... Wacht eens even; misschien weet ik toch wie u moet hebben. Als het daadwerkelijk een pseudoniem is tenminste."

"Prima. Kunt u mij doorverbinden?"

"Nou, meneer Banks, ik denk dat ik het beter eerst even kan navragen... Het kan zijn — Nou, het kan natuurlijk zijn dat hij echt anoniem wenst te blijven."

"Kunt u alstublieft voor mij uitzoeken of Angus McIlwaine daadwerkelijk het pseudoniem van deze man is; en als dat zo is, kunt u hem vragen om mij te bellen, op mijn kosten?"

"Jazeker. Dat kan ik voor u doen, meneer Banks."

"Hartelijk dank."

Banks aarzelde voordat hij de intercom weer gebruikte. Hij zou

— 297 —

nu toch echt meneer Framus naar binnen moeten laten...maar er was nog maar een klein stukje manuscript over; hij kon dat net zo goed even snel doorkijken...McIlwaine, wie hij ook was, leek hem rijp voor een gesticht — maar de man had een flair; een dwingende, indringende stijl. Banks had zich ooit een beetje — een heel klein beetje — verdiept in abnormale psychologie; hij wist dat hallucinaties een afschrikwekkende realiteit konden opwekken. McIlwaine had ongetwijfeld een portie van alles dat in de boeken omschreven werd...Maar toch, dacht Banks, gewoon voor de lol, wil ik weleens zien hoe hij voorstelt deze "gruwelijke grap ten koste van de mensheid" te bewijzen; laat ik eens zien hoe ik deze Masquerayne zou moeten onderzoeken...

Het kost niet meer dan enkele minuten om te bewijzen dat deze hele akelige truc echt waar is — de methode is eenvoudig en zeker. Als u moedig bent — of liever gezegd, roekeloos — als u de zijden blinddoek van uw ogen zou willen rukken, dan moet u doen wat ik nu zeg.

Allereerst hebt u het volgende nodig: een bak of karaf met helder water, zes glazen, zes spelden, een stalen breinaald, een vierkant stuk dof zwart karton van één-twintig —

De stem van Lorraine klonk uit de intercom. "Meneer Banks, meneer Framus zegt —"

"Verzoek hem te wachten," zei Banks gehaast. "Maak een lijstje voor me, Lorraine. Ik heb een liter water nodig in een glazen kan — zes glazen — een stalen breinaald — een stuk zwart karton; haal het bij de tekenkamer, mat, niet glanzend — een stuk wit krijt — een blik ether —"

"Zei u nu *ether*, meneer Banks?"

"Ja, ik zei *ether*."

Lorraine schreef alles gehaast op. Banks ging verder met zijn lijst benodigdheden. "Verder heb ik rode en gele olieverf nodig. Die kun je ook bij de tekenkamer halen. Een dozijn spijkers; grote. Een fles flink sterk parfum. En een pond rijst. Heb je dat allemaal?"

"Een pond rijst, jawel meneer."

"Wat voor de drommel is hij van plan met al die rommel?" gromde Framus.

"Ik heb geen idee," zei Lorraine een beetje buiten adem. "Wilt u mij even excuseren, meneer Framus? Ik moet deze dingen bij elkaar verzamelen."

Ze rende de deur uit. Framus maakte aanstalten om op te staan en leek niet zeker te weten of hij al dan niet het kantoor uit zou benen. Langzaam ging hij weer zitten, terwijl hij nu met harde, afgemeten klappen de krant tegen zijn been sloeg. Nog vijftien minuten!

In zijn eigen kantoor las meneer Banks inmiddels de laatste zin.

> Als u deze instructies volgt, dan zult u voorbijgaan aan de barrières van Zicht, Richting, Verwarring en de Inbeelding van Pijn. U zult twee kanalen vinden — ik noem deze met opzet aders — die u allebei veilig het Cordon binnen zullen leiden, en daar kunt u de progressies zien, de zaken die u zullen vervullen met afkeer voor de gedachte aan terugkeer, maar die u tegelijkertijd zullen doen terugdeinzen in een nog veel grotere afkeer.

En dat was alles. Einde.

Lorraine kwam binnen met het materiaal. Ze werd geholpen door een jongen van de tekenkamer.

"Meneer Banks," zei Lorraine, "misschien mag ik het niet zo zeggen, maar meneer Framus wordt wel verschrikkelijk ongeduldig."

"Ik zie hem over een ogenblik," mompelde Banks. "Eén minuut."

Lorraine liep terug naar haar bureau. Ze keek over haar schouder toen ze de deur door liep en zag hoe Banks water schonk in ieder van de glazen.

De vijftien minuten waren voorbij. Seth R. Framus stond op. "Het spijt mij, juffrouw — ik kan echt niet langer blijven wachten."

"Meneer Banks zei dat het nog maar een minuutje zou duren, meneer Framus," zei Lorraine zenuwachtig. "Ik denk dat het een of andere demonstratie is…"

Framus zei op zachte, ferme toon: "Ik wacht nog precies een minuut." Hij ging weer op zijn plek zitten en hield de krant stevig in zijn hand geklemd.

De minuut verstreek.

"Het ruikt hier vreemd," zei Seth R. Framus.

Lorraine snoof de lucht op en keek hem gegeneerd aan. "Waarschijnlijk neemt de wind iets mee — vanaf de rivier…"

"Wat is dat voor geluid?" vroeg Framus terwijl hij naar de deur van Banks staarde.

"Ik weet het niet," zei Lorraine. "Het klinkt niet als meneer Banks."

"Wat het ook is," zei Framus, "ik kan niet meer wachten." Hij zette zijn hoed op zijn hoofd. "Meneer Banks kan me bellen zodra hij beschikbaar is."

Hij verliet het kantoor.

Lorraine luisterde naar de geluiden die uit het kantoor van Banks kwamen: het gorgelen van water, vermengd met een sissend geluid alsof er iets werd gebakken. Toen de stem van Banks, gedempt en omfloerst; toen een vaag soort brullen alsof iemand heel even de deur opende van de machinekamer van een zeeschip.

Daarna klonk er gemompel, en daarna was het stil.

De telefoon ging. "Met het kantoor van de heer Banks," zei Lorraine.

Het was meneer Crispin. "Hallo, wilt u mij alstublieft doorverbinden met meneer Banks. Ik heb hier de persoon naar wie hij op zoek was."

Lorraine riep meneer Banks op.

"Hallo, meneer Banks?" een stem van de kant van Crispin, de meest diepe, melancholiek klinkende stem die Lorraine ooit gehoord had.

"Hij heeft nog niet opgenomen," zei Lorraine.

"Zeg hem dat Angus McIlwaine Hunter voor hem aan de lijn is."

"Dat zal ik doen, meneer Hunter, zodra hij antwoord geeft." Ze riep hem nogmaals op. "Hij geeft geen antwoord…misschien dat hij even weg is."

"Nou, het is niet al te belangrijk. Ik vraag me af of hij mijn manuscript al heeft gelezen."

"Ik geloof van wel, meneer Hunter. Hij leek er gefascineerd door te zijn."

"Mooi. Kunt u hem zeggen dat hij morgen de twee laatste pagina's krijgt? Ik ben zo dom geweest om deze te vergeten, en ze zijn heel belangrijk voor het artikel — cruciaal zelfs, als ik het zo mag zeggen… een soort tegengif…"

"Ik zal het aan hem doorgeven, meneer Hunter."

"Dank u hartelijk."

Lorraine probeerde nogmaals contact op te nemen met meneer Banks en liep toen naar de deur. Ze klopte en keek naar binnen. Alle spullen die meneer Banks haar had opgedragen bijeen te zoeken lagen overal rondgestrooid. Het was een bende. Meneer Banks was nergens te bekennen. Waarschijnlijk was hij even een kop koffie gaan halen.

Lorraine ging terug naar haar bureau en wachtte tot meneer Banks terugkwam. Na een poosje pakte ze een vijl en begon haar nagels bij te werken.

De Baas in Huis

I

De twee mannen waren opeens aan grote agitatie ten prooi, zonder dat er een woord was gesproken. Caffridge, de gastheer, stond op en beende zenuwachtig door de kamer. Hij liep naar het raam, keek naar de hemel in de richting van de verre ster BGD 1169. De gast, Richard Emerson, was in nog hogere mate aangegrepen. Hij zat slap in zijn stoel met een bleek gezicht, zijn mond half open, terwijl zijn wijd opengesperde ogen fonkelden.

Er was geen woord gezegd, er viel niets te bespeuren in hun omgeving dat hun emotie kon verklaren. Ze zaten in een doodgewone zitkamer van een eengezinswoning, die hoogstens opviel door de overvloed aan curiosa, bizarre voorwerpen en surrealistische souvenirs die aan de wanden hingen.

Toen een krassend geluid weerklonk wendde Caffridge zich af van het raam. Op scherpe toon riep hij: "Sarvis!"

De zwart-witte kat, die bezig was zijn nagels te scherpen aan een piedestal van fijn uitgesneden exotisch hout, legde zijn oortjes in zijn nek, maar ging onbekommerd door met krabben.

"Ondeugd!" Caffridge tilde de kat op en duwde hem naar buiten door het kattenluikje. Hij liep terug naar Emerson. "We schijnen allebei op dezelfde gedachte te zijn gekomen."

Emerson klemde de stoelleuning vast. "Hoe is het mogelijk dat ik er al die tijd overheen heb gekeken?" mompelde hij.

"Het is een vreemde zaak," zei Caffridge. "Ik heb geen flauw idee wat we eraan moeten doen."

"Nu ja, ik ben er goddank vanaf!" zei Emerson.

Caffridge pakte de kleine witte cassette op die Emerson's verslag bevatte. "Heb je zin om mee te gaan?"

Emerson schudde zijn hoofd. "Ik heb er niets meer aan toe te voegen. En ik wil dat ding nooit meer zien," zei hij met een hoofdknik naar de cassette.

"Best," zei Caffridge somber. "Dan zal ik dit vanavond aan het bestuur laten zien. En dan..."

Emerson glimlachte vermoeid en sceptisch. "En dan wat?"

"Verdomd als ik weet wat eraan gedaan kan worden. Of zelfs maar wat eraan gedaan zou moeten worden. Ik denk dat ik dit beter overlaat aan iemand van de regering."

Sarvis de kat kwam door het luikje terug naar binnen, en zat rustig te kijken hoe Caffridge en Emerson over hun probleem tobden.

II

De Vereniging Astrografica was een organisatie zonder winstoogmerk, met als doelstelling buitenaardse verkenning en onderzoek. Buiten de contributies van een miljoen actieve leden, genoot de vereniging inkomsten uit octrooien en beurzen, licenties en honoraria voor consulten, met als gevolg dat ze in de loop der jaren in zeer goeden doen was geraakt. Een tiental ruimteschepen voer onder de blauwgroene Astrografica-chevron naar de verste uithoeken; het maandblad werd uitgespeld door schoolkinderen en geleerden, en het Astrografisch Museum huisvestte een wonderlijke collectie voorwerpen uit heel het universum.

In een speciaal ingerichte koepel op het dak van het museum hield het bestuur eens per maand vergadering om lopende zaken te behartigen en de audiovisuele verslagen van de verkenningsteams te bekijken en beluisteren. Theodore Caffridge, voorzitter van de vereniging, kwam de vergaderzaal binnen en liet de cassette met het verslag van commandant Richard Emerson in het projectieapparaat glijden. Zwijgend bleef de lange, sombere gedaante ernaast staan, tot de gesprekken rond de tafel waren verstomd.

"Mijne heren," zei Caffridge op doffe, vlakke toon. "Ik heb dit verslag reeds persoonlijk bekeken. Het is het vreemdste dat ik ooit onder ogen heb gehad. Ik ben diep ontsteld en ik moet daarbij aantekenen dat commandant Emerson mijn gevoelens deelt."

Hij zweeg. De andere bestuursleden keken hem nieuwsgierig aan.

"Kom, Caffridge, niet zo geheimzinnig!"

"Vertel op, Theodore!"

Caffridge veroorloofde zich het zuinigste, meest afstandelijke glimlachje dat men zich voor kan stellen. "Het verslag is aanwezig; kijkt u zelf maar."

Hij drukte op een knop; de wanden van de koepel losten op in een grijze nevel met vage kleurslierten en werden toen weer helder. Het bestuur werd als het ware als een stel onzichtbare ogen en oren geprojecteerd in de stuurhut van ruimteschip *Gaea*. Hun gezichtspunt was dat van de opnamebol op Emerson's helm. Ze zagen wat hij zag en hoorden wat hij hoorde.

Emerson's stem klonk door de luidsprekers. "Wij zijn nu in een omloopbaan rond de tweede planeet van de ster BGD 1169, in Argo Navis vier. Onze aandacht werd gevestigd op deze planeet door een reeks pulsen, uitgezonden in de C3-fase. Dit leek ons te wijzen op het bestaan van een vergevorderde technische beschaving. Vanzelfsprekend hebben we onze reis onderbroken om op onderzoek uit te gaan."

De beelden op de koepelwand bewogen mee toen Emerson naar het stuurpaneel liep. Door de patrijspoort zagen de bestuursleden beneden het ruimteschip een planeet zweven, in het volle schijnsel van een ongeziene zon.

Emerson somde de fysieke eigenschappen op van de planeet, die veel van de Aarde weg had. "De atmosfeer lijkt leefbaar en de plantengroei is in grote trekken te vergelijken met die van de Aarde."

Emerson liep naar het telescherm en weer draaiden de beelden op de koepelwand mee. "Op grond van de signalen verwachtten we een vorm van intelligente bewoning. We werden niet teleurgesteld. De autochtonen leven niet in georganiseerde nederzettingen, maar in geïsoleerd staande behuizingen. Bij gebrek aan een betere term hebben we die 'paleisjes' gedoopt." Emerson draaide aan een schijf op het paneel; het beeld op het scherm werd reusachtig opgeblazen en de bestuursleden keken nu uit over een bos, dat ondoordringbaar was als een oerwoud. Het beeld gleed over de boomtoppen heen en bleef rusten op een open plek, die meer dan duizend meter in doorsnee moest zijn. In het midden van de open plek stond het 'paleisje' — tien muren, steil, hoogopgaand als rotsklippen die schijnbaar lukraak met elkaar verbonden waren. Het geheel was opgetrokken in een glanzende, metalloïde substantie en was aan de bovenzijde open. Er waren geen zichtbare toegangen of andere openingen waarneembaar.

"Gedetailleerder krijg ik het niet vanaf deze hoogte," klonk Emerson's stem. "Let op de afwezigheid van het dak, de ogenschijnlijke afwezigheid van meubilair en stoffering. Het lijkt eigenlijk nauwelijks een echt onderkomen. Let ook op de wijze waarop de open plek is aangelegd — als een klassiek park."

Hij liep weg van het scherm en opnieuw zaten de bestuursleden als het ware in de stuurhut van de *Gaea*. "We hebben op alle golflengten de internationale signalen uitgezonden," zei Emerson. "Tot nog toe is daar geen reactie op gekomen. Ik denk dat we maar moeten landen op die open plek. Er komt een zeker risico bij kijken, maar ik ben ervan overtuigd dat een ras, dat zo onmiskenbaar gevorderd is, niet verbaasd of geschrokken zal reageren op de landing van een vreemd ruimteschip."

III

De *Gaea* ging de dampkring van BGD 1169-2 binnen en de scheepswand sidderde toen de eerste ijle gasvlagen haar geselden.

Emerson bleef in de microfoon spreken en rapporteerde dat het schip nu boven de eerder geobserveerde open plek zweefde en op het punt stond te landen.

Het raakte de grond. Even fluctueerde het beeld terwijl de stabilisatoren zwoegden om greep te krijgen, toen stond alles weer veilig stil. De impulsieaandrijving werd uitgeschakeld; de hoge giertoon, die steeds op de achtergrond aanwezig was geweest, zakte de toonladder af en zweeg. De bemanning dromde naar de patrijspoorten en keek uit over de open plek.

In het midden verhief zich het paleisje — hoogopgaande vlakken van glinsterend metalloïde. Zelfs van dichtbij waren nergens openingen, vensters, deuren of sleuven te bespeuren.

Het park rondom het paleisje was met zorg onderhouden. Bomen-lanen van witte stammen die vierkante zwarte bladeren zo groot als dienbladen ophieven naar de zon. Onregelmatig gevormde perken zwart mos, ijle bruinrode varens, dotten van roze en wit als suiker-spinnen. Op de achtergrond verrees het bos, een wirwar van blauw-groene bomen en heesters met breed blad, in rood, zwart, grijs en geel.

In de *Gaea* stond de bemanning klaar om bij het eerste spoor van vijandigheid te vertrekken.

Bij het paleis roerde zich niets.

Een halfuur ging voorbij. Een kleine gedaante verscheen een ogen-blik voor een van de muren van het paleis. Cope, de jonge derde officier, zag hem als eerste en riep Emerson. "Kijk daar eens!"

Emerson stelde de kijker scherper. "Het is een kind — een gewoon menselijk kind!"

De bemanning verdrong zich om te kijken. Intelligent leven was zeldzaam tussen de sterren; intelligent leven in menselijke vorm was aanleiding tot grote verwondering.

Emerson draaide de vergroting een graadje hoger.

"Het is een jongetje van een jaar of zeven, acht," zei hij. "Hij kijkt recht in onze richting maar schijnt niet bijzonder in ons geïnteresseerd te zijn."

Het kind ging het paleis weer binnen en verdween. Emerson slaakte een gedempte uitroep. "Zagen jullie dat?"

"Wat dan?" vroeg Wilhelm, de grote, blonde tweede officier.

"Hij liep dwars door de muur heen, of het niks was!"

De tijd verstreek; verdere tekenen van leven bleven uit. De beman-ning begon ongedurig te worden. "Waarom tonen ze niet een beetje belangstelling?" klaagde Swett, de hofmeester.

Emerson schudde niet-begrijpend zijn hoofd. "Er komen toch niet elke dag ruimteschepen uit de lucht vallen."

Opeens riep Wilhelm: "Daar heb je er nog meer — twee, drie, zes — een hele volksstam!"

Ze kwamen aan uit het woud, stilletjes, bijna steels, alleen of in paren, mannen en vrouwen, tot er een stuk of tien bij het schip ston-den. Ze droegen kielen, geweven van grove vezels en primitieve leren schoenen met afstaande omslagen. Aan hun gordel droegen ze dolken van diverse lengte en kleine ingewikkelde toestellen die gemaakt leken te zijn van hout en getwijnde darm. Het was een rauw gezelschap, met zware koppen en glinsterende oogjes. Als ze liepen, bogen ze diep door de knieën, hetgeen hen iets achterbaks gaf. Steeds zorgden ze ervoor dat het schip tussen hen en het paleis in bleef, alsof ze bang waren te worden gezien.

Emerson zei: "Hier begrijp ik niets van. Dit zijn geen humanoïden, dit zijn in alle opzichten mensen!" Hij wierp een blik op Boyd, de bioloog, die juist zijn proeven had afgerond. "En?"

"Brandschoon," zei Boyd. "Geen gevaarlijk stuifmeel, geen proteiden in de lucht, niets dat het vermelden waard is."

"Dan ga ik naar buiten," zei Emerson.

Wilhelm begon te protesteren. "Ze zien er onbetrouwbaar uit en ze zijn gewapend ook."

"Dat risico neem ik," zei Emerson. "Als ze ons vijandig gezind waren, zouden ze zich helemaal niet hebben vertoond."

Wilhelm was niet overtuigd. "De gedachtengang van een vreemd ras kun je niet doorgronden."

"Desalniettemin ga ik nu naar buiten," zei Emerson. "Jullie dekken me. En houd alles klaar voor het vertrek, voor het geval we er met grote spoed vandoor moeten."

"Ga je helemaal alleen?" vroeg Wilhelm met een bezorgd gezicht.

"Het heeft geen zin twee levens te riskeren."

Op Wilhelm's vierkante rode kop verscheen een koppige trek. "Dan ga ik met je mee. Twee paar ogen zien meer dan één."

Emerson lachte. "Ik heb al twee ogen, hoor. Bovendien ben jij mijn plaatsvervanger. Jouw post is hier, op het schip."

Cope, de jonge derde officier, slank en donker en zijn tienerjaren nog maar amper ontgroeid, zei: "Ik zou graag met u mee willen."

"Goed, Cope," zei Emerson. "Vooruit, we gaan!"

Tien minuten later verlieten de twee mannen het schip, daalden de loopplank af en betraden de bodem van BGD 1169-2. De mensen uit het bos stonden nog achter het schip, vanwaar ze nu en dan naar het paleis loerden. Toen Emerson en Cope verschenen, gingen ze wat dichter bij elkaar staan, klaar voor de aanval, de verdediging of de vlucht. Twee van de mannen betastten de houten toestelletjes aan hun riem die, naar

Emerson nu zag, katapults waren waarmee pijltjes konden worden afgevuurd. Maar verder kwam er geen reactie, vriendschappelijk of anderszins.

Emerson bleef op een meter of vijf afstand staan, hief zijn hand op, glimlachte vriendelijk (naar hij hoopte) en zei: "Hallo."

Ze staarden hem verbaasd aan en begonnen toen zacht te mompelen. Emerson en Cope kwamen een paar stapjes dichterbij; nu waren de stemmen te verstaan. Een slungelige man met grijze haren, die kennelijk een zeker gezag uitoefende, sprak energiek en geërgerd, als had hij met domme onzin van doen: "Nee, nee — dat kunnen onmogelijk Vrijen zijn."

De knoestige man met de kraaloogjes, tot wie hij gesproken had, wierp tegen: "Onmogelijk? En wat zijn het dan wel volgens jou, als het geen Vrijen zijn?"

Emerson en Cope stonden met open mond te luisteren. Deze lieden spraken Engels!

Een ander zei: "Maar het zijn geen Bazen! Ben je ooit Bazen tegengekomen die er zo uitzien?"

Een vierde stem klonk al even beslist. "En het is wel heel zeker dat het geen dienaren zijn."

"Zo blijven jullie in een kringetje rondredeneren," bitste een van de vrouwen. "Waarom vragen jullie het ze niet gewoon, dan weten we dat ook weer."

Engels! De uitspraak was wat slordig en de intonatie ongebruikelijk, maar de taal was en bleef desondanks hun eigen Engels! Emerson en Cope deden nog een stap dichterbij. De woudbewoners zwegen op slag en schuifelden zenuwachtig met hun voeten.

Emerson nam het woord. "Ik ben Richard Emerson," zei hij. "Dit is Howard Cope. En wie zijn jullie?"

De grijsharige aanvoerder nam hen op met een listig soort vrijpostigheid. "Wie wij zijn? Vrijen natuurlijk, zoals jullie heel goed weten. Wat doen jullie hier? Uit welk Huis zijn jullie?"

Emerson zei: "Wij komen van de Aarde."

"De Aarde?"

Emerson keek de kring rond en zag alleen niet-begrijpende gezichten. "Kennen jullie de Aarde niet?"

"Nee."

"Maar jullie spreken een Aardse taal."

De aanvoerder grijnsde. "Wat zal een mens anders spreken?"

Emerson lachte zwakjes. "Nu ja, er bestaan nog wel andere talen."

De aanvoerder schudde sceptisch het hoofd. "Daar geloof ik niets van."

Emerson en Cope wisselden blikken van vrolijke verbazing. "Wie wonen er in dat paleis?" vroeg Emerson.

De aanvoerder scheen perplex te staan van Emerson's onwetendheid.

"De Bazen van het Huis natuurlijk. Genarro, Hesphor en de anderen."

Emerson keek nog eens naar de hoge muren, die alles bij elkaar niet erg afgestemd leken op menselijke behoeften. "En zijn dat mensen, net als wij?"

De aanvoerder lachte honend. "Als je dat soort luxe schepsels nog mensen wil noemen, ja! We tolereren ze, maar dat is alleen vanwege hun vrouwtjes." De mannen in de groep begonnen verkikkerd te mompelen. "De zachte zoete Bazenmeisjes van het Huis!"

De vrouwen van het bos sisten van woede. "Die zijn net zo waardeloos als hun mannen!" riep een verschrompeld oud wijfje.

Plotseling ontstond er beweging aan de rand van de groep. "Ze komen eraan! De Bazen van het Huis komen eraan!"

Met grote, kromme sprongen snelden de wilden weg en verdwenen in het bos.

Emerson en Cope liepen om het schip heen. Over de open plek kwamen een jonge vrouw, een jongeman, een meisje en de jongen die ze daareven hadden gezien, op hun gemak hun kant op gekuierd. Het waren de knapste mensen die de Aardlingen ooit waren tegengekomen. De jongeman droeg een strak om zijn lichaam zittend kostuum van smaragdgroene lovertjes en een ingewikkelde hoofdtooi met zilveren punten. De jongen droeg een rode broek, een donkerblauw jasje en een blauwe pet met een lange klep. Het meisje en de jonge vrouw droegen eenvoudige rechte jurkjes in wit en lichtblauw die soepel meegaven met hun bewegingen. Ze waren blootshoofds en hun lange blonde haar golfde om hun schouders.

Ze bleven een paar meter voor het schip staan en namen de ruimte-vaarders op met ernstige belangstelling. Hun gezichtsuitdrukking was opmerkzaam en intelligent, maar daaronder school iets hautains. De jongeman keek achteloos in de richting van het bos en hield een stafje omhoog. Een wolkje duisternis kwam uit het uiteinde tevoorschijn en een zwarte luchtbel zweefde op de bosrand af, onderweg opzwellend tot enorme afmetingen.

Vanuit het bos klonken gilletjes van angst en het geluid van vluchtende voeten. De zwarte bel spatte uiteen tussen de bomen en strooide honderden kleine zwarte belletjes uit, die op hun beurt opzwollen en uiteenspatten.

Het rumoer van hun vlucht verstierf in de verte. De vier jonge Bazen glimlachten flauwtjes en richtten hun aandacht weer op Emerson en Cope.

"En wie mogen jullie wel zijn? Toch zeker geen Wildemannen?"

"Nee, we zijn geen Wildemannen," zei Emerson.

"Maar jullie zijn ook geen Bazen van een Huis," zei de jongen.

"En heel beslist ook geen dienaren," zei het meisje, dat een paar jaar ouder was dan de jongen; ze was een jaar of veertien misschien.

"Wij zijn wetenschappelijk onderzoekers," legde Emerson geduldig uit. "Wij komen van de Aarde."

De Bazen begrepen er al net zomin iets van als de bosbewoners. "Aarde?"

"Grote God!" riep Emerson uit. "Jullie moeten de Aarde toch wel kennen!"

Ze schudden langzaam het hoofd.

"Maar jullie zijn mensen — van het ras van de Aarde!"

"Nee," zei de jongeman. "Wij zijn de Bazen van het Huis. 'Aarde' zegt ons niets."

"Maar jullie spreken onze taal, en dat is een taal van de Aarde!"

Ze haalden hun schouders op en glimlachten. "Er zijn wel honderd verklaringen te bedenken voor hoe jullie onze taal hebben leren spreken."

De zaak scheen hen bitter weinig te interesseren. De jonge vrouw wierp een blik op het bos. "Wees maar voorzichtig met die Wildemannen. Ze doen je kwaad als ze de kans krijgen." Ze draaide zich om. "Kom, laten we weer teruggaan."

"Wacht!" riep Emerson.

Ze bekeken hem met een blik van strenge hoffelijkheid. "Ja?"

"Zijn jullie niet nieuwsgierig naar ons, stellen jullie er geen belang in waar we vandaan komen?"

De jongeman schudde glimlachend zijn hoofd zodat de zilveren punten van zijn hoofdtooi tinkelden als kleine klokjes. "Waarom zouden we daar belang in stellen?"

Emerson lachte, van verbazing en ergernis tegelijk. "Wij zijn vreemdelingen die uit de ruimte zijn gekomen — van de Aarde, waarvan jullie naar eigen zeggen nog nooit gehoord hebben."

"Precies. Als we nog nooit van jullie gehoord hebben, hoe kunnen we dan belang in jullie stellen?"

Emerson hief zijn handen ten hemel. "Net wat je wilt. Maar wij stellen van onze kant wel belang in jullie."

De jongeman knikte, alsof hij dat heel natuurlijk vond. De jongen en het meisje waren al op de terugweg; de jonge vrouw had zich half omgedraaid en stond te wachten. "Kom, Hesphor," riep ze zacht.

"Ik zou graag met jullie willen praten," zei Emerson. "Er is hier sprake van een mysterie — iets wat we absoluut moeten uitzoeken."

"Er is geen mysterie. Wij zijn de Bazen van het Huis en dit is ons Huis."

"Zouden wij binnen mogen in jullie huis?"

De jongeman aarzelde, keek de jonge vrouw even aan. Ze tuitte haar mondje, schudde haar hoofd. "Heer Genarro."

De jongeman trok even een lelijk gezicht. "De dienaren zijn weg; Genarro slaapt. Ze mogen binnenkomen. Eventjes."

De jonge vrouw haalde haar schouders op. "Als Genarro ontwaakt zal hij niet blij zijn..."

"Ach, maar Genarro..."

"Maar Genarro is de Eerste Baas in Huis," viel de vrouw hem snel in de rede.

Hesphor leek een ogenblik te mokken "Genarro slaapt en de dienaren zijn weg. Deze wilde wezens mogen binnen." Hij wenkte Cope en Emerson. "Kom."

De Bazen slenterden terug door het park, zacht pratend met elkaar. Emerson en Cope volgden, deels nijdig, deels beduusd. "Het is toch ongelofelijk," mompelde Emerson. "We zijn nog geen halfuur hier en we worden al als oud vuil bejegend door de plaatselijke aristocratie."

"Tja, we zullen het moeten slikken," zei Cope. "Ze bezitten een kennis die wij ons niet eens kunnen beginnen voor te stellen. Denk maar aan die zwarte luchtbel."

De jongen en het meisje hadden de muur van het paleis bereikt. Zonder aarzelen liepen ze dwars door het fonkelende muuroppervlak heen. De jongeman en de vrouw verdwenen op hun beurt. Toen Emerson en Cope de muur bereikten, bleek deze stevig en onwrikbaar te zijn en abnormaal koud. Ze betastten het gladde oppervlak en duwden en schoven met groeiende ergernis.

De jongen kwam weer terug door de muur. "Komen jullie niet binnen?"

"We zouden wel willen, ja," zei Emerson.

"Dat gedeelte is massief." De jongen sloeg hen geamuseerd gade. "Kunnen jullie niet zien waar hij doorlaatbaar is?"

"Nee," zei Emerson.

"De Wildemannen ook niet," zei de jongen. Hij wees. "Daar kun je erdoorheen."

Emerson en Cope liepen door de muur heen, die voelde als een dun gordijn van koel water.

Ze stonden op een matblauwe vloer waarin zilveren draden een patroon vormden met vele lussen. De wanden verhieven zich torenhoog rondom. Dertig meter boven hen zagen ze staven van een of andere zwarte substantie, die uitstaken vanaf smalle richels. De lucht leek daar te zinderen, net als de lucht boven een weg in de hitte.

Er stond geen meubilair in het vertrek, geen spoor was er van menselijke bewoning.

"Kom," zei de jongen. Hij stak de kamer over en liep dwars door de tegenoverliggende muur. Emerson en Cope gingen hem achterna. "Ik hoop maar dat we de weg terug kunnen vinden," zei Cope. "Ik zou niet graag die muren beklimmen."

Ze bevonden zich in een zaal die veel leek op de vorige, maar die een vloer bezat van veerkrachtig wit materiaal. Ze voelden zich opeens heel licht en als ze een stap deden, kwamen ze veel verder neer dan ze verwachtten. De jongeman en de vrouw stonden op hen te wachten.

De jongen was teruggegaan door de muur, het meisje was nergens te bekennen.

"Wij kunnen een ogenblik met jullie verpozen," zei de jongeman. "Onze dienaren zijn weg, het huis is rustig. Misschien willen jullie iets eten?" Zonder op antwoord te wachten stak hij zijn armen uit. Zijn handen verdwenen in het niets. Toen hij ze terugtrok, brachten ze een rek mee dat was beladen met dienbladen en kommen vol etenswaar — punten rode gelei, hoge witte kegels, zwarte wafeltjes, kleine, ronde, groene vruchten, flacons met vloeistoffen in diverse kleuren.

"Eet smakelijk," zei de jonge vrouw met een handgebaar.

"Dankjewel," zei Emerson. Cope en hij proefden behoedzaam van het eten. Het was vreemd en weelderig van smaak en tintelde in de mond als spuitwater.

"Waar komt dit voedsel vandaan?" vroeg Emerson. "Hoe kunnen jullie dat zomaar uit het niets halen?"

De jongeman haalde zijn schouders op. "Waarom zouden wij ons het hoofd daarover breken; het is er immers?"

Cope vroeg benieuwd: "Wat zouden jullie doen als de dienaren jullie in de steek zouden laten?"

"Dat zal nooit gebeuren."

"Ik zou jullie dienaren weleens willen zien," zei Emerson.

"Ze zijn er nu niet." De jongeman zette zijn hoofdtooi af en borg hem weg in een onzichtbare kast. "Vertel ons eens over die 'Aarde' van jullie."

"De Aarde is een planeet die veel op deze wereld lijkt," zei Emerson. "Hoewel de mensen daar op een heel andere manier leven."

"Hebben jullie dienaren?"

"Niemand heeft tegenwoordig nog dienaren."

"Mmm!" zei de jonge vrouw schamper. "Net als de Wildemannen."

"Hoelang woont u hier nu al?" informeerde Cope.

Die vraag scheen de Bazen voor raadselen te stellen. "Hoelang? Wat bedoelen jullie daarmee?"

"Hoeveel jaar?"

"Wat is een 'jaar'?"

"Een tijdseenheid — de tijd die een planeet nodig heeft om een omloop rond de zon te volbrengen. Net zoals een dag de tijdseenheid is, die een planeet nodig heeft om eenmaal rond haar as te draaien."

De Bazen waren zichtbaar vermaakt. "Wat een bizar denkbeeld...
zo grandioos willekeurig! Wat voor nut heeft een dergelijk begrip nu
in vredesnaam?"

Emerson zei droog: "Wij vinden het handig om de tijd te meten."

De Bazen keken elkaar glimlachend aan. "Dat kan ik me voorstellen," merkte Hesphor op.

"Wat zijn de Wildemannen eigenlijk?" vroeg Cope.

"Tuig!" zei de jonge vrouw en huiverde. "Uitgeworpenen uit andere
Huizen waar geen plaats was."

"Ze belaagen ons, ze trachten onze vrouwen te roven," zei de jongeman.
Hij stak zijn hand op. "Luister!" De jonge vrouw en hij keken elkaar aan.

Emerson en Cope hoorden niets.

"Heer Genarro," zei de jonge vrouw. "Hij komt."

Hesphor keek beducht naar de muur, wierp een blik op Emerson en
Cope en stelde zich toen met een obstinate uitdrukking op zijn gezicht
midden in de zaal op.

Er klonk een zacht geluid. Een lange man, in glimmend zwart
gehuld, schreed door de muur heen de zaal binnen. Hij zag Emerson
en Cope staan en deed een stap in hun richting. "Wat doen deze wilde
wezens hier? Zijn jullie allemaal gek? Weg! Weg ermee!"

Hesphor kwam tussenbeide. "Dit zijn vreemdelingen van een andere
wereld. Ze hebben geen kwaad in de zin."

"Weg met ze! Ze eten ons voedsel op, ze lonken naar Vrouwe
Faelm!" Dreigend kwam hij op Emerson en Cope af, die snel een stapje
achteruit deden. "Eruit, wilde beesten!"

"U zegt het maar," zei Emerson. "Als u ons de uitgang dan even wilt
wijzen?"

"Een ogenlik!" zei Hesphor. "Ik heb hen hier binnen genood; ze zijn
onder mijn hoede."

Genarro's ongenoegen richtte zich nu op de jongeman. "Wens jij
naar de Wildemannen te gaan?"

Hesphor keek hem aan; hun blikken streden om de heerschappij.
Toen boog Hesphor het hoofd en draaide zich om.

"Goed, goed," prevelde hij. "Ze zullen vertrekken." Hij floot; de
jongen kwam binnen door de muur. "Breng de vreemdelingen naar
hun schip."

"En snel!" bulderde Genarro. "Het riekt hier! Ze zitten onder de smerigheid!"

"Hierheen." De jongen sprong door de muur en Emerson en Cope volgden hem met gezwinde spoed.

Door twee muren gingen ze, toen stonden ze weer in de buitenlucht. Cope slaakte een diepe zucht. "De gastvrijheid van Heer Genarro laat veel te wensen over."

Het meisje kwam het paleis uit en voegde zich bij de jongen.

"Kom," zei de jongen. "We brengen jullie naar het schip. Maar zorg wel dat jullie weg zijn voor de dienaren terugkomen."

Emerson keek nog eens om naar het paleis en haalde zijn schouders op. "Vooruit maar."

Ze liepen met de jongen en het meisje door het fraaie park, langs de bomen met hun witte stammen, de perken met zwart mos, de roze en witte suikerspinnen. Aan de overkant van de open plek zag de *Gaea* er vertrouwd en veilig uit. Emerson en Coper versnelden hun pas.

Ze kwamen langs een bosje grijze bamboe; geritsel, een snelle stormloop, en toen waren ze omsingeld door Wildemannen. Handen grepen Emerson en Cope vast en pakten snel hun wapens af.

De jongen en het meisje worstelden en gilden en trapten, maar ze werden ook gevangengenomen. Een touwlus werd om hun bovenlijf gesnoerd en toen werden ze meegesleurd in de richting van het bos.

"Laat ons los!" schreeuwde de jongen. "De dienaren zullen jullie verpulveren."

"De dienaren zijn weg," schreeuwde de aanvoerder van de Wildemannen opgetogen. "En ik heb wat ik al jaren had willen hebben — een fris, mooi Bazenmeisje."

Het meisje gilde, snikte en rukte aan haar boeien. De jongen spartelde en trapte van zich af. "Rustig aan, jongmens," waarschuwde de aanvoerder. "We waren er toch al na aan toe jou de keel af te snijden."

"Maar waar gaan jullie met ons naartoe?" hijgde Emerson. "Aan ons hebben jullie niets."

"Nou, in zoverre wel, als jouw vriendjes er wat voor over hebben om jullie terug te krijgen." De aanvoerder grijnsde hem toe over zijn schouder. "Wapens, goeie stoffen, stevige schoenen."

"Maar dat soort dingen hebben we niet bij ons!"

"Dan zul je het zwaar te verduren krijgen tot we hebben wat we hebben willen," beloofde de aanvoerder.

Ze waren nog maar vijftig meter van de bosrand verwijderd. De jongen wierp zich plat op de grond. Het meisje volgde zijn voorbeeld. Emerson voelde de greep op zijn armen verslappen; hij rukte zich los en haalde uit met zijn gebalde vuisten. Hij raakte een Wildeman, die in elkaar zakte. De aanvoerder rukte zijn katapult uit zijn riem en hield hem op Emerson gericht. "Nog één beweging en je bent er geweest!"

Emerson verstarde. De Wildemannen grepen de jongen en het meisje en het gezelschap vervolgde zijn weg.

Maar inmiddels hadden ze in het paleis geconstateerd dat er een overval gaande was. Een griezelig hoog gefluit deed de lucht trillen. Boven op de muren scheen ineens een vreemd krachtveld te pulseren. De Wildemannen zetten er nog steviger de pas in.

Een waaier van zwarte energie kwam van het paleis omlaaggescheerd als een grote donkere vleugel; het uiteinde raakte de grond — precies aan de bosrand.

De Wildemannen bleven staan. Ontsnapping was langs die weg niet langer mogelijk. Ze lieten hun gijzelaars los, draaiden zich om en holden weg langs de zoom van de open plek.

Genarro en Hesphor kwamen uit het paleis tevoorschijn, gevolgd door Faelm en nog een andere vrouw. Dwars over de open plek schalde de stem van Genarro, vervuld van woede en dreiging.

Emerson en Cope renden voort, als bevonden ze zich in een nachtmerrie. De *Gaea* doemde voor hen op, ze daverden de loopplank op, doken door het openstaande luik.

Binnen wachtte de bemanning hen op met angstige, bleke gezichten. De deur gleed dicht, de aandrijving begon te brallen en de *Gaea* steeg op van de open plek.

Algauw was de *Gaea* weer in de ruimte, ver bij alle sterren vandaan.

Zonder nog iets te zeggen, zette Emerson koers naar de Aarde.

IV

De beelden verdwenen. De bestuursleden van de vereniging Astrografica zaten verstard op hun stoelen.

Theodore Caffridge nam het woord en zijn stem klonk vlak en heel nuchter.

"Zoals u gezien hebt, hebben commandant Emerson en zijn bemanning iets buitengewoon merkwaardigs beleefd."

"Merkwaardig!" Ben Haynault floot. "Dat noem ik nog zacht uitgedrukt."

"Maar wat was de betekenis hiervan?" wilde Pritchard weten. "Die mensen, die Engels spraken!"

"En die geen weet hadden van de Aarde," zei een ander.

Caffridge vervolgde op zijn uitdrukkingsloze toon: "Emerson en ik zijn tot een eerste hypothese gekomen. Evenals u stonden wij voor een raadsel. Wie waren die Bazen en hoe kon het dat ze een Aardse taal spraken, maar geen kennis droegen van het bestaan van de Aarde? Hoe gingen deze Bazen om met hun dienaren, die machtige wezens van wie we feitelijk niets hebben gezien, behalve mogelijk als flakkeringen van licht en schaduw?"

Caffridge zweeg even. Niemand die iets zei. Hij vervolgde: "Commandant Emerson kon op deze vragen geen antwoord geven. Ik evenmin. En toen gebeurde er iets, iets volstrekt alledaags en op zichzelf ook totaal onbeduidend. Maar het legde bij ons allebei een springlading onder onze gedachtegang.

Wat er gebeurde was het volgende. Mijn kat Sarvis kwam het huis binnen. Hij kwam binnen door zijn eigen kattenluikje. Mijn kleine Baas in Huis, Sarvis. Hij betrad zijn paleisje en liep naar zijn bakje, op zoek naar zijn middageten."

Een verlammende stilte heerste in de vergaderzaal, een stilstaan van de tijd, zoals dat gemeenlijk volgt op schokkende onthullingen.

Toen kuchte er iemand; iemand anders liet sissend zijn adem ontsnappen; er werd zenuwachtig gelachen, onbehagelijk geschoven op stoelen.

"Theodore," vroeg Ben Haynault met schorre stem. "Wat wil je hiermee suggereren?"

"Ik heb u de feiten voorgelegd. U moet zelf maar de gevolgtrekkingen maken."

Paul Pritchard mompelde: "Dat was een grap, natuurlijk. Dat lijkt me de enige verklaring. Een samenleving van halvegaren...lieden die aan de werkelijkheid willen ontsnappen..."

Caffridge glimlachte. "U moet die theorie beslist eens doornemen met commandant Emerson."

Pritchard deed er het zwijgen toe.

"Emerson meent dat hij geluk heeft gehad," vervolgde Caffridge nadenkend. "Ik ben geneigd het met hem eens te zijn. Als er een of ander zwerfdier mijn huis binnendrong en Sarvis lastigviel, dan zou ik dat beschouwen als huisvredebreuk in de hoogste graad. En misschien zou ik niet zo mild hebben gereageerd."

"Wat kunnen we doen?" vroeg Haynault zachtjes.

Caffridge liep naar het raam en keek omhoog naar de zuidelijke sterrenhemel. "Hopen dat ze daar voldoende troetelmensen hebben."

Het geheim

De zonnestralen staken schuin door de spleten in de wand van de hut en vanaf de lagune kwam het geschreeuw en gespetter van de dorpskinderen. Rona ta Inga opende eindelijk de ogen. Het was al veel later dan het uur waarop hij gewoonlijk opstond, al laat in de morgen. Hij strekte zijn benen, vlocht zijn handen onder zijn hoofd en staarde afwezig naar het rieten dak. Eigenlijk was hij wel op het gewone tijdstip ontwaakt, maar daarna weer dromerig weggedoezeld — dit begon de laatste tijd een gewoonte te worden. De laatste tijd pas. Hij ging met een frons rechtop zitten. Wat betekende het? Was het een teken? Misschien moest hij het bespreken met Takti Tai... Maar dat was idioot. Hij sliep uit om een doodgewone reden: hij vond het lekker om lui te liggen dromen en doezelen.

Op de mat naast hem lagen verfomfaaide bloemen op de plek waar Mai Mio had gelegen. Inga gaarde de bloemen bijeen en legde ze op de plank waarop hij zijn schamele bezittingen bewaarde. Ze was een betoverend wezentje, Mai Mio. Ze lachte niet vaker en niet minder vaak dan andere meisjes, haar ogen waren als andere ogen, haar mond als andere monden; maar haar gekke, bekoorlijke maniertjes maakten haar uniek: de enige Mai Mio in de hele kosmos. Inga had vele meisjes bemind. Allemaal waren ze op een bepaalde manier uniek, maar Mai Mio was pas kortgeleden een vrouw geworden — zelfs nu kon je haar op een afstandje nog voor een jongen verslijten — terwijl Inga wel vijf of zes seizoenen ouder was dan zij. Helemaal zeker wist hij dat niet. Het maakte trouwens heel weinig uit. Het maakt heel weinig uit, zei hij nadrukkelijk bij zichzelf. Dit was zijn dorp, zijn eiland: hij taalde er niet naar weg te gaan. Nooit!

De kinderen kwamen over het strand van de lagune. Twee of drie van hen schoten onder zijn hut, gingen aan een balk bengelen en zongen zelfverzonnen woorden. De hut beefde en het stemmenrumoer werkte Inga op de zenuwen. Hij gaf een geërgerde schreeuw. Onmiddellijk hielden de kinderen hun mond, vol ontzag en verbijstering, en over hun schouder kijkend renden ze weg.

Inga fronste opnieuw: voor de tweede keer die ochtend voelde hij onvrede met zichzelf. Hij zou zich een weinig benijdenswaardige reputatie op de hals halen als hij op deze manier doorging. Wat was er in hem gevaren? Hij was dezelfde Inga die hij gister was... behalve dat er een dag voorbij was gegaan en dat hij een dag ouder was geworden.

Hij ging de galerij voor zijn hut op en rekte zich uit in het zonlicht. Links en rechts stonden nog veertig of vijftig hutten als die van hem, met bomen ertussen; ervoor lag de lagune blauw te vonken onder de zon. Inga sprong op de grond, liep naar de lagune en dook erin, diep naar de glinsterende steentjes en de oceanische planten die de bodem bedekten. Toen hij uit het water kwam was hij weer ontspannen en kalm — zichzelf weer, Rona ta Inga, zoals hij altijd geweest was, en altijd zou zijn!

Gehurkt op zijn galerij zittend deed hij zijn ontbijt met fruit en koude gebakken vis die over was van het feestmaal van de vorige avond terwijl hij nadacht over de dag die voor hem lag. Er wachtte hem niets dringends, hij hoefde geen plichten te vervullen, niets te doen. Hij zou mee kunnen gaan met de groep jongens die nu op weg was naar het bos in de hoop gevogelte te strikken. Hij kon voor Mai Mio een broche van bewerkte schelp en goananoot maken. Hij kon lui ergens gaan zitten kletsen, hij kon gaan vissen. Of hij kon zijn beste vriend Takti Tai opzoeken, die een boot aan het bouwen was. Inga stond op. Hij zou gaan vissen. Hij liep over het strand naar zijn kano, controleerde zijn spullen, duwde de kano af en peddelde over de lagune naar de opening in het rif. Zoals altijd blies de wind naar het westen. Toen hij de lagune uit was, keek Inga snel even met de wind mee — het was een bijna heimelijke blik — toen zette hij zich schrap en pagaaide naar het oosten.

Binnen een uur had hij zes fraaie vissen buitgemaakt. Hij liet zich terugdrijven naar de ingang van de lagune. Iedereen bleek aan het zwemmen te zijn. Meisjes, jongens, kinderen. Mai Mio krabbelde naar de kano toe, haakte haar armen over de zijrand en grijnsde hem toe. Het water glinsterde op haar wangen. "Rona ta Inga! Heb je iets gevangen? Of breng ik je ongeluk?"

"Kijk zelf maar."

Ze spiedde in de boot. "Vijf—nee, zes! Allemaal dikke zilvervinnen! Ik breng jou geluk! Mag ik vaak in jouw hut slapen?"

"Als ik de volgende dag maar vis vang."

Ze liet zich in het water terugvallen, spette hem nat en zonk uit het gezicht. Door de golven heen zag hij haar tengere bruine gestalte over de bodem scheren. Hij voer de kano op het strand, wikkelde de vis in grote sipibladeren en borg ze op in een koele stenen ruimte onder de grond. Hiermee klaar holde hij naar het water om ook te gaan zwemmen.

Later zaten hij en Mai Mio in de schaduw. Zij vlocht een sierkoord van gekleurde bast waarvan ze later een mand zou vlechten, en hij leunde achterover en staarde over het water. Mai Mio babbelde er vrolijk op los — over het nieuwe lied dat Ama ta Lalau had gemaakt, over de vreemde vis die ze toen ze onder water zwom had gezien, over de verandering die over Takti Tai was gekomen sinds hij begonnen was zijn boot te bouwen.

Inga bromde afwezig iets, maar sprak niet.

"We hebben een club gevormd," vertrouwde Mai Mio hem toe. "We zijn met z'n zessen, Ipa, Tuiti, Hali sai Iano, Zoma, Oiu Ngo en ik. Wij hebben gezworen nimmer het eiland te verlaten. Nimmer, nimmer, nooit. Er is hier te veel plezier. Nooit zullen wij naar het westen varen — nooit. Wat voor geheim het ook mag zijn, wij willen het niet weten."

Inga glimlachte, nogal weemoedig. "Er zit veel wijsheid in de eed die jullie hebben gezworen."

Ze streelde zijn arm. "Waarom doe jij niet mee met de club? Goed, we zijn met zes meisjes, maar een eed is een eed."

"Dat is waar."

"Wil jij naar het westen varen?"

"Nee."

Mai Mio ging opgewonden op haar knieën zitten. "Ik zal de club bij elkaar roepen en allemaal samen, wij allemaal zullen de eed opnieuw afleggen: nooit zullen wij ons eiland verlaten! En jij bent nog wel de oudste van het dorp!"

"Takti Tai is ouder."

"Maar Takti Tai is zijn boot aan het bouwen! Hij telt eigenlijk niet meer mee."

"Vai Ona is even oud als ik. Bijna even oud."

"Zal ik je wat zeggen? Iedere keer als Vai Ona uit vissen gaat, kijkt hij naar het westen. Hij is nieuwsgierig."

"Iedereen is nieuwsgierig."

"Ik niet!" Mai Mio sprong overeind. "Ik niet — en niemand van de club. Nooit, nooit, nimmer — nooit zullen wij het eiland verlaten! We hebben het gezworen." Ze tikte Inga op zijn wang en rende naar een groep vriendinnen die een mand met fruit deelden.

Inga zat nog vijf minuten rustig te staren. Toen maakte hij een ongeduldig gebaar en liep naar het plankier waar Takti Tai met zijn boot bezig was. Het was een catamaran met een breed dek, een afdak van gevlochten takjes en sipibladeren, een stevige mast. Zwijgend hielp Inga zijn vriend met het vormgeven van de mast. Dit was een lange, goed gedroogde jonge pasiao-tui en ze bewerkten de stam met scherpe schelpen. Na een poos legde Inga zijn schelp opzij. Hij zei: "Lang geleden waren wij met z'n vieren. Jij, ik, Akara en Zan. Weet je nog?"

Takti Tai knikte.

"We zwoeren het eiland nooit te verlaten. We zwoeren nooit zwak te worden en we hebben ons verbond met bloed bezegeld. Nooit zouden wij naar het westen varen."

"Ik weet het nog."

"Nu vaar jij weg," zei Inga. "Dan ben ik de laatste van de groep."

Takti Tai hield op met schrapen en keek Inga aan met een gezicht of hij iets wilde zeggen, maar hij boog zich weer over de mast. Wat later ging Inga terug over het strand naar zijn hut. Op de galerij hurkend werkte hij aan de broche voor Mai Mio.

Na een poos kwam er een jongen naast hem zitten. Inga verlangde niet bijzonder naar gezelschap en ging door met zijn snijwerk. Maar de jongen was verdiept in zijn eigen beslommeringen en merkte het niet. "Geef mij raad, Rona ta Inga. Jij bent de oudste van het dorp en heel wijs." Inga fronste, en trok toen een lelijk gezicht, maar hij zei niets.

"Ik ben verliefd op Hali sai Iano, ik verlang wanhopig naar haar, maar zij lacht mij uit en holt naar Hopu en omhelst hem. Wat moet ik doen?"

"Het is heel eenvoudig," verklaarde Inga. "Zij heeft liever Hopu. Je hoeft maar een ander meisje uit te kiezen. Wat vind je van Talau Io? Zij is knap en lief, en ze schijnt jou te mogen."

De jongen slaakte een zucht. "Goed. Ik zal doen zoals jij voorstelt. Het ene meisje of het andere, dat maakt eigenlijk niet veel uit." Hij vertrok, zich niet bewust van de spottende blik die Inga hem achternazond. Hij vroeg zich af: Waarom komen ze bij mij om raad? Ik ben maar twee of drie, hoogstens vier of vijf seizoenen ouder dan zij. Het lijkt wel of ze in mij de bron van alle wijsheid zien!

's Avonds werd er een kind geboren. De moeder was Omei ni Io, die bijna een heel seizoen in Inga's hut geslapen had. Omdat het kind een jongen was noemde ze het Inga ta Omei. Er volgde een naamgevingsceremonie onder leiding van Inga. Het zingen en dansen duurde tot diep in de nacht en als het zijn kind niet was geweest, met zijn naam, dan was Inga lang voor het eind naar zijn hut gekropen. Hij had talrijke naamgevingsceremoniën bijgewoond.

Een week later voer Takti Tai naar het westen en toen werd er een ander soort ceremonie gehouden. Iedereen kwam naar het strand om de boot aan te raken en hem met water te zegenen. De tranen stroomden vrij over alle wangen, ook over die van Takti Tai. Voor het laatst keek hij de lagune rond, keek hij de mensen aan die hij ging verlaten. Toen wendde hij zich af en maakte een teken. De jongelieden duwden de boot van het strand af, sprongen dan in het water en trokken hem door de lagune en de oceaan op. Takti Tai liet het zeil uitrollen en het blies bol in de wind. De boot voer in snelle vaart naar het westen. Takti Tai stond op het dek en zwaaide voor het laatst. De mensen op het strand wuifden hem vaarwel. De boot voer de middag in, en toen de zon onderging was hij niet meer te zien.

Tijdens het avondeten werd er op kalme toon gepraat. Iedereen staarde in het vuur. Mai Mio sprong uiteindelijk overeind. "Ik niet," zong ze. "Ik niet — nooit, nooit."

"Ik ook niet," riep Ama ta Lalau, die van alle jongens de beste muziek maakte. Hij pakte de gitaar die hij uit de stam van een zwarte soagomboom had gesneden, sloeg de snaren aan en begon te zingen.

Inga zag het kalm aan. Hij was nu de oudste op het eiland en het leek of de anderen hem met nieuw respect behandelden. Belachelijk! Wat een onzin! Hij was maar zo weinig ouder dat het helemaal niets uitmaakte. Maar hij zag wel dat Mai Mio opvallend lachte tegen Ama ta Lalau, die op haar geflirt reageerde door zich geweldig in te spannen op zijn muziek. Inga zag het aan met een zwaar gevoel in zijn borst. Na een tijdje verdween hij naar zijn hut. Voor het eerst in weken sliep Mai Mio die nacht niet bij hem. Het geeft niet, zei Inga bij zichzelf: het ene meisje of het andere, zoveel verschil maakt dat niet.

De volgende dag dwaalde hij over het strand naar het plankier waar Takti Tai zijn boot had gebouwd. Het was er schoon en keurig opgeruimd en de gereedschappen hingen netjes in het schuurtje ernaast. In het bos achter deze plek stonden de stoere makarabomen waarvan de stevigste boten gebouwd konden worden.

Inga wendde zich af. Hij bracht zijn kano naar buiten om op de visvangst te gaan en toen hij de lagune uitvoer, keek hij naar het westen. Daar was niets te zien dan de verlaten horizon, net als in het oosten, noorden en zuiden — behalve dat de westelijke horizon het geheim verborg. En de rest van de dag bleef Inga onrustig. Tijdens het avondeten liet hij zijn blik van het ene gezicht naar het andere gaan. De gezichten van zijn dierbare vrienden zag hij niet: die hadden allemaal hun boot gebouwd en waren weggevaren. Zijn vrienden waren vertrokken, zijn vrienden kenden nu het geheim.

De volgende ochtend begon Inga, zonder bewust een besluit te nemen, de gereedschappen te wetten en hij hakte twee fraaie makara's om. Hij was niet echt bezig een boot te bouwen — verzekerde hij zichzelf — maar het kon geen kwaad om hout te drogen.

Toch ontdeed hij al de dag daarna de bomen van hun takken, hij zaagde de stam op de goede lengte af en de volgende dag riep hij alle jongelieden bij zich om te helpen de stammen naar het plankier te dragen. Niemand leek verrast; iedereen wist dat Rona ta Inga zijn boot bouwde. Mai Mio was nu openlijk bij Ama ta Lalau ingetrokken en terwijl Inga aan zijn boot werkte, zag hij hen spelen in het water en niet zonder een bittere smaak in zijn mond. Ja, hield hij zich voor, het zou echt heel fijn zijn om zich weer aan te sluiten bij zijn ware vrienden — de jongens en meisjes die hij al kende sinds hij afstand deed van zijn melknaam, met wie hij gespeeld had, die nu vertrokken waren, en naar wie hij zo verlangde dat het pijn deed. IJverig holde hij de twee boomstammen uit, met branden, schrapen en beitelen. Toen bevestigde hij het dek op de twee rompen en vlocht het tentje dat hem tegen de regen moest beschermen en dekte het met riet. Uit een kaarsrechte jonge pasiao-tui sneed hij een mast, bevestigde die op het dek en tuide hem. Hij verzamelde bast, vlocht er een grof maar stevig zeil van en hing het te drogen zodat de rek er uitging. Toen begon hij proviand te verzamelen. Hij verzamelde vleesnoten, gedroogde vruchten, gerookte vis die hij in sipiblad wikkelde. Hij vulde de luchtblazen van longvissen met water. Hoelang duurde de reis naar het westen? Niemand wist het. Dus was het beter zo veel mogelijk eten mee te nemen, om geen honger te lijden: eenmaal meegevoerd door de wind, was er geen terug meer.

Op een dag was hij klaar. Het was een dag zoals alle andere dagen van zijn leven. De zon was warm en fel, de lagune glinsterde en golfde over het strand op en neer met een lage speelse branding. Rona ta Inga had een brok in zijn keel en hij was bang dat zijn stem hem in de steek zou laten. De jongens en meisjes kwamen naar het strand, en allen zegenden de boot met water. Inga keek allen in het gezicht, toen gleed zijn blik langs de rij hutten, de bomen, het strand, de plekken waar hij zo intens van hield…Maar het leek allemaal al ver weg. De tranen stroomden over zijn wangen. Hij stak zijn hand op en keerde zich af van de anderen. Hij voelde dat de boot van het strand werd geduwd, vrij op het water dreef. De zwemmende jongens duwden hem de oceaan op. Voor het laatst keek hij om, naar het dorp, en hij moest zich verzetten tegen de plotse, waanzinnig sterke drang om overboord te springen en terug naar het dorp te zwemmen. In plaats daarvan hees hij het zeil, en de wind dreef zijn vuist erin. Het water ruiste onder de twee rompen door en hij voer naar het westen met het eiland achter zich.

Recht tegen de blauwe golven op, omlaag in de lange golfdalen, met gorgelend zog en rijzende en dalende boeg. De lange middag liep af en kreeg een gouden kleur, de zonsondergang brandde en veranderde in een vredige schemer. De sterren verschenen en stil aan zijn roer gezeten hield Inga het zeil recht voor de wind. Om middernacht liet hij het zeil op het dek zakken en ging slapen terwijl de boot kalm voortdreef.

's Ochtends was hij volmaakt alleen. Op de einder was niets te zien. Inga trok het zeil op en de boot stoof naar het westen en zo verstreek de dag, en ook de volgende, en nog meer dagen verstreken. En Inga was dankbaar dat hij zijn boot zo royaal van leeftocht had voorzien. Op de zesde dag leek het of de wind wat koeler was geworden, op de achtste dag voer hij onder een zware bewolking door zoals hij nog nooit had gezien. De oceaan veranderde van blauw tot grijs dat weldra een groene tint kreeg, en nu was het water koud. De wind had grote kracht en het zeil van bast stond bol. Inga school in zijn tentje om het koude opspattende water te ontlopen. Op de ochtend van de negende dag meende hij vooruit een vage, donkere vorm te zien opdoemen en die veranderde tegen de middag in een reeks hoge rotsen waar de branding tegenaan beukte, op en neer brullend over scherpe stenen en grove kiezel. 's Middags voer hij zijn boot een van de grove stranden op en sprong aarzelend van boord. Rillend in de verkillende windvlagen nam hij de omgeving op. Op de kust was geen levend wezen te bekennen, behalve drie of vier grijze meeuwen. Honderd meter naar rechts lag het geteisterde wrak van een andere boot en wat verder een warboel van hout en vezels die ook een boot geweest kon zijn.

Inga droeg wat hij nog aan eten en drinken overhad aan land, maakte er een bundel van en begon toen aan de beklimming van de rotswand via een onduidelijk pad. Hierboven kwam hij uit op een wijde, rollende grijsgroene grasvlakte. Vier of vijf kilometer het land in lag een rij heuvels en het pad leek daarnaartoe te gaan.

Inga keek links en rechts; ook hier waren alleen meeuwen. Met zijn bundel op zijn schouder ging hij op weg over het pad.

Voor de heuvels stiet hij op een hut van plaggen en stenen met daarnaast een stuk bewerkt land. Op het land waren een man en een vrouw aan het werk. Inga tuurde aandachtig naar ze. Wat waren dit voor wezens? Ze leken wel mensen, ze hadden armen en benen en een gezicht — maar wat waren ze gerimpeld en verweerd en grijs! Wat waren hun handen verschrompeld, wat leken ze krom en gebogen terwijl ze werkten! Hij liep vlug voorbij en zij schenen hem niet op te merken.

Nu kreeg Inga haast want de dag liep langzamerhand ten einde en de heuvels waren dichtbij. Het pad liep door een dal met kromme eiken en lage paarsgroene struiken, daarna ging het omhoog over de heuvels en door een steenachtige kloof waar de wind fluitende klanken aan ontlokte. In de pas keek Inga uit op een vlak dal. Hij zag lage bomen, bewerkte stukken land, een groep hutten. Langzaam volgde hij het pad omlaag. In een veld vlakbij was een man aan het werk, die nu opkeek. Inga bleef even staan omdat hij dacht de man te herkennen. Was dit niet Oma ta Akara die tien of twaalf seizoenen geleden naar het westen was gevaren? Het leek onmogelijk. Deze man was dik, zijn haar was hij bijna kwijt en zijn wangen hingen slap naar beneden. Nee, dit kon de lenige Oma ta Akara niet zijn! Haastig ging Inga verder. Toen hij het dorp binnenliep, ontdekte hij voor een van de hutten tot zijn plezier iemand die hij herkende. "Takti Tai!"

Takti Tai knikte. "Rona ta Inga. Ik wist dat jij gauw zou komen."

"Wat fijn om jou te zien! Maar laten we snel uit dit verschrikkelijke oord weggaan, terug naar het eiland!"

Takti Tai glimlachte flauw en schudde zijn hoofd.

Inga zei heftig: "Beweer niet dat jij liever in dit naargeestige land woont? Kom mee! Mijn boot is nog zeewaardig. Als we hem van het strand af kunnen krijgen, op de open zee kunnen komen..."

De wind zong over de bergen, tokkelde de bomen. Inga's woorden stierven in zijn keel. De wind maakte het onmogelijk om de boot ooit nog in het water terug te krijgen.

"Niet alleen de wind," zei Takti Tai. "We kunnen niet meer terug. Wij kennen het geheim."

Inga staarde hem verwonderd aan. "Het geheim? Ik niet."

"Kom. Nu zul je het geheim kennen."

Takti Tai nam hem mee door het dorp naar een stenen gebouw met een hoog puntdak dat van leien was gemaakt. "Ga binnen, dan ken je het geheim."

Aarzelend liep Rona ta Inga het gebouw in. Op een stenen tafel lag een stille gedaante omringd door zes hoge kaarsen. Inga staarde in het verschrompelde witte gezicht, naar het witte laken dat bewegingloos over de smalle borst lag. "Wie is dit? Een man? Wat is hij mager. Slaapt hij? Waarom laat je me zoiets zien?"

"Dit is het geheim," zei Takti Tai. "Het heet 'de dood'."

Verantwoording

De Wereldbedenker
Oorspronkelijk verschenen als "The World-Thinker", *Thrilling Wonder Stories*, Vol. 27:2, zomer 1945, p. 36–51
Vertaling: Jaime Martijn
Eerder verschenen in *Morreion*, Meulenhoff, 1978

Ik bouw uw droomkasteel
Oorspronkelijk verschenen als "I'll Build Your Dream Castle", *Astounding Science Fiction*, Vol. 40:1, september 1947, p. 72–86
Vertaling: Zeno ter Brughe
Eerste publicatie in deze bundel

De Tien Boeken
Oorspronkelijk verschenen als "Men of the Ten Books", *Startling Stories*, Vol. 23:1, maart 1951, p. 122–134
Voorkeurstitel van de auteur: "The Ten Books"
Vertaling: Karin Langeveld
Een eerdere vertaling van Richard Heufkens verscheen in *Vancextasy*, Meulenhoff, 1994

De tempel van Han
Oorspronkelijk verschenen als "Temple of Han", *Planet Stories*, juli 1951, p. 56–65
Voorkeurstitel van de auteur: "The God and the Temple Robber"
Vertaling: Venugopalan Ittekot
Eerder verschenen in *De tempel van Han*, Meulenhoff, 1991

Telek

Oorspronkelijk verschenen als "Telek", *Astounding Science Fiction,*
Vol. 48:5, januari 1952, p. 46–81, 148–170
Vertaling: Warner Flamen
Eerder verschenen in *Telek*, Meulenhoff, 1972

Geluid

Oorspronkelijk verschenen als "Noise", *Startling Stories,* augustus
1952, p. 101–109
Vertaling: Warner Flamen
Eerder verschenen in *Telek*, Meulenhoff, 1972

De zeven uitgangen van Bocz

Oorspronkelijk verschenen als "Seven Exits from Bocz",
The Rhodomagnetic Digest, #21, 1952, p. 3–13
Vertaling: Annemarie Kindt
Eerder verschenen in Orbit Magazine, Nr. 16, herfst 1981

Ontheemd!

Oorspronkelijk verschenen als "DP!", *Avon Science Fiction and
Fantasy Reader*, Vol. 1:2, april 1953, p. 3–21
Vertaling: Karin Langeveld
Eerste publicatie in deze bundel

De verstrooide professor

Oorspronkelijk verschenen als "First Star I see Tonight" onder het
pseudonym John Van See, *Malcolm's*, Vol. 1:2, maart 1954, p. 23–36
Voorkeurstitel van de auteur: "The Absent Minded Professor"
Vertaling: Karin Langeveld
Eerste publicatie in deze bundel

De duivel op de Verlossingsrots

Oorspronkelijk verschenen als "The Devil on Salvation Bluff",
Star 3 Science Fiction, samensteller: Frederick Pohl. New York:
Ballantine, 1955, p. 145–168
Vertaling: Warner Flamen
Eerder verschenen in *Sulwen's Planeet*, Meulenhoff, 1976

Verantwoording

De onzichtbare melkman

Oorspronkelijk verschenen als "The Phantom Milkman", *Other Worlds*, februari 1956, p. 64–70
Vertaling: Annemarie van Ewyck
Eerder verschenen in *De tempel van Han*, Meulenhoff, 1991

Waar Hesperus valt

Oorspronkelijk verschenen als "Where Hesperus Falls", *Fantastic Universe*, Vol. 6:3, oktober 1956, p. 70–77
Vertaling: Karin Langeveld
Een eerdere vertaling van Elvin Post verscheen in *Vancextasy*, Meulenhoff, 1994

Gids voor Praktische Mensen

Oorspronkelijk verschenen als "A Practical Man's Guide", *Space Science Fiction Magazine*, augustus 1957, p. 102–109
Vertaling: Karin Langeveld
Eerste publicatie in deze bundel

De Baas in Huis

Oorspronkelijk verschenen als "The House Lords", *Saturn Science Fiction*, Vol. 1:4, oktober 1957, p. 86–99
Vertaling: Annemarie van Ewyck
Eerder verschenen in *De tempel van Han*, Meulenhoff, 1991

Het geheim

Oorspronkelijk verschenen als "The Secret", *Impulse*, Nr. 1, maart 1966, p. 118–126
Vertaling: Mark Carpentier Alting
Eerder verschenen in *Het Laatste Kasteel*, Meulenhoff, 1982

Jack Vance werd in 1916 geboren in een welgesteld Californisch gezin dat tegen het einde van zijn kindertijd moeilijke tijden doormaakte. Als jonge man probeerde hij een aantal onbevredigende baantjes uit alvorens aan de Universiteit van Californië in Berkeley mijnbouwkunde, natuurkunde, journalistiek en Engels te gaan studeren. Hij ging van school toen de oorlog uitbrak en werd matroos op de koopvaardij. Later werkte hij als rolbrugmachinist, landmeter, keramist en timmerman, voordat hij zich door het produceren van een gestage stroom aan SF, mysterieromans en korte verhalen als voltijds schrijver vestigde.

Hij was meer dan zestig jaar actief als schrijver, en voor zijn werk ontving hij onder andere drie *Hugo Awards*, een *Nebula Award*, een *World Fantasy Award* œuvreprijs, en een *Edgar* van de *Mystery Writers of America*. De *Science Fiction & Fantasy Writers of America* kroonden hem tot Grootmeester, en hij werd opgenomen in de roemruchte *Science Fiction Hall of Fame*.

In zijn werk overschreed Jack Vance vaak de grenzen van het genre: van weemoedige fantastiek (de zeer invloedrijke *Stervende Aarde* verhalen) tot interstellaire space opera (de vijfdelige *Duivelsprinsen* reeks), van heldhaftige fantasy (de *Lyonesse* trilogie) tot de mysterieuze moorden die een sheriff in landelijk Californië moet oplossen (de *Joe Bain* boeken).

Toen hij reeds op leeftijd was, vormde zich een internationale groep van Vance-fans die zich tot doel stelde om het complete œuvre van Vance in de oorspronkelijke staat te herstellen, daarbij tientallen jaren van redactionele ingrepen en ongewenste wijzigingen ongedaan makend. Dit resulteerde in de toonaangevende Engelse *Vance Integral Edition* die als 44 hardcover delen in een beperkte oplage verscheen.

In 2013, kort nadat hij zijn eerste jazz-album had opgenomen, overleed Jack Vance op 96-jarige leeftijd in het huis dat hij eigenhandig had gebouwd in de beboste heuvels buiten Oakland. In het jaar van zijn honderdste geboortedag begint Spatterlight met het uitgeven van een nieuwe Nederlandse editie. In 62 paperbacks verschijnen zowel alle Vance verhalen die al eerder zijn uitgegeven, alsook alle titels die nog niet eerder in het Nederlands verkrijgbaar waren.

Colofon

Dit boek is gezet uit 11,5 pt Adobe Arno Pro.

Deze uitgave kwam tot stand met de hulp van Wil Ceron,
Arjen Broeze en Evert Jan de Groot.

Omslagontwerp: Howard Kistler

Typografisch ontwerp: Joel Anderson

Zetwerk: Joel Anderson

Management: John Vance, Koen Vyverman

www.ingramcontent.com/pod-product-compliance
Lightning Source LLC
Chambersburg PA
CBHW030403030726
47497CB00002B/454